Excel 2007

中文版实用教程

李 玫 编著

上海科学普及出版社

图书在版编目（CIP）数据

Excel 2007 中文版实用教程 / 李玫编著. - 上海：上海科学普及出版社，2009.1

ISBN 978-7-5427-3912-4

I.E... II.李... III.电子表格系统，Excel 2007-教材 IV.TP391.13

中国版本图书馆 CIP 数据核字（2008）第 113175 号

策　　划　胡名正

责任编辑　徐丽萍

Excel 2007 中文版实用教程

李 玫 编著

上海科学普及出版社出版发行

（上海中山北路 832 号 邮政编码 200070）

http://www.pspsh.com

各地新华书店经销　　三河市德利印刷有限公司印刷

开本 787 × 1092 1/16　　印张 13.75　　字数 340000

2009 年 1 月第 1 版　　2009 年 1 月第 1 次印刷

ISBN 978-7-5427-3912-4/TP·913　定价：22.00 元

前　言

Excel 2007是当今世界功能最强大的电子表格处理软件之一，它不仅能制作整齐、美观的电子表格，还能对表格中的数据进行各种复杂的计算，为用户处理数据、统计分析等提供依据，同时，Excel还可以将表格中的数据通过图表的形式表现出来，以便更好地分析和管理数据。

本书将基础知识与实例教学相结合，注重实用性和可操作性，采用循序渐进的手把手教学方式，结合实例讲解，步骤完整清晰，读者只要跟从操作，就能轻松掌握Excel 2007。

本书是为各类高职高专、大中专相关专业学生以及自学人员编写的。该书不仅适用于初学者，对于已经熟悉Excel 2003或以前版本的读者也有参考价值。

本书由北京子午信诚科技发展有限公司李玫编著，赵娟、杨瀛审校；封面由乐章工作室金钊设计。由于作者水平有限，加之编著时间仓促，书中可能还存在疏漏和不足，欢迎广大读者批评和指正。

本书读者在阅读过程中如有问题，可登录售后服务网站，点击“学习论坛”，进入“今日学习论坛”，注册后将问题写明，我们将在一周内予以解答。售后服务网站：http：//www.todayonline.cn。

作　者

2008年8月

目　录

第1章　Excel 2007基础知识

通过本章，你应当学会：

(1) Excel 2007的功能。

(2) 启动和退出Excel 2007。

(3) Excel 2007的新界面。

(4) Excel 2007的视图方式。

Excel 2007与以往的版本比较，工作界面发生了很大的变化，且功能更强大。本章将介绍Excel 2007的主要和新增功能，如何启动和退出Excel 2007，熟悉其界面，了解其各种视图的切换等基础知识，只有掌握了这些知识才能更灵活地使用Excel 2007。

1.1　Excel 2007的功能

1.1.1　Excel 2007的主要功能

Excel 2007功能强大、技术先进、使用方便，可以用来制作电子表格，完成复杂的数据运算，进行数据分析和预测，并且具有强大的制作图表及打印设置等功能。

对于从事统计、财务、会计、金融和贸易行业工作的用户来说，Excel可以帮助他们制作各种复杂的电子表格，以及进行繁琐的数据计算。实际上，电子表格就是一些用于输入输出、显示数据，以及能对输入的数据进行各种复杂统计运算的表格，同时它还能形象地将一大批枯燥的数据变为多种漂亮的彩色图表，大大增强了数据的可读性。

很多人依靠Excel来访问、处理、分析、共享和显示他们的业务信息。对于他们来说，Excel已不再只是归类于财会人员和统计部门使用的软件，他们每天都要访问、分析、创建和处理一些重要数据。考虑到这些因素，Excel 2007被设计成比以前更容易访问、链接和分析关键业务数据的应用程序，提供新的面向结果的用户界面。

1.1.2　Excel 2007的新增功能

在新的面向结果的用户界面中，Excel 2007提供了更强大的工具和功能，可以使用这些工具和功能轻松地分析、共享和管理数据。

1.页面设置

(1) 面向结果的用户界面

在以前的Excel版本中，命令和功能常常深藏在复杂的菜单和工具栏中，而Excel 2007全新的面向结果的用户界面让用户可以在包含命令和功能逻辑组的、面向任务的选项卡上更轻松地找到它们。新的用户界面利用显示有可用选项的下拉菜单替代了以前的许多对话框，并且提供了描述性的工具提示或示例预览来帮助用户选择正确的选项。

无论用户在新的用户界面中执行什么操作，不管是格式化还是分析数据，Excel 2007都会显示成功完成该任务最合适的工具。

（2）更多行和列以及其他新限制

为了让用户能够在工作表区浏览大量数据，Excel 2007支持每个工作表中最多有1 000 000行和16 000列。具体来讲，Excel 2007网格为1 048 576（行）× 16 384（列），与Excel 2003相比，2007提供的可用行增加了1 500%，可用列增加了6 300%，并且现在的列是以XFD结束而不是IV结束。

以前的版本中，同一个工作簿中仅限于使用4 000种格式类型，而Excel 2007可以使用无限多的格式类型，并且每个单元格的单元格引用数量从8 000增长到了任意数量。Office Excel 2007还支持最多16 000 000种颜色。

为了改进Excel的性能，内存管理从2003版本中的1GB增加到2007版本中的2GB。

（3）Office主题和Excel样式

在Excel 2007中，可以通过应用主题和使用特定样式在工作表中快速设置数据格式，其中主题可以与其他Office 2007程序，如Word、Access和PowerPoint共享，而样式只用于更改特定于Excel的项目，如Excel表格、图表、数据透视表、形状或图的格式等。

2.格式设置

（1）丰富的条件格式

在Office 2007版本中，用户可以使用条件格式直观地注释数据以供分析和演示使用。若要在数据中轻松地查找例外和发现重要趋势，可以实施和管理多个条件格式规则，这些规则以渐变色、数据柱线和图标集的形式将可视性极强的格式应用到符合这些规则的数据。

（2）新的文件格式

Office 2007引入了一种基于XML的新文件格式，叫做Microsoft Office开放XML格式。这些新文件格式便于与外部数据源集合，减小了文件大小并改进了数据恢复功能。例如在Excel 2007中，默认文件的扩展名不再是.xls，而是.xlsx。

3.数据和公式

（1）改进的排序和筛选功能

在Excel 2007中，用户可以使用增强了的筛选和排序功能，快速排列工作表数据，以找出所需的信息。例如可以按颜色和3个以上（最多64个）级别来对数据排序。用户还可以按颜色或日期筛选数据，在“自动筛选”下拉列表中有1 000多个选项，选择要筛选的多个项，以及在数据透视表中筛选数据。

（2）轻松编写公式

Excel 2007在编写公式方面进行了许多改进。例如，编辑栏可以自动调整，以容纳长而复杂的公式，从而防止公式覆盖工作表中的其他数据。与Excel早期版本相比，用户可以编写的公式更长，使用的嵌套级别更多。Excel 2007还提供函数记忆式键入功能，使用函数记忆式键入可以快速写入正确的公式语法，它不仅可以轻松检测到用户需要使用的函数，还可以获得完成公式参数的帮助，从而使用户在第一次使用以及今后的每次使用中都能获得正确的公式。

（3）快速连接到外部数据

Excel 2007不再需要了解公司数据源的服务器名称或数据库名称，用户可以使用“快速启动”从管理员或工作组专家提供的可用数据源列表中选择。Excel中的连接管理器使用户可查看工作簿中的所有连接，并且重新使用连接或用一种连接替代另一种连接更加容易。

（4）易于使用的数据透视表

在Excel 2007中，数据透视表比Excel早期版本更易于使用。使用新的数据透视表界面时，不再需要将数据拖到并非总是易于定位的目标拖放区域，只需单击几下鼠标即可显示关于要查看的数据信息。创建数据透视表后，可以利用许多其他新功能或改进功能来汇总、分析和格式化数据透视表数据。

（5）新的OLAP公式和多维数据集函数

在Excel 2007中使用多维数据库时，如使用SQL Server Analysis时，可使用OLAP公式建立复杂的、任意形式的OLAP数据绑定报表。新的多维数据集函数可用来从Analysis Services中提取OLAP数据并将其显示在单元格中，即提取数据表和数值。当将数据透视表公式转换为单元格公式时，或在键入公式时对多维数据集函数使用记忆式键入时，可生成OLAP公式。

4.其他方面

（1）新的图表外观

Excel 2007中，用户可以使用新的图表工具轻松创建能有效交流信息的、具有专业水准外观的图表。基于应用到工作簿的主题，新的、最具流行设计的图表外观包含很多特殊效果，如三维、透明和柔和阴影等。

在新的用户界面中，用户可以轻松浏览可用的图表类型，以便为自己的数据创建合适的图表。由于Excel 2007提供了大量的预定义图表样式和布局，用户可以快速应用一种外观精美的格式，然后在图表中进行所需的细节设置。

（2）共享的图表

共享图表主要体现在图表可以在Excel、Word和PowerPoint之间共享。Word和PowerPoint合并了Excel强大的图表功能，而不再使用Microsoft Graph提供的图表功能。同时，在Excel 2007中，可以轻松地在文档之间复制和粘贴图表，或将图表从一个程序复制和粘贴到另一个程序。

（3）更佳的打印体验

Excel 2007在打印设置中新增了部分功能。除了“普通”视图和“分页预览”视图外，Excel 2007还提供了“页面”视图。用户可以使用该视图来创建工作表，同时关注打印格式的显示效果。在该视图中，可以使用位于工作表中右侧的页眉、页脚和边距设置，以及将对象准确放置在所需的位置。

1.2　Excel 2007的启动与退出

1.2.1　Excel 2007的启动

启动Excel 2007，其操作步骤如下：

(1) 单击“开始”按钮。

(2) 在弹出的菜单中选择“所有程序/Microsoft Office/Microsoft Office Excel 2007”，如图1-2-1所示。

图1-2-1

(3) Excel 2007启动。

1.2.2 Excel 2007的退出

退出Excel 2007的方法有以下4种：

方法1：单击Excel 2007窗口右上角的“关闭”按钮。

方法2：双击Excel 2007窗口左上角的“Office”按钮。

方法3：移动鼠标指针至标题栏处，单击鼠标右键，在弹出的快捷菜单中选择“关闭”命令。

方法4：单击“Office”按钮，在弹出的菜单中单击“退出Excel”按钮。

1.3 Excel 2007的新界面

Excel 2007最直观的变化就是其焕然一新的操作界面。如图1-3-1所示，在以往版本的Excel中要执行某个具体操作时，需要通过菜单栏和工具栏选择命令，而Excel 2007把所有菜单命令下的选项分成多个选项卡，并把原有的菜单命令换成了按钮，这样操作起来更加方便。

1.3.1 Office按钮

单击“Office”按钮，弹出Office菜单，其中显示了Excel 2007的一些基本功能，包括新建、打开、保存、另存为、打印、准备、发送、发布和关闭等。“Office”按钮是Excel 2007对Excel 2003的一大改进，单击后弹出的菜单内容类似Excel 2003中“文件”菜单中的命令。

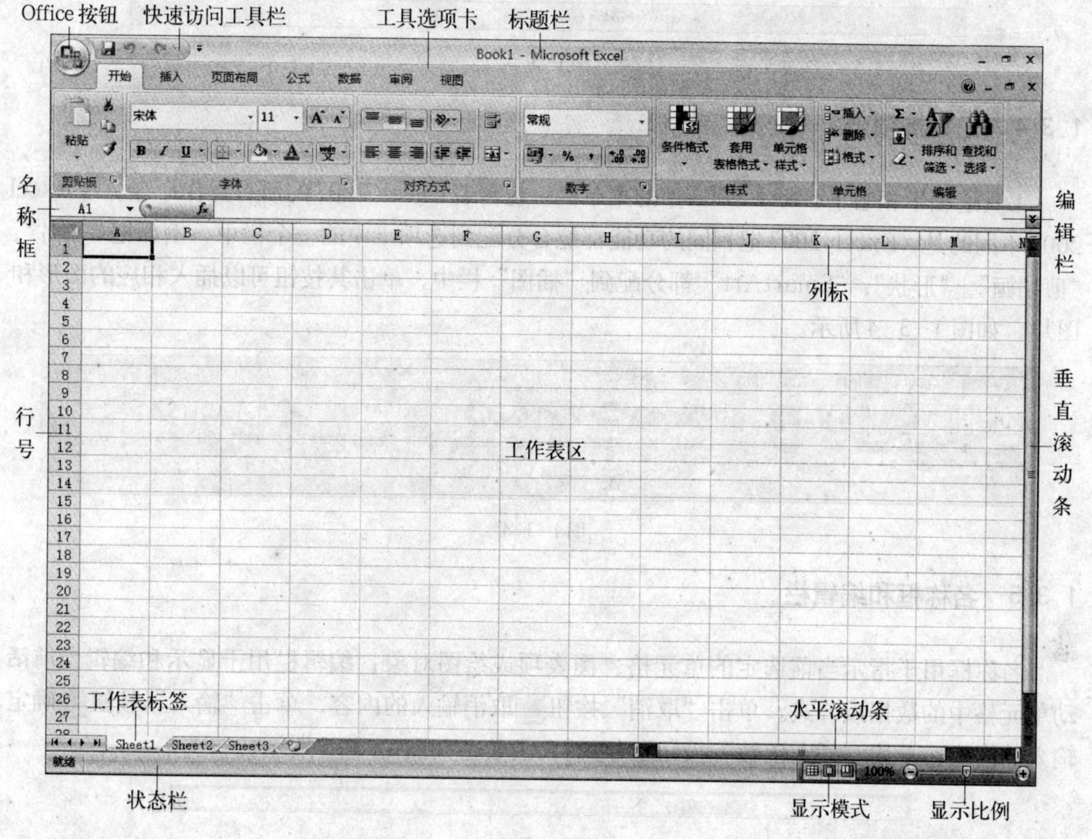

图1–3–1

1.3.2　快速访问工具栏

快速访问工具栏是一些编辑表格时常用的工具按钮，默认情况下只有保存、撤销和恢复3个按钮。如需添加其他选项到快速访问工具栏中，可单击其右侧的“自定义快速访问工具栏”按钮，在弹出菜单中单击需要的命令，可将其添加到快速访问工具栏中，如图1–3–2所示。

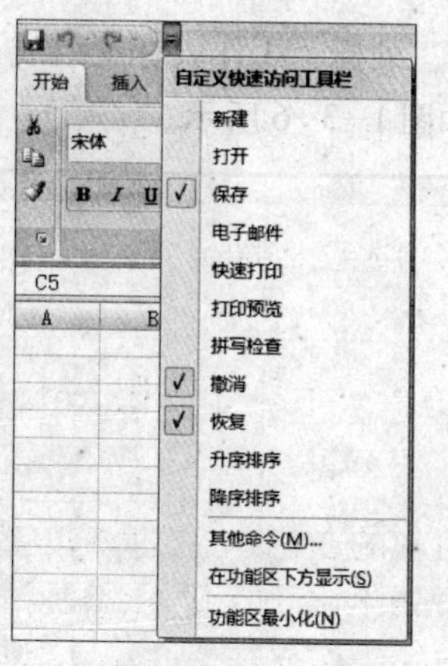

图1–3–2

1.3.3　标题栏

标题栏位于主界面的最上端，用于标识程序名及文件名，即Microsoft Excel为程序名，“Book1”为文件名。标题栏右侧的3个控制按钮分别对窗口进行控制操作，最小化按钮、最大化按钮/还原按钮、关闭按钮，如图1–3–3所示。

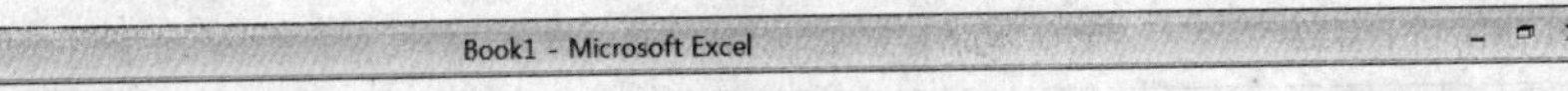

图 1–3–3

1.3.4 工具选项卡

工具选项卡相当于Excel 2003中的菜单栏，包含着Excel 2007的所有操作命令。与Excel 2003不同的是，Excel 2007把相同的功能都综合分配到选项卡中的一个栏中，例如把“图片”、“剪贴画”、“形状”、“SmartArt”都分配到“插图”栏中，单击其按钮可以插入相应的图形和图片，如图1–3–4所示。

图 1–3–4

1.3.5 名称框和编辑栏

名称框用于指示当前选定的单元格、图表项或绘图对象；编辑栏用于显示和编辑当前活动单元格中的数据或公式。单击“取消”按钮取消输入的内容，单击“输入”按钮确定输入的内容，单击“插入函数”按钮可插入函数，如图1–3–5所示。。

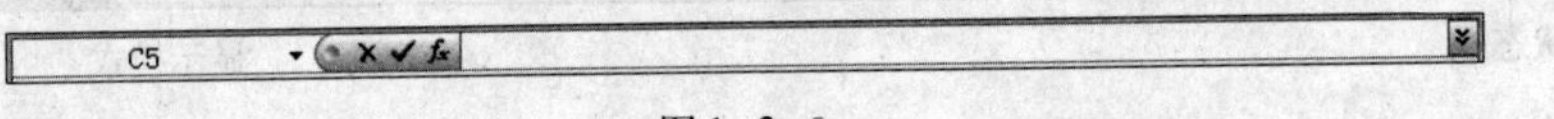

图 1–3–5

1.3.6 工作表区

工作表区由行号、列标、工作表标签组成，可以输入不同的数据类型，是最直观显示所有输入内容的区域，如图1–3–6所示。

图 1–3–6

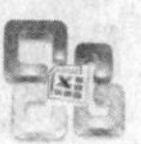

1.3.7　状态栏

状态栏位于窗口底部，用于显示当前数据的编辑情况和调整页面显示比例。页面显示控制区由视图切换、缩放级别 100% 和显示比例3部分组成。视图切换可以实现普通、页面布局和分页预览视图之间的切换，缩放级别随着显示比例滑块的拖动而改变。如图1−3−7所示。

就绪
100%

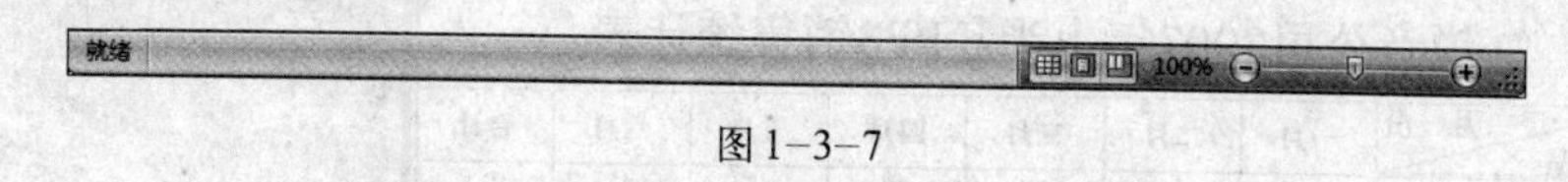

图1−3−7

1.4　Excel 2007的视图方式

视图是Excel文档在计算机屏幕上的显示方式。在Excel 2007中有普通、页面布局、分页预览、全屏显示以及拆分视图等多种方式。

1.4.1　普通视图

普通视图是Excel的默认视图方式，主要用于数据输入与筛选、制作图表和设置格式等操作，如图1−4−1所示。

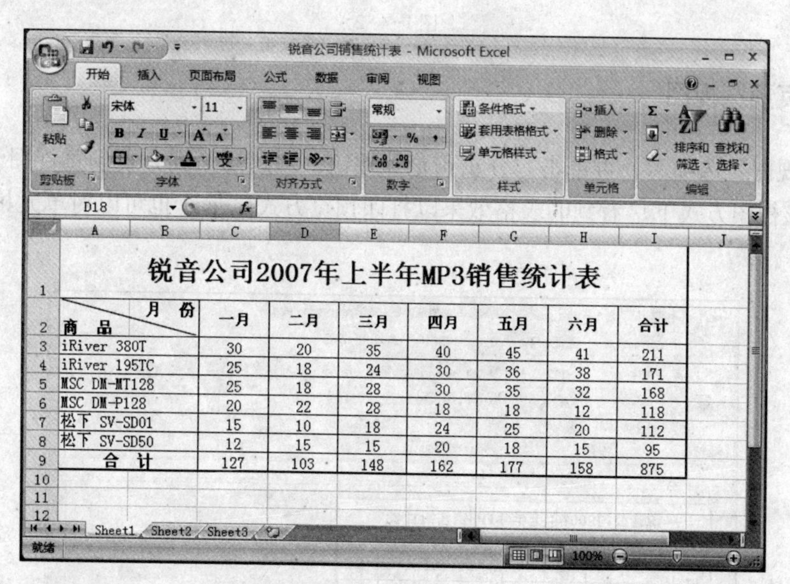

锐音公司销售统计表 - Microsoft Excel
开始
插入
页面布局
公式
数据
审阅
视图
锐音公司2007年上半年MP3销售统计表
月份
商品
一月
二月
三月
四月
五月
六月
合计
iRiver 380T 30 20 35 40 45 41 211
iRiver 195TC 25 18 24 30 36 38 171
MSC DM-MT128 25 18 28 30 35 32 168
MSC DM-P128 20 22 28 18 18 12 118
松下 SV-SD01 15 10 18 24 25 20 112
松下 SV-SD50 12 15 15 20 18 15 95
合计 127 103 148 162 177 158 875
Sheet1
Sheet2
Sheet3
就绪
100%

图1−4−1

1.4.2　页面布局视图

选择“视图”选项卡，再单击“页面布局”按钮，可以切换到页面布局视图。如图1−4−2所示，在该视图方式下，可以看到该工作表中所有电子表格的效果，也可以进行数据的编辑。

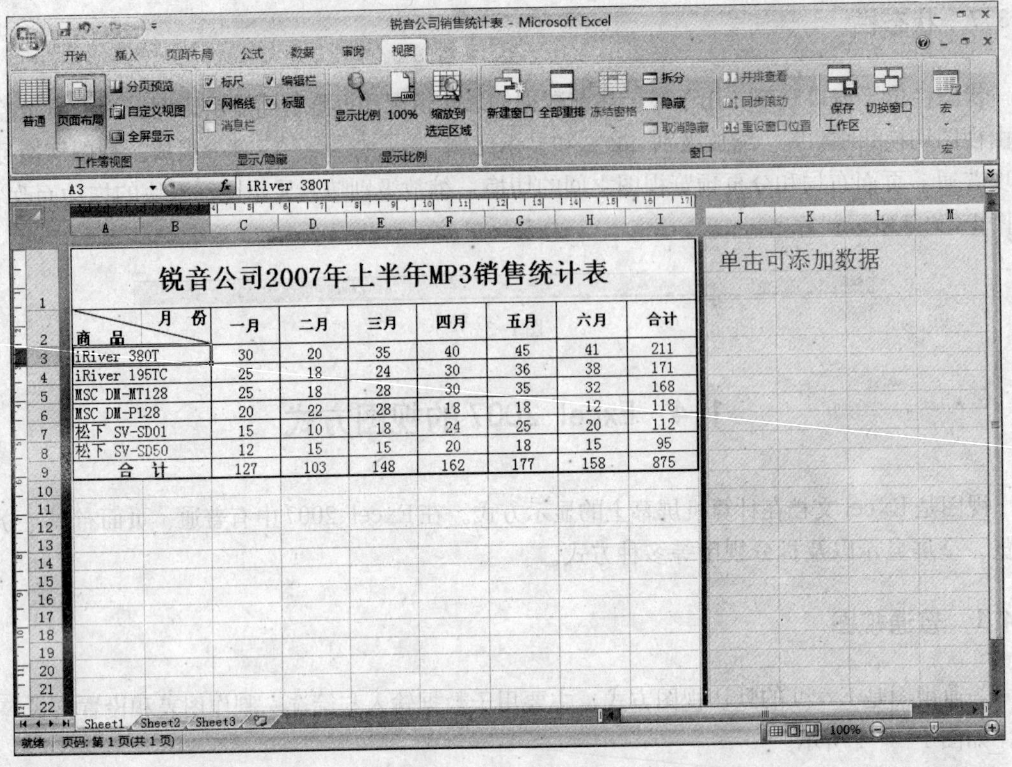

图1-4-2

1.4.3 分页预览视图

选择“视图”选项卡，再单击“分页预览”按钮，可以切换到分页预览视图。如图1-4-3所示，在该视图方式下，看到的表格效果以打印预览方式显示，也可以对单元格中的数据进行编辑。

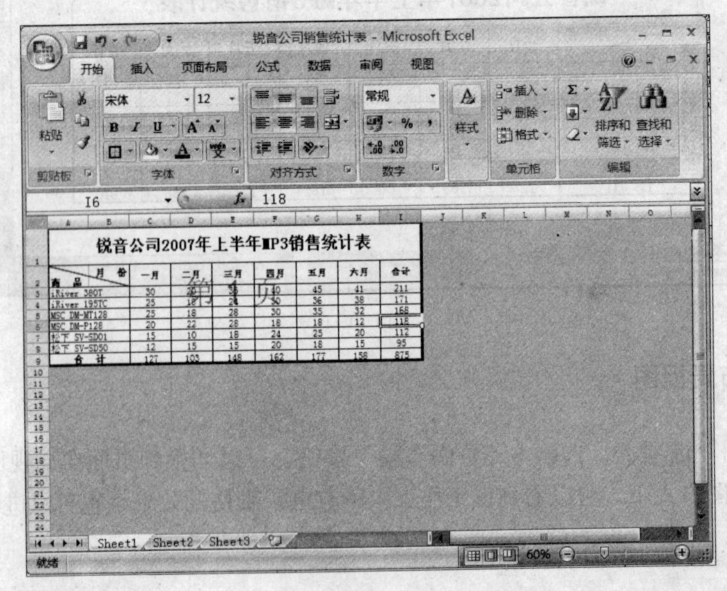

图1-4-3

1.4.4 全屏显示视图

选择“视图”选项卡，再单击“全屏显示”按钮，可以切换到全屏显示视图。如图1-4-4所示，在该视图方式下，只显示工作表区，这样可以在显示器上显示尽可能多的表格内容，按Esc键退出该视图方式。

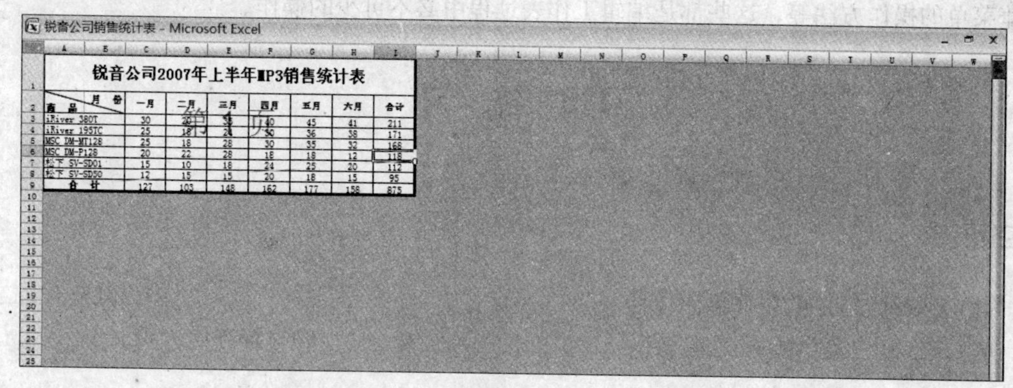

锐音公司2007年上半年MP3销售统计表

月份/商品	一月	二月	三月	四月	五月	六月	合计
iRiver 380T	30	20	35	40	45	41	211
iRiver 195TC	25	18	24	30	36	38	171
MSC DM-MT128	25	18	28	30	35	32	168
MSC DM-P128	20	22	28	18	18	12	118
松下 SV-SD01	15	10	18	24	25	20	112
松下 SV-SD50	12	15	15	20	18	15	95
合计	127	103	148	162	177	158	875

图1-4-4

1.4.5 拆分视图

选择“视图”选项卡，再单击“拆分”按钮，可以将编辑区拆分为上下左右4个部分，如图1-4-5所示。查看大型电子表格时，使用该方式十分方便。退出该视图方式，只需再次单击“拆分”按钮。

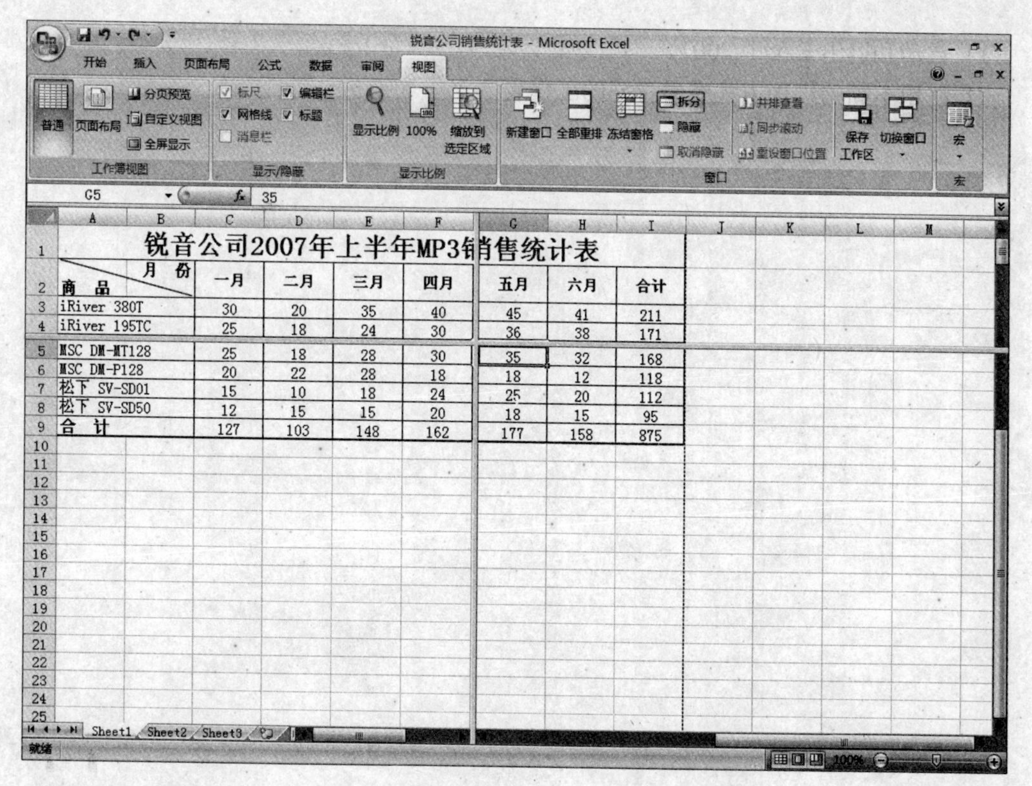

锐音公司2007年上半年MP3销售统计表

月份/商品	一月	二月	三月	四月	五月	六月	合计
iRiver 380T	30	20	35	40	45	41	211
iRiver 195TC	25	18	24	30	36	38	171
MSC DM-MT128	25	18	28	30	35	32	168
MSC DM-P128	20	22	28	18	18	12	118
松下 SV-SD01	15	10	18	24	25	20	112
松下 SV-SD50	12	15	15	20	18	15	95
合计	127	103	148	162	177	158	875

图1-4-5

1.5 小 结

本章主要讲述了Excel 2007的基础知识，包括Excel 2007的功能、操作界面的组成以及视图方式等。读者在学习过程中应熟练掌握Excel 2007工作界面的各个组成部分、选项卡和快捷菜单的操作方法等，这些都是编辑工作表过程中必不可少的操作。

1.6 练 习

填空题

(1) Excel 2007的操作界面包括______、______、______、______、______、______以及______。

(2) Excel 2007中有______、______、______、______和______等多种视图方式。

简答题

(1) Excel 2007的主要功能及新增功能有哪些?

(2) Excel 2007的操作界面与Excel 2003有何区别?

上机练习

(1) 启动和退出Excel 2007。

(2) 使用不同的视图方式查看打开的工作表。

第 2 章　Excel 2007 基本操作

通过本章，你应当学会：

(1) 创建工作簿。

(2) 保存工作簿。

(3) 打开工作簿。

(4) 关闭工作簿。

(5) 保护工作簿。

学习 Excel 基本操作是制作和编辑表格的前提，主要包括创建、保存、打开、关闭和保护工作簿等，只有掌握了 Excel 的这些基本操作之后，才能在 Excel 中随心所欲地制作电子表格。

2.1　创建 Excel 工作簿

2.1.1　创建新的空白工作簿

启动 Excel 2007 后，将自动创建一个名为“Book1”的工作簿。创建新的空白工作簿，操作步骤如下：

(1) 启动 Excel 2007，单击“Office”按钮。

(2) 在弹出的菜单中选择“新建”命令，如图 2-1-1 所示。

图 2-1-1

(3) 在打开的“新建工作簿”对话框中，单击“空工作簿”图标。

(4) 单击位于对话框右下角的“创建”按钮，如图 2-1-2 所示，新建空白工作簿。

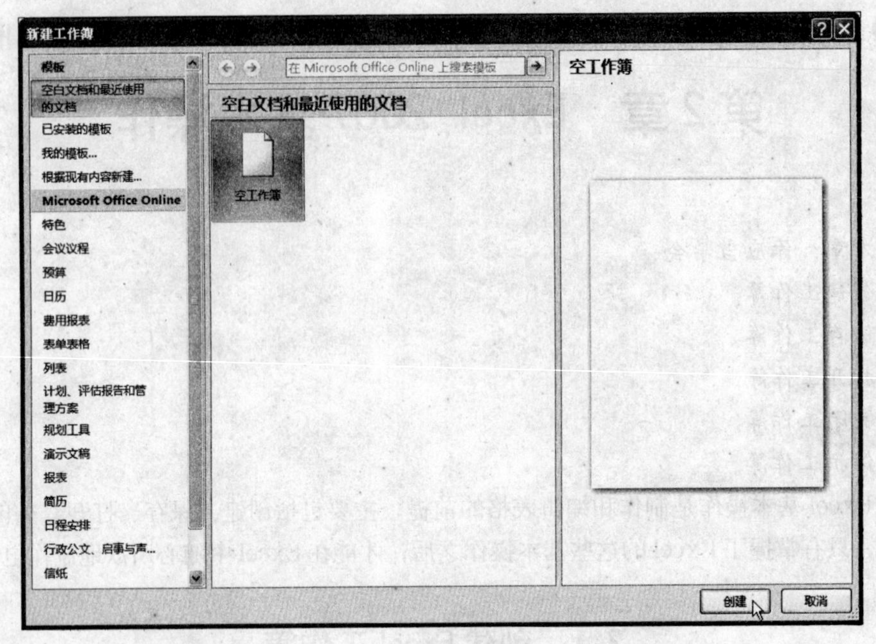

图 2-1-2

2.1.2 使用模板快速创建工作簿

使用模板创建工作簿有两大好处，一是速度快，节约工作时间；二是准确。

使用模板创建新工作簿，操作步骤如下：

(1) 单击“Office”按钮，在弹出的菜单中选择“新建”命令。

(2) 在打开的“新建工作簿”对话框中的“模板”栏里选择“已安装的模板”，在右侧“已安装的模板”列表框中选择需创建的工作簿模板类型，单击“创建”按钮，如图 2-1-3 所示。

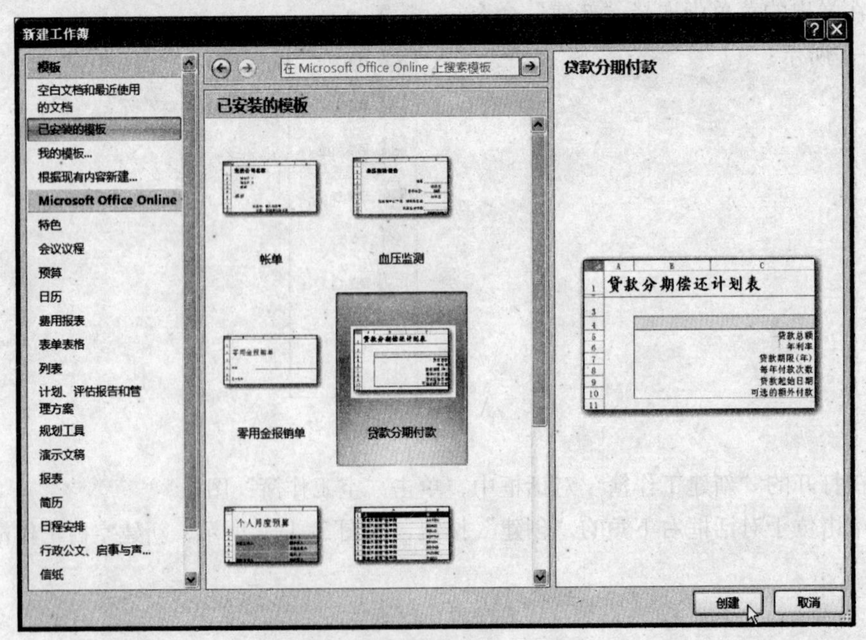

图 2-1-3

(3) 此时就创建了一个基于“贷款分期付款”模板的工作簿，如图2-1-4所示。

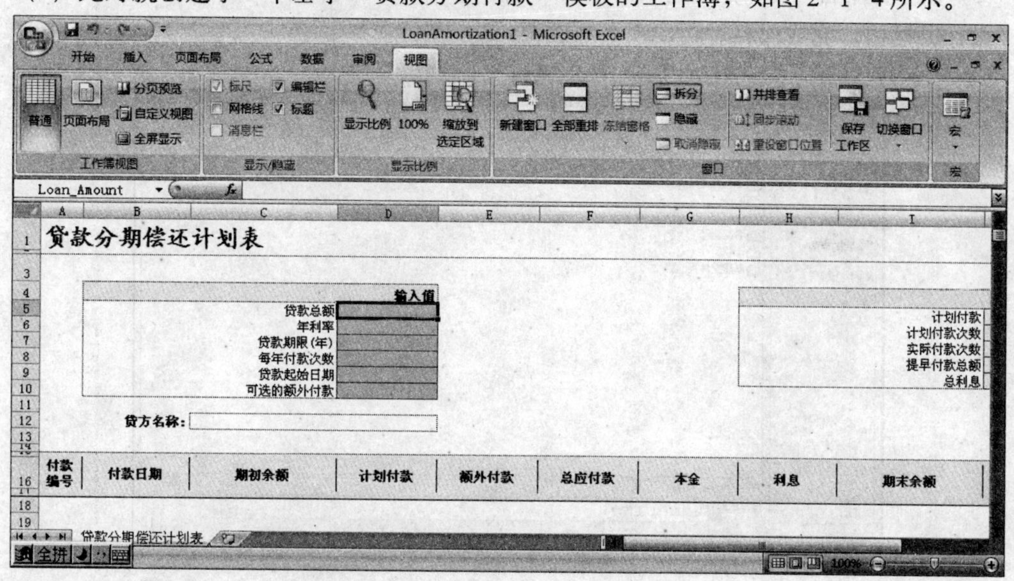

图2-1-4

2.2　保存Excel工作簿

2.2.1　直接保存

把有用的工作簿保存在电脑中，以便随时打开对其进行查看和编辑。

保存工作簿，操作步骤如下：

(1) 在打开的工作簿中单击快速访问工具栏中的“保存”按钮，打开“另存为”对话框。

(2) 单击“保存位置”右侧的下拉按钮，在下拉列表中选择存放工作簿的驱动器或目录，这里选择E盘，如图2-2-1所示。

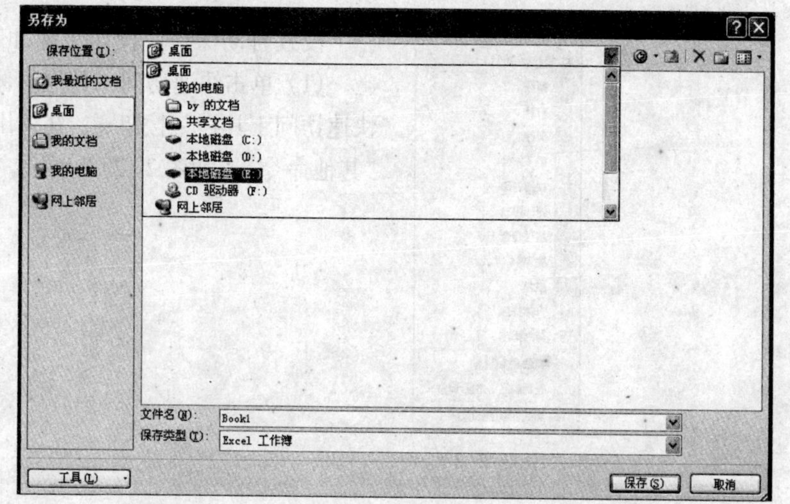

图2-2-1

(3) 在"文件名"文本框中输入要保存的文件名，这里输入"表1"，如图2-2-2所示，单击"保存"按钮，完成保存。

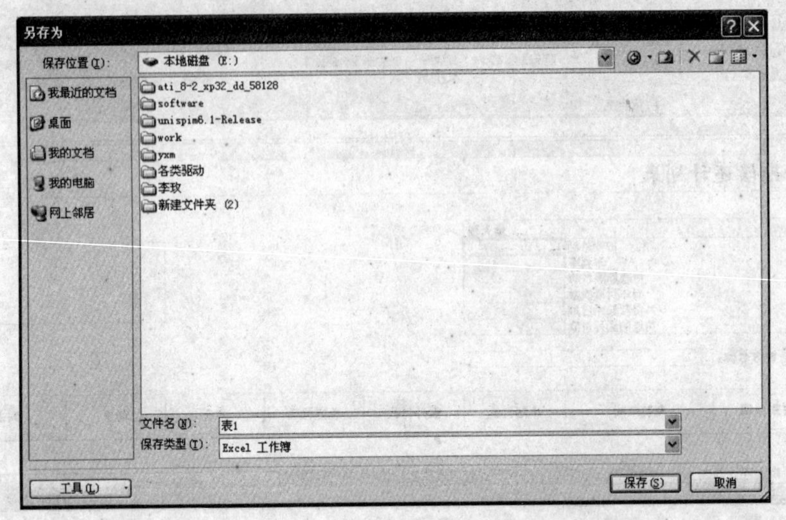

图2-2-2

注意

Excel 2007生成的文档扩展名是".xlsx"，而老版本Excel生成的文档扩展名是".xls"，如Excel 2007中以默认类型保存的文档，将不能在老版本Excel中使用，可将其保存为与97-2003版本兼容的副本。其方法是：在"另存为"对话框中的"保存类型"下拉列表框中选择"Excel 97-2003工作簿"选项即可。

2.2.2 设置工作簿的自动保存

在编辑工作簿时难免会遇到突发情况，比如突然停电或者电脑重启，而此时工作簿尚未保存。为了降低丢失数据的风险，可使用自动保存功能。

设置自动保存，操作步骤如下：

(1) 单击快速访问工具栏右侧的"自定义快速访问工具栏"按钮▾，在弹出菜单中选择"其他命令"，如图2-2-3所示。

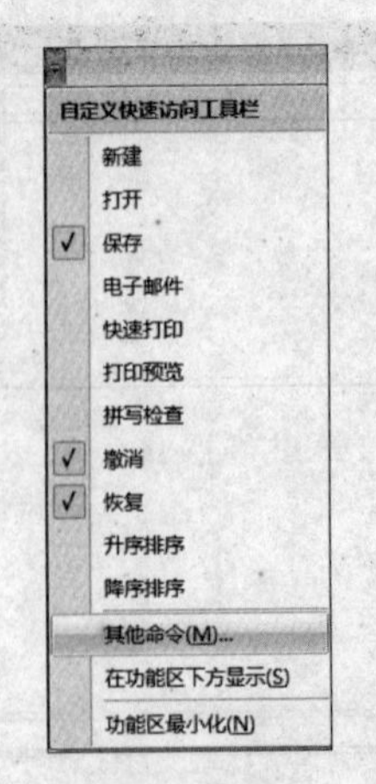

图2-2-3

（2）打开“Excel选项”对话框，选择“保存”选项卡，在其中勾选“保存自动恢复信息时间间隔”复选框，在其右侧文本框内键入时间值，如图2-2-4所示，单击“确定”按钮。

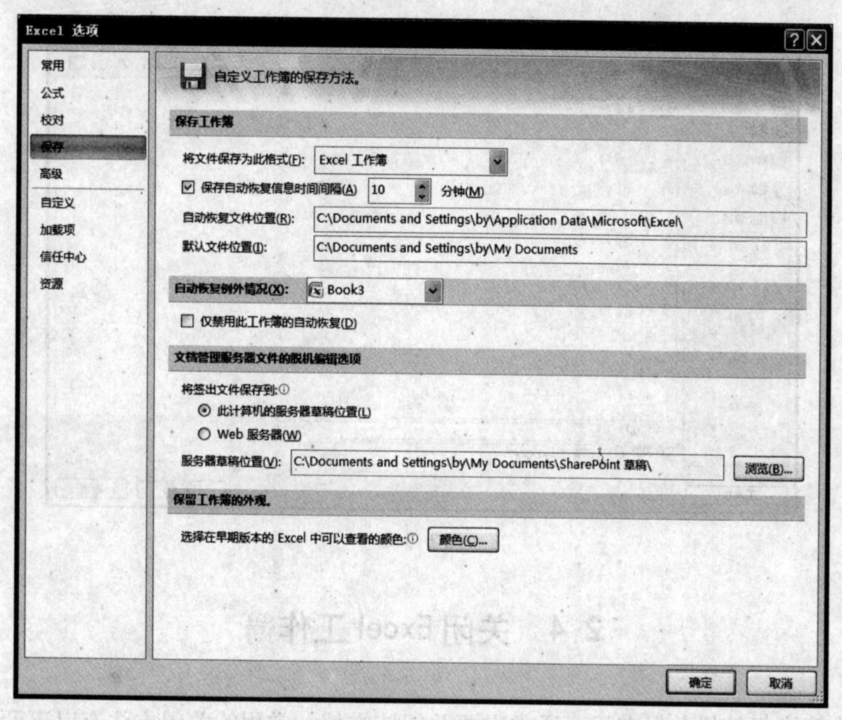

图2-2-4

2.2.3　另存为工作簿

如果对某个Excel文档中的内容进行修改后，又不想改变原文档的内容，此时可以用备份的方式将工作簿用另外的文件名或保存路径进行保存，这样原工作簿的内容便不会被修改。

另存为文件，操作步骤如下：

（1）单击“Office”按钮，选择“另存为”命令，打开“另存为”对话框。

（2）在“保存位置”下拉列表框中选择要另外保存的路径。

（3）在“文件名”下拉列表框中输入要另存为的文件名，单击“保存”按钮即可。

2.3　打开Excel工作簿

工作簿被保存并关闭后，在需要查看或再编辑等操作时，就需要先将其打开。

打开工作簿，操作步骤如下：

（1）单击“Office”按钮，在弹出的菜单中选择“打开”命令，如图2-3-1所示。

图2-3-1

(2) 在弹出的“打开”对话框的“查找范围”下拉列表中选择文件所在的位置，然后在列表框中选择目标文件，如图 2-3-2 所示，单击“打开”按钮，便可打开所需的工作簿。

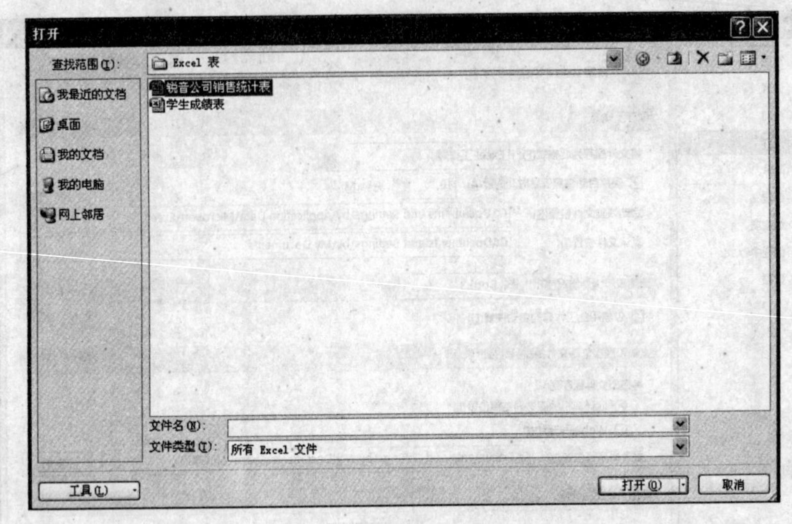

图 2-3-2

2.4 关闭 Excel 工作簿

对工作簿进行编辑并保存后，通常需要关闭该文档，常用的关闭方法有以下两种：

方法 1：单击选项卡右侧的“关闭”按钮 ×，如图 2-4-1 所示。

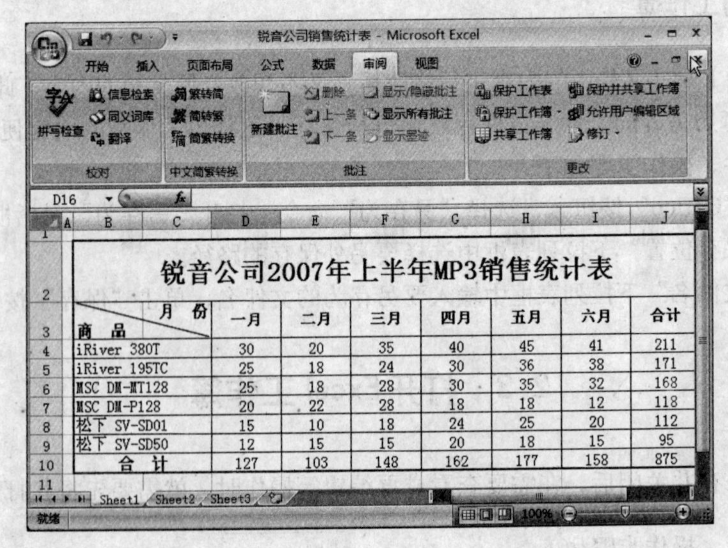

锐音公司2007年上半年MP3销售统计表

商品 \ 月份	一月	二月	三月	四月	五月	六月	合计
iRiver 380T	30	20	35	40	45	41	211
iRiver 195TC	25	18	24	30	36	38	171
MSC DM-MT128	25	18	28	30	35	32	168
MSC DM-P128	20	22	28	18	18	12	118
松下 SV-SD01	15	10	18	24	25	20	112
松下 SV-SD50	12	15	15	20	18	15	95
合 计	127	103	148	162	177	158	875

图 2-4-1

方法2：单击“Office”按钮，在弹出的菜单中选择“关闭”命令，如图2-4-2所示。

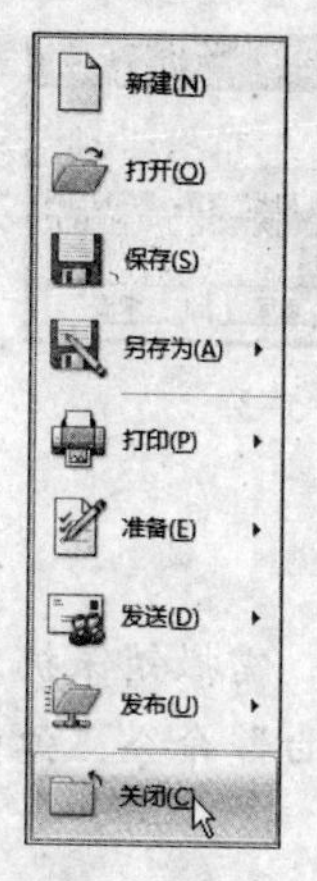

图2-4-2

注意

如果关闭工作簿前对工作簿作过编辑而又没有保存，关闭时将打开一个提示对话框询问是否保存所作的修改，单击“是”按钮将保存修改并关闭工作簿；单击“否”按钮将放弃修改并关闭工作簿；单击“取消”按钮将取消关闭工作簿的操作。

2.5　保护Excel工作簿

保存重要信息的工作簿，不想被其他人随意查看和修改，可以设置密码对该工作簿进行保护，限制其他人的查看和修改。

保护工作簿，操作步骤如下：

(1) 选择“审阅”选项卡，单击“保护工作簿”按钮，如图2-5-1所示。

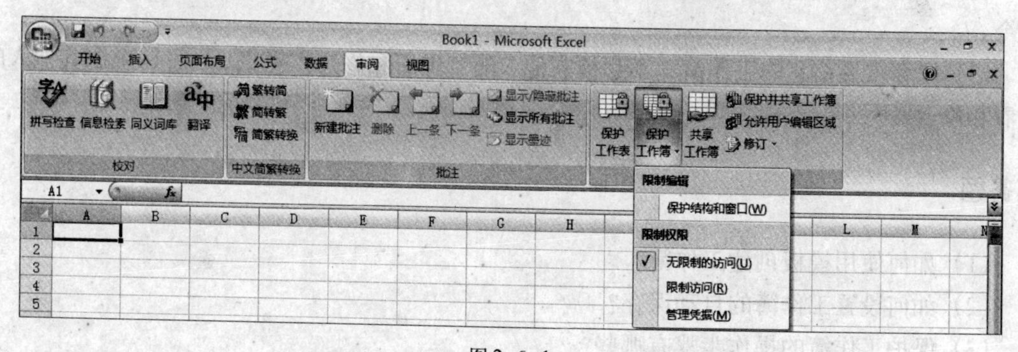

图2-5-1

(2) 在弹出的菜单中选择“保护结构和窗口”命令，打开“保护结构和窗口”对话框，勾选“结构”和“窗口”复选框，在“密码”文本框中输入密码，如图2-5-2所示，单击“确定”按钮。

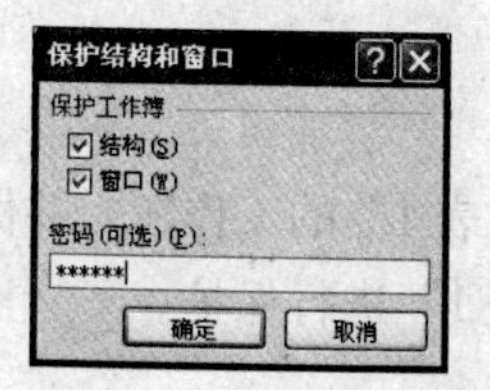

图2-5-2

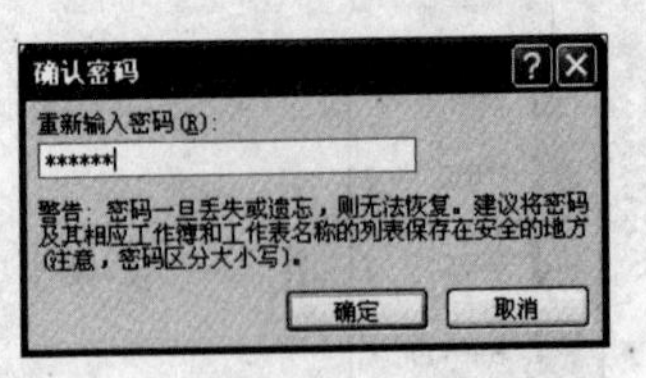

图2-5-3

(3) 在打开的“确认密码”对话框中再次输入密码，如图2-5-3所示。单击“确定”按钮，完成工作簿的保护工作。

注意

如果要编辑受保护的工作簿，需撤销保护，方法是选择“审阅”选项卡，单击“保护工作簿”按钮，选择“保护结构和窗口”命令，弹出“撤销工作簿保护”对话框，输入密码，单击“确定”按钮即可。

2.6 小 结

本章介绍了Excel的一些基本操作，即工作簿的创建、保存和关闭等。通过本章的学习，读者应掌握这些基本操作，为进一步深入学习Excel 2007打下坚实的基础。

2.7 练 习

填空题

(1) 启动Excel 2007后，将自动创建一个名为_____的工作簿。

(2) 如果要将已保存的工作簿重命名并保存，则可以单击“Office”按钮，选择_____命令。

(3) 保存重要信息的工作簿，不想被其他人随意查看和修改，可以_____，限制其他人的查看和修改。

简答题

(1) 如何使用模板创建工作簿？

(2) 如何设置工作簿的自动保存？

(3) 保护工作簿的操作步骤有哪些？

上机练习

(1) 新建一个名为“表1”的工作簿，并保存。

(2) 对所创建的“表1”进行保护。

第3章　输入和编辑数据

通过本章，你应当学会：

(1) 输入数据。

(2) 修改数据。

(3) 复制数据。

(4) 查找数据。

(5) 替换数据。

在Excel 2007中，最基本也是最常用的操作就是数据处理。Excel 2007提供了强大且人性化的数据处理功能，可以轻松完成各项数据操作。

3.1 输入数据

在制作工作表时，需要在相应的单元格中输入数据。在Excel中不仅可以输入一般的数据，还可以输入一些特殊的数据，在输入时还可以在多个单元格中同时输入相同的数据。

3.1.1 选择单元格

要想在工作表中输入数据，首先应选择需要输入数据的单元格，然后再输入内容，选择单元格通常有以下几种情况。

1.选择单个单元格

在工作表中，将鼠标指针移到需要选择的单元格上，单击鼠标左键，该单元格即为当前单元格，选定的单元格以黑线框显示，如图3-1-1所示。

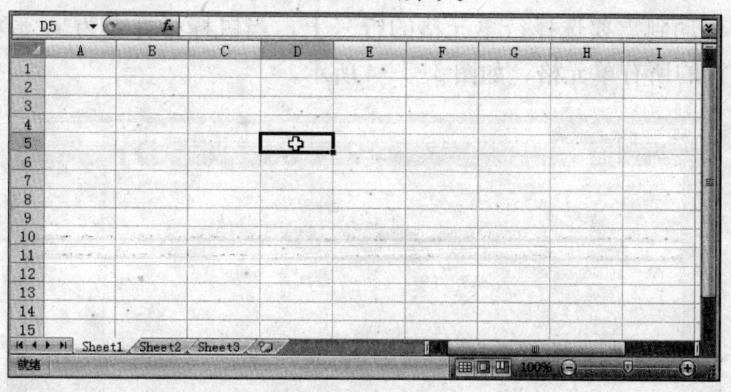

图3-1-1

2.选择一个单元格区域

如果要选择一个单元格区域，先用鼠标单击区域左上角的单元格，按住左键并拖动鼠标到达区域的右下角，释放鼠标左键即可，如图3-1-2所示。

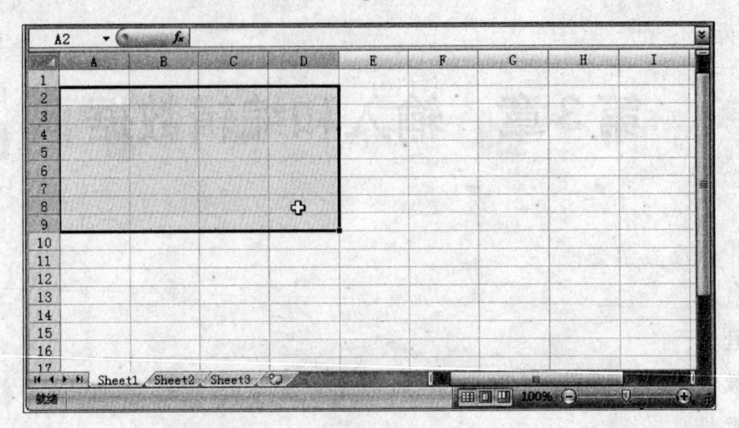

图3-1-2

3.选择多个不相邻的单元格区域

要选择多个不相邻的单元格区域，可先选择第一个单元格区域，然后按住Ctrl键不放，再使用鼠标选定其他单元格区域，如图3-1-3所示。

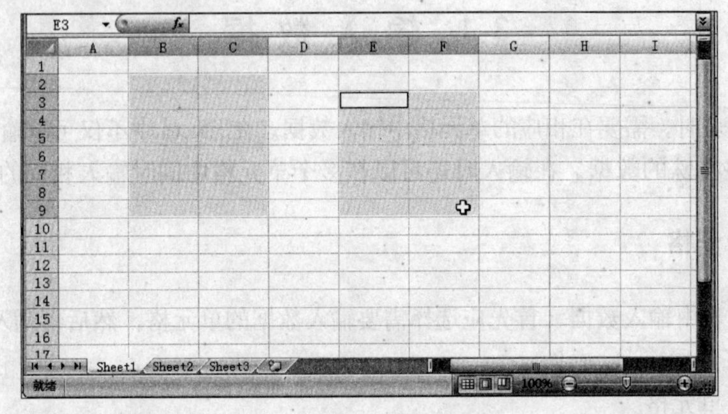

图3-1-3

4.选择整行单元格

将鼠标指针移动到需要选择行单元格的行号上，当鼠标指针变为 ➡ 形状时单击鼠标左键，即可选择该行的所有单元格，如图3-1-4所示。

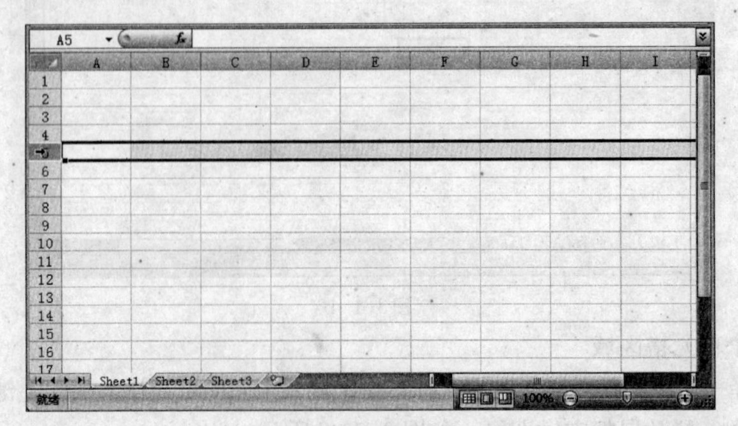

图3-1-4

5.选择多行相邻单元格

将鼠标指针移到需要选择的第1行的行号上，当鼠标指针变为➡形状时按住鼠标左键向下拖动，到达所需的行数时释放鼠标左键即可，如图3-1-5所示。

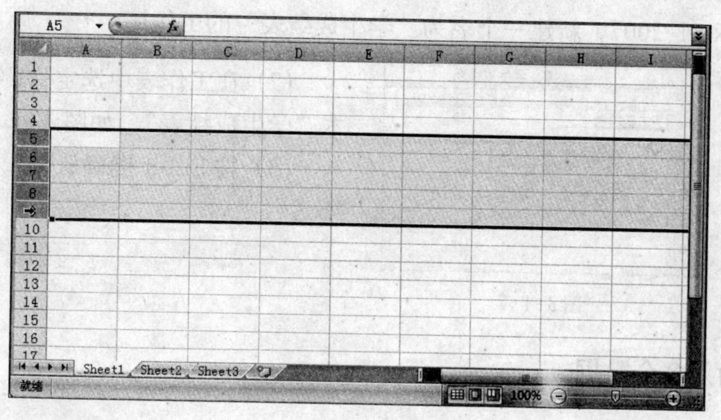

图3-1-5

6.选择整张工作表

单击工作表左上角行号与列标交叉处的“全部”图标◢，可选定整张工作表，如图3-1-6所示。

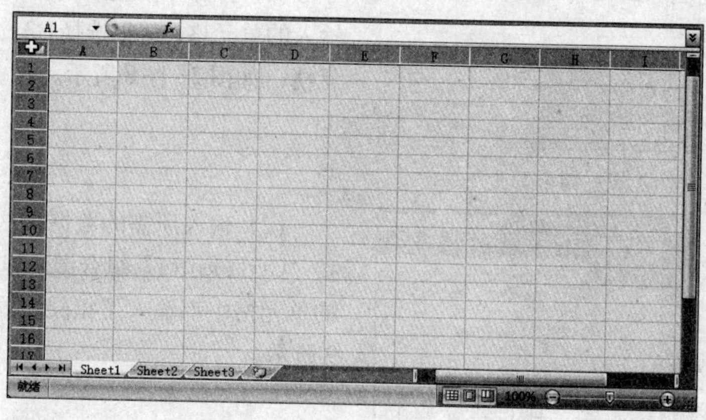

图3-1-6

注意

选择整列单元格的方法：将鼠标指针移到需要选择列的列标上，当鼠标指针变为⬇形状时单击左键即可。

选择多列相邻单元格的方法：将鼠标指针移到需要选择的第1列的列标上，当鼠标指针变为⬇形状时，按住鼠标左键向左或向右拖动，当鼠标指针达到所需列数时释放鼠标左键即可。

选择多个不相邻的行或列的方法：将鼠标指针移到需要选择的第1行或第1列的行号或列标上单击，然后按住Ctrl键，再单击其他行号或列标。

3.1.2 输入文本数据

在Excel 2007中，文本通常是指字符或者任何数字和字符的组合。输入到单元格内的任何字符集，只要不被系统解释成数字、公式、日期、时间或者逻辑值，则Excel 2007一律将其视为文本。在输入文本数据时，系统默认的对齐方式是单元格内向左对齐。

输入文本数据，操作步骤如下：

(1) 启动Excel 2007，新建一个名为“学生成绩表”的工作簿。

图3-1-7

(2) 在工作表中选定A1单元格，输入文本“学生成绩表”，如图3-1-7所示。

(3) 按Enter键确认输入。

3.1.3 同时输入多个数据

在制作工作表时，经常会遇到需要在不相连的多个单元格中输入相同的数据，可以先选择这些单元格，然后输入数据。

图3-1-8

同时输入多个数据，操作步骤如下：

(1) 打开“学生成绩表”工作簿，选择要输入的单元格，这里选择B3、C5、D8和B9单元格，如图3-1-8所示。

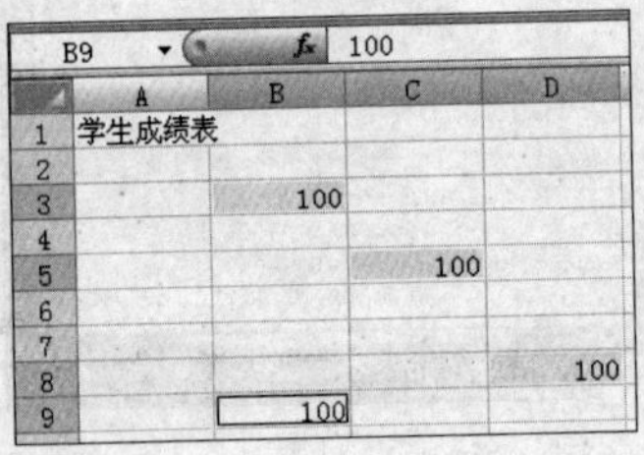

图3-1-9

(2) 输入所需的数据，这里输入“100”，按“Ctrl+Enter”组合键，即可看到所有选择的单元格中都输入了相同的数据，如图3-1-9所示。

3.1.4 输入以0开头的数据

在Excel中输入数据时，会发现不能输入以0开头的数据，如输入“01”后按Enter键将变为“1”，此时应采用特殊的方法进行输入。

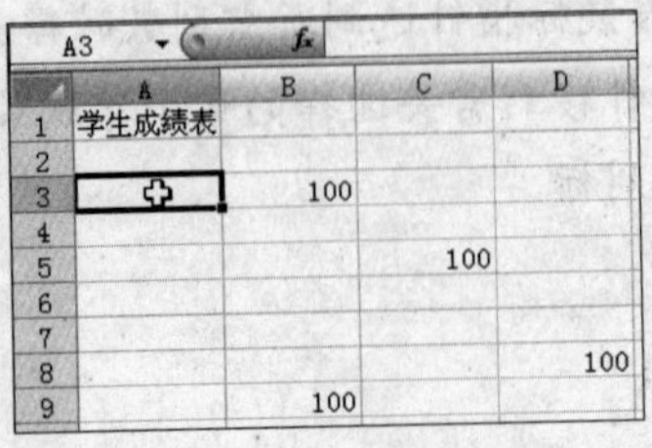

图3-1-10

输入以0开头的数据，操作步骤如下：

(1) 打开“学生成绩表”工作簿，选择要输入数据的单元格A3，如图3-1-10所示。

（2）单击“开始”选项卡，在“数字”组中单击“常规”右侧的下拉按钮，在弹出的下拉列表框中选择“其他数字格式”，如图 3-1-11 所示。

图 3-1-11

（3）打开“设置单元格格式”对话框，切换到“数字”选项卡，选择“分类”列表框中的“自定义”，在“类型”文本框中输入“00”，单击“确定”按钮，完成单元格的格式设置，如图 3-1-12 所示。

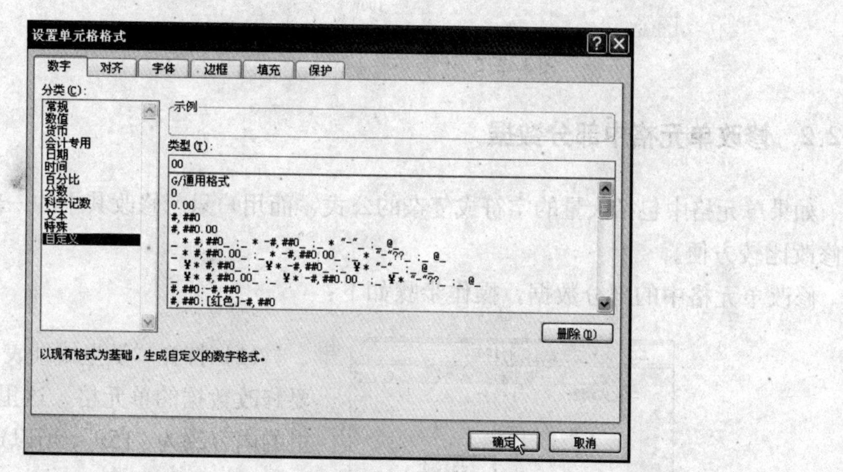

图 3-1-12

（4）在 A3 中输入“1”，按 Enter 键确认，单元格中就会显示出“01”，如图 3-1-13 所示。

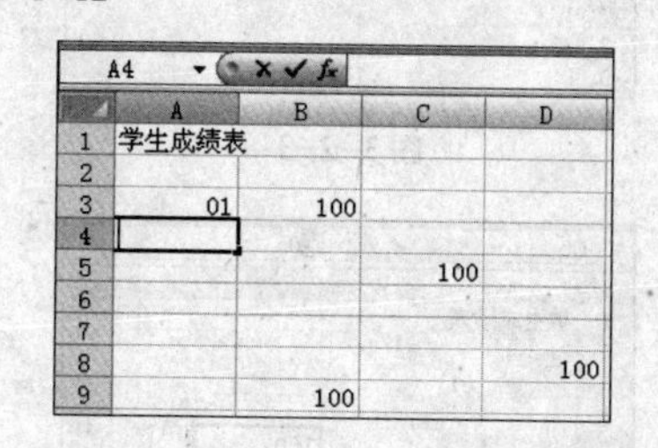

图 3-1-13

3.2 修改数据

在单元格中输入数据的过程并不一定都非常顺利，总会出现一些输入错误或碰到这样那样的问题，此时就需要对输入的数据进行修改。

3.2.1 修改单元格中的全部数据

修改单元格中的全部数据，操作步骤如下：

(1) 打开“学生成绩表”工作簿，选择需要修改数据的单元格，这里需要将B3单元格里的内容改为“99”，所以选择B3单元格，如图3–2–1所示。

图3–2–1

(2) 直接输入“99”，按Enter键确认，即可将B3单元格的内容修改为“99”，如图3–2–2所示。

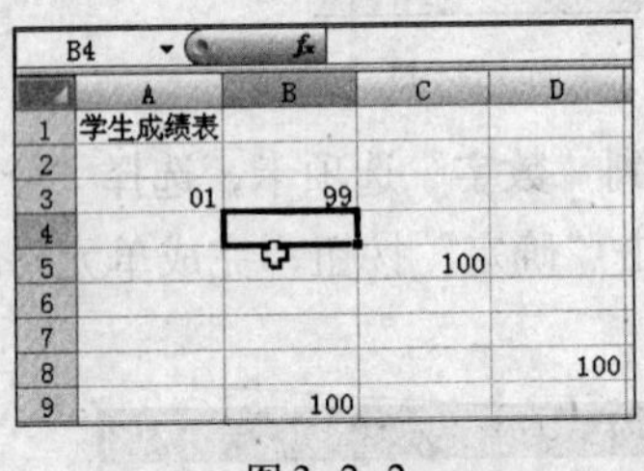

图3–2–2

3.2.2 修改单元格中部分数据

如果单元格中包括大量的字符或复杂的公式，而用户只想修改其中的一部分，则在编辑栏中修改比较方便。

修改单元格中的部分数据，操作步骤如下：

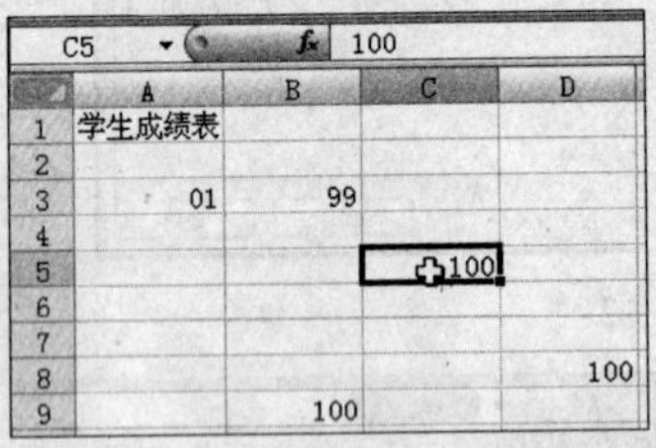

(1) 打开“学生成绩表”工作簿，选择需要修改数据的单元格，这里需要将C5单元格里的内容改为“150”，所以选择C5单元格，如图3–2–3所示。

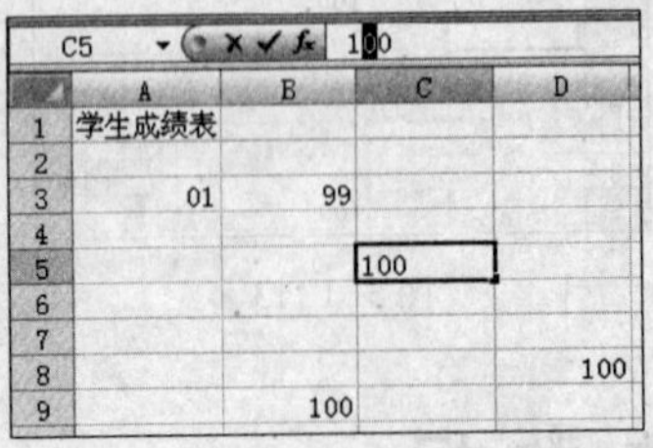

图3–2–3

(2) 在编辑栏中，移动鼠标指针将光标定位到第一个“0”之前，然后按住鼠标左键拖动选择第一个“0”，此时第一个“0”呈高亮显示，如图3–2–4所示。

图3–2–4

(3) 直接输入“5”，再单击编辑栏中的输入按钮✔，如图3-2-5所示，即可完成修改。

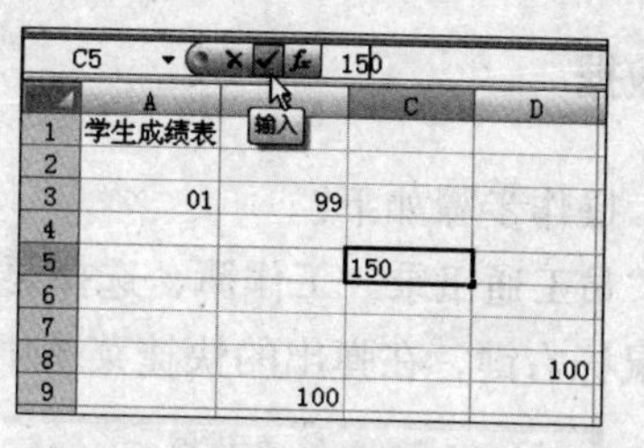

图3-2-5

注意

在需要修改的单元格中双击，此时在该单元格中将出现闪烁的光标，选择需要修改的数据，然后输入需要的数据，再按Enter键也可完成修改工作。

3.2.3　删除数据

若不再需要单元格中的数据，可将其删除。

删除数据，操作步骤如下：

(1) 打开“学生成绩表”工作簿，选择要删除数据的单元格或单元格区域，这里选择A3，如图3-2-6所示。

A3　fx　1

	A	B	C	D
1	学生成绩表			
2				
3	01	99		
4				
5			150	
6				
7				
8				100
9		100		

图3-2-6

(2) 按Delete键即可删除A3中数据，如图3-2-7所示。

A3　fx

	A	B	C	D
1	学生成绩表			
2				
3		99		
4				
5			150	
6				
7				
8				100
9		100		

图3-2-7

注意

在使用Delete键删除单元格内容时，只能将输入的数据从单元格中删除，单元格的属性，如格式、注释等仍然保留。

如果想要删除单元格内属性，仅按Delete键是不够的。正确的方法是：在“开始”选项卡的“编辑”组中，单击“清除”按钮，在弹出的菜单中选择相应的命令，即可删除单元格中相应的属性。

3.3　复制和移动数据

在编辑表格的过程中，通常会遇到某些数据需要重复输入或者部分数据需要更换到其他位置的情况，此时用复制或移动的方法可提高输入效率。

3.3.1 复制数据

复制数据，操作步骤如下：

(1) 打开“员工通讯录”工作簿，选择要复制的单元格，这里选择D2单元格，然后在该单元格上单击鼠标右键，在弹出的快捷菜单中选择“复制”命令，如图3-3-1所示。

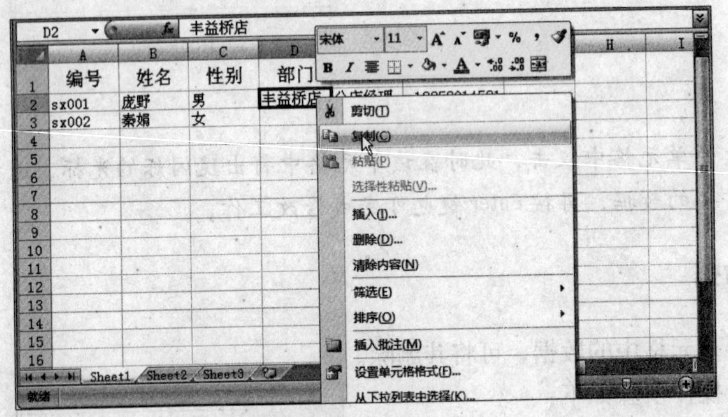

图3-3-1

(2) 选择要将数据复制到的单元格，这里选择D3，单击鼠标右键，在弹出的快捷菜单中选择“粘贴”命令，如图3-3-2所示。

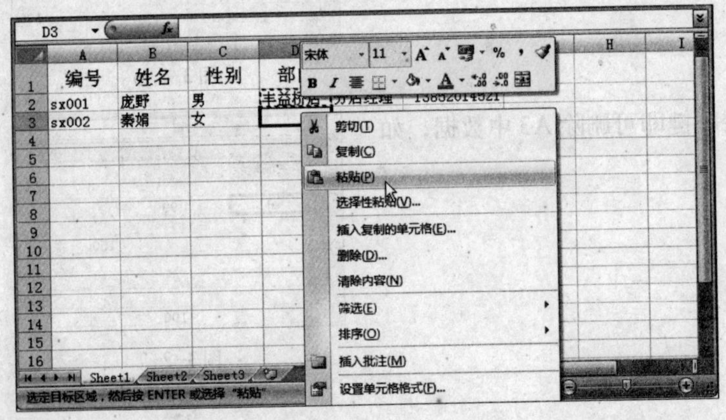

图3-3-2

(3) 复制后的结果，如图3-3-3所示。

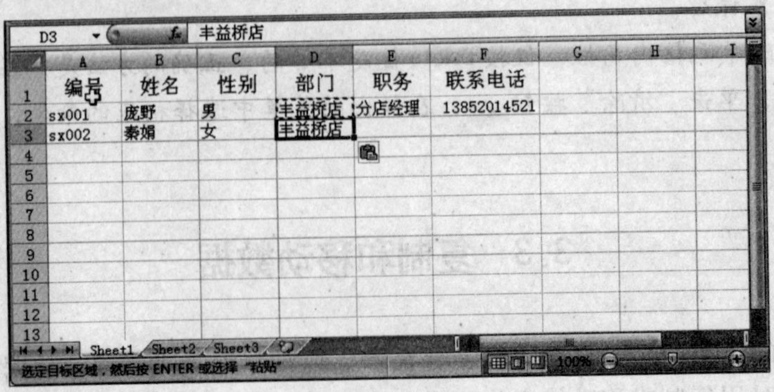

D3 丰益桥店

	A	B	C	D	E	F
1	编号	姓名	性别	部门	职务	联系电话
2	sx001	庞野	男	丰益桥店	分店经理	13852014521
3	sx002	秦娟	女	丰益桥店		

Sheet1 Sheet2 Sheet3

选定目标区域，然后按 ENTER 或选择“粘贴” 100%

图3-3-3

注意

选择需要复制的单元格内容后，按“Ctrl+C”组合键，再选择要将数据复制到的单元格，按“Ctrl+V”组合键，也能复制数据。

3.3.2　移动数据

移动单元格中数据的方法有两种：一是选择“剪切”命令，如在图 3-3-1 中弹出的快捷菜单中选择“剪切”命令，剪切数据后粘贴到目标单元格；二是选择要移动的单元格，拖动鼠标到目标单元格后释放鼠标。下面介绍使用拖动法移动数据的操作步骤。

使用拖动法移动数据，操作步骤如下：

（1）打开“员工通讯录”工作簿，选择需要移动的单元格，这里选择 E2 单元格，移动鼠标指针到所选单元格的边框上，此时鼠标指针由✚变为✥形状，如图 3-3-4 所示。

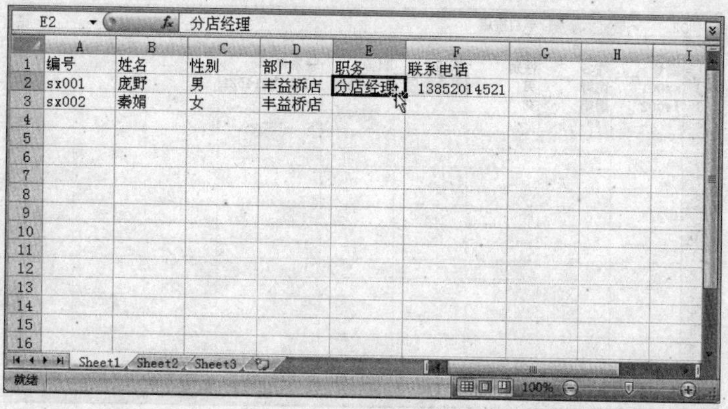

E2　分店经理

	A	B	C	D	E	F
1	编号	姓名	性别	部门	职务	联系电话
2	sx001	庞野	男	丰益桥店	分店经理	13852014521
3	sx002	秦娟	女	丰益桥店		

Sheet1　Sheet2　Sheet3　就绪　100%

图 3-3-4

（2）按住鼠标左键拖动至目标单元格后释放鼠标，这里选择 E3 为目标单元格，完成移动操作，如图 3-3-5 所示。

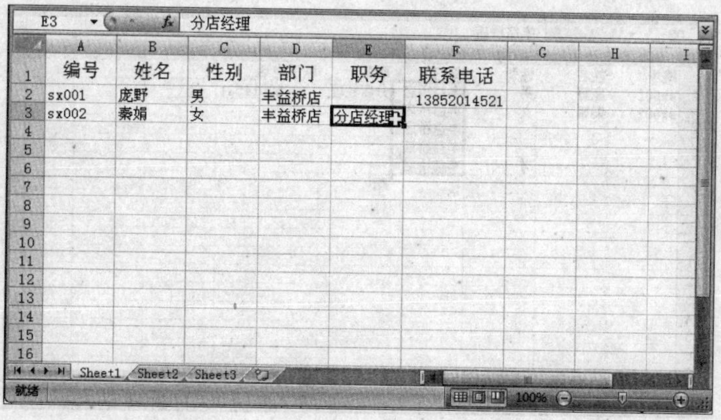

E3　分店经理

	A	B	C	D	E	F
1	编号	姓名	性别	部门	职务	联系电话
2	sx001	庞野	男	丰益桥店		13852014521
3	sx002	秦娟	女	丰益桥店	分店经理	

Sheet1　Sheet2　Sheet3　就绪　100%

图 3-3-5

注意

选择需要移动的单元格内容后，按“Ctrl+X”组合键，再选择要将数据移动到的单元格，按“Ctrl+V”组合键，也能移动数据。

3.4 填充数据

在Excel中输入数据时，如果需要在相邻的多个单元格中输入相同或有规律的数据，可以通过拖动法进行输入，此外通过“序列”对话框也可以在多个单元格中输入有规律的数据。

3.4.1 使用拖动法填充相同数据

在制作表格的过程中，有时需要在多个单元格中输入数据，若逐个输入，则输入的速度非常慢，可使用拖动法一次性进行填充，这样不仅操作简便而且可以大大提高输入速度。

使用拖动法填充相同数据，操作步骤如下：

(1) 打开“员工通讯录”工作簿，选择D2单元格，将鼠标指针移到该单元格的右下角，此时鼠标指针变为+形状，如图3-4-1所示。

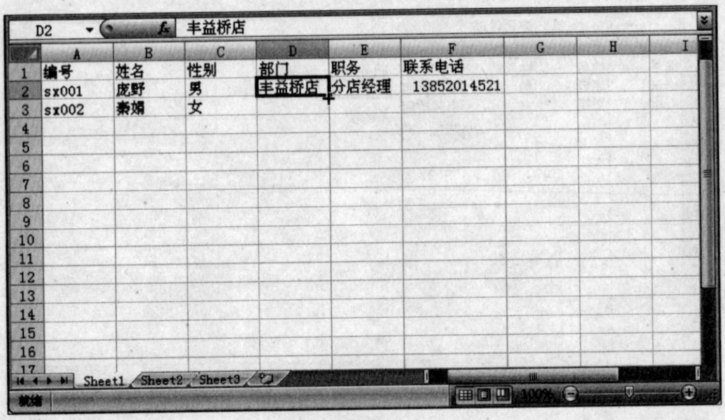

D2 丰益桥店

	A	B	C	D	E	F	G	H	I
1	编号	姓名	性别	部门	职务	联系电话			
2	sx001	庞野	男	丰益桥店	分店经理	13852014521			
3	sx002	秦娟	女						

Sheet1 Sheet2 Sheet3

就绪 100%

图3-4-1

(2) 按住鼠标左键不放向下拖动，当拖动到所需的位置处释放鼠标左键即可输入相同的数据，如图3-4-2所示。

D2 丰益桥店

	A	B	C	D	E	F	G	H	I
1	编号	姓名	性别	部门	职务	联系电话			
2	sx001	庞野	男	丰益桥店	分店经理	13852014521			
3	sx002	秦娟	女	丰益桥店					
4				丰益桥店					
5				丰益桥店					
6				丰益桥店					

Sheet1 Sheet2 Sheet3

就绪 计数：5 100%

图3-4-2

注意

使用拖动法填充相同数据实际上就是复制数据，不过它比复制操作更简单，只需要拖动鼠标即可。

使用拖动法填充数据时，会出现一个“自动填充选项”按钮，单击该按钮，在弹出的菜单中可以设置只填充数据格式或者只填充数据，系统默认将数据格式和数据一起填充。用户也可以不管该按钮，当进行其他操作时，该按钮会自动消失。

3.4.2　使用拖动法填充有规律的数据

当需要在多个单元格中输入有规律的数据时，也可使用拖动法进行填充，无需逐个输入。

使用拖动法填充有规律的数据，操作步骤如下：

（1）打开“员工通讯录”工作簿，选择A2和A3单元格，将鼠标指针移到A3单元格的右下角，此时鼠标指针变成＋形状，如图3–4–3所示。

A2　sx001

	A	B	C	D	E	F
1	编号	姓名	性别	部门	职务	联系电话
2	sx001	庞野	男	丰益桥店	分店经理	13852014521
3	sx002	秦娟	女	丰益桥店		
4				丰益桥店		
5				丰益桥店		
6				丰益桥店		

图3–4–3

（2）按住鼠标左键不放向下拖动，当拖动到所需的位置处释放鼠标左键，即可输入其余有规律的数据，如图3–4–4所示。

A2　sx001

	A	B	C	D	E	F
1	编号	姓名	性别	部门	职务	联系电话
2	sx001	庞野	男	丰益桥店	分店经理	13852014521
3	sx002	秦娟	女	丰益桥店		
4	sx003			丰益桥店		
5	sx004			丰益桥店		
6	sx005			丰益桥店		

图3–4–4

3.4.3　通过“序列”对话框填充有规律的数据

在Excel中除了通过拖动法填充有规律的数据外，也可以通过“序列”对话框进行填充，在填充时还可以设置数据序列的步长。

通过“序列”对话框填充有规律的数据，操作步骤如下：

(1) 在起始单元格中输入起始序数，这里在A1单元格中输入“1”，然后选择该单元格，将鼠标指针移到该单元格的右下角，此时鼠标指针变成**+**形状，如图3–4–5所示。

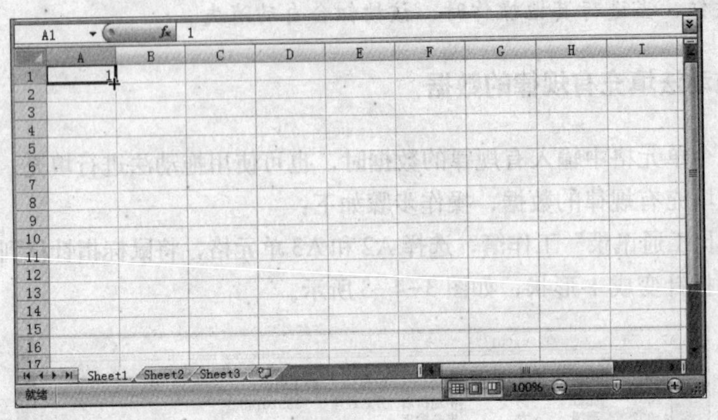

图3–4–5

(2) 按住鼠标右键不放向下拖动，当拖动到所需的位置处释放鼠标右键，此时弹出一个填充方式的快捷菜单，选择“序列”命令，如图3–4–6所示。

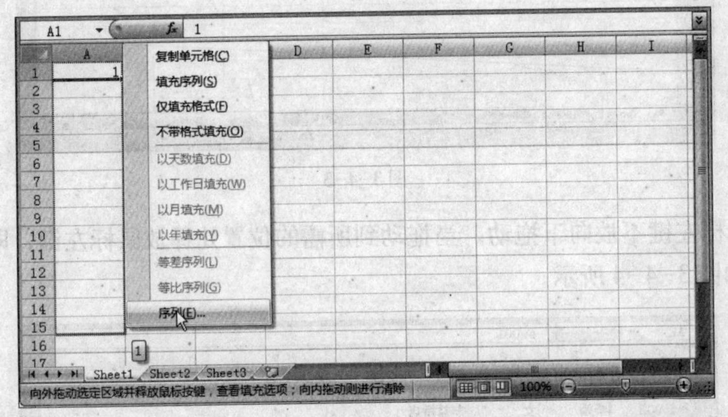

图3–4–6

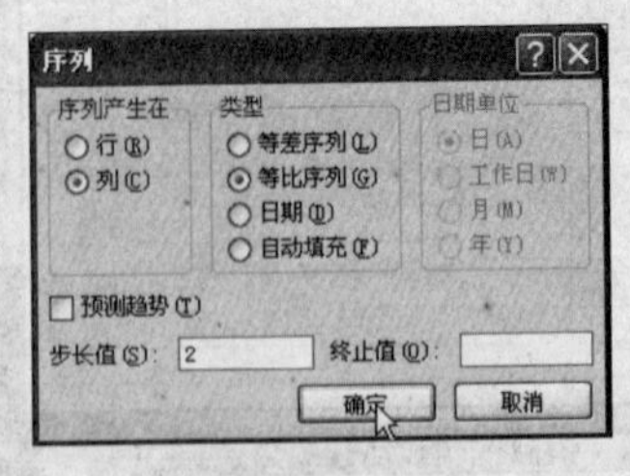

图3–4–7

(3) 在打开的“序列”对话框中设置需要设置的类型，这里在“序列产生在”栏中选中“列”单选按钮，在“类型”栏中选中“等比序列”单选按钮，在“步长值”文本框中输入“2”，单击“确定”按钮，如图3–4–7所示。

(4) 此时在拖动过的单元格中自动填充步长值为2的等比数列，如图3–4–8所示。

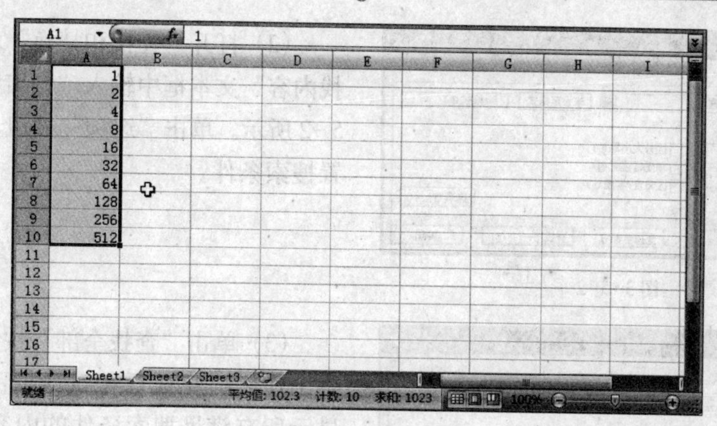

图 3-4-8

注意

在“序列”对话框的“序列产生在”栏中可以选择需要填充的方向，如果选中“行”单选按钮，则在行方向上进行序列填充；如果选中“列”单选按钮，则在列方向上进行填充。在“终止值”文本框中可以输入要填充的序列的最后一个值。

在“序列”对话框“类型”栏中选中“日期”单选按钮后，可激活右边的“日期单位”栏。

3.5　查找和替换数据

表格的内容太多，有时需要查找具体某一项数据或者替换里面的数据，使用 Excel 的查找和替换功能可以方便地查找和替换需要的数据。

3.5.1　查找单元格数据

在 Excel 中可以查找出包含相同内容的所有单元格，也可以查找出与活动单元格中内容不匹配的单元格。它的应用进一步提高了编辑和处理数据的效率。

查找单元格数据，操作步骤如下：

(1) 打开“员工通讯录”工作簿，查找单元格数据为“分店经理”的单元格位置，在“开始”选项卡的“编辑”组中单击“查找和选择”按钮，在弹出的快捷菜单中选择“查找”命令，如图 3-5-1 所示。

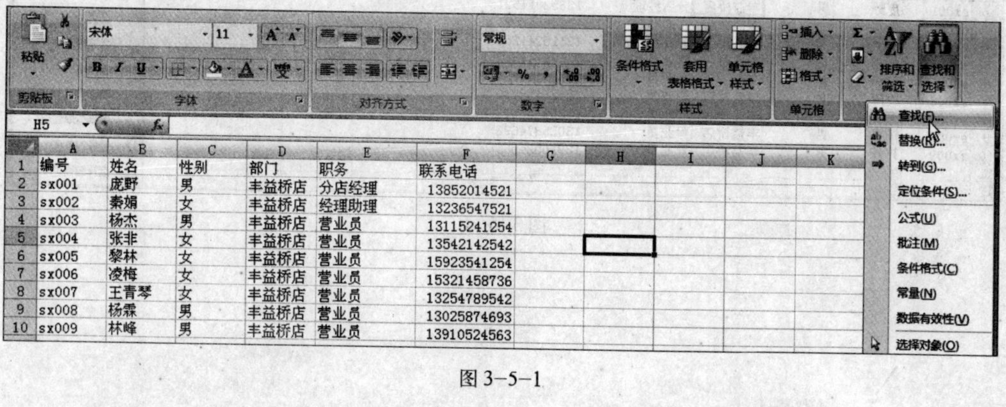

粘贴　剪贴板　宋体　11　字体　对齐方式　常规　数字　条件格式　套用表格格式　单元格样式　样式　插入　删除　格式　单元格　排序和筛选　查找和选择　H5

编号	姓名	性别	部门	职务	联系电话
sx001	庞野	男	丰益桥店	分店经理	13852014521
sx002	秦娟	女	丰益桥店	经理助理	13236547521
sx003	杨杰	男	丰益桥店	营业员	13115241254
sx004	张菲	女	丰益桥店	营业员	13542142542
sx005	黎林	女	丰益桥店	营业员	15923541254
sx006	凌梅	女	丰益桥店	营业员	15321458736
sx007	王青琴	女	丰益桥店	营业员	13254789542
sx008	杨霖	男	丰益桥店	营业员	13025874693
sx009	林峰	男	丰益桥店	营业员	13910524563

查找(F)...　替换(R)...　转到(G)...　定位条件(S)...　公式(U)　批注(M)　条件格式(C)　常量(N)　数据有效性(V)　选择对象(O)

图 3-5-1

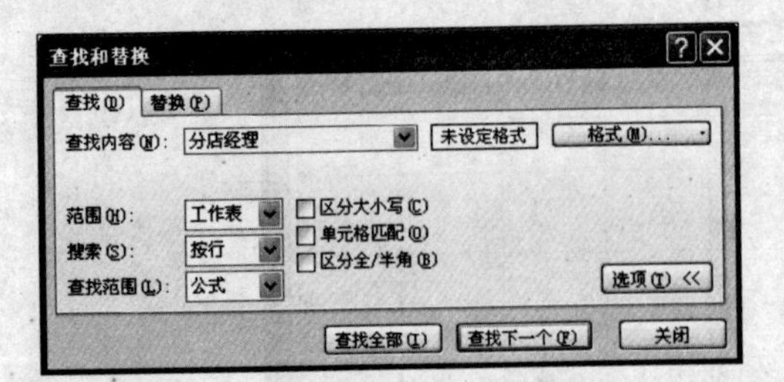

图 3-5-2

(2) 打开“查找和替换”对话框，在“查找内容”文本框中输入“分店经理”，如图 3-5-2 所示。单击“选项”按钮，可以详细地设置搜索条件。

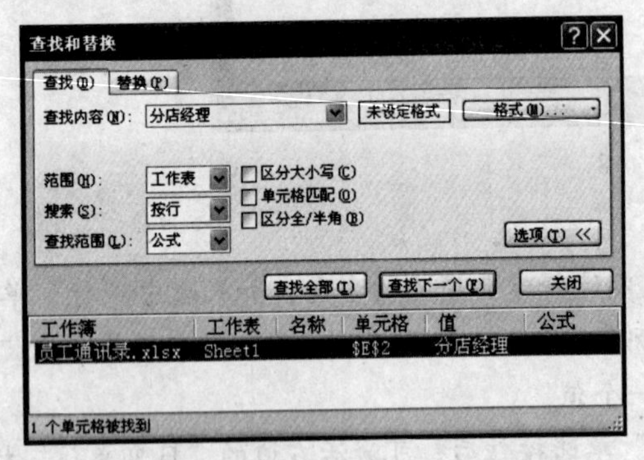

图 3-5-3

(3) 单击“查找全部”按钮，开始查找整张工作表，完成后在对话框下部的列表框中显示所有满足搜索条件的内容，如图 3-5-3 所示。

3.5.2 替换单元格数据

一般情况下，查找数据是为了改错或者成批替换，以便将某些内容替换为其他内容。替换单元格数据，操作步骤如下：

(1) 打开“员工通讯录”工作簿，这里需要将“丰益桥店”替换为“双榆树店”，在“开始”选项卡的“编辑”组中单击“查找和选择”按钮，在弹出的快捷菜单中选择“替换”命令，如图 3-5-4 所示。

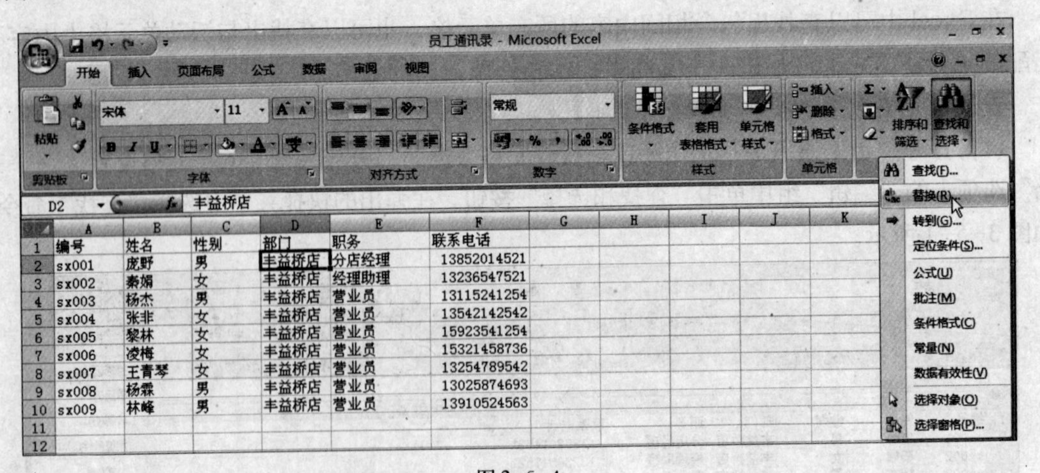

图 3-5-4

（2）打开“查找和替换”对话框，在“查找内容”文本框中输入“丰益桥店”，在“替换为”文本框中输入“双榆树店”，单击“全部替换”按钮，如图 3-5-5 所示。

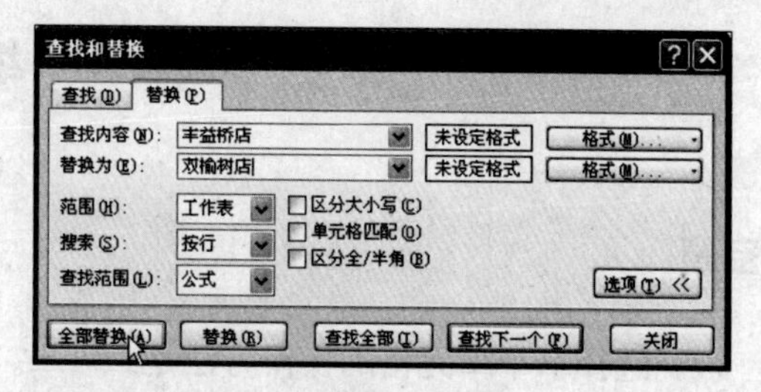

图 3-5-5

（3）开始进行替换，完成替换操作后，会打开如图 3-5-6 所示的提示对话框，单击“确定”按钮即可。

图 3-5-6

（4）当返回工作簿时，就会发现工作表中的“丰益桥店”已全部被替换为“双榆树店”，如图 3-5-7 所示。

D10　双榆树店

	A	B	C	D	E	F	G	H
1	编号	姓名	性别	部门	职务	联系电话		
2	sx001	庞野	男	双榆树店	分店经理	13852014521		
3	sx002	秦娟	女	双榆树店	经理助理	13236547521		
4	sx003	杨杰	男	双榆树店	营业员	13115241254		
5	sx004	张非	女	双榆树店	营业员	13542142542		
6	sx005	黎林	女	双榆树店	营业员	15923541254		
7	sx006	凌梅	女	双榆树店	营业员	15321458736		
8	sx007	王青琴	女	双榆树店	营业员	13254789542		
9	sx008	杨霖	男	双榆树店	营业员	13025874693		
10	sx009	林峰	男	双榆树店	营业员	13910524563		
11								
12								
13								
14								
15								
16								
17								

Sheet1　Sheet2　Sheet3
就绪　100%

图 3-5-7

注意

在图 3-5-5 所示的“替换”选项卡中，单击“格式”按钮，可以设定要查找或替换内容的格式，如字体、大小、颜色等。

3.6 小 结

本章主要介绍了在工作表中输入和编辑数据的方法，其中选择单元格、输入数据、修改数据、复制数据以及填充数据是制作工作表时常用的操作。通过本章的学习，读者对建立工作表应有一个初步的认识，为进一步深入学习 Excel 打下坚实的基础。

3.7 练　习

填空题

(1) 选择单个单元格的操作方法是______。

(2) 单击工作表左上角行号和列标交叉处的“全部”图标，可以选择______单元格。

(3) 使用Delete键删除单元格内容时，只能删除______，保留______。

(4) 要选定多个不相邻的单元格区域，可单击并拖动鼠标选择第1个单元格区域，接着按住______键，然后使用鼠标选择其他单元格区域。

简答题

(1) 选择多行单元格的操作步骤有哪些？

(2) 如何使用拖动法填充数据？

(3) 如何使用“序列”对话框填充有规律的数据？

(4) 查找和替换单元格数据的操作步骤有哪些？

上机练习

(1) 在Excel 2007中创建如图3-5-1所示的“员工通讯录”。

(2) 将上面所建“员工通讯录”工作表中的“营业员”替换为“销售员”。

第4章　设置工作表格式

通过本章，你应当学会：

(1) 设置单元格格式。

(2) 插入、删除单元格。

(3) 合并、拆分单元格。

(4) 编辑行高和列宽。

(5) 使用样式。

使用Excel 2007创建工作表后，还可以对工作表进行格式化操作。Excel 2007提供了丰富的格式化命令，利用这些命令可以具体设置工作表与单元格格式，创建出更美观、更具观赏性的工作表。

4.1　设置单元格格式

在Excel 2007中，对工作表中的不同单元格数据，可以根据需要设置不同的格式，如设置单元格数据类型、文本的对齐方式、字体以及单元格的边框和底纹等。

4.1.1　设置数据类型

在Excel中，数据的类型不单纯是数值型，Excel提供了多种数据类型，如货币、会计专用、日期格式以及科学记数等。

设置数据类型，操作步骤如下：

(1) 打开“员工工资表”工作簿，这里将所有工资类数据设置为“货币”类型。选择需要设置数据类型的单元格区域，如图4-1-1所示。

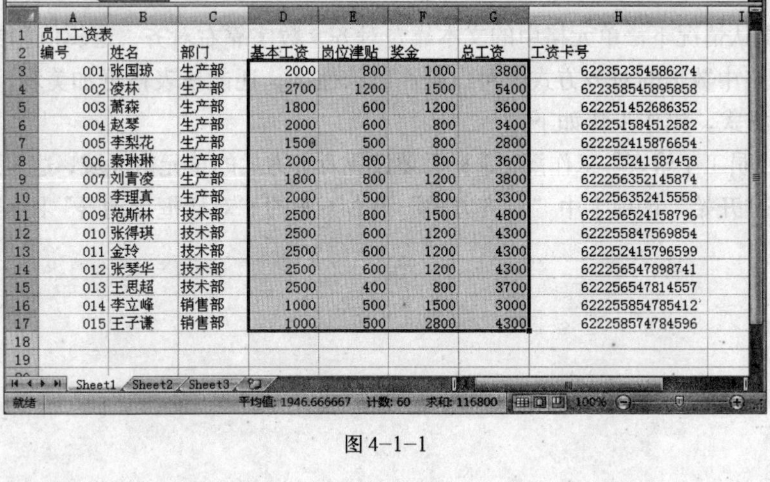

D3　2000

	A	B	C	D	E	F	G	H
1	员工工资表							
2	编号	姓名	部门	基本工资	岗位津贴	奖金	总工资	工资卡号
3	001	张国琼	生产部	2000	800	1000	3800	622352354586274
4	002	凌林	生产部	2700	1200	1500	5400	622358545895858
5	003	萧森	生产部	1800	600	1200	3600	622251452686352
6	004	赵琴	生产部	2000	600	800	3400	622251584512582
7	005	李梨花	生产部	1500	500	800	2800	622252415876654
8	006	秦琳琳	生产部	2000	800	800	3600	622255241587458
9	007	刘青凌	生产部	1800	800	1200	3800	622256352145874
10	008	李理真	生产部	2000	500	800	3300	622256352415558
11	009	范斯林	技术部	2500	800	1500	4800	622256524158796
12	010	张得琪	技术部	2500	600	1200	4300	622255847569854
13	011	金玲	技术部	2500	600	1200	4300	622252415796599
14	012	张琴华	技术部	2500	600	1200	4300	622256547898741
15	013	王思超	技术部	2500	400	800	3700	622256547814557
16	014	李立峰	销售部	1000	500	1500	3000	622255854785412
17	015	王子谦	销售部	1000	500	2800	4300	622258574784596
18								
19								

Sheet1　Sheet2　Sheet3

就绪　平均值: 1946.666667　计数: 60　求和: 116800　100%

图4-1-1

图 4-1-2

(2) 切换到“开始”选项卡，在“数字”组中单击“常规”右侧的下拉按钮，在下拉列标框中选择“货币”选项，如图 4-1-2 所示。

(3) 此时所选单元格区域中的数据变为货币类型，如图 4-1-3 所示。

D3 2000

	A	B	C	D	E	F	G	H
1	员工工资表							
2	编号	姓名	部门	基本工资	岗位津贴	奖金	总工资	工资卡号
3	001	张国琼	生产部	¥2,000.00	¥800.00	¥1,000.00	¥3,800.00	622352354586274
4	002	凌林	生产部	¥2,700.00	¥1,200.00	¥1,500.00	¥5,400.00	622358545895858
5	003	萧森	生产部	¥1,800.00	¥600.00	¥1,200.00	¥3,600.00	622251452686352
6	004	赵琴	生产部	¥2,000.00	¥600.00	¥800.00	¥3,400.00	622251584512582
7	005	李梨花	生产部	¥1,500.00	¥500.00	¥800.00	¥2,800.00	622252415876654
8	006	秦琳琳	生产部	¥2,000.00	¥800.00	¥800.00	¥3,600.00	622255241587458
9	007	刘青凌	生产部	¥1,800.00	¥800.00	¥1,200.00	¥3,800.00	622256352145874
10	008	李理真	生产部	¥2,000.00	¥500.00	¥800.00	¥3,300.00	622256352415558
11	009	范斯林	技术部	¥2,500.00	¥800.00	¥1,500.00	¥4,800.00	622256524158796
12	010	张得琪	技术部	¥2,500.00	¥600.00	¥1,200.00	¥4,300.00	622255847569854
13	011	金玲	技术部	¥2,500.00	¥600.00	¥1,200.00	¥4,300.00	622252415796599
14	012	张琴华	技术部	¥2,500.00	¥600.00	¥1,200.00	¥4,300.00	622256547898741
15	013	王思超	技术部	¥2,500.00	¥400.00	¥800.00	¥3,700.00	622256547814557
16	014	李立峰	销售部	¥1,000.00	¥500.00	¥1,500.00	¥3,000.00	622255854785412
17	015	王子谦	销售部	¥1,000.00	¥500.00	¥2,800.00	¥4,300.00	622258574784596
18								

Sheet1 Sheet2 Sheet3

就绪 平均值：¥1,946.67 计数：60 求和：¥116,800.00 100%

图 4-1-3

4.1.2 设置对齐方式

Excel 在默认情况下，单元格中的文本靠左对齐，数字靠右对齐，逻辑值和错误值居中对齐。设置单元格中数据的对齐方式，可以提高阅读速度，还能使表格更加美观。

设置对齐方式，操作步骤如下：

(1) 打开“员工工资表”工作簿，选择需要设置对齐方式的单元格区域，这里选择 A2:H17 单元格。单击“开始”选项卡中“对齐方式”组右下角的“对话框启动器”图标，如图 4-1-4 所示。

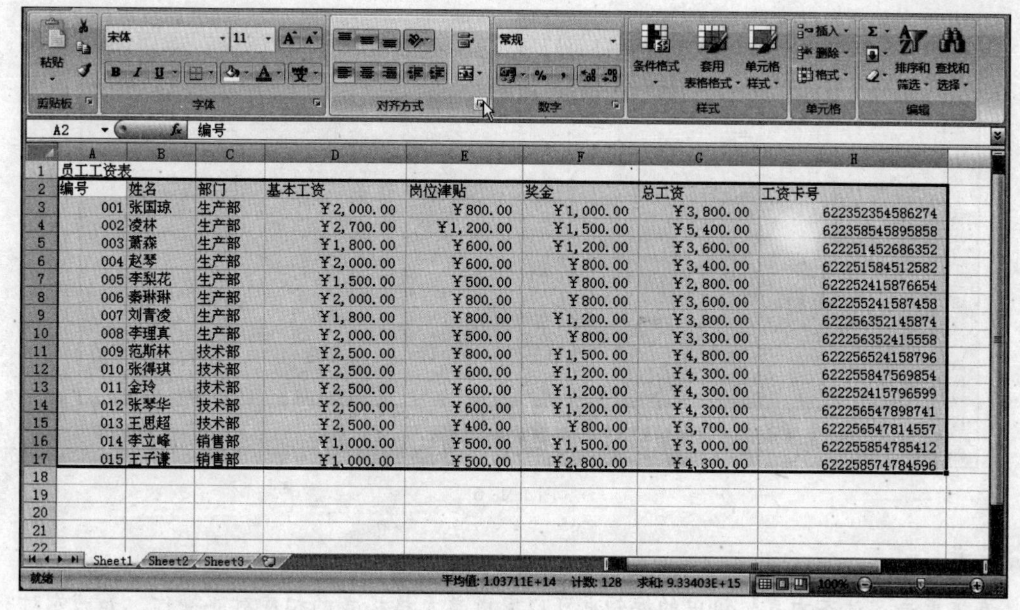

员工工资表							
编号	姓名	部门	基本工资	岗位津贴	奖金	总工资	工资卡号
001	张国琼	生产部	￥2,000.00	￥800.00	￥1,000.00	￥3,800.00	622352354586274
002	凌林	生产部	￥2,700.00	￥1,200.00	￥1,500.00	￥5,400.00	622358545895858
003	萧森	生产部	￥1,800.00	￥600.00	￥1,200.00	￥3,600.00	622251452686352
004	赵琴	生产部	￥2,000.00	￥600.00	￥800.00	￥3,400.00	622251584512582
005	李梨花	生产部	￥1,500.00	￥500.00	￥800.00	￥2,800.00	622252415876654
006	秦琳琳	生产部	￥2,000.00	￥800.00	￥800.00	￥3,600.00	622255241587458
007	刘青凌	生产部	￥1,800.00	￥800.00	￥1,200.00	￥3,800.00	622256352145874
008	李理真	生产部	￥2,000.00	￥500.00	￥800.00	￥3,300.00	622256352415558
009	范斯林	技术部	￥2,500.00	￥800.00	￥1,500.00	￥4,800.00	622256524158796
010	张得琪	技术部	￥2,500.00	￥600.00	￥1,200.00	￥4,300.00	622255847569854
011	金玲	技术部	￥2,500.00	￥600.00	￥1,200.00	￥4,300.00	622252415796599
012	张琴华	技术部	￥2,500.00	￥600.00	￥1,200.00	￥4,300.00	622256547898741
013	王思超	技术部	￥2,500.00	￥400.00	￥800.00	￥3,700.00	622256547814557
014	李立峰	销售部	￥1,000.00	￥500.00	￥1,500.00	￥3,000.00	622255854785412
015	王子谦	销售部	￥1,000.00	￥500.00	￥2,800.00	￥4,300.00	622258574784596

图 4-1-4

（2）打开“设置单元格格式”对话框，在“对齐”选项卡的“水平对齐”下拉列表框中选择“居中”选项；在“垂直对齐”下拉列表框中选择“居中”选项，单击“确定”按钮，如图4-1-5所示。

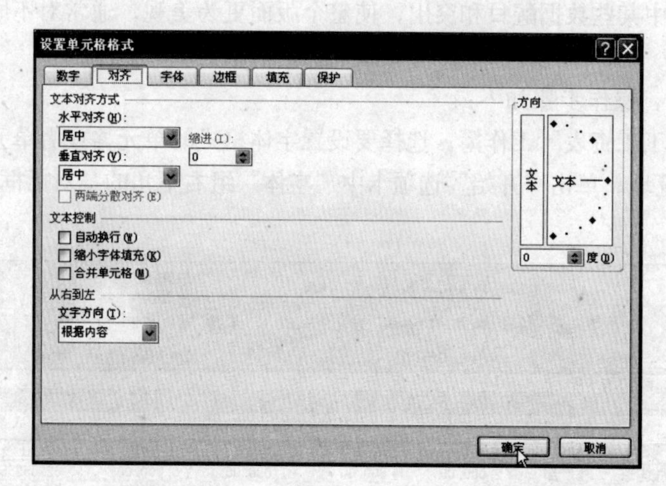

图 4-1-5

（3）此时所选单元格区域中的数据居中对齐，如图 4-1-6 所示。

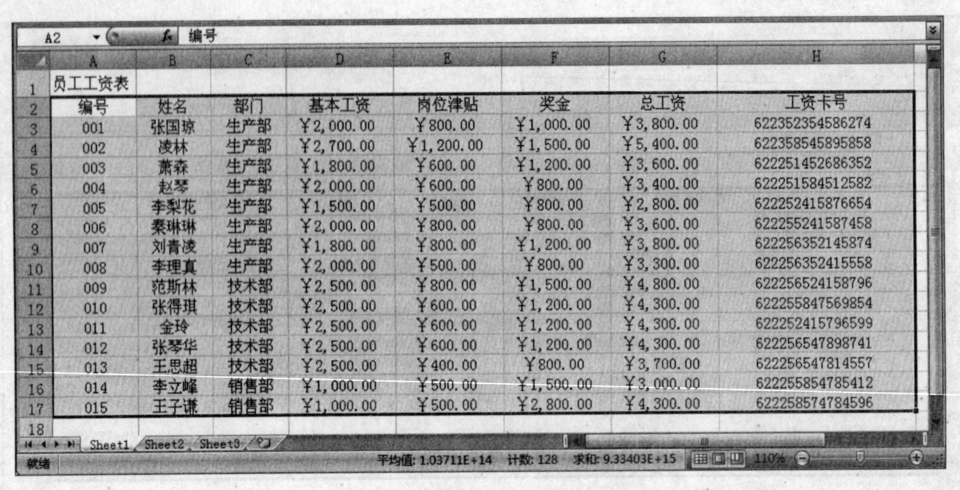

员工工资表

编号	姓名	部门	基本工资	岗位津贴	奖金	总工资	工资卡号
001	张国琼	生产部	¥2,000.00	¥800.00	¥1,000.00	¥3,800.00	622352354586274
002	凌林	生产部	¥2,700.00	¥1,200.00	¥1,500.00	¥5,400.00	622358545895858
003	萧森	生产部	¥1,800.00	¥600.00	¥1,200.00	¥3,600.00	622251452686352
004	赵琴	生产部	¥2,000.00	¥600.00	¥800.00	¥3,400.00	622251584512582
005	李梨花	生产部	¥1,500.00	¥500.00	¥800.00	¥2,800.00	622252415876654
006	秦琳琳	生产部	¥2,000.00	¥800.00	¥800.00	¥3,600.00	622255241587458
007	刘青凌	生产部	¥1,800.00	¥800.00	¥1,200.00	¥3,800.00	622256352145874
008	李理真	生产部	¥2,000.00	¥500.00	¥800.00	¥3,300.00	622256352415558
009	范斯林	技术部	¥2,500.00	¥800.00	¥1,500.00	¥4,800.00	622256524158796
010	张得琪	技术部	¥2,500.00	¥600.00	¥1,200.00	¥4,300.00	622255847569854
011	金玲	技术部	¥2,500.00	¥600.00	¥1,200.00	¥4,300.00	622252415796599
012	张琴华	技术部	¥2,500.00	¥600.00	¥1,200.00	¥4,300.00	622256547898741
013	王思超	技术部	¥2,500.00	¥400.00	¥800.00	¥3,700.00	622256547814557
014	李立峰	销售部	¥1,000.00	¥500.00	¥1,500.00	¥3,000.00	622255854785412
015	王子谦	销售部	¥1,000.00	¥500.00	¥2,800.00	¥4,300.00	622258574784596

图 4-1-6

注意

直接单击“对齐方式”组中的按钮也可以完成单元格格式的相应对齐操作，如“左对齐”按钮，“居中”按钮以及“右对齐”按钮。

4.1.3 设置字体格式

为了使工作表中某些数据醒目和突出，使整个版面更为美观，通常对不同的单元格设置不同的字体。

设置字体格式，操作步骤如下：

(1) 打开“员工工资表”工作簿，选择要设置字体格式的单元格或者单元格区域，这里选择 A2:H2 单元格区域。单击“开始”选项卡中“字体”组右下角的“对话框启动器”图标，如图 4-1-7 所示。

员工工资表

编号	姓名	部门	基本工资	岗位津贴	奖金	总工资	工资卡号
001	张国琼	生产部	¥2,000.00	¥800.00	¥1,000.00	¥3,800.00	622352354586274
002	凌林	生产部	¥2,700.00	¥1,200.00	¥1,500.00	¥5,400.00	622358545895858
003	萧森	生产部	¥1,800.00	¥600.00	¥1,200.00	¥3,600.00	622251452686352
004	赵琴	生产部	¥2,000.00	¥600.00	¥800.00	¥3,400.00	622251584512582
005	李梨花	生产部	¥1,500.00	¥500.00	¥800.00	¥2,800.00	622252415876654
006	秦琳琳	生产部	¥2,000.00	¥800.00	¥800.00	¥3,600.00	622255241587458
007	刘青凌	生产部	¥1,800.00	¥800.00	¥1,200.00	¥3,800.00	622256352145874
008	李理真	生产部	¥2,000.00	¥500.00	¥800.00	¥3,300.00	622256352415558
009	范斯林	技术部	¥2,500.00	¥800.00	¥1,500.00	¥4,800.00	622256524158796
010	张得琪	技术部	¥2,500.00	¥600.00	¥1,200.00	¥4,300.00	622255847569854
011	金玲	技术部	¥2,500.00	¥600.00	¥1,200.00	¥4,300.00	622252415796599
012	张琴华	技术部	¥2,500.00	¥600.00	¥1,200.00	¥4,300.00	622256547898741
013	王思超	技术部	¥2,500.00	¥400.00	¥800.00	¥3,700.00	622256547814557
014	李立峰	销售部	¥1,000.00	¥500.00	¥1,500.00	¥3,000.00	622255854785412
015	王子谦	销售部	¥1,000.00	¥500.00	¥2,800.00	¥4,300.00	622258574784596

图 4-1-7

(2) 打开“设置单元格格式”对话框，在“字体”选项卡中的“字体”下拉列表框中选择“黑体”，在“字形”下拉列表框中选择“加粗”，在“字号”下拉列表框中选择“14”，在“颜色”下拉列表框中选择“绿色”，单击“确定”按钮，如图 4-1-8 所示。

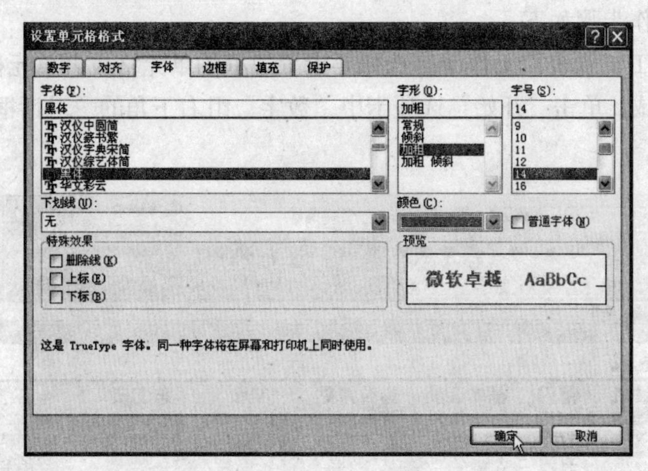

图 4-1-8

(3) 选择标题单元格 A1，设置“字体”为“隶书”，“字号”为“20”，“颜色”为“红色”，单击“确定”按钮，效果如图 4-1-9 所示。

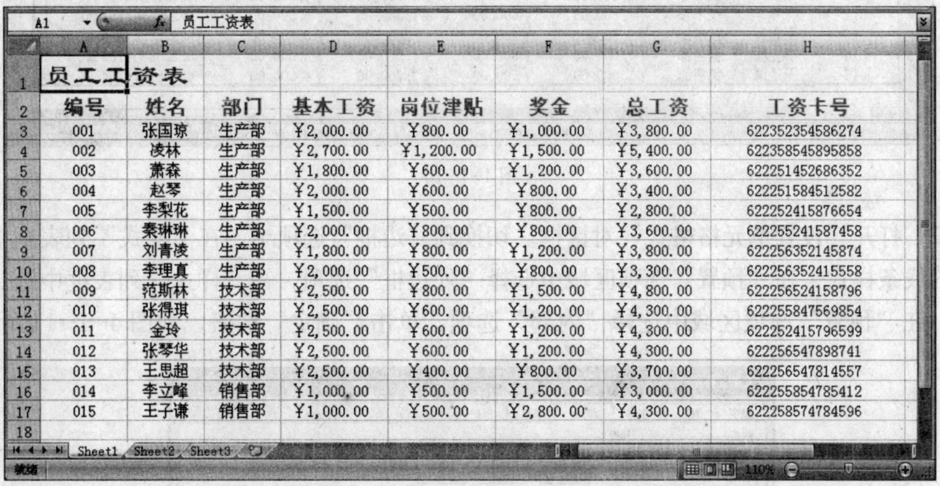

A1　员工工资表

	A	B	C	D	E	F	G	H
1	员工工资表							
2	编号	姓名	部门	基本工资	岗位津贴	奖金	总工资	工资卡号
3	001	张国琼	生产部	¥2,000.00	¥800.00	¥1,000.00	¥3,800.00	622352354586274
4	002	凌林	生产部	¥2,700.00	¥1,200.00	¥1,500.00	¥5,400.00	622358545895858
5	003	萧森	生产部	¥1,800.00	¥600.00	¥1,200.00	¥3,600.00	622251452686352
6	004	赵琴	生产部	¥2,000.00	¥600.00	¥800.00	¥3,400.00	622251584512582
7	005	李梨花	生产部	¥1,500.00	¥500.00	¥800.00	¥2,800.00	622252415876654
8	006	秦琳琳	生产部	¥2,000.00	¥800.00	¥800.00	¥3,600.00	622255241587458
9	007	刘青凌	生产部	¥1,800.00	¥800.00	¥1,200.00	¥3,800.00	622256352145874
10	008	李理真	生产部	¥2,000.00	¥500.00	¥800.00	¥3,300.00	622256352415558
11	009	范斯林	技术部	¥2,500.00	¥800.00	¥1,500.00	¥4,800.00	622256524158796
12	010	张得琪	技术部	¥2,500.00	¥600.00	¥1,200.00	¥4,300.00	622255847569854
13	011	金玲	技术部	¥2,500.00	¥600.00	¥1,200.00	¥4,300.00	622252415796599
14	012	张琴华	技术部	¥2,500.00	¥600.00	¥1,200.00	¥4,300.00	622256547898741
15	013	王思超	技术部	¥2,500.00	¥400.00	¥800.00	¥3,700.00	622256547814557
16	014	李立峰	销售部	¥1,000.00	¥500.00	¥1,500.00	¥3,000.00	622255854785412
17	015	王子谦	销售部	¥1,000.00	¥500.00	¥2,800.00	¥4,300.00	622258574784596
18								

Sheet1　Sheet2　Sheet3

就绪　110%

图 4-1-9

注意

与设置对齐方式相同，在“开始”选项卡的“字体”组中，使用相应的工具按钮也可以完成简单的字体设置工作。

4.1.4　设置边框和底纹

在 Excel 工作表中使用边框和底纹，可以使工作表突出显示重点内容，区分工作表不同部分以及使工作表更加具有自己的风格和容易阅读。

1.设置边框

Excel 在默认情况下，并不为单元格设置边框，工作表中的显示的灰色边框并不打印出来，但在一般情况下，都需要添加边框线以使工作表更易阅读和查找。

设置边框，操作步骤如下：

(1) 打开“员工工资表”工作簿，选择要设置边框的单元格或者单元格区域，这里选择 A2:H17 单元格区域。单击“开始”选项卡中“数字”组右下角的“对话框启动器”图标，如图 4-1-10 所示。

员工工资表

编号	姓名	部门	基本工资	岗位津贴	奖金	总工资	工资卡号
001	张国琼	生产部	￥2,000.00	￥800.00	￥1,000.00	￥3,800.00	622352354586274
002	凌林	生产部	￥2,700.00	￥1,200.00	￥1,500.00	￥5,400.00	622358545895858
003	萧森	生产部	￥1,800.00	￥600.00	￥1,200.00	￥3,600.00	622251452686352
004	赵琴	生产部	￥2,000.00	￥600.00	￥800.00	￥3,400.00	622251584512582
005	李梨花	生产部	￥1,500.00	￥500.00	￥800.00	￥2,800.00	622252415876654
006	秦琳琳	生产部	￥2,000.00	￥800.00	￥800.00	￥3,600.00	622255241587458
007	刘青凌	生产部	￥1,800.00	￥800.00	￥1,200.00	￥3,800.00	622256352145874
008	李理真	生产部	￥2,000.00	￥500.00	￥800.00	￥3,300.00	622256352415558
009	范斯林	技术部	￥2,500.00	￥800.00	￥1,500.00	￥4,800.00	622256524158796
010	张得琪	技术部	￥2,500.00	￥600.00	￥1,200.00	￥4,300.00	622255847569854
011	金玲	技术部	￥2,500.00	￥600.00	￥1,200.00	￥4,300.00	622252415796599
012	张琴华	技术部	￥2,500.00	￥600.00	￥1,200.00	￥4,300.00	622256547898741
013	王思超	技术部	￥2,500.00	￥400.00	￥800.00	￥3,700.00	622256547814557
014	李立峰	销售部	￥1,000.00	￥500.00	￥1,500.00	￥3,000.00	622255854785412
015	王子谦	销售部	￥1,000.00	￥500.00	￥2,800.00	￥4,300.00	622258574784596

图 4-1-10

(2) 打开“设置单元格格式”对话框。切换到“边框”选项卡，在“样式”列表框中选择边框的线条样式，在“预置”选项区域中选择“外边框”选项，在“样式”列表框中选择线条样式，在“预置”选项区域中选择“内部”选项，单击“确定”按钮，如图 4-1-11 所示。

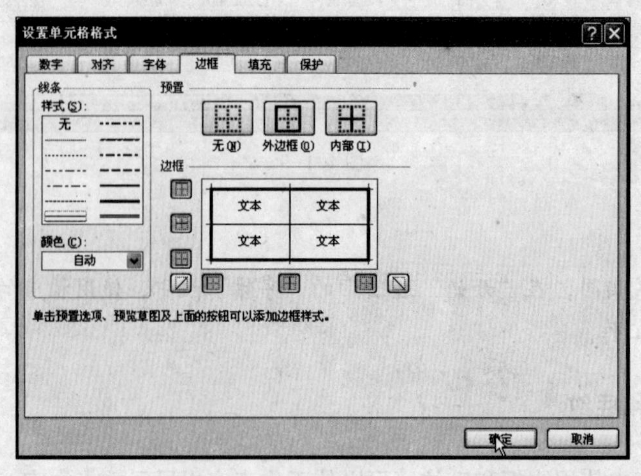

图 4-1-11

(3) 完成边框的设置工作，效果如图 4-1-12 所示。

员工工资表

编号	姓名	部门	基本工资	岗位津贴	奖金	总工资	工资卡号
001	张国琼	生产部	￥2,000.00	￥800.00	￥1,000.00	￥3,800.00	622352354586274
002	凌林	生产部	￥2,700.00	￥1,200.00	￥1,500.00	￥5,400.00	622358545895858
003	萧森	生产部	￥1,800.00	￥600.00	￥1,200.00	￥3,600.00	622251452686352
004	赵琴	生产部	￥2,000.00	￥600.00	￥800.00	￥3,400.00	622251584512582
005	李梨花	生产部	￥1,500.00	￥500.00	￥800.00	￥2,800.00	622252415876654
006	秦琳琳	生产部	￥2,000.00	￥800.00	￥800.00	￥3,600.00	622255241587458
007	刘青凌	生产部	￥1,800.00	￥800.00	￥1,200.00	￥3,800.00	622256352145874
008	李理真	生产部	￥2,000.00	￥500.00	￥800.00	￥3,300.00	622256352415558
009	范斯林	技术部	￥2,500.00	￥800.00	￥1,500.00	￥4,800.00	622256524158796
010	张得琪	技术部	￥2,500.00	￥600.00	￥1,200.00	￥4,300.00	622255847569854
011	金玲	技术部	￥2,500.00	￥600.00	￥1,200.00	￥4,300.00	622252415796599
012	张琴华	技术部	￥2,500.00	￥600.00	￥1,200.00	￥4,300.00	622256547898741
013	王思超	技术部	￥2,500.00	￥400.00	￥800.00	￥3,700.00	622256547814557
014	李立峰	销售部	￥1,000.00	￥500.00	￥1,500.00	￥3,000.00	622255854785412
015	王子谦	销售部	￥1,000.00	￥500.00	￥2,800.00	￥4,300.00	622258574784596

图 4-1-12

2.设置底纹

设置底纹，操作步骤如下：

(1) 打开“员工工资表”工作簿，选择要设置底纹的单元格或者单元格区域，这里选择 A2:H2 单元格区域。单击“开始”选项卡中“数字”组右下角的“对话框启动器”图标，如图 4-1-13 所示。

员工工资表

编号	姓名	部门	基本工资	岗位津贴	奖金	总工资	工资卡号
001	张国琼	生产部	￥2,000.00	￥800.00	￥1,000.00	￥3,800.00	622352354586274
002	凌林	生产部	￥2,700.00	￥1,200.00	￥1,500.00	￥5,400.00	622358545895858
003	萧森	生产部	￥1,800.00	￥600.00	￥1,200.00	￥3,600.00	622251452686352
004	赵琴	生产部	￥2,000.00	￥600.00	￥800.00	￥3,400.00	622251584512582
005	李梨花	生产部	￥1,500.00	￥500.00	￥800.00	￥2,800.00	622252415876654
006	秦琳琳	生产部	￥2,000.00	￥800.00	￥800.00	￥3,600.00	622255241587458
007	刘青凌	生产部	￥1,800.00	￥800.00	￥1,200.00	￥3,800.00	622256352145874
008	李理真	生产部	￥2,000.00	￥500.00	￥800.00	￥3,300.00	622256352415558
009	范斯林	技术部	￥2,500.00	￥800.00	￥1,500.00	￥4,800.00	622256524158796
010	张得琪	技术部	￥2,500.00	￥600.00	￥1,200.00	￥4,300.00	622255847569854
011	金玲	技术部	￥2,500.00	￥600.00	￥1,200.00	￥4,300.00	622252415796599
012	张琴华	技术部	￥2,500.00	￥600.00	￥1,200.00	￥4,300.00	622256547898741
013	王思超	技术部	￥2,500.00	￥400.00	￥800.00	￥3,700.00	622256547814557
014	李立峰	销售部	￥1,000.00	￥500.00	￥1,500.00	￥3,000.00	622255854785412
015	王子谦	销售部	￥1,000.00	￥500.00	￥2,800.00	￥4,300.00	622258574784596

图 4-1-13

(2) 打开“设置单元格格式”对话框。切换到“填充”选项卡，在“背景色”栏下选择需要设置的底纹颜色，单击“确定”按钮，如图 4-1-14 所示。

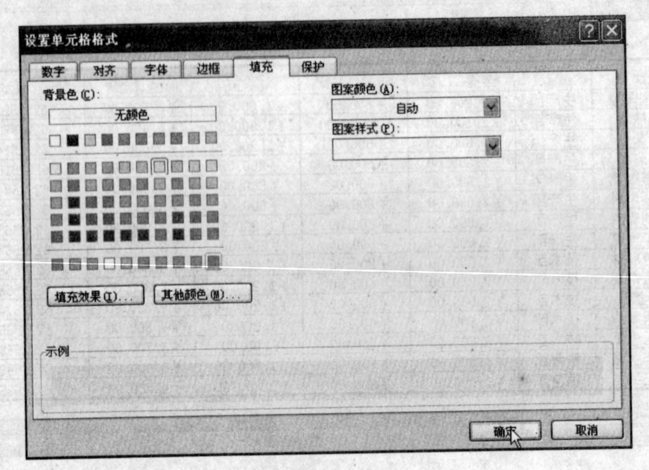

图 4-1-14

(3) 完成底纹的设置，效果如图 4-1-15 所示。

员工工资表

编号	姓名	部门	基本工资	岗位津贴	奖金	总工资	工资卡号
001	张国琼	生产部	¥2,000.00	¥800.00	¥1,000.00	¥3,800.00	622352354586274
002	凌林	生产部	¥2,700.00	¥1,200.00	¥1,500.00	¥5,400.00	622358545895858
003	萧森	生产部	¥1,800.00	¥600.00	¥1,200.00	¥3,600.00	622251452686352
004	赵琴	生产部	¥2,000.00	¥600.00	¥800.00	¥3,400.00	622251584512582
005	李梨花	生产部	¥1,500.00	¥500.00	¥800.00	¥2,800.00	622252415876654
006	秦琳琳	生产部	¥2,000.00	¥800.00	¥800.00	¥3,600.00	622255241587458
007	刘青凌	生产部	¥1,800.00	¥800.00	¥1,200.00	¥3,800.00	622256352145874
008	李理真	生产部	¥2,000.00	¥500.00	¥800.00	¥3,300.00	622256352415558
009	范斯林	技术部	¥2,500.00	¥800.00	¥1,500.00	¥4,800.00	622256524158796
010	张得琪	技术部	¥2,500.00	¥600.00	¥1,200.00	¥4,300.00	622255847569854
011	金玲	技术部	¥2,500.00	¥600.00	¥1,200.00	¥4,300.00	622252415796599
012	张琴华	技术部	¥2,500.00	¥600.00	¥1,200.00	¥4,300.00	622256547898741
013	王思超	技术部	¥2,500.00	¥400.00	¥800.00	¥3,700.00	622256547814557
014	李立峰	销售部	¥1,000.00	¥500.00	¥1,500.00	¥3,000.00	622255854785412
015	王子谦	销售部	¥1,000.00	¥500.00	¥2,800.00	¥4,300.00	622258574784596

图 4-1-15

4.2 操作单元格

4.2.1 插入行、列和单元格

在编辑工作表的过程中，经常需要进行单元格、行和列的插入操作。

插入单元格，操作步骤如下：

(1) 打开“员工工资表”工作簿，选择 A5 单元格，在该单元格上单击鼠标右键，在弹出的快捷菜单中选择“插入”命令，如图 4-2-1 所示。

员工工资表

编号	岗位津贴	奖金	总工资	工资卡号
001	￥800.00	￥1,000.00	￥3,800.00	622352354586274
002	￥1,200.00	￥1,500.00	￥5,400.00	622358545895858
003	￥600.00	￥1,200.00	￥3,600.00	622251452686352
004	￥600.00	￥800.00	￥3,400.00	622251584512582
005	￥500.00	￥800.00	￥2,800.00	622252415876654
006	￥800.00	￥800.00	￥3,600.00	622255241587458
007	￥800.00	￥1,200.00	￥3,800.00	622256352145874
008	￥500.00	￥800.00	￥3,300.00	622256352415558
009	￥800.00	￥1,500.00	￥4,800.00	622256524158796
010	￥600.00	￥1,200.00	￥4,300.00	622255847569854
011	￥600.00	￥1,200.00	￥4,300.00	622252415796599
012	￥600.00	￥1,200.00	￥4,300.00	622256547898741
013	￥400.00	￥800.00	￥3,700.00	622256547814557
014	￥500.00	￥1,500.00	￥3,000.00	622255854785412
015	￥500.00	￥2,800.00	￥4,300.00	622258574784596

剪切(T)
复制(C)
粘贴(P)
选择性粘贴(V)...
插入(I)...
删除(D)...
清除内容(N)
筛选(E)
排序(O)
插入批注(M)
设置单元格格式(F)...
从下拉列表中选择(K)...

图 4-2-1

（2）打开“插入”对话框，选择“活动单元格下移”单选按钮，单击“确定”按钮，如图 4-2-2 所示。

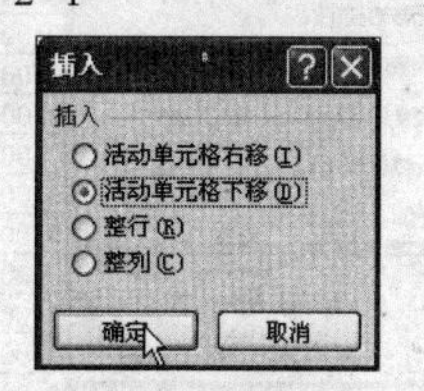

图 4-2-2

（3）此时在 A5 单元格处插入一个空白单元格，如图 4-2-3 所示。

员工工资表

编号	姓名	部门	基本工资	岗位津贴	奖金	总工资	工资卡号
001	张国琼	生产部	￥2,000.00	￥800.00	￥1,000.00	￥3,800.00	622352354586274
002	凌林	生产部	￥2,700.00	￥1,200.00	￥1,500.00	￥5,400.00	622358545895858
	萧森	生产部	￥1,800.00	￥600.00	￥1,200.00	￥3,600.00	622251452686352
003	赵琴	生产部	￥2,000.00	￥600.00	￥800.00	￥3,400.00	622251584512582
004	李梨花	生产部	￥1,500.00	￥500.00	￥800.00	￥2,800.00	622252415876654
005	秦琳琳	生产部	￥2,000.00	￥800.00	￥800.00	￥3,600.00	622255241587458
006	刘青凌	生产部	￥1,800.00	￥800.00	￥1,200.00	￥3,800.00	622256352145874
007	李理真	生产部	￥2,000.00	￥500.00	￥800.00	￥3,300.00	622256352415558
008	范斯林	技术部	￥2,500.00	￥800.00	￥1,500.00	￥4,800.00	622256524158796
009	张得琪	技术部	￥2,500.00	￥600.00	￥1,200.00	￥4,300.00	622255847569854
010	金玲	技术部	￥2,500.00	￥600.00	￥1,200.00	￥4,300.00	622252415796599
011	张琴华	技术部	￥2,500.00	￥600.00	￥1,200.00	￥4,300.00	622256547898741
012	王思超	技术部	￥2,500.00	￥400.00	￥800.00	￥3,700.00	622256547814557
013	李立峰	销售部	￥1,000.00	￥500.00	￥1,500.00	￥3,000.00	622255854785412
014	王子谦	销售部	￥1,000.00	￥500.00	￥2,800.00	￥4,300.00	622258574784596
015							

图 4-2-3

注意

在“插入”对话框中选择“活动单元格右移”单选按钮，则在插入一个单元格的同时，该处的单元格向右移；选择“整行”单选按钮，则插入一行单元格，同时该处单元格所在行向下移；选择“整列”单选按钮，则插入一列单元格，同时该处单元格所在列向右移。

4.2.2　删除行、列和单元格

当工作表中的某些数据及其位置不再需要时，可以将它们删除，这里的删除与按 Delete 键所作的删除不同，按Delete键仅删除单元格内容，其空白单元格仍保留在工作表中，而删除行、列和单元格，其内容和单元格将一起从工作表中消失，空的单元格位置由周围的单元格补充。

删除单元格，操作步骤如下：

（1）打开“员工工资表”，选择要删除的单元格B12，在该单元格上单击鼠标右键，在弹出的快捷菜单中选择“删除”命令，如图4-2-4所示。

剪切(T)
复制(C)
粘贴(P)
选择性粘贴(V)...
插入(I)...
删除(D)...
清除内容(N)
筛选(E)
排序(O)
插入批注(M)
设置单元格格式(F)...
从下拉列表中选择(K)...
显示拼音字段(S)
命名单元格区域(R)...
超链接(H)...

员工工资表

编号	姓名	部门	基本工资	岗位津贴	奖金	总工资	工资卡号
001	张国[illegible]				￥1,000.00	￥3,800.00	622352354586274
002	凌林				￥1,500.00	￥5,400.00	622358545895858
003	萧森				￥1,200.00	￥3,600.00	622251452686352
004	赵琴				￥800.00	￥3,400.00	622251584512582
005	李梨[illegible]				￥800.00	￥2,800.00	622252415876654
006	秦琳[illegible]				￥800.00	￥3,600.00	622255241587458
007	刘青[illegible]				￥1,200.00	￥3,800.00	622256352145874
008	李理[illegible]				￥800.00	￥3,300.00	622256352415558
009	范斯[illegible]				￥1,500.00	￥4,800.00	622256524158796
010	张得[illegible]				￥1,200.00	￥4,300.00	622255847569854
011	金玲				￥1,200.00	￥4,300.00	622252415796599
012	张琴[illegible]				￥1,200.00	￥4,300.00	622256547898741
013	王思[illegible]				￥800.00	￥3,700.00	622256547814557
014	李立峰	销售部	￥1,000.00	￥500.00	￥1,500.00	￥3,000.00	622255854785412
015	王子谦	销售部	￥1,000.00	￥500.00	￥2,800.00	￥4,300.00	622258574784596

图4-2-4

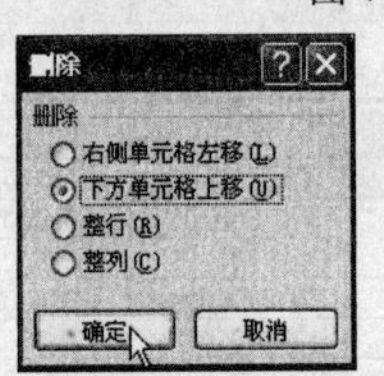

图4-2-5

（2）打开“删除”对话框，选中“下方单元格上移”单选按钮，单击“确定”按钮，如图4-2-5所示。

（3）此时删除B12单元格，同时B13及其下面的单元格自动向上移，如图4-2-6所示。

员工工资表

编号	姓名	部门	基本工资	岗位津贴	奖金	总工资	工资卡号
001	张国琼	生产部	￥2,000.00	￥800.00	￥1,000.00	￥3,800.00	622352354586274
002	凌林	生产部	￥2,700.00	￥1,200.00	￥1,500.00	￥5,400.00	622358545895858
003	萧森	生产部	￥1,800.00	￥600.00	￥1,200.00	￥3,600.00	622251452686352
004	赵琴	生产部	￥2,000.00	￥600.00	￥800.00	￥3,400.00	622251584512582
005	李梨花	生产部	￥1,500.00	￥500.00	￥800.00	￥2,800.00	622252415876654
006	秦琳琳	生产部	￥2,000.00	￥800.00	￥800.00	￥3,600.00	622255241587458
007	刘青凌	生产部	￥1,800.00	￥800.00	￥1,200.00	￥3,800.00	622256352145874
008	李理真	生产部	￥2,000.00	￥500.00	￥800.00	￥3,300.00	622256352415558
009	范斯林	技术部	￥2,500.00	￥800.00	￥1,500.00	￥4,800.00	622256524158796
010	金玲	技术部	￥2,500.00	￥600.00	￥1,200.00	￥4,300.00	622255847569854
011	张琴华	技术部	￥2,500.00	￥600.00	￥1,200.00	￥4,300.00	622252415796599
012	王思超	技术部	￥2,500.00	￥600.00	￥1,200.00	￥4,300.00	622256547898741
013	李立峰	技术部	￥2,500.00	￥400.00	￥800.00	￥3,700.00	622256547814557
014	王子谦	销售部	￥1,000.00	￥500.00	￥1,500.00	￥3,000.00	622255854785412
015		销售部	￥1,000.00	￥500.00	￥2,800.00	￥4,300.00	622258574784596

图4-2-6

注意

在“删除”对话框中选择“右侧单元格左移”单选按钮，则在删除选中单元格的同时，该单元格右方的单元格向左移；选择“整行”单选按钮，则删除选中单元格所在的整行单元格；选择“整列”单选按钮，则删除选中单元格所在的整列单元格。

4.2.3 合并单元格

在制作表格时，需要将表名放置在表格中间，即要将多个单元格合并为一个单元格。

合并单元格，操作步骤如下：

(1) 打开“员工工资表”工作簿，选中需合并的单元格区域，这里选择 A1:H1 单元格区域。在“开始”选项卡中单击“对齐方式”组中的“合并后居中”按钮，如图 4-2-7 所示。

员工工资表

编号	姓名	部门	基本工资	岗位津贴	奖金	总工资	工资卡号
001	张国琼	生产部	￥2,000.00	￥800.00	￥1,000.00	￥3,800.00	622352354586274
002	凌林	生产部	￥2,700.00	￥1,200.00	￥1,500.00	￥5,400.00	622358545895858
003	萧森	生产部	￥1,800.00	￥600.00	￥1,200.00	￥3,600.00	622251452686352
004	赵琴	生产部	￥2,000.00	￥600.00	￥800.00	￥3,400.00	622251584512582
005	李梨花	生产部	￥1,500.00	￥500.00	￥800.00	￥2,800.00	622252415876654
006	秦琳琳	生产部	￥2,000.00	￥800.00	￥800.00	￥3,600.00	622255241587458
007	刘青凌	生产部	￥1,800.00	￥800.00	￥1,200.00	￥3,800.00	622256352145874
008	李理真	生产部	￥2,000.00	￥500.00	￥800.00	￥3,300.00	622256352415558
009	范斯林	技术部	￥2,500.00	￥800.00	￥1,500.00	￥4,800.00	622256524158796
010	张得琪	技术部	￥2,500.00	￥600.00	￥1,200.00	￥4,300.00	622255847569854
011	金玲	技术部	￥2,500.00	￥600.00	￥1,200.00	￥4,300.00	622252415796599
012	张琴华	技术部	￥2,500.00	￥600.00	￥1,200.00	￥4,300.00	622256547898741
013	王思超	技术部	￥2,500.00	￥400.00	￥800.00	￥3,700.00	622256547814557
014	李立峰	销售部	￥1,000.00	￥500.00	￥1,500.00	￥3,000.00	622255854785412
015	王子谦	销售部	￥1,000.00	￥500.00	￥2,800.00	￥4,300.00	622258574784596

图 4-2-7

(2) 将 A1:H1 单元格区域合并为一个单元格，并居中对齐单元格中的内容，如图 4-2-8 所示。

员工工资表

编号	姓名	部门	基本工资	岗位津贴	奖金	总工资	工资卡号
001	张国琼	生产部	￥2,000.00	￥800.00	￥1,000.00	￥3,800.00	622352354586274
002	凌林	生产部	￥2,700.00	￥1,200.00	￥1,500.00	￥5,400.00	622358545895858
003	萧森	生产部	￥1,800.00	￥600.00	￥1,200.00	￥3,600.00	622251452686352
004	赵琴	生产部	￥2,000.00	￥600.00	￥800.00	￥3,400.00	622251584512582
005	李梨花	生产部	￥1,500.00	￥500.00	￥800.00	￥2,800.00	622252415876654
006	秦琳琳	生产部	￥2,000.00	￥800.00	￥800.00	￥3,600.00	622255241587458
007	刘青凌	生产部	￥1,800.00	￥800.00	￥1,200.00	￥3,800.00	622256352145874
008	李理真	生产部	￥2,000.00	￥500.00	￥800.00	￥3,300.00	622256352415558
009	范斯林	技术部	￥2,500.00	￥800.00	￥1,500.00	￥4,800.00	622256524158796
010	张得琪	技术部	￥2,500.00	￥600.00	￥1,200.00	￥4,300.00	622255847569854
011	金玲	技术部	￥2,500.00	￥600.00	￥1,200.00	￥4,300.00	622252415796599
012	张琴华	技术部	￥2,500.00	￥600.00	￥1,200.00	￥4,300.00	622256547898741
013	王思超	技术部	￥2,500.00	￥400.00	￥800.00	￥3,700.00	622256547814557
014	李立峰	销售部	￥1,000.00	￥500.00	￥1,500.00	￥3,000.00	622255854785412
015	王子谦	销售部	￥1,000.00	￥500.00	￥2,800.00	￥4,300.00	622258574784596

图 4-2-8

4.2.4 拆分合并的单元格

在 Excel 工作表中合并了单元格之后，也可对其进行拆分。

拆分单元格，操作步骤如下：

(1) 打开“员工工资表”工作簿，选择需拆分的单元格，这里选择 A1 单元格，单击“开始”选项卡“对齐方式”组中的“合并后居中”按钮，如图 4-2-9 所示。

员工工资表

编号	姓名	部门	基本工资	岗位津贴	奖金	总工资	工资卡号
001	张国琼	生产部	￥2,000.00	￥800.00	￥1,000.00	￥3,800.00	622352354586274
002	凌林	生产部	￥2,700.00	￥1,200.00	￥1,500.00	￥5,400.00	622358545895858
003	萧森	生产部	￥1,800.00	￥600.00	￥1,200.00	￥3,600.00	622251452686352
004	赵琴	生产部	￥2,000.00	￥600.00	￥800.00	￥3,400.00	622251584512582
005	李梨花	生产部	￥1,500.00	￥500.00	￥800.00	￥2,800.00	622252415876654
006	秦琳琳	生产部	￥2,000.00	￥800.00	￥800.00	￥3,600.00	622255241587458
007	刘青凌	生产部	￥1,800.00	￥800.00	￥1,200.00	￥3,800.00	622256352145874
008	李理真	生产部	￥2,000.00	￥500.00	￥800.00	￥3,300.00	622256352415558
009	范斯林	技术部	￥2,500.00	￥800.00	￥1,500.00	￥4,800.00	622256524158796
010	张得琪	技术部	￥2,500.00	￥600.00	￥1,200.00	￥4,300.00	622255847569854
011	金玲	技术部	￥2,500.00	￥600.00	￥1,200.00	￥4,300.00	622252415796599
012	张琴华	技术部	￥2,500.00	￥600.00	￥1,200.00	￥4,300.00	622256547898741
013	王思超	技术部	￥2,500.00	￥400.00	￥800.00	￥3,700.00	622256547814557
014	李立峰	销售部	￥1,000.00	￥500.00	￥1,500.00	￥3,000.00	622255854785412
015	王子谦	销售部	￥1,000.00	￥500.00	￥2,800.00	￥4,300.00	622258574784596

图 4-2-9

(2) 将 A1 单元格拆分为合并前的多个单元格，如图 4-2-10 所示。

员工工资表

编号	姓名	部门	基本工资	岗位津贴	奖金	总工资	工资卡号
001	张国琼	生产部	￥2,000.00	￥800.00	￥1,000.00	￥3,800.00	622352354586274
002	凌林	生产部	￥2,700.00	￥1,200.00	￥1,500.00	￥5,400.00	622358545895858
003	萧森	生产部	￥1,800.00	￥600.00	￥1,200.00	￥3,600.00	622251452686352
004	赵琴	生产部	￥2,000.00	￥600.00	￥800.00	￥3,400.00	622251584512582
005	李梨花	生产部	￥1,500.00	￥500.00	￥800.00	￥2,800.00	622252415876654
006	秦琳琳	生产部	￥2,000.00	￥800.00	￥800.00	￥3,600.00	622255241587458
007	刘青凌	生产部	￥1,800.00	￥800.00	￥1,200.00	￥3,800.00	622256352145874
008	李理真	生产部	￥2,000.00	￥500.00	￥800.00	￥3,300.00	622256352415558
009	范斯林	技术部	￥2,500.00	￥800.00	￥1,500.00	￥4,800.00	622256524158796
010	张得琪	技术部	￥2,500.00	￥600.00	￥1,200.00	￥4,300.00	622255847569854
011	金玲	技术部	￥2,500.00	￥600.00	￥1,200.00	￥4,300.00	622252415796599
012	张琴华	技术部	￥2,500.00	￥600.00	￥1,200.00	￥4,300.00	622256547898741
013	王思超	技术部	￥2,500.00	￥400.00	￥800.00	￥3,700.00	622256547814557
014	李立峰	销售部	￥1,000.00	￥500.00	￥1,500.00	￥3,000.00	622255854785412
015	王子谦	销售部	￥1,000.00	￥500.00	￥2,800.00	￥4,300.00	622258574784596

图 4-2-10

4.3 编辑行高和列宽

在编辑工作表时，当表格的行高和列宽影响到数据的显示时，可根据单元格内容随心所欲

地编辑行高和列宽，使单元格中的内容显示得更加清楚、完整。

4.3.1 编辑行高

编辑行高的方法有两种，一种是使用拖动法手动调整行高，一种是通过对话框设置行高的具体数值。

1.使用拖动法调整行高

在工作表中使用拖动法调整行高最直观，也非常方便，只需按住鼠标左键进行拖动即可。

使用拖动法调整行高，操作步骤如下：

（1）打开“员工工资表”工作簿，将鼠标指针移到需要调整的行号分隔线上，这里将鼠标指针移到第1行与第2行的行号之间的分隔线上，鼠标指针变为✛形状，如图4-3-1所示。

员工工资表

编号	姓名	部门	基本工资	岗位津贴	奖金	总工资	工资卡号
001	张国琼	生产部	￥2,000.00	￥800.00	￥1,000.00	￥3,800.00	622352354586274
002	凌林	生产部	￥2,700.00	￥1,200.00	￥1,500.00	￥5,400.00	622358545895858
003	萧森	生产部	￥1,800.00	￥600.00	￥1,200.00	￥3,600.00	622251452686352
004	赵琴	生产部	￥2,000.00	￥600.00	￥800.00	￥3,400.00	622251584512582
005	李梨花	生产部	￥1,500.00	￥500.00	￥800.00	￥2,800.00	622252415876654
006	秦琳琳	生产部	￥2,000.00	￥800.00	￥800.00	￥3,600.00	622255241587458
007	刘青凌	生产部	￥1,800.00	￥800.00	￥1,200.00	￥3,800.00	622256352145874
008	李理真	生产部	￥2,000.00	￥500.00	￥800.00	￥3,300.00	622256352415558
009	范斯林	技术部	￥2,500.00	￥800.00	￥1,500.00	￥4,800.00	622256524158796
010	张得琪	技术部	￥2,500.00	￥600.00	￥1,200.00	￥4,300.00	622255847569854
011	金玲	技术部	￥2,500.00	￥600.00	￥1,200.00	￥4,300.00	622252415796599
012	张琴华	技术部	￥2,500.00	￥600.00	￥1,200.00	￥4,300.00	622256547898741
013	王思超	技术部	￥2,500.00	￥400.00	￥800.00	￥3,700.00	622256547814557
014	李立峰	销售部	￥1,000.00	￥500.00	￥1,500.00	￥3,000.00	622255854785412
015	王子谦	销售部	￥1,000.00	￥500.00	￥2,800.00	￥4,300.00	622258574784596

图4-3-1

（2）按住鼠标左键向下拖动，此时屏幕上出现一个提示条显示当前位置处的行高值，如图4-3-2所示。

高度: 29.25 (39 像素)

员工工资表

编号	姓名	部门	基本工资	岗位津贴	奖金	总工资	工资卡号
001	张国琼	生产部	￥2,000.00	￥800.00	￥1,000.00	￥3,800.00	622352354586274
002	凌林	生产部	￥2,700.00	￥1,200.00	￥1,500.00	￥5,400.00	622358545895858
003	萧森	生产部	￥1,800.00	￥600.00	￥1,200.00	￥3,600.00	622251452686352
004	赵琴	生产部	￥2,000.00	￥600.00	￥800.00	￥3,400.00	622251584512582
005	李梨花	生产部	￥1,500.00	￥500.00	￥800.00	￥2,800.00	622252415876654
006	秦琳琳	生产部	￥2,000.00	￥800.00	￥800.00	￥3,600.00	622255241587458
007	刘青凌	生产部	￥1,800.00	￥800.00	￥1,200.00	￥3,800.00	622256352145874
008	李理真	生产部	￥2,000.00	￥500.00	￥800.00	￥3,300.00	622256352415558
009	范斯林	技术部	￥2,500.00	￥800.00	￥1,500.00	￥4,800.00	622256524158796
010	张得琪	技术部	￥2,500.00	￥600.00	￥1,200.00	￥4,300.00	622255847569854
011	金玲	技术部	￥2,500.00	￥600.00	￥1,200.00	￥4,300.00	622252415796599
012	张琴华	技术部	￥2,500.00	￥600.00	￥1,200.00	￥4,300.00	622256547898741
013	王思超	技术部	￥2,500.00	￥400.00	￥800.00	￥3,700.00	622256547814557
014	李立峰	销售部	￥1,000.00	￥500.00	￥1,500.00	￥3,000.00	622255854785412
015	王子谦	销售部	￥1,000.00	￥500.00	￥2,800.00	￥4,300.00	622258574784596

图4-3-2

（3）当达到适当高度后释放鼠标左键，此时第1行单元格的行高变为拖动后的高度，如图4-3-3所示。

	A	B	C	D	E	F	G	H
1	员工工资表							
2	编号	姓名	部门	基本工资	岗位津贴	奖金	总工资	工资卡号
3	001	张国琼	生产部	￥2,000.00	￥800.00	￥1,000.00	￥3,800.00	622352354586274
4	002	凌林	生产部	￥2,700.00	￥1,200.00	￥1,500.00	￥5,400.00	622358545895858
5	003	萧森	生产部	￥1,800.00	￥600.00	￥1,200.00	￥3,600.00	622251452686352
6	004	赵琴	生产部	￥2,000.00	￥600.00	￥800.00	￥3,400.00	622251584512582
7	005	李梨花	生产部	￥1,500.00	￥500.00	￥800.00	￥2,800.00	622252415876654
8	006	秦琳琳	生产部	￥2,000.00	￥800.00	￥800.00	￥3,600.00	622255241587458
9	007	刘青凌	生产部	￥1,800.00	￥800.00	￥1,200.00	￥3,800.00	622256352145874
10	008	李理真	生产部	￥2,000.00	￥500.00	￥800.00	￥3,300.00	622256352415558
11	009	范斯林	技术部	￥2,500.00	￥800.00	￥1,500.00	￥4,800.00	622256524158796
12	010	张得琪	技术部	￥2,500.00	￥600.00	￥1,200.00	￥4,300.00	622255847569854
13	011	金玲	技术部	￥2,500.00	￥600.00	￥1,200.00	￥4,300.00	622252415796599
14	012	张琴华	技术部	￥2,500.00	￥600.00	￥1,200.00	￥4,300.00	622256547898741
15	013	王思超	技术部	￥2,500.00	￥400.00	￥800.00	￥3,700.00	622256547814557
16	014	李立峰	销售部	￥1,000.00	￥500.00	￥1,500.00	￥3,000.00	622255854785412
17	015	王子谦	销售部	￥1,000.00	￥500.00	￥2,800.00	￥4,300.00	622258574784596
18								

Sheet1 Sheet2 Sheet3 就绪 110%

图 4-3-3

2.通过对话框设置行高值

通过对话框设置行高值，操作步骤如下：

(1) 打开“员工工资表”工作簿，选择需要调整行高的第 1 行单元格，如图 4-3-4 所示。

A1 员工工资表

	A	B	C	D	E	F	G	H
1	员工工资表							
2	编号	姓名	部门	基本工资	岗位津贴	奖金	总工资	工资卡号
3	001	张国琼	生产部	￥2,000.00	￥800.00	￥1,000.00	￥3,800.00	622352354586274
4	002	凌林	生产部	￥2,700.00	￥1,200.00	￥1,500.00	￥5,400.00	622358545895858
5	003	萧森	生产部	￥1,800.00	￥600.00	￥1,200.00	￥3,600.00	622251452686352
6	004	赵琴	生产部	￥2,000.00	￥600.00	￥800.00	￥3,400.00	622251584512582
7	005	李梨花	生产部	￥1,500.00	￥500.00	￥800.00	￥2,800.00	622252415876654
8	006	秦琳琳	生产部	￥2,000.00	￥800.00	￥800.00	￥3,600.00	622255241587458
9	007	刘青凌	生产部	￥1,800.00	￥800.00	￥1,200.00	￥3,800.00	622256352145874
10	008	李理真	生产部	￥2,000.00	￥500.00	￥800.00	￥3,300.00	622256352415558
11	009	范斯林	技术部	￥2,500.00	￥800.00	￥1,500.00	￥4,800.00	622256524158796
12	010	张得琪	技术部	￥2,500.00	￥600.00	￥1,200.00	￥4,300.00	622255847569854
13	011	金玲	技术部	￥2,500.00	￥600.00	￥1,200.00	￥4,300.00	622252415796599
14	012	张琴华	技术部	￥2,500.00	￥600.00	￥1,200.00	￥4,300.00	622256547898741
15	013	王思超	技术部	￥2,500.00	￥400.00	￥800.00	￥3,700.00	622256547814557
16	014	李立峰	销售部	￥1,000.00	￥500.00	￥1,500.00	￥3,000.00	622255854785412
17	015	王子谦	销售部	￥1,000.00	￥500.00	￥2,800.00	￥4,300.00	622258574784596
18								

Sheet1 Sheet2 Sheet3 就绪 110%

图 4-3-4

(2) 单击“开始”选项卡“单元格”组中的“格式”按钮，在弹出的菜单中选择“行高”命令，如图 4-3-5 所示。

(3) 打开“行高”对话框，在“行高”文本框中输入需要的行高值，这里输入“30”，单击“确定”按钮，如图 4-3-6 所示。

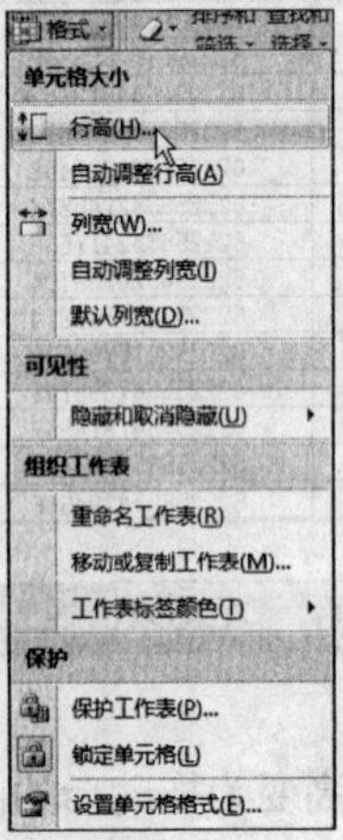

格式
单元格大小
行高(H)...
自动调整行高(A)
列宽(W)...
自动调整列宽(I)
默认列宽(D)...
可见性
隐藏和取消隐藏(U)
组织工作表
重命名工作表(R)
移动或复制工作表(M)...
工作表标签颜色(T)
保护
保护工作表(P)...
锁定单元格(L)
设置单元格格式(E)...

图 4-3-5

图 4-3-6

(4) 此时第一行单元格的行高变成设置的行高值，如图 4–3–7 所示。

员工工资表

编号	姓名	部门	基本工资	岗位津贴	奖金	总工资	工资卡号
001	张国琼	生产部	¥2,000.00	¥800.00	¥1,000.00	¥3,800.00	622352354586274
002	凌林	生产部	¥2,700.00	¥1,200.00	¥1,500.00	¥5,400.00	622358545895858
003	萧森	生产部	¥1,800.00	¥600.00	¥1,200.00	¥3,600.00	622251452686352
004	赵琴	生产部	¥2,000.00	¥600.00	¥800.00	¥3,400.00	622251584512582
005	李梨花	生产部	¥1,500.00	¥500.00	¥800.00	¥2,800.00	622252415876654
006	秦琳琳	生产部	¥2,000.00	¥800.00	¥800.00	¥3,600.00	622255241587458
007	刘青凌	生产部	¥1,800.00	¥800.00	¥1,200.00	¥3,800.00	622256352145874
008	李理真	生产部	¥2,000.00	¥500.00	¥800.00	¥3,300.00	622256352415558
009	范斯林	技术部	¥2,500.00	¥800.00	¥1,500.00	¥4,800.00	622256524158796
010	张得琪	技术部	¥2,500.00	¥600.00	¥1,200.00	¥4,300.00	622255847569854
011	金玲	技术部	¥2,500.00	¥600.00	¥1,200.00	¥4,300.00	622252415796599
012	张琴华	技术部	¥2,500.00	¥600.00	¥1,200.00	¥4,300.00	622256547898741
013	王思超	技术部	¥2,500.00	¥400.00	¥800.00	¥3,700.00	622256547814557
014	李立峰	销售部	¥1,000.00	¥500.00	¥1,500.00	¥3,000.00	622255854785412
015	王子谦	销售部	¥1,000.00	¥500.00	¥2,800.00	¥4,300.00	622258574784596

图 4–3–7

4.3.2 编辑列宽

编辑列宽同样也有两种方法，一种是使用拖动法调整列宽，一种是通过对话框设置列宽的具体数值。

1.使用拖动法调整列宽

使用拖动法调整列宽的方法与调整行高的方法相似。

使用拖动法调整列宽，操作步骤如下：

(1) 打开“员工工资表”工作簿，将鼠标指针移动到需要调整的列标分隔线上，这里将鼠标指针移到 G 列和 H 列之间的分隔线上，光标变为✛形状，如图 4–3–8 所示。

员工工资表

编号	姓名	部门	基本工资	岗位津贴	奖金	总工资	工资卡号
001	张国琼	生产部	¥2,000.00	¥800.00	¥1,000.00	#########	622352354586274
002	凌林	生产部	¥2,700.00	¥1,200.00	¥1,500.00	#########	622358545895858
003	萧森	生产部	¥1,800.00	¥600.00	¥1,200.00	#########	622251452686352
004	赵琴	生产部	¥2,000.00	¥600.00	¥800.00	#########	622251584512582
005	李梨花	生产部	¥1,500.00	¥500.00	¥800.00	#########	622252415876654
006	秦琳琳	生产部	¥2,000.00	¥800.00	¥800.00	#########	622255241587458
007	刘青凌	生产部	¥1,800.00	¥800.00	¥1,200.00	#########	622256352145874
008	李理真	生产部	¥2,000.00	¥500.00	¥800.00	#########	622256352415558
009	范斯林	技术部	¥2,500.00	¥800.00	¥1,500.00	#########	622256524158796
010	张得琪	技术部	¥2,500.00	¥600.00	¥1,200.00	#########	622255847569854
011	金玲	技术部	¥2,500.00	¥600.00	¥1,200.00	#########	622252415796599
012	张琴华	技术部	¥2,500.00	¥600.00	¥1,200.00	#########	622256547898741
013	王思超	技术部	¥2,500.00	¥400.00	¥800.00	#########	622256547814557
014	李立峰	销售部	¥1,000.00	¥500.00	¥1,500.00	#########	622255854785412
015	王子谦	销售部	¥1,000.00	¥500.00	¥2,800.00	#########	622258574784596

图 4–3–8

(2) 按住鼠标左键向右拖动，屏幕上出现一个提示条显示当前位置处的列宽值，如图 4–3–9 所示。

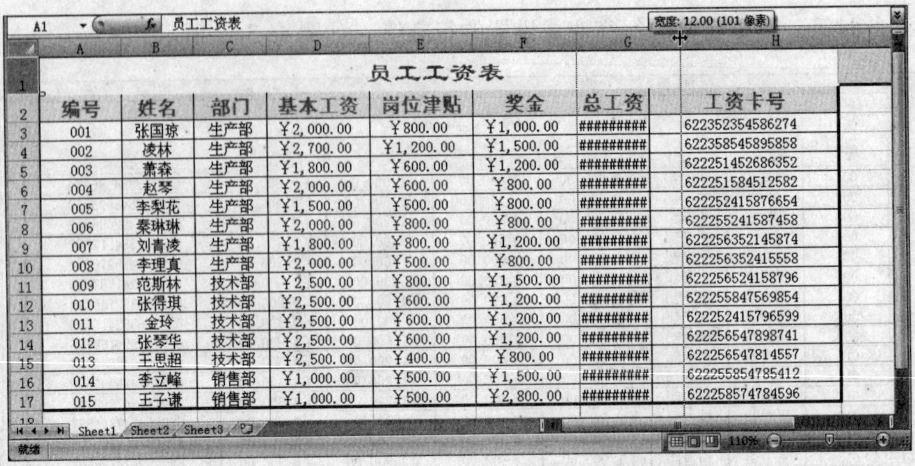

员工工资表

编号	姓名	部门	基本工资	岗位津贴	奖金	总工资	工资卡号
001	张国琼	生产部	¥2,000.00	¥800.00	¥1,000.00	#########	622352354586274
002	凌林	生产部	¥2,700.00	¥1,200.00	¥1,500.00	#########	622358545895858
003	萧森	生产部	¥1,800.00	¥600.00	¥1,200.00	#########	622251452686352
004	赵琴	生产部	¥2,000.00	¥600.00	¥800.00	#########	622251584512582
005	李梨花	生产部	¥1,500.00	¥500.00	¥800.00	#########	622252415876654
006	秦琳琳	生产部	¥2,000.00	¥800.00	¥800.00	#########	622255241587458
007	刘青凌	生产部	¥1,800.00	¥800.00	¥1,200.00	#########	622256352145874
008	李理真	生产部	¥2,000.00	¥500.00	¥800.00	#########	622256352415558
009	范斯林	技术部	¥2,500.00	¥800.00	¥1,500.00	#########	622256524158796
010	张得琪	技术部	¥2,500.00	¥600.00	¥1,200.00	#########	622255847569854
011	金玲	技术部	¥2,500.00	¥600.00	¥1,200.00	#########	622252415796599
012	张琴华	技术部	¥2,500.00	¥600.00	¥1,200.00	#########	622256547898741
013	王思超	技术部	¥2,500.00	¥400.00	¥800.00	#########	622256547814557
014	李立峰	销售部	¥1,000.00	¥500.00	¥1,500.00	#########	622255854785412
015	王子谦	销售部	¥1,000.00	¥500.00	¥2,800.00	#########	622258574784596

图 4-3-9

(3) 当达到适当宽度后释放鼠标左键，G 列的列宽变为拖动后的宽度，如图 4-3-10 所示。

员工工资表

编号	姓名	部门	基本工资	岗位津贴	奖金	总工资	工资卡号
001	张国琼	生产部	¥2,000.00	¥800.00	¥1,000.00	¥3,800.00	622352354586274
002	凌林	生产部	¥2,700.00	¥1,200.00	¥1,500.00	¥5,400.00	622358545895858
003	萧森	生产部	¥1,800.00	¥600.00	¥1,200.00	¥3,600.00	622251452686352
004	赵琴	生产部	¥2,000.00	¥600.00	¥800.00	¥3,400.00	622251584512582
005	李梨花	生产部	¥1,500.00	¥500.00	¥800.00	¥2,800.00	622252415876654
006	秦琳琳	生产部	¥2,000.00	¥800.00	¥800.00	¥3,600.00	622255241587458
007	刘青凌	生产部	¥1,800.00	¥800.00	¥1,200.00	¥3,800.00	622256352145874
008	李理真	生产部	¥2,000.00	¥500.00	¥800.00	¥3,300.00	622256352415558
009	范斯林	技术部	¥2,500.00	¥800.00	¥1,500.00	¥4,800.00	622256524158796
010	张得琪	技术部	¥2,500.00	¥600.00	¥1,200.00	¥4,300.00	622255847569854
011	金玲	技术部	¥2,500.00	¥600.00	¥1,200.00	¥4,300.00	622252415796599
012	张琴华	技术部	¥2,500.00	¥600.00	¥1,200.00	¥4,300.00	622256547898741
013	王思超	技术部	¥2,500.00	¥400.00	¥800.00	¥3,700.00	622256547814557
014	李立峰	销售部	¥1,000.00	¥500.00	¥1,500.00	¥3,000.00	622255854785412
015	王子谦	销售部	¥1,000.00	¥500.00	¥2,800.00	¥4,300.00	622258574784596

图 4-3-10

2.通过对话框设置列宽值

通过对话框设置列宽值，操作步骤如下：

(1) 打开“员工工资表”工作簿，选择需要调整列宽的 G 列单元格，如图 4-3-11 所示。

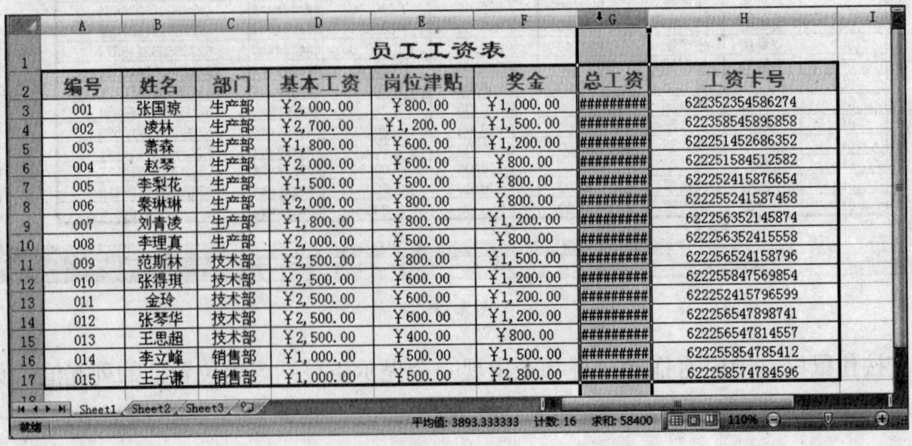

员工工资表

编号	姓名	部门	基本工资	岗位津贴	奖金	总工资	工资卡号
001	张国琼	生产部	¥2,000.00	¥800.00	¥1,000.00	#########	622352354586274
002	凌林	生产部	¥2,700.00	¥1,200.00	¥1,500.00	#########	622358545895858
003	萧森	生产部	¥1,800.00	¥600.00	¥1,200.00	#########	622251452686352
004	赵琴	生产部	¥2,000.00	¥600.00	¥800.00	#########	622251584512582
005	李梨花	生产部	¥1,500.00	¥500.00	¥800.00	#########	622252415876654
006	秦琳琳	生产部	¥2,000.00	¥800.00	¥800.00	#########	622255241587458
007	刘青凌	生产部	¥1,800.00	¥800.00	¥1,200.00	#########	622256352145874
008	李理真	生产部	¥2,000.00	¥500.00	¥800.00	#########	622256352415558
009	范斯林	技术部	¥2,500.00	¥800.00	¥1,500.00	#########	622256524158796
010	张得琪	技术部	¥2,500.00	¥600.00	¥1,200.00	#########	622255847569854
011	金玲	技术部	¥2,500.00	¥600.00	¥1,200.00	#########	622252415796599
012	张琴华	技术部	¥2,500.00	¥600.00	¥1,200.00	#########	622256547898741
013	王思超	技术部	¥2,500.00	¥400.00	¥800.00	#########	622256547814557
014	李立峰	销售部	¥1,000.00	¥500.00	¥1,500.00	#########	622255854785412
015	王子谦	销售部	¥1,000.00	¥500.00	¥2,800.00	#########	622258574784596

图 4-3-11

(2) 单击“开始”选项卡“单元格”组中的“格式”按钮，在弹出的菜单中选择“列宽”命令，如图 4−3−12 所示。

(3) 打开“列宽”对话框，在“列宽”文本框中输入需要的列宽值，这里输入“12”，单击“确定”按钮，如图 4−3−13 所示。

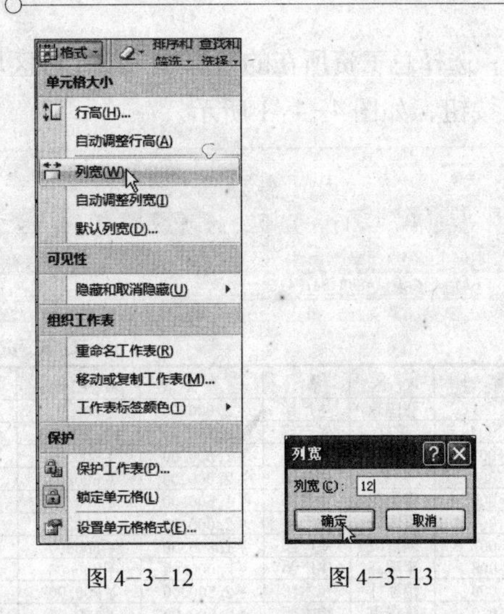

图 4−3−12　　图 4−3−13

(4) 此时 G 列单元格的列宽变成设置的列宽值，如图 4−3−14 所示。

员工工资表

编号	姓名	部门	基本工资	岗位津贴	奖金	总工资	工资卡号
001	张国琼	生产部	￥2,000.00	￥800.00	￥1,000.00	￥3,800.00	622352354586274
002	凌林	生产部	￥2,700.00	￥1,200.00	￥1,500.00	￥5,400.00	622358545895858
003	萧森	生产部	￥1,800.00	￥600.00	￥1,200.00	￥3,600.00	622251452686352
004	赵琴	生产部	￥2,000.00	￥600.00	￥800.00	￥3,400.00	622251584512582
005	李梨花	生产部	￥1,500.00	￥500.00	￥800.00	￥2,800.00	622252415876654
006	秦琳琳	生产部	￥2,000.00	￥800.00	￥800.00	￥3,600.00	622255241587458
007	刘青凌	生产部	￥1,800.00	￥800.00	￥1,200.00	￥3,800.00	622256352145874
008	李理真	生产部	￥2,000.00	￥500.00	￥800.00	￥3,300.00	622256352415558
009	范斯林	技术部	￥2,500.00	￥800.00	￥1,500.00	￥4,800.00	622256524158796
010	张得琪	技术部	￥2,500.00	￥600.00	￥1,200.00	￥4,300.00	622255847569854
011	金玲	技术部	￥2,500.00	￥600.00	￥1,200.00	￥4,300.00	622252415796599
012	张琴华	技术部	￥2,500.00	￥600.00	￥1,200.00	￥4,300.00	622256547898741
013	王思超	技术部	￥2,500.00	￥400.00	￥800.00	￥3,700.00	622256547814557
014	李立峰	销售部	￥1,000.00	￥500.00	￥1,500.00	￥3,000.00	622255854785412
015	王子谦	销售部	￥1,000.00	￥500.00	￥2,800.00	￥4,300.00	622258574784596

就绪　平均值: 3893.333333　计数: 16　求和: 58400　110%

图 4−3−14

4.4 使用样式

Excel 2007 提供了多种单元格样式，使用单元格样式可以使每一个单元格都具有不同的特点，还可以根据条件为单元格中的数据设置单元格样式。

4.4.1 设置条件格式

在编辑工作表时，可以设置条件格式，条件格式功能可以根据指定的公式或数值来确定搜索条件，然后将格式应用到符合搜索条件的选定单元格中，并突出显示要检查的动态数据。设置条件格式的单元格必须是只输入了数字，而不能有其他文字，否则是不能被设置成功的。

设置条件格式，操作步骤如下：

(1) 打开“员工工资表”工作簿，设置以黄填充色、深黄色文本突出显示总工资大于 4 500

的单元格，选择总工资所在的G3:G17单元格区域。单击“开始”选项卡的“样式”组中的“条件格式”按钮，如图4-4-1所示。

编号	姓名	部门	基本工资	岗位津贴	奖金	总工资	工资卡号
001	张国琼	生产部	￥2,000.00	￥800.00	￥1,000.00	￥3,800.00	622352354586274
002	凌林	生产部	￥2,700.00	￥1,200.00	￥1,500.00	￥5,400.00	622358545895858
003	萧森	生产部	￥1,800.00	￥600.00	￥1,200.00	￥3,600.00	622251452686352
004	赵琴	生产部	￥2,000.00	￥600.00	￥800.00	￥3,400.00	622251584512582
005	李梨花	生产部	￥1,500.00	￥500.00	￥800.00	￥2,800.00	622252415876654
006	秦琳琳	生产部	￥2,000.00	￥800.00	￥800.00	￥3,600.00	622255241587458
007	刘青浅	生产部	￥1,800.00	￥800.00	￥1,200.00	￥3,800.00	622256352145874
008	李理真	生产部	￥2,000.00	￥500.00	￥800.00	￥3,300.00	622256352415558
009	范斯林	技术部	￥2,500.00	￥800.00	￥1,500.00	￥4,800.00	622256524158796
010	张得琪	技术部	￥2,500.00	￥600.00	￥1,200.00	￥4,300.00	622255847569854
011	金玲	技术部	￥2,500.00	￥600.00	￥1,200.00	￥4,300.00	622252415796599
012	张琴华	技术部	￥2,500.00	￥600.00	￥1,200.00	￥4,300.00	622256547898741
013	王思超	技术部	￥2,500.00	￥400.00	￥800.00	￥3,700.00	622256547814557
014	李立峰	销售部	￥1,000.00	￥500.00	￥1,500.00	￥3,000.00	622255854785412
015	王子谦	销售部	￥1,000.00	￥500.00	￥2,800.00	￥4,300.00	622258574784596

图4-4-1

（2）在弹出的菜单中选择“突出显示单元格规则/大于”命令，如图4-4-2所示。

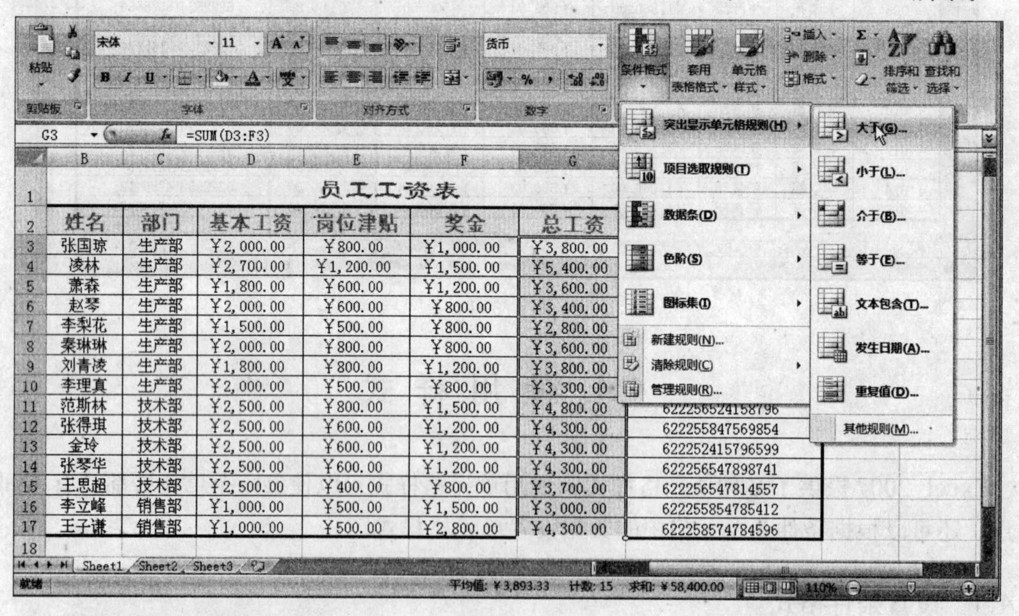

图4-4-2

图4-4-3

（3）打开“大于”对话框，在“为大于以下值的单元格设置格式”文本框中输入4 500，然后在“设置为”下拉列表框中选择“黄填充色深黄色文本”，单击“确定”按钮，如图4-4-3所示。

（4）所选单元格中数据大于 4 500 的单元格都以黄填充色、深黄色文本显示出来，如图 4–4–4 所示。

员工工资表							
编号	姓名	部门	基本工资	岗位津贴	奖金	总工资	工资卡号
001	张国琼	生产部	¥2,000.00	¥800.00	¥1,000.00	¥3,800.00	622352354586274
002	凌林	生产部	¥2,700.00	¥1,200.00	¥1,500.00	¥5,400.00	622358545895858
003	萧森	生产部	¥1,800.00	¥600.00	¥1,200.00	¥3,600.00	622251452686352
004	赵琴	生产部	¥2,000.00	¥600.00	¥800.00	¥3,400.00	622251584512582
005	李梨花	生产部	¥1,500.00	¥500.00	¥800.00	¥2,800.00	622252415876654
006	秦琳琳	生产部	¥2,000.00	¥800.00	¥800.00	¥3,600.00	622255241587458
007	刘青凌	生产部	¥1,800.00	¥800.00	¥1,200.00	¥3,800.00	622256352145874
008	李理真	生产部	¥2,000.00	¥500.00	¥800.00	¥3,300.00	622256352415558
009	范斯林	技术部	¥2,500.00	¥800.00	¥1,500.00	¥4,800.00	622256524158796
010	张得琪	技术部	¥2,500.00	¥600.00	¥1,200.00	¥4,300.00	622255847569854
011	金玲	技术部	¥2,500.00	¥600.00	¥1,200.00	¥4,300.00	622252415796599
012	张琴华	技术部	¥2,500.00	¥600.00	¥1,200.00	¥4,300.00	622256547898741
013	王思超	技术部	¥2,500.00	¥400.00	¥800.00	¥3,700.00	622256547814557
014	李立峰	销售部	¥1,000.00	¥500.00	¥1,500.00	¥3,000.00	622255854785412
015	王子谦	销售部	¥1,000.00	¥500.00	¥2,800.00	¥4,300.00	622258574784596

图 4–4–4

4.4.2 套用表格格式

套用表格格式可以快速地为表格设置格式。Excel 2007 表格格式默认有浅色、中等深浅和深色 3 大类型供用户选择。

套用表格格式，操作步骤如下：

（1）打开“员工工资表”工作簿，选择 A2:H17 单元格，单击“开始”选项卡“样式”组中的“套用表格格式”按钮，如图 4–4–5 所示。

员工工资表							
编号	姓名	部门	基本工资	岗位津贴	奖金	总工资	工资卡号
001	张国琼	生产部	¥2,000.00	¥800.00	¥1,000.00	¥3,800.00	622352354586274
002	凌林	生产部	¥2,700.00	¥1,200.00	¥1,500.00	¥5,400.00	622358545895858
003	萧森	生产部	¥1,800.00	¥600.00	¥1,200.00	¥3,600.00	622251452686352
004	赵琴	生产部	¥2,000.00	¥600.00	¥800.00	¥3,400.00	622251584512582
005	李梨花	生产部	¥1,500.00	¥500.00	¥800.00	¥2,800.00	622252415876654
006	秦琳琳	生产部	¥2,000.00	¥800.00	¥800.00	¥3,600.00	622255241587458
007	刘青凌	生产部	¥1,800.00	¥800.00	¥1,200.00	¥3,800.00	622256352145874
008	李理真	生产部	¥2,000.00	¥500.00	¥800.00	¥3,300.00	622256352415558
009	范斯林	技术部	¥2,500.00	¥800.00	¥1,500.00	¥4,800.00	622256524158796
010	张得琪	技术部	¥2,500.00	¥600.00	¥1,200.00	¥4,300.00	622255847569854
011	金玲	技术部	¥2,500.00	¥600.00	¥1,200.00	¥4,300.00	622252415796599
012	张琴华	技术部	¥2,500.00	¥600.00	¥1,200.00	¥4,300.00	622256547898741
013	王思超	技术部	¥2,500.00	¥400.00	¥800.00	¥3,700.00	622256547814557
014	李立峰	销售部	¥1,000.00	¥500.00	¥1,500.00	¥3,000.00	622255854785412
015	王子谦	销售部	¥1,000.00	¥500.00	¥2,800.00	¥4,300.00	622258574784596

图 4–4–5

（2）在弹出的工作表样式菜单中选择要套用的表格样式，这里选择“表样式中等深浅 7”，如图 4–4–6 所示。

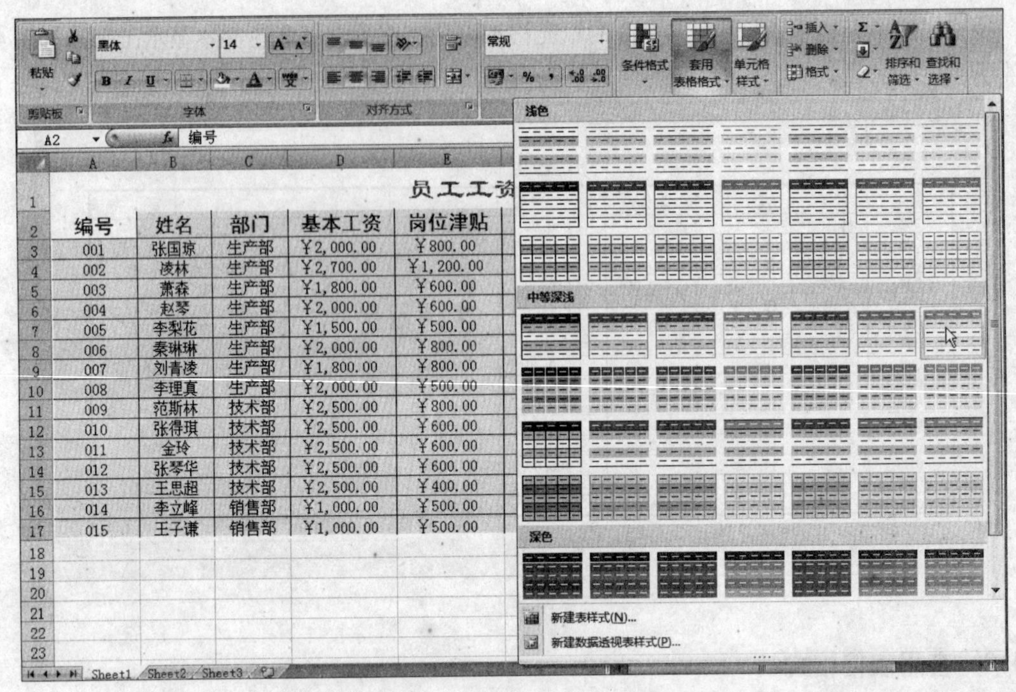

员工工资

编号	姓名	部门	基本工资	岗位津贴
001	张国琼	生产部	¥2,000.00	¥800.00
002	凌林	生产部	¥2,700.00	¥1,200.00
003	萧森	生产部	¥1,800.00	¥600.00
004	赵琴	生产部	¥2,000.00	¥600.00
005	李梨花	生产部	¥1,500.00	¥500.00
006	秦琳琳	生产部	¥2,000.00	¥800.00
007	刘青凌	生产部	¥1,800.00	¥800.00
008	李理真	生产部	¥2,000.00	¥500.00
009	范斯林	技术部	¥2,500.00	¥800.00
010	张得琪	技术部	¥2,500.00	¥600.00
011	金玲	技术部	¥2,500.00	¥600.00
012	张琴华	技术部	¥2,500.00	¥600.00
013	王思超	技术部	¥2,500.00	¥400.00
014	李立峰	销售部	¥1,000.00	¥500.00
015	王子谦	销售部	¥1,000.00	¥500.00

图 4-4-6

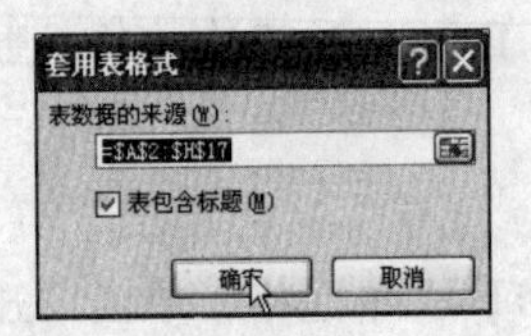

图 4-4-7

（3）在打开的“套用表格式”对话框中确定套用表格格式范围，单击“确定”按钮，如图 4-4-7 所示。

（4）完成套用表格格式的操作，效果如图 4-4-8 所示。

员工工资表

编号	姓名	部门	基本工资	岗位津贴	奖金	总工资	工资卡号
001	张国琼	生产部	¥2,000.00	¥800.00	¥1,000.00	¥3,800.00	622352354586274
002	凌林	生产部	¥2,700.00	¥1,200.00	¥1,500.00	¥5,400.00	622358545895858
003	萧森	生产部	¥1,800.00	¥600.00	¥1,200.00	¥3,600.00	622251452686352
004	赵琴	生产部	¥2,000.00	¥600.00	¥800.00	¥3,400.00	622251584512582
005	李梨花	生产部	¥1,500.00	¥500.00	¥800.00	¥2,800.00	622252415876654
006	秦琳琳	生产部	¥2,000.00	¥800.00	¥800.00	¥3,600.00	622255241587458
007	刘青凌	生产部	¥1,800.00	¥800.00	¥1,200.00	¥3,800.00	622256352145874
008	李理真	生产部	¥2,000.00	¥500.00	¥800.00	¥3,300.00	622256352415558
009	范斯林	技术部	¥2,500.00	¥800.00	¥1,500.00	¥4,800.00	622256524158796
010	张得琪	技术部	¥2,500.00	¥600.00	¥1,200.00	¥4,300.00	622255847569854
011	金玲	技术部	¥2,500.00	¥600.00	¥1,200.00	¥4,300.00	622252415796599
012	张琴华	技术部	¥2,500.00	¥600.00	¥1,200.00	¥4,300.00	622256547898741
013	王思超	技术部	¥2,500.00	¥400.00	¥800.00	¥3,700.00	622256547814557
014	李立峰	销售部	¥1,000.00	¥500.00	¥1,500.00	¥3,000.00	622255854785412
015	王子谦	销售部	¥1,000.00	¥500.00	¥2,800.00	¥4,300.00	622258574784596

图 4-4-8

4.4.3 套用单元格样式

Excel 2007 提供了多种单元格样式，使用单元格样式可以使每一个单元格都具有不同的

特点。

套用单元格样式，操作步骤如下：

(1) 打开“员工工资表”工作簿，设置第4行单元格区域套用单元格样式。选择第4行单元格区域A4:H4，单击“开始”选项卡“样式”组中的“单元格样式”按钮，如图4-4-9所示。

员工工资表

编号	姓名	部门	基本工资	岗位津贴	奖金	总工资	工资卡号
001	张国琼	生产部	￥2,000.00	￥800.00	￥1,000.00	￥3,800.00	622352354586274
002	凌林	生产部	￥2,700.00	￥1,200.00	￥1,500.00	￥5,400.00	622358545895858
003	萧森	生产部	￥1,800.00	￥600.00	￥1,200.00	￥3,600.00	622251452686352
004	赵琴	生产部	￥2,000.00	￥600.00	￥800.00	￥3,400.00	622251584512582
005	李梨花	生产部	￥1,500.00	￥500.00	￥800.00	￥2,800.00	622252415876654
006	秦琳琳	生产部	￥2,000.00	￥800.00	￥800.00	￥3,600.00	622255241587458
007	刘青凌	生产部	￥1,800.00	￥800.00	￥1,200.00	￥3,800.00	622256352145874
008	李理真	生产部	￥2,000.00	￥500.00	￥800.00	￥3,300.00	622256352415558
009	范斯林	技术部	￥2,500.00	￥800.00	￥1,500.00	￥4,800.00	622256524158796
010	张得琪	技术部	￥2,500.00	￥600.00	￥1,200.00	￥4,300.00	622255847569854
011	金玲	技术部	￥2,500.00	￥600.00	￥1,200.00	￥4,300.00	622252415796599
012	张琴华	技术部	￥2,500.00	￥600.00	￥1,200.00	￥4,300.00	622256547898741
013	王思超	技术部	￥2,500.00	￥400.00	￥800.00	￥3,700.00	622256547814557
014	李立峰	销售部	￥1,000.00	￥500.00	￥1,500.00	￥3,000.00	622255854785412
015	王子谦	销售部	￥1,000.00	￥500.00	￥2,800.00	￥4,300.00	622258574784596

图4-4-9

(2) 在弹出的单元格样式菜单中选择要套用的单元格样式，这里选择“强调文字颜色4”，如图4-4-10所示。

图4-4-10

(3) 所选单元格呈套用单元格样式“强调文字颜色4”显示，如图4-4-11所示。

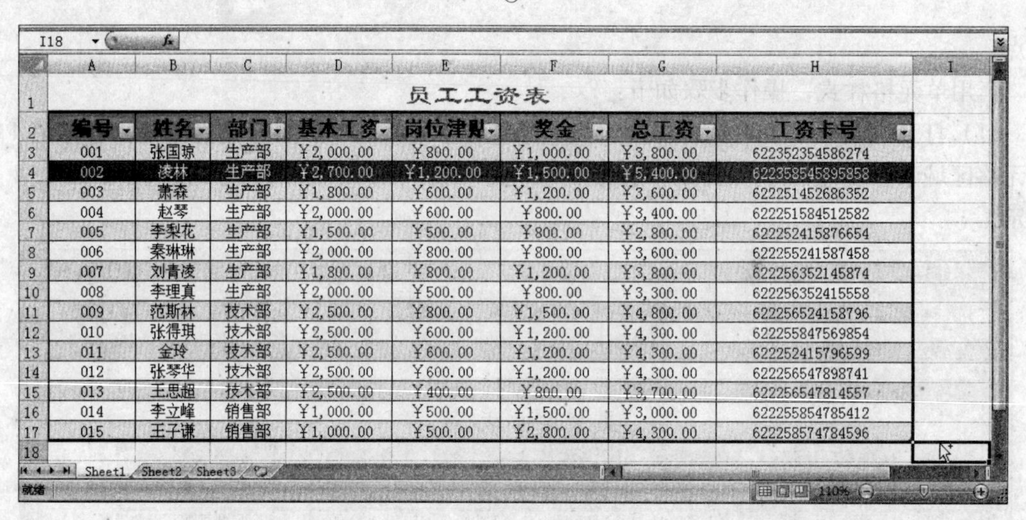

员工工资表

编号	姓名	部门	基本工资	岗位津贴	奖金	总工资	工资卡号
001	张国琼	生产部	¥2,000.00	¥800.00	¥1,000.00	¥3,800.00	622352354586274
002	凌林	生产部	¥2,700.00	¥1,200.00	¥1,500.00	¥5,400.00	622358545895858
003	萧森	生产部	¥1,800.00	¥600.00	¥1,200.00	¥3,600.00	622251452686352
004	赵琴	生产部	¥2,000.00	¥600.00	¥800.00	¥3,400.00	622251584512582
005	李梨花	生产部	¥1,500.00	¥500.00	¥800.00	¥2,800.00	622252415876654
006	秦琳琳	生产部	¥2,000.00	¥800.00	¥800.00	¥3,600.00	622255241587458
007	刘青凌	生产部	¥1,800.00	¥800.00	¥1,200.00	¥3,800.00	622256352145874
008	李理真	生产部	¥2,000.00	¥500.00	¥800.00	¥3,300.00	622256352415558
009	范斯林	技术部	¥2,500.00	¥800.00	¥1,500.00	¥4,800.00	622256524158796
010	张得琪	技术部	¥2,500.00	¥600.00	¥1,200.00	¥4,300.00	622255847569854
011	金玲	技术部	¥2,500.00	¥600.00	¥1,200.00	¥4,300.00	622252415796599
012	张琴华	技术部	¥2,500.00	¥600.00	¥1,200.00	¥4,300.00	622256547898741
013	王思超	技术部	¥2,500.00	¥400.00	¥800.00	¥3,700.00	622256547814557
014	李立峰	销售部	¥1,000.00	¥500.00	¥1,500.00	¥3,000.00	622255854785412
015	王子谦	销售部	¥1,000.00	¥500.00	¥2,800.00	¥4,300.00	622258574784596

图 4-4-11

注意

除了套用Excel 2007内置的单元格样式外，用户还可以创建自定义的单元格样式，并将其应用到指定的单元格或单元格区域中。

4.5 删除应用格式

删除应用的表格格式，操作步骤如下：

(1) 打开“员工工资表”工作簿，选择要删除应用格式的单元格区域，这里选择A1:H17。单击“开始”选项卡“编辑”组中的“清除”按钮，如图4-5-1所示。

员工工资表

编号	姓名	部门	基本工资	岗位津贴	奖金	总工资	工资卡号
001	张国琼	生产部	¥2,000.00	¥800.00	¥1,000.00	¥3,800.00	622352354586274
002	凌林	生产部	¥2,700.00	¥1,200.00	¥1,500.00	¥5,400.00	622358545895858
003	萧森	生产部	¥1,800.00	¥600.00	¥1,200.00	¥3,600.00	622251452686352
004	赵琴	生产部	¥2,000.00	¥600.00	¥800.00	¥3,400.00	622251584512582
005	李梨花	生产部	¥1,500.00	¥500.00	¥800.00	¥2,800.00	622252415876654
006	秦琳琳	生产部	¥2,000.00	¥800.00	¥800.00	¥3,600.00	622255241587458
007	刘青凌	生产部	¥1,800.00	¥800.00	¥1,200.00	¥3,800.00	622256352145874
008	李理真	生产部	¥2,000.00	¥500.00	¥800.00	¥3,300.00	622256352415558
009	范斯林	技术部	¥2,500.00	¥800.00	¥1,500.00	¥4,800.00	622256524158796
010	张得琪	技术部	¥2,500.00	¥600.00	¥1,200.00	¥4,300.00	622255847569854
011	金玲	技术部	¥2,500.00	¥600.00	¥1,200.00	¥4,300.00	622252415796599
012	张琴华	技术部	¥2,500.00	¥600.00	¥1,200.00	¥4,300.00	622256547898741
013	王思超	技术部	¥2,500.00	¥400.00	¥800.00	¥3,700.00	622256547814557
014	李立峰	销售部	¥1,000.00	¥500.00	¥1,500.00	¥3,000.00	622255854785412
015	王子谦	销售部	¥1,000.00	¥500.00	¥2,800.00	¥4,300.00	622258574784596

图 4-5-1

（2）在弹出的菜单中选择“清除格式”命令，如图 4–5–2 所示。

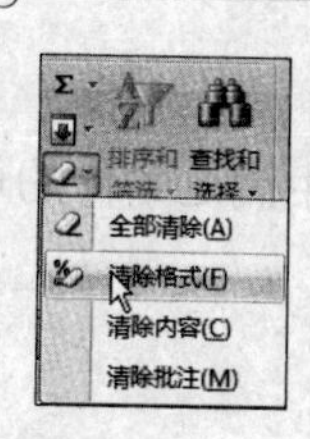

图 4–5–2

（3）所有应用于“员工工资表”的格式都已被删除，如图 4–5–3 所示。

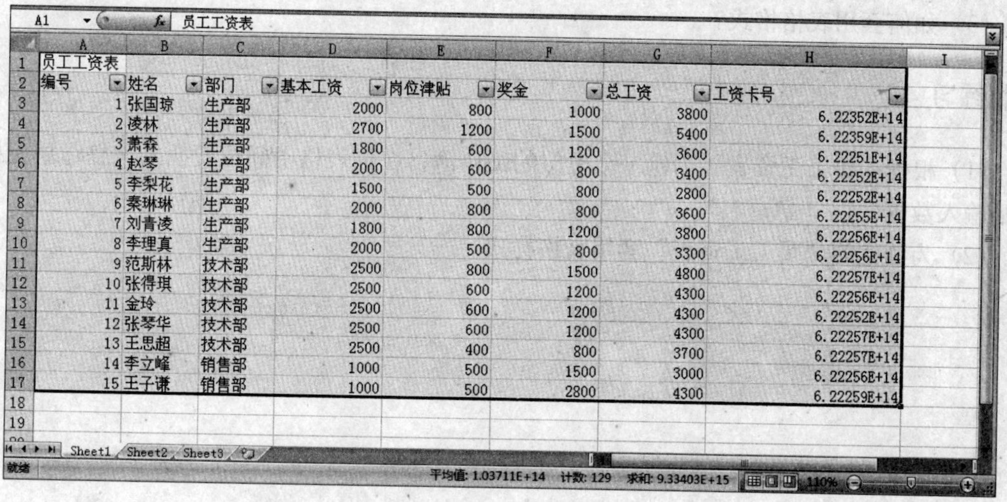

员工工资表

编号	姓名	部门	基本工资	岗位津贴	奖金	总工资	工资卡号
1	张国琼	生产部	2000	800	1000	3800	6.22352E+14
2	凌林	生产部	2700	1200	1500	5400	6.22359E+14
3	萧森	生产部	1800	600	1200	3600	6.22251E+14
4	赵琴	生产部	2000	600	800	3400	6.22252E+14
5	李梨花	生产部	1500	500	800	2800	6.22252E+14
6	秦琳琳	生产部	2000	800	800	3600	6.22255E+14
7	刘青凌	生产部	1800	800	1200	3800	6.22256E+14
8	李理真	生产部	2000	500	800	3300	6.22256E+14
9	范斯林	技术部	2500	800	1500	4800	6.22257E+14
10	张得琪	技术部	2500	600	1200	4300	6.22256E+14
11	金玲	技术部	2500	600	1200	4300	6.22252E+14
12	张琴华	技术部	2500	600	1200	4300	6.22257E+14
13	王思超	技术部	2500	400	800	3700	6.22257E+14
14	李立峰	销售部	1000	500	1500	3000	6.22256E+14
15	王子谦	销售部	1000	500	2800	4300	6.22259E+14

平均值: 1.03711E+14　计数: 129　求和: 9.33403E+15

图 4–5–3

4.6 小　结

本章主要介绍了工作表格式的设置方法，其中插入行、列和单元格，删除行、列和单元格，合并与拆分单元格以及改变单元格行高或列宽等操作，是编辑工作表常用的方法，而使用样式对工作表进行格式化操作，可使工作表更加美观。通过本章的学习，读者应当学会编辑和美化工作表的方法和技巧。

4.7 练　习

填空题

（1）默认情况下，Excel 2007 单元格中文本______对齐，数字______对齐，逻辑值和错误值______对齐。

（2）在“插入”对话框中选中“活动单元格下移”单选按钮，则插入一个单元格，同时该处的单元格向______移。

（3）在工作表中插入行后，则原位置的行会自动向______移动；插入列后，则原位置的列会自动向______移动。

(4) 调整行高的方法有两种：____和____。

(5) 如果要突出显示工作表中满足条件的单元格，则需要使用____功能。

简答题

(1) 如何调整单元格的行高和列宽？

(2) 如何设置条件格式？

(3) 如何套用表格格式？

上机练习

(1) 根据“员工工资表”创建一个类似的工作簿，在该表格中间位置插入一整行单元格，然后输入数据。

(2) 为创建的“员工工资表”套用表格样式。

第5章　编辑工作表

通过本章，你应当学会：

(1) 插入工作表。

(2) 删除工作表。

(3) 重命名工作表。

(4) 移动工作表。

(5) 复制工作表。

(6) 隐藏或显示工作表。

(7) 保护工作表。

在利用Excel进行数据处理的过程中，经常需要对工作簿和工作表进行适当的处理，例如插入和删除工作表，设置重要工作表的保护等。下面将对编辑工作表的方法进行介绍。

5.1　选择工作表

在对某张工作表进行编辑前必须先选择该工作表。在选择工作表时，可以选择单张工作表，若需要对多张工作表同时进行操作，可以选择相邻的多张工作表使其成为“工作组”，还可以选择不相邻的多张工作表，也可以快速选择工作簿中的全部工作表。

5.1.1　选择单张工作表

在要选择工作表的标签上单击即可选择该工作表，这里单击“Sheet2”工作表标签，此时选择的工作表标签呈白底显示，选择的工作表为当前工作表，可以对其进行操作，如图5-1-1所示。

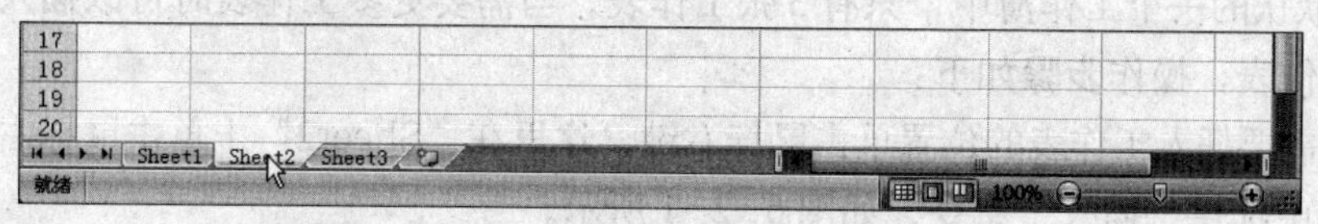

图5-1-1

5.1.2　选择相邻的多张工作表

单击要选择的第一张工作表的标签“Sheet1”，然后按住Shift键单击最后一张工作表标签“Sheet3”，此时可选择“Sheet1”和“Sheet3”之间的所有工作表，如图5-1-2所示。

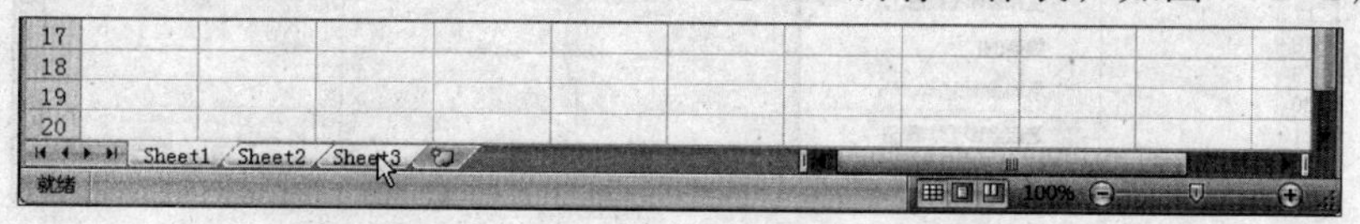

图5-1-2

5.1.3 选择不相邻的多张工作表

单击要选择的第一张工作表标签，再按住 Ctrl 键单击其他要选择的工作表标签。此处选择“Sheet1”，按住 Ctrl 键单击“Sheet3”，即可选择“Sheet1”和“Sheet3”两张工作表，如图 5-1-3 所示。

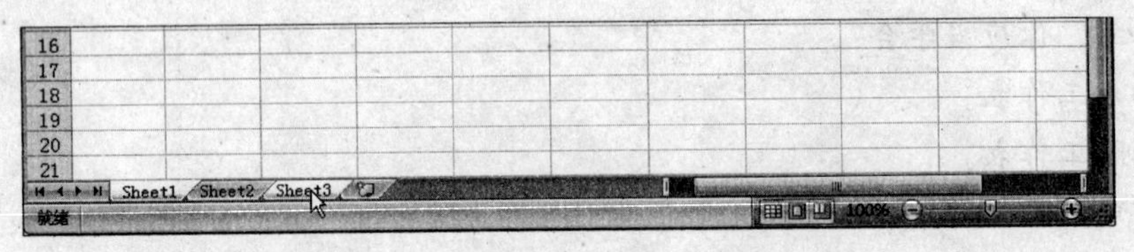

图 5-1-3

5.1.4 选择工作簿中的全部工作表

在任意工作表标签上单击鼠标右键，在弹出的快捷菜单中选择“选定全部工作表”命令，可以选择工作簿中的全部工作表，如图 5-1-4 所示。

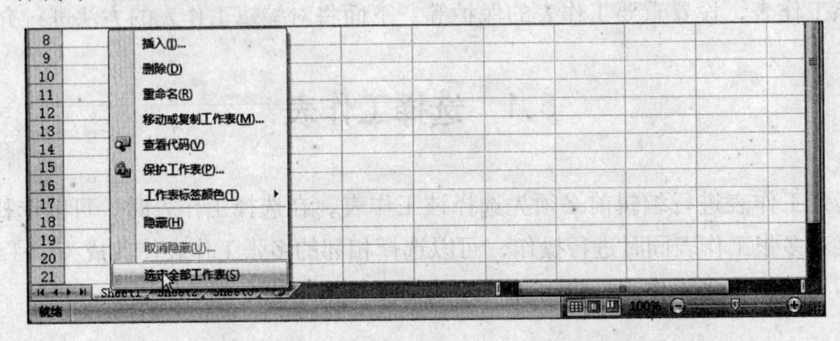

图 5-1-4

5.2 插入工作表

Excel 默认的一个工作簿中，只有 3 张工作表，当需要更多工作表时可以插入新工作表。插入工作表，操作步骤如下：

(1) 在需要插入工作表的位置单击鼠标右键，这里在“Sheet2”上单击鼠标右键，在弹出的快捷菜单中选择“插入”命令，如图 5-2-1 所示。

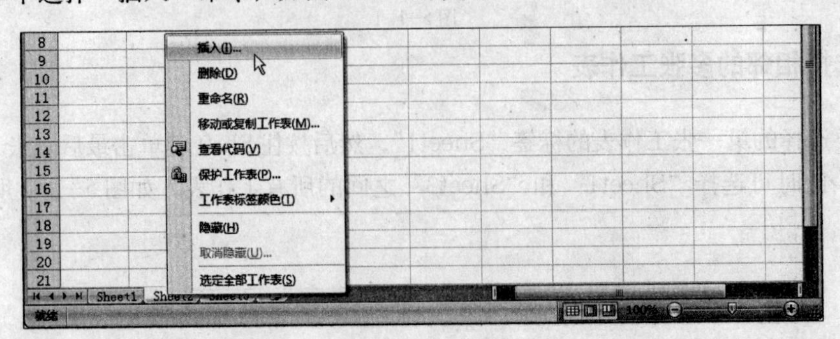

图 5-2-1

（2）打开“插入”对话框，在“常用”选项卡下面的列表框中选择“工作表”图标，然后单击“确定”按钮，如图5-2-2所示。

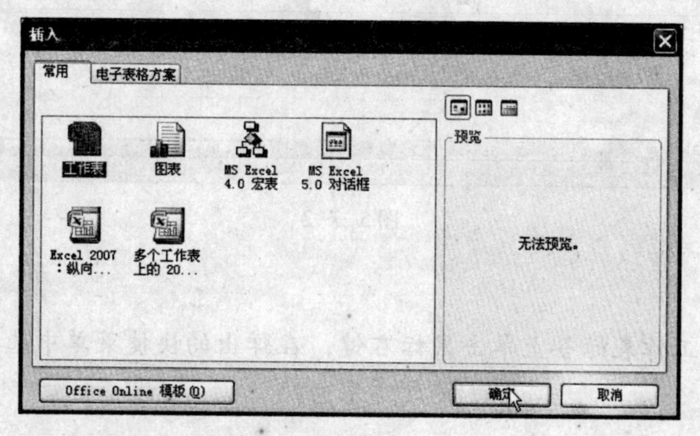

图5-2-2

（3）此时可在工作表标签栏中插入一张新工作表标签，插入位置为当前工作表的前面并自动命名为“Sheet4”，如图5-2-3所示。

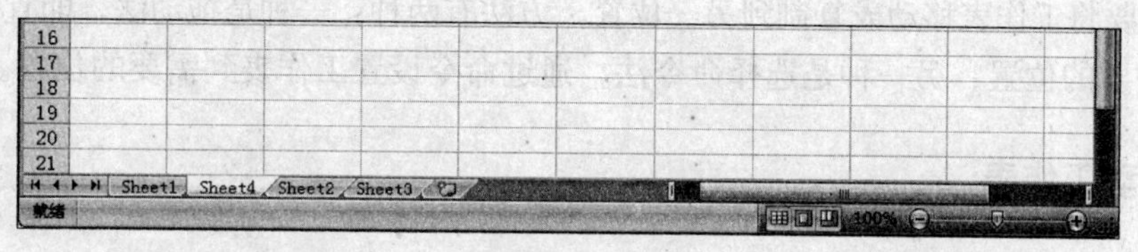

图5-2-3

注意

在需要插入新工作表的工作簿中，单击工作表标签后的“插入工作表”图标，即可直接插入一张新工作表，而不会打开“插入”对话框。

5.3 重命名工作表

Excel中工作表的默认名称为“Sheet1”、“Sheet2”、“Sheet3”等，这在实际工作中既不直观也不方便记忆，这时，用户需要修改这些工作表名称。

重命名工作表，操作步骤如下：

（1）双击需要重命名的工作表标签，这里双击“Sheet1”，此时需要重命名的工作表标签呈高亮显示，如图5-3-1所示。

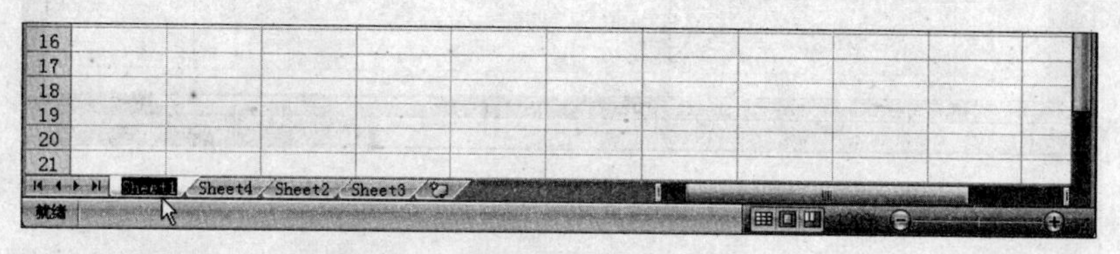

图5-3-1

(2) 在高亮显示的工作表标签上直接输入所需要的名称，这里输入“一月库存表”，然后按Enter键即可，如图5-3-2所示。

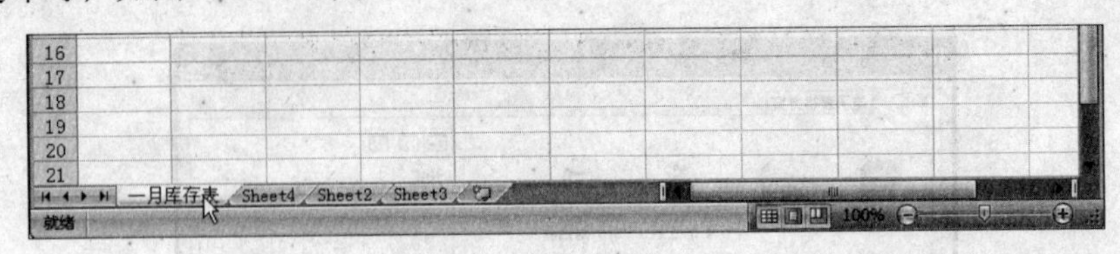

图5-3-2

注意

在需要重命名的工作表标签上单击鼠标右键，在弹出的快捷菜单中选择“重命名”命令也可重命名该工作表。

5.4 移动和复制工作表

有时需要将工作表移动或复制到另一位置，方法有两种：一种是拖动法，即直接拖动工作表标签到需要的位置；另一种是选择命令法，通过命令设置工作表到需要的位置。

5.4.1 移动工作表

工作表标签中各工作表的位置并不是固定不变的，可以改变它们的位置。

移动工作表，操作步骤如下：

(1) 选择需要移动的工作表，这里选择“Sheet2”工作表，然后在该工作表标签上按住鼠标左键并进行拖动，此时有一个黑色的小三角形随鼠标指针移动，表示工作表将定位到的位置，如图5-4-1所示。

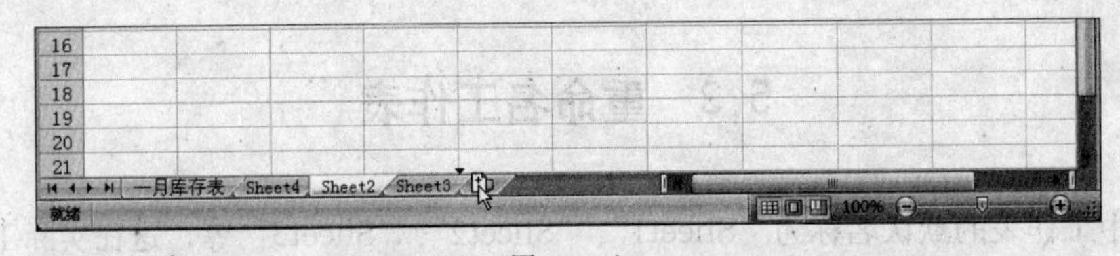

图5-4-1

(2) 当小三角形到达所需的位置时，释放鼠标左键即可移动该工作表，此时将“Sheet2”移动到“Sheet3”的后面，如图5-4-2所示。

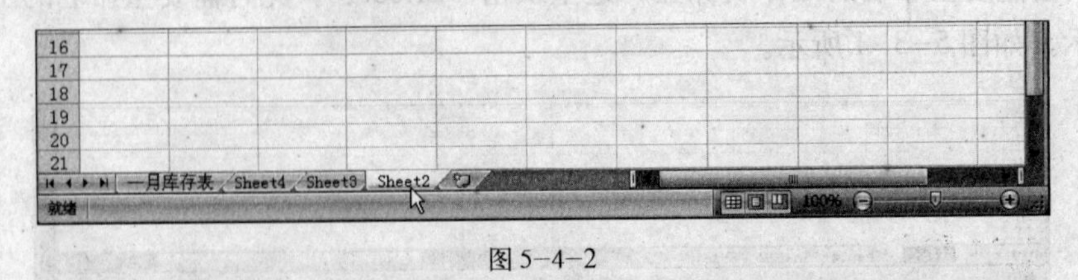

图5-4-2

注意

移动工作表的同时，工作表中的数据也随着一起移动。

5.4.2 复制工作表

当需要制作一张与某张工作表相同的工作表时，可使用工作表复制功能。

复制工作表，操作步骤如下：

(1) 选择要复制的工作表，在该工作表标签上单击鼠标右键，在弹出的快捷菜单中选择“移动或复制工作表”命令，如图 5–4–3 所示。

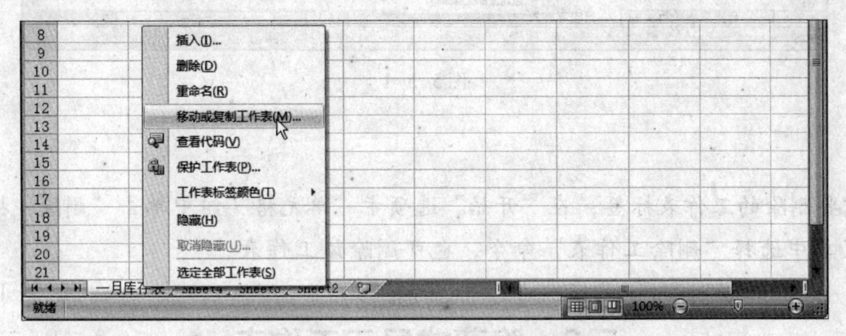

图 5–4–3

(2) 打开“移动或复制工作表”对话框，在“将选定工作表移至工作簿”下拉列表框中选择移动到的工作簿，在“下列选定工作表之前”列表框中选择工作表要放置在哪个工作表之前，勾选“建立副本”复选框，单击“确定”按钮，如图 5–4–4 所示。

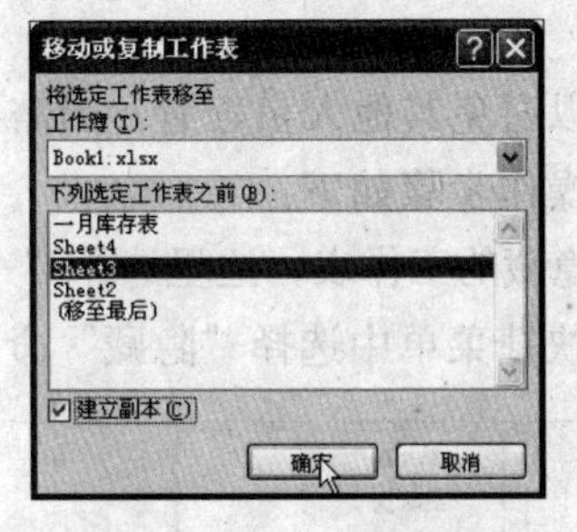

图 5–4–4

(3) 此时复制了一个与“一月库存表”工作表相同的名为“一月库存表 (2)”的工作表，如图 5–4–5 所示。

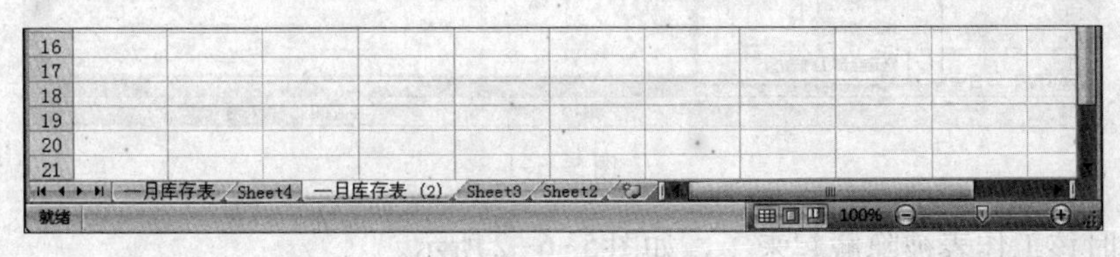

图 5–4–5

5.5 删除工作表

若不再需要工作簿中的某张工作表，可以将其删除。

删除工作表，操作步骤如下：

选择需要删除的工作表，这里选择“一月库存表 (2)”工作表，在该工作表标签上单击鼠标右键，在弹出的快捷菜单中选择“删除”命令即可删除该工作表，如图 5–5–1 所示。

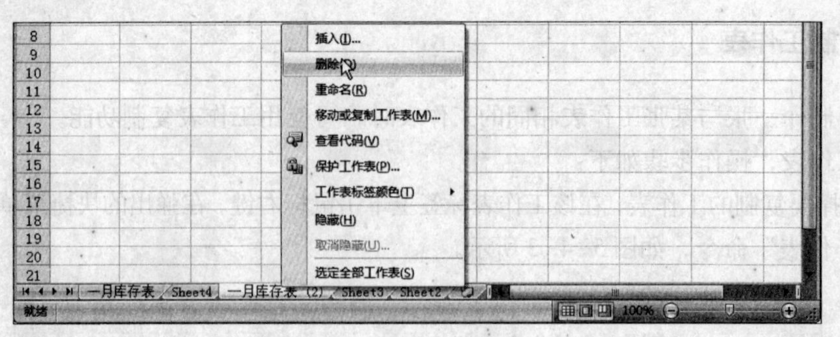

图 5–5–1

注意

选择需要删除的工作表标签，在“开始”选项卡“单元格”组中单击“删除”按钮，在弹出的快捷菜单中选择“删除工作表”命令，也可删除该工作表。

5.6 隐藏或显示工作表

隐藏工作表可以避免其他人员查看，当需要查看时再将其显示出来。

隐藏工作表，操作步骤如下：

（1）选择需要隐藏的工作表，这里选择“一月库存表”工作表，在该工作表标签上单击鼠标右键，在弹出的快捷菜单中选择“隐藏”命令，即可隐藏该工作表，如图 5–6–1 所示。

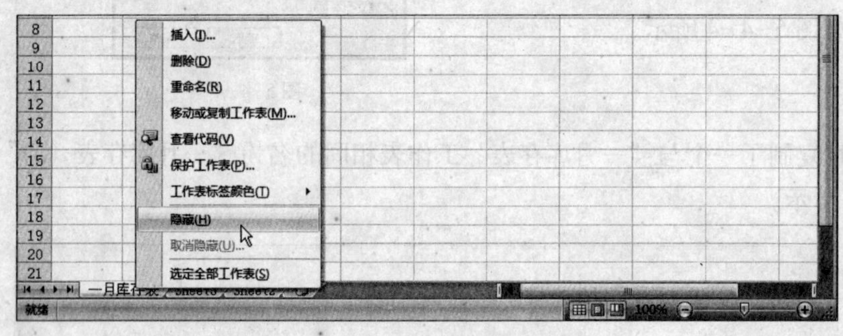

图 5–6–1

（2）此时该工作表被隐藏起来了，如图 5–6–2 所示。

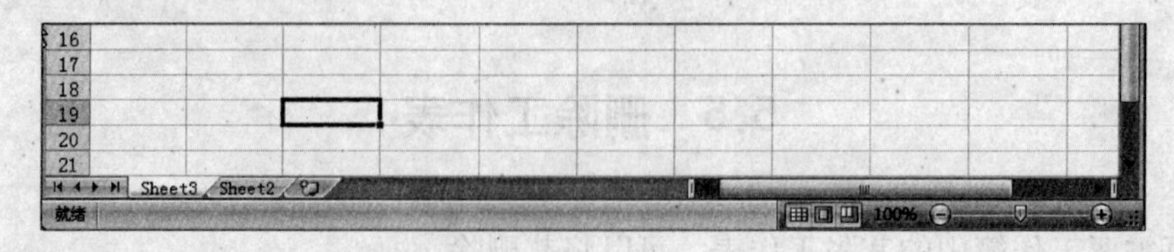

图 5–6–2

注意

当需要查看隐藏的工作表时，需要将其显示出来，操作步骤如下：在该工作簿中任一工作表标签上单击鼠标右键，在弹出的快捷菜单中选择“取消隐藏”命令，在打开的“取消隐藏”

对话框中选择需要显示的工作表，然后单击“确定”按钮即可。

5.7 保护工作表

若工作表中的数据只可让别人查看，而不能让别人修改，此时就需要保护工作表。保护工作表，操作步骤如下：

(1) 选择需要保护的工作表，这里选择“一月库存表”工作表，在该工作表标签上单击鼠标右键，在弹出的快捷菜单栏里选择“保护工作表”命令，如图5-7-1所示。

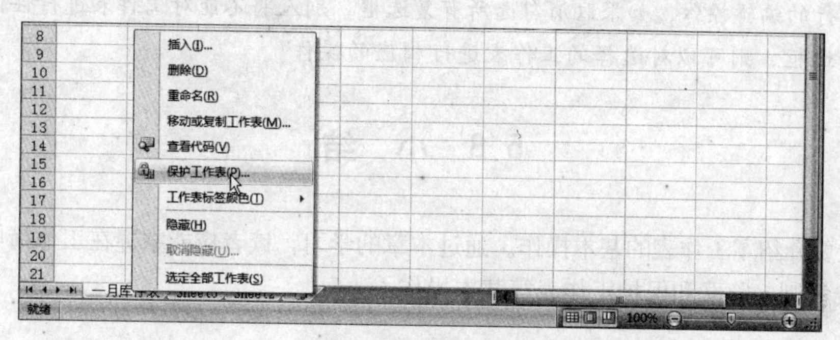

图5-7-1

(2) 在打开的“保护工作表”对话框中的“取消工作表保护时使用的密码”文本框中输入密码，这里输入“123456”，在“允许此工作表的所有用户进行”下拉列表框中勾选“选定锁定单元格”和“选定未锁定的单元格”复选框，单击“确定”按钮，如图5-7-2所示。

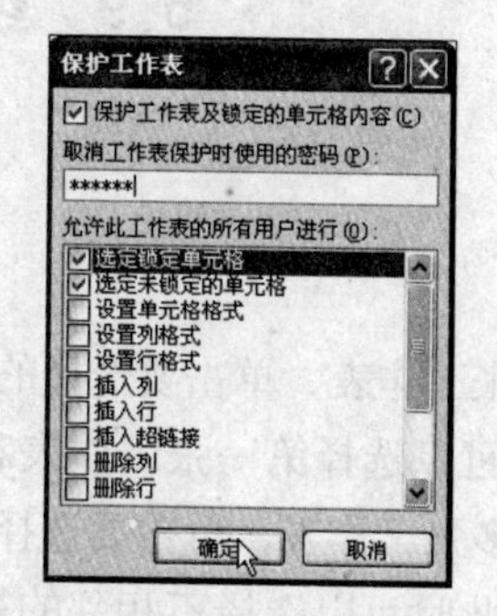

图5-7-2

(3) 打开“确认密码”对话框，在“重新输入密码”文本框中再次输入密码，单击“确定”按钮，如图5-7-3所示。

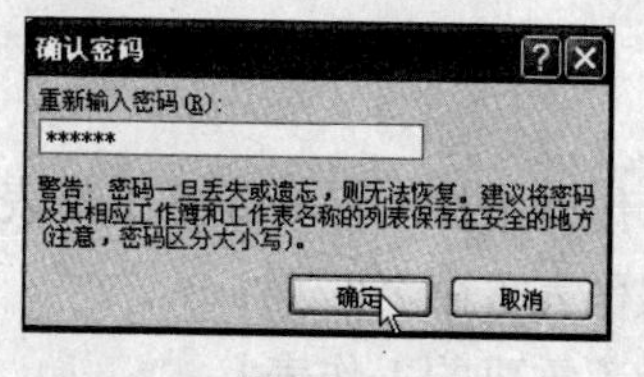

图5-7-3

(4) 此时在保护的工作表中进行操作时，将打开一个提示对话框提示不能进行更改，需要撤销工作表保护后才能进行更改操作，如图5-7-4所示。

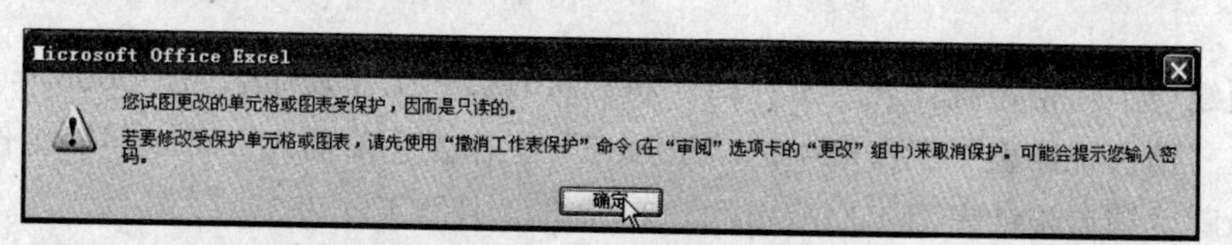

图5-7-4

图 5-7-5

(5) 若要修改工作表中的数据，需要撤销对工作表的保护，方法是：在已经设置保护的工作表标签上单击鼠标右键，在弹出的快捷菜单中选择“撤销工作表保护”命令，在打开的“撤销工作表保护”对话框中输入设置的密码，单击“确定”按钮即可，如图 5-7-5 所示。

注意

在“保护工作表”对话框的“允许此工作表的所有用户进行”列表框中可以设置允许别人对工作表进行的编辑操作，如果取消勾选所有复选框，别人将不能对工作表进行任何操作；若勾选部分复选框，则可以对选择的工作表进行相应的操作。

5.8 小 结

本章主要介绍了工作表的基本操作。通过本章的学习，读者应能掌握在工作簿中插入、删除、移动或复制、隐藏和保护工作表等基本操作。

5.9 练 习

填空题

(1) 选择相邻的多张工作表，单击要选择的第一张工作表的标签，按住______键单击最后一张工作表标签，此时可以选择第一张工作表和最后一张工作表之间的所有工作表。

(2) 选择不相邻的多张工作表，单击要选择的第一张工作表标签，按住______键单击其他要选择的工作表标签，此时可以选择不相邻的被单击的工作表。

简答题

(1) 如何在工作簿中插入一张新的工作表?

(2) 如何为工作表重命名?

(3) 如何删除不需要的工作表?

(4) 如何隐藏工作表?

上机练习

(1) 新建一个“销售统计表”工作簿，将“Sheet1”工作表命名为“2008 年 1 月”。

(2) 在“销售统计表”工作簿中的“Sheet3”工作表之前插入“Sheet4”工作表。

(3) 隐藏“销售统计表”工作簿中的“2008 年 1 月”工作表。

第6章 插入丰富对象

通过本章，你应当学会：

(1) 插入剪贴画。

(2) 插入自选图形。

(3) 插入外部图片。

(4) 插入 SmartArt 图形。

(5) 插入批注。

(6) 插入艺术字。

Excel 2007不仅可以编辑工作表，还可以插入图形，对图形进行编辑等，使用图形可以突出重要数据，加强视觉效果。

6.1 插入图形对象

在Excel中，除了通过设置各种格式美化表格外，还可以插入Excel中自带的剪贴画、自选图形、外部图片和SmartArt图形等来美化表格。

6.1.1 插入剪贴画

剪贴画实际上就是Excel 2007自带的图片，它可以选择的种类很多。在需要时插入剪贴画可以使表格看起来更加形象。

在工作表中插入剪贴画，操作步骤如下：

(1) 在Excel 2007中新建“EPSON针打机系列报价单”工作簿，在“Sheet1”中输入数据，完成后如图6-1-1所示。

EPSON针打机系列报价单

型　号	价　格	型　号	价　格
TM-300(含电源)	260元	LQ-300K	450元
TM-210(含电源)	400元	LQ-1600K	160元
TM-88III(含电源)	400元	LQ-1800K	150元
LX-300	260元	LQ-2600K	350元
LQ-670K	850元	LQ-1600KII	240元
LQ-630K	850元	LQ-1900KII	450元
LQ-1900K	240元	LQ-1600KIII	350元

图6-1-1

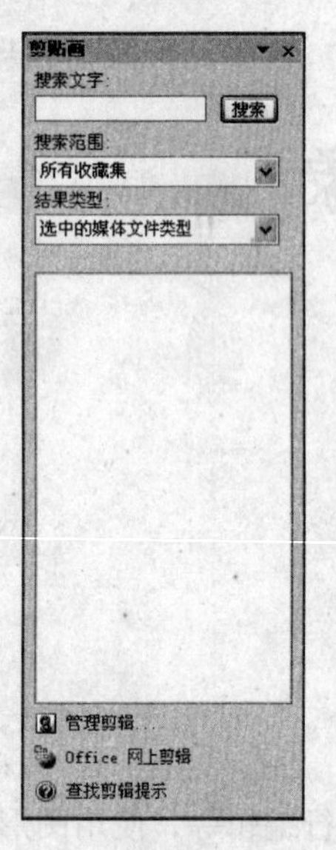

图 6-1-2

图 6-1-3

（2）选择“插入”选项卡，在“插图”组中单击“剪贴画”按钮，打开“剪贴画”任务窗格，如图 6-1-2 所示。

（3）在“搜索文字”文本框中输入剪贴画的名称或类别，这里输入“科技”，然后单击“搜索”按钮，搜索后的结果如图 6-1-3 所示。

（4）在搜索结果列表框中，单击要插入的剪贴画，即可将其插入到当前工作表中，如图 6-1-4 所示。

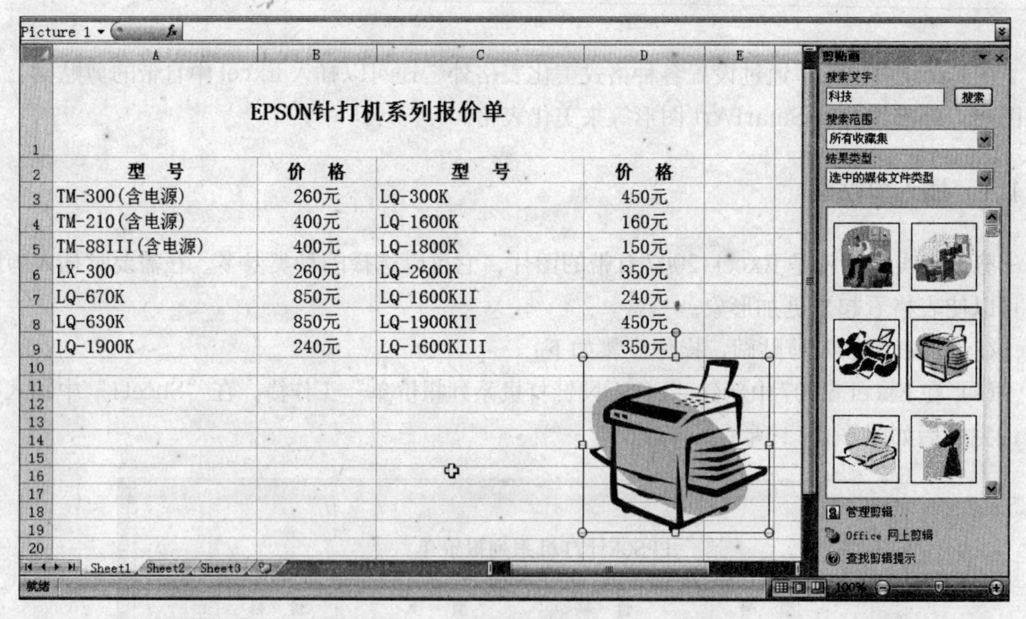

EPSON针打机系列报价单

型　号	价　格	型　号	价　格
TM-300(含电源)	260元	LQ-300K	450元
TM-210(含电源)	400元	LQ-1600K	160元
TM-88III(含电源)	400元	LQ-1800K	150元
LX-300	260元	LQ-2600K	350元
LQ-670K	850元	LQ-1600KII	240元
LQ-630K	850元	LQ-1900KII	450元
LQ-1900K	240元	LQ-1600KIII	350元

图 6-1-4

（5）移动鼠标指针到剪贴画四周的控制点调整剪贴画大小，然后拖动剪贴画至工作表中适当位置即可，如图 6-1-5 所示。

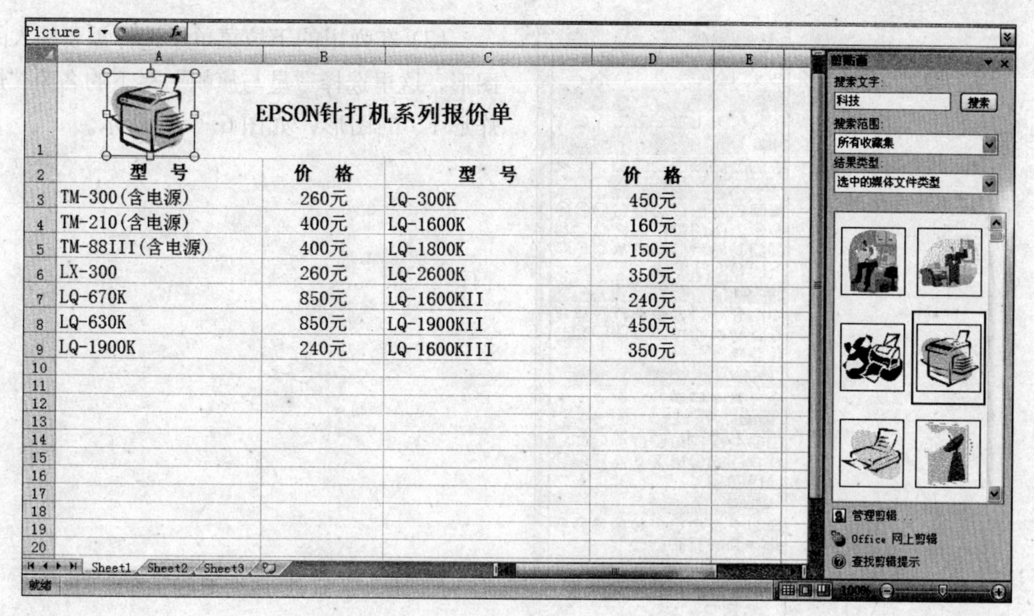

EPSON针打机系列报价单

型　号	价　格	型　号	价　格
TM-300(含电源)	260元	LQ-300K	450元
TM-210(含电源)	400元	LQ-1600K	160元
TM-88III(含电源)	400元	LQ-1800K	150元
LX-300	260元	LQ-2600K	350元
LQ-670K	850元	LQ-1600KII	240元
LQ-630K	850元	LQ-1900KII	450元
LQ-1900K	240元	LQ-1600KIII	350元

图6-1-5

注意

在“格式”选项卡中也可以调整剪贴画、排列剪贴画以及为剪贴画设置大小等。

6.1.2　插入自选图形

Excel 2007中自带了很多种自选图形，如线条、矩形、基本形状、箭头总汇、公式形状、流程图、星与旗帜和标注等，还可以为自选图形选色、添加文字以及设置旋转角度等。

插入自选图形，操作步骤如下：

(1) 打开“EPSON针打机系列报价单”工作簿，选择“插入”选项卡，单击“插图”组中的“形状”按钮，如图6-1-6所示。

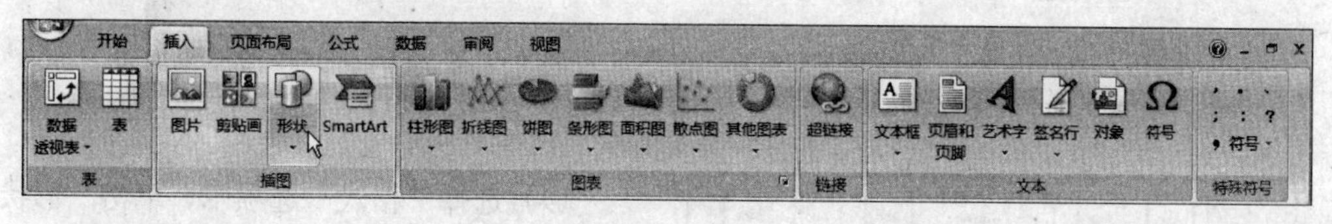

图6-1-6

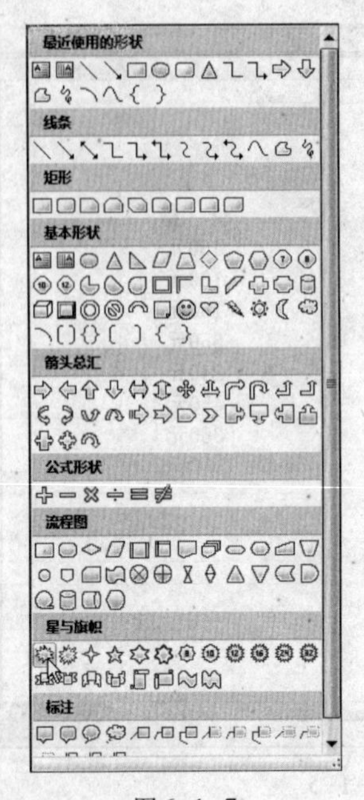

图6-1-7

（2）在弹出的下拉菜单中选择需要插入的图形，这里选择“星与旗帜”栏下的名为“爆炸形1”的图形，如图6-1-7所示。

（3）在工作表需要的位置按住鼠标左键并拖动，即可插入一个“爆炸形1”的图形，如图6-1-8所示。

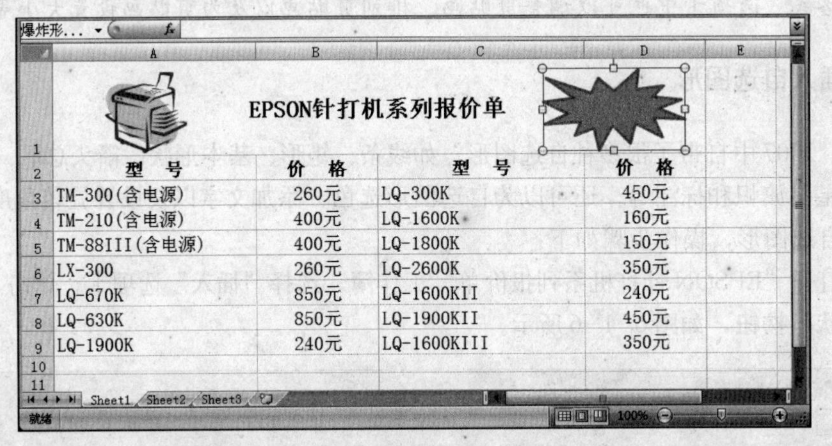

型　号	价　格	型　号	价　格
TM-300(含电源)	260元	LQ-300K	450元
TM-210(含电源)	400元	LQ-1600K	160元
TM-88III(含电源)	400元	LQ-1800K	150元
LX-300	260元	LQ-2600K	350元
LQ-670K	850元	LQ-1600KII	240元
LQ-630K	850元	LQ-1900KII	450元
LQ-1900K	240元	LQ-1600KIII	350元

图6-1-8

图6-1-9

（4）选择“格式”选项卡，单击“形状样式”组中的下拉按钮，在弹出的下拉列表框中单击需要设置的样式，这里选择“细微效果－强调颜色4”样式，如图6-1-9所示。

（5）此时工作表中插入的自选图形显示出应用样式后的效果，如图6-1-10所示。

	A	B	C	D	E
1	EPSON针打机系列报价单				
2	型　号	价　格	型　号	价　格	
3	TM-300(含电源)	260元	LQ-300K	450元	
4	TM-210(含电源)	400元	LQ-1600K	160元	
5	TM-88III(含电源)	400元	LQ-1800K	150元	
6	LX-300	260元	LQ-2600K	350元	
7	LQ-670K	850元	LQ-1600KII	240元	
8	LQ-630K	850元	LQ-1900KII	450元	
9	LQ-1900K	240元	LQ-1600KIII	350元	
10					
11					
12					

Sheet1　Sheet2　Sheet3　就绪　100%

图6-1-10

（6）选择所插入的自选图形，单击鼠标右键，在弹出的快捷菜单中选择“编辑文字”命令，如图6-1-11所示，可为插入的自选图形添加文字。

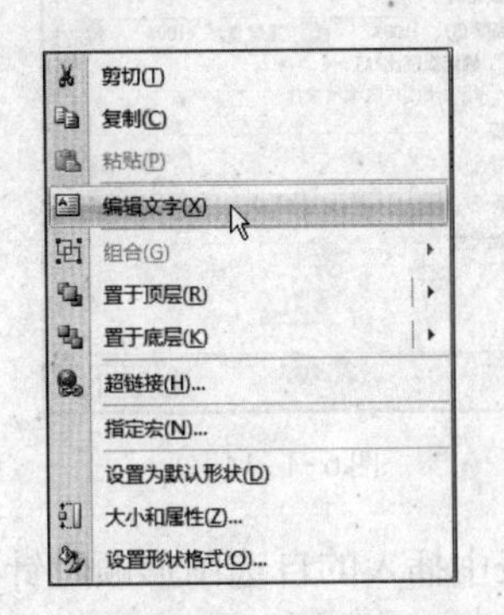

图6-1-11

（7）待自选图形中间有闪烁的光标时输入文本，这里输入“新”，选择输入的文本，切换到“开始”选项卡，设置字体为“隶书”，字号为“44”，颜色为“红色”，设置完成后效果如图6-1-12所示。

	A	B	C	D	E
1	EPSON针打机系列报价单			新	
2	型　号	价　格	型　号	价　格	
3	TM-300(含电源)	260元	LQ-300K	450元	
4	TM-210(含电源)	400元	LQ-1600K	160元	
5	TM-88III(含电源)	400元	LQ-1800K	150元	
6	LX-300	260元	LQ-2600K	350元	
7	LQ-670K	850元	LQ-1600KII	240元	
8	LQ-630K	850元	LQ-1900KII	450元	
9	LQ-1900K	240元	LQ-1600KIII	350元	
10					
11					
12					

Sheet1　Sheet2　Sheet3　就绪　100%

图6-1-12

剪切(T)
复制(C)
粘贴(P)
编辑文字(X)
组合(G)
置于顶层(R)
置于底层(K)
超链接(H)...
指定宏(N)...
设置为默认形状(D)
大小和属性(Z)...
设置形状格式(O)...

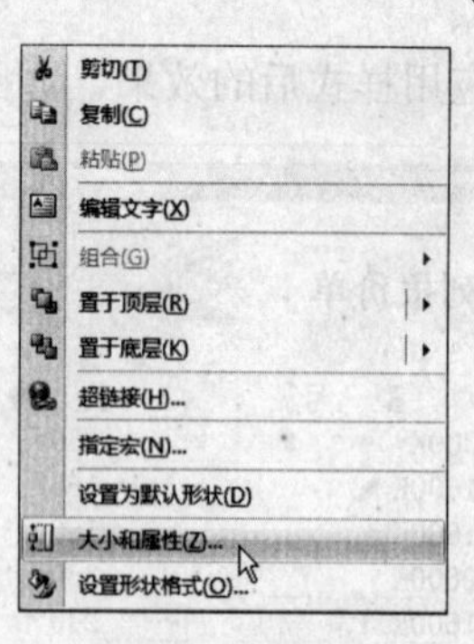

图6-1-13

(8) 选择所插入的自选图形，单击鼠标右键，在弹出的快捷菜单中选择“大小和属性”命令，如图6-1-13所示。

大小和属性
大小
属性
可选文字
尺寸和旋转
高度(E): 2.14 厘米
宽度(D): 3.86 厘米
旋转(T): 20°
缩放比例
高度(H): 100%
宽度(W): 100%
锁定纵横比(A)
相对于图片原始尺寸(R)
裁剪
左(L):
上(P):
右(G):
下(M):
原始尺寸
高度: 宽度:
重设(S)
关闭

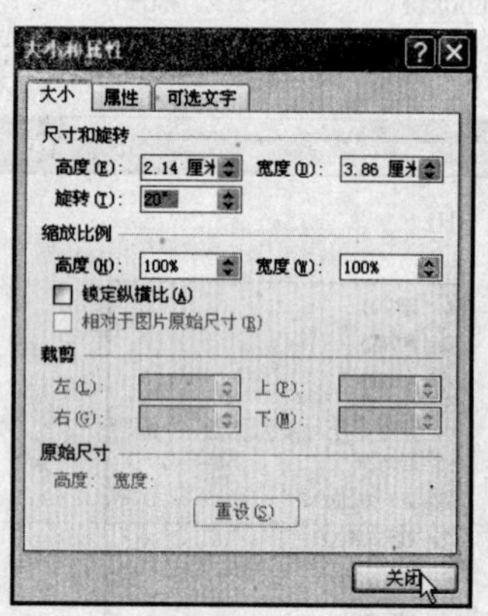

图6-1-14

(9) 打开“大小和属性”对话框，在“大小”选项卡中的“尺寸和旋转”栏下可以设置自选图形的大小以及旋转角度，这里在“旋转”数值框中输入“20°”，单击“关闭”按钮，关闭该对话框，如图6-1-14所示。

(10) 此时工作表中插入的自选图形顺时针旋转了20°，如图6-1-15所示。

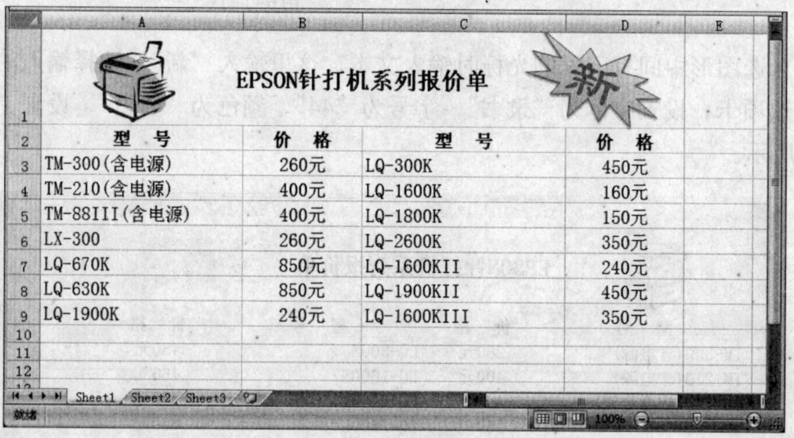

EPSON针打机系列报价单
新
型 号
价 格
型 号
价 格
TM-300(含电源) 260元 LQ-300K 450元
TM-210(含电源) 400元 LQ-1600K 160元
TM-88III(含电源) 400元 LQ-1800K 150元
LX-300 260元 LQ-2600K 350元
LQ-670K 850元 LQ-1600KII 240元
LQ-630K 850元 LQ-1900KII 450元
LQ-1900K 240元 LQ-1600KIII 350元
Sheet1
Sheet2
Sheet3
就绪
100%

图6-1-15

6.1.3 插入外部图片

在工作表中还可以插入外部图片，即电脑中已存储的图片文件，Excel 2007支持目前几乎所有的常用图片格式。

插入外部图片，操作步骤如下：

(1) 在Excel 2007中新建“2008年5月日历”工作簿，在“Sheet1”中输入数据，完成后如图 6-1-16 所示。

2008年5月						
日	一	二	三	四	五	六
				1	2	3
4	5	6	7	8	9	10
11	12	13	14	15	16	17
18	19	20	21	22	23	24
25	26	27	28	29	30	31

图 6-1-16

（2）选择要插入图片的单元格，这里选择 F2，选择“插入”选项卡，单击“插图”组中的“图片”按钮，如图 6-1-17 所示。

图 6-1-17

（3）打开“插入图片”对话框，在“查找范围”下拉列表框中选择图片所在位置，选择要插入的图片，单击“插入”按钮，如图 6-1-18 所示。

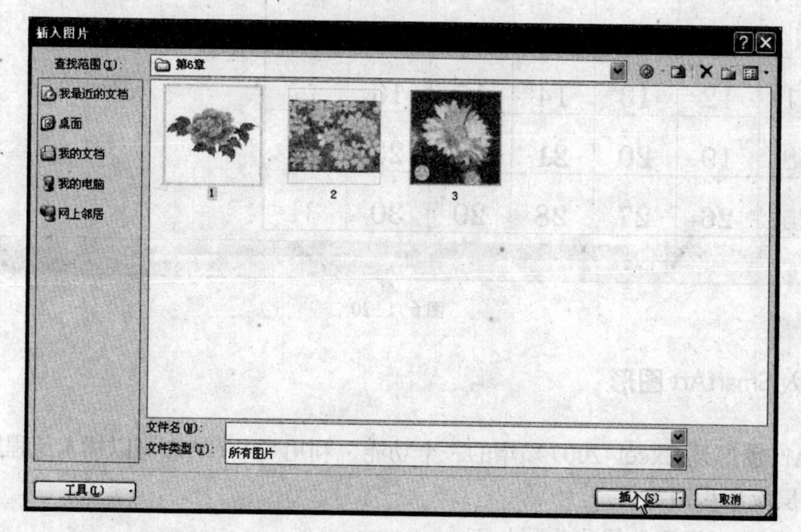

图 6-1-18

（4）此时将该图片插入到工作表中，如图 6–1–19 所示。

图 6–1–19

（5）移动鼠标指针到图片四周的控制点以调整图片大小，然后拖动图片至工作表中适当位置即可，如图 6–1–20 所示。

图 6–1–20

6.1.4 插入 SmartArt 图形

SmartArt 图形是 Excel 2007 新增的一个功能，利用 SmartArt 可以插入流程图、循环图、关系图以及层次结构图等。

插入 SmartArt 图形，操作步骤如下：

（1）在Excel 2007中新建一个名为“易信印务有限公司组织结构图”工作簿。

（2）选择“插入”选项卡，单击“插图”组中的“SmartArt”按钮，如图6-1-21所示。

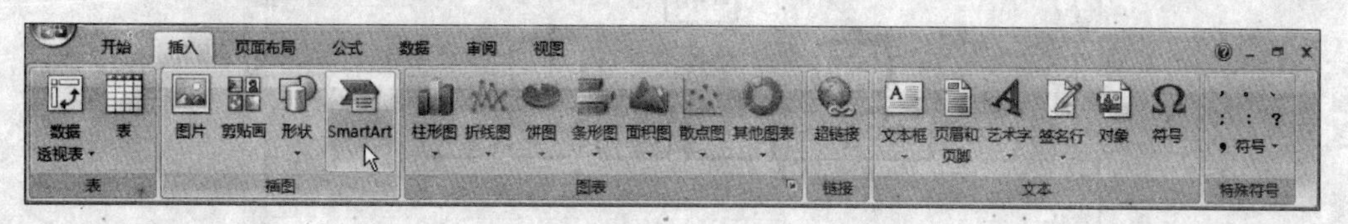

图6-1-21

（3）打开“选择SmartArt图形”对话框，在对话框左侧单击需要创建的图形类型标签，选择需要的图形，这里选择层次结构下的层次结构图，单击“确定”按钮，如图6-1-22所示。

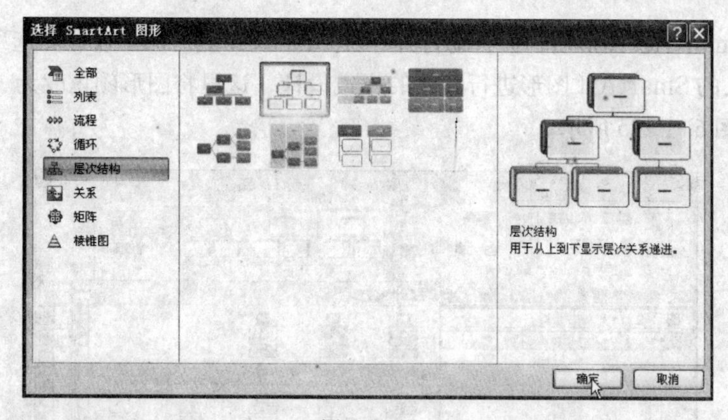

图6-1-22

（4）此时将所选的SmartArt图形插入到当前工作表中。

（5）用户可根据需要添加和删除插入的SmartArt图形中的形状。添加形状时，首先选中要添加形状的位置，这里选择图形的第二层，单击鼠标右键，在弹出的快捷菜单中选择“添加形状/在下方添加形状”命令，如图6-1-23所示。

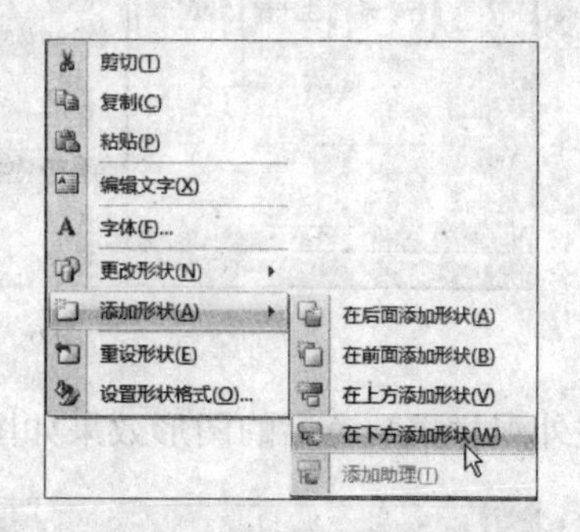

图6-1-23

（6）此时在插入的SmartArt图形中添加了一个新形状。使用同样的方法可插入多个形状。

（7）单击图形中的“文本”，可以输入需要的文字，移动鼠标指针到图形四周的控制点可调整图形大小，如图6-1-24所示。

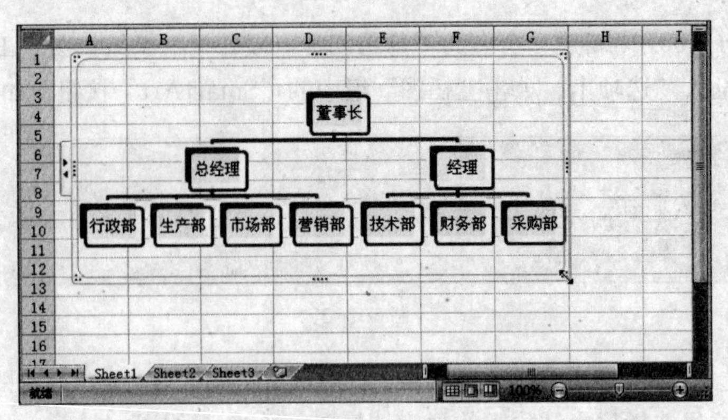

图 6-1-24

（8）插入 SmartArt 图形后，会自动打开“SmartArt 工具”的“设计”选项卡，在该选项卡中可以对插入的 SmartArt 图形进行具体的样式设计，这里将图形颜色改为“彩色－强调文字颜色 1”，如图 6-1-25 所示。

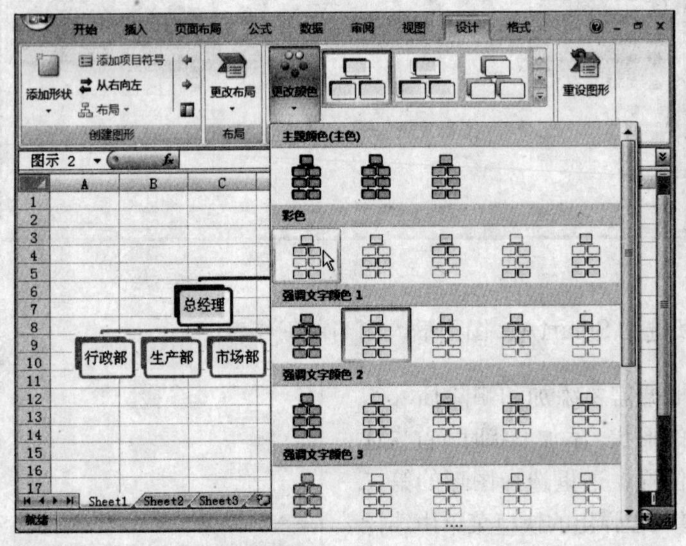

图 6-1-25

（9）更改完外观样式颜色后的图形效果如图 6-1-26 所示。

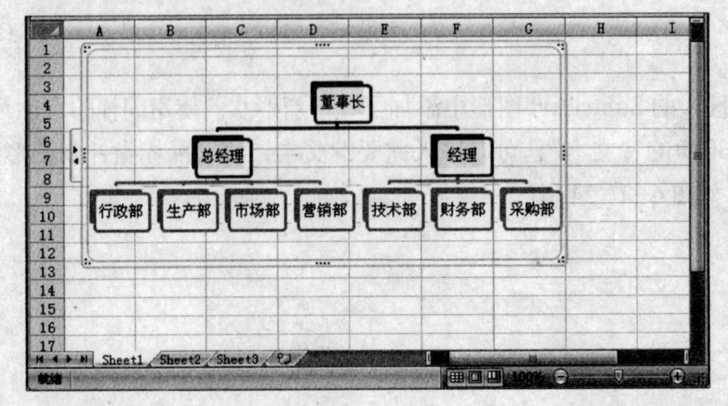

图 6-1-26

6.2 插入批注

在 Excel 中可以制作批注符号，对重要的东西做上标记或者在旁边写上批注，如创建文本框和插入批注。

6.2.1 插入文本框

在插入工作表的文本框中输入文本，可以解决由于单元格位置固定而经常不能满足需要的问题。

绘制文本框，操作步骤如下：

（1）在 Excel 2007 中新建“深圳市商品房销售情况统计表”工作簿，在“Sheet1”中输入数据，完成后如图 6-2-1 所示。

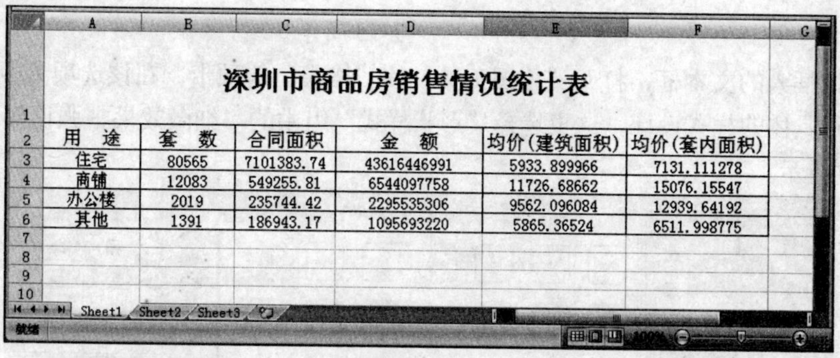

深圳市商品房销售情况统计表

用　途	套　数	合同面积	金　额	均价(建筑面积)	均价(套内面积)
住宅	80565	7101383.74	43616446991	5933.899966	7131.111278
商铺	12083	549255.81	6544097758	11726.68662	15076.15547
办公楼	2019	235744.42	2295535306	9562.096084	12939.64192
其他	1391	186943.17	1095693220	5865.36524	6511.998775

图 6-2-1

（2）选择“插入”选项卡，单击“文本”组中的“文本框”按钮，如图 6-2-2 所示，在弹出的快捷菜单中选择“横排文本框”命令。

图 6-2-2

（3）待鼠标指针变为 ↓ 形状时，在工作表中需要插入文本框的位置单击并拖动鼠标即可，这里在 A1 单元格右下角空白处绘制文本框，如图 6-2-3 所示。

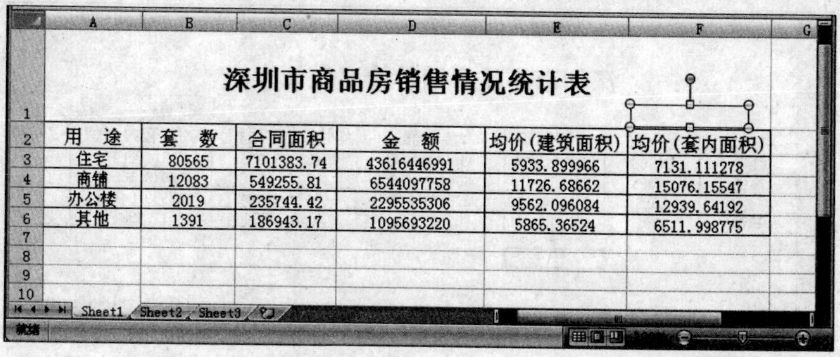

深圳市商品房销售情况统计表

用　途	套　数	合同面积	金　额	均价(建筑面积)	均价(套内面积)
住宅	80565	7101383.74	43616446991	5933.899966	7131.111278
商铺	12083	549255.81	6544097758	11726.68662	15076.15547
办公楼	2019	235744.42	2295535306	9562.096084	12939.64192
其他	1391	186943.17	1095693220	5865.36524	6511.998775

图 6-2-3

(4) 在文本框中输入文本，这里输入“2007年1月－7月”，单击文本框之外的任一单元格即可结束输入，如图6-2-4所示。

深圳市商品房销售情况统计表

2007年1月－7月

用 途	套 数	合同面积	金 额	均价(建筑面积)	均价(套内面积)
住宅	80565	7101383.74	43616446991	5933.899966	7131.111278
商铺	12083	549255.81	6544097758	11726.68662	15076.15547
办公楼	2019	235744.42	2295535306	9562.096084	12939.64192
其他	1391	186943.17	1095693220	5865.36524	6511.998775

图6-2-4

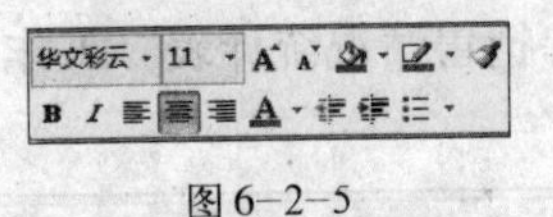

图6-2-5

(5) 在文本框上单击鼠标右键，打开“格式”工具栏，设置文本的字体与大小，如图6-2-5所示。

(6) 选择插入的文本框，打开“绘图工具”的“格式”选项卡，在该选项卡中可以对插入的文本框进行具体的样式设计，这里选择“形状样式”组中的“细微效果－强调颜色5”样式，如图6-2-6所示。

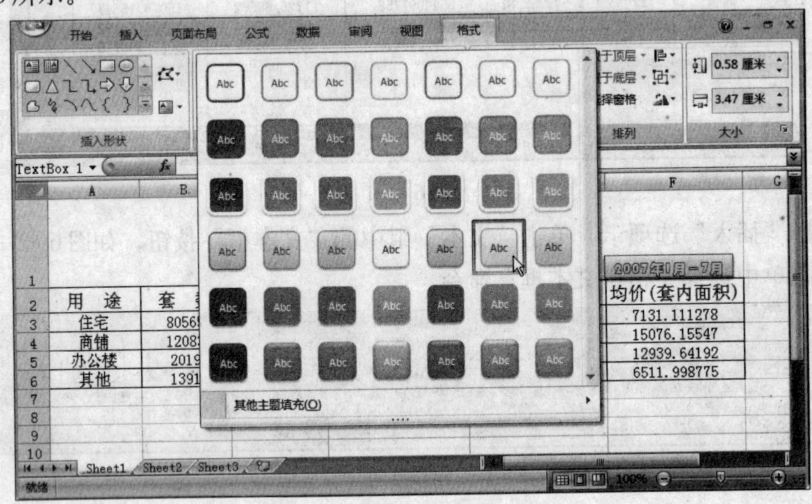

图6-2-6

(7) 设置完样式后的效果如图6-2-7所示。

深圳市商品房销售情况统计表

2007年1月－7月

用 途	套 数	合同面积	金 额	均价(建筑面积)	均价(套内面积)
住宅	80565	7101383.74	43616446991	5933.899966	7131.111278
商铺	12083	549255.81	6544097758	11726.68662	15076.15547
办公楼	2019	235744.42	2295535306	9562.096084	12939.64192
其他	1391	186943.17	1095693220	5865.36524	6511.998775

图6-2-7

6.2.2　插入批注

插入批注，操作步骤如下：

（1）打开“深圳市商品房销售情况统计表”工作簿，在需要添加批注的单元格上单击鼠标右键，这里选择A1单元格，在弹出的快捷菜单中选择“插入批注”命令，如图6-2-8所示。

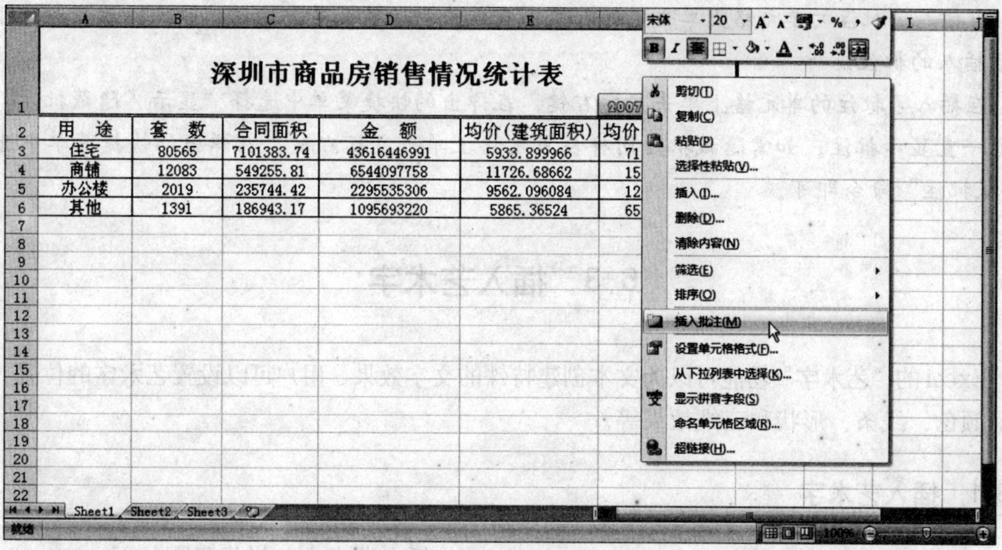

深圳市商品房销售情况统计表

用　途	套　数	合同面积	金　额	均价(建筑面积)	均价
住宅	80565	7101383.74	43616446991	5933.899966	71
商铺	12083	549255.81	6544097758	11726.68662	15
办公楼	2019	235744.42	2295535306	9562.096084	12
其他	1391	186943.17	1095693220	5865.36524	65

剪切(T)
复制(C)
粘贴(P)
选择性粘贴(V)...
插入(I)...
删除(D)...
清除内容(N)
筛选(E)
排序(O)
插入批注(M)
设置单元格格式(F)...
从下拉列表中选择(K)...
显示拼音字段(S)
命名单元格区域(R)...
超链接(H)...

图6-2-8

（2）在批注框中输入“按用途分类”，如图6-2-9所示。

深圳市商品房销售情况统计表

2007年1月—7月

用　途	套　数	合同面积	金　额	均价(建筑面积)	均价(套内面积)
住宅	80565	7101383.74	43616446991	5933.899966	7131.111278
商铺	12083	549255.81	6544097758	11726.68662	15076.15547
办公楼	2019	235744.42	2295535306	9562.096084	12939.64192
其他	1391	186943.17	1095693220	5865.36524	6511.998775

按用途分类

单元格A1批注者 李玫

图6-2-9

（3）单击其他任意单元格，在A1单元格的右上角出现图标◥，如图6-2-10所示。

深圳市商品房销售情况统计表

2007年1月—7月

用　途	套　数	合同面积	金　额	均价(建筑面积)	均价(套内面积)
住宅	80565	7101383.74	43616446991	5933.899966	7131.111278
商铺	12083	549255.81	6544097758	11726.68662	15076.15547
办公楼	2019	235744.42	2295535306	9562.096084	12939.64192
其他	1391	186943.17	1095693220	5865.36524	6511.998775

图6-2-10

注意

移动鼠标光标到插入了批注的单元格的图标◥上，系统将自动显示该批注中的内容，若需再编辑批注中的内容就需要在单元格上单击鼠标右键，在弹出的快捷菜单中选择“编辑批注”命令，批注框中出现闪烁的光标后即可编辑内容。

在插入了批注的单元格上单击鼠标右键，在弹出的快捷菜单中选择“删除批注”命令可删除已插入的批注。

在插入了批注的单元格上单击鼠标右键，在弹出的快捷菜单中选择“显示／隐藏批注”命令可一直显示批注。如需隐藏批注同样在单元格上单击鼠标右键，在弹出的快捷菜单中选择“隐藏批注”命令即可。

6.3　插入艺术字

Excel的“艺术字”功能可以为文本创建特殊的文字效果，用户可以设置艺术字的位置、大小、颜色、线条、形状和三维效果等。

6.3.1　插入艺术字

插入艺术字，操作步骤如下：

(1) 新建一个名为“插入艺术字”的工作簿，在“Sheet1”工作表中选择需要插入艺术字的位置。

(2) 选择“插入”选项卡，单击“文本”组中的“艺术字”按钮，在弹出的菜单中选择所需的艺术字样式，如图6-3-1所示。

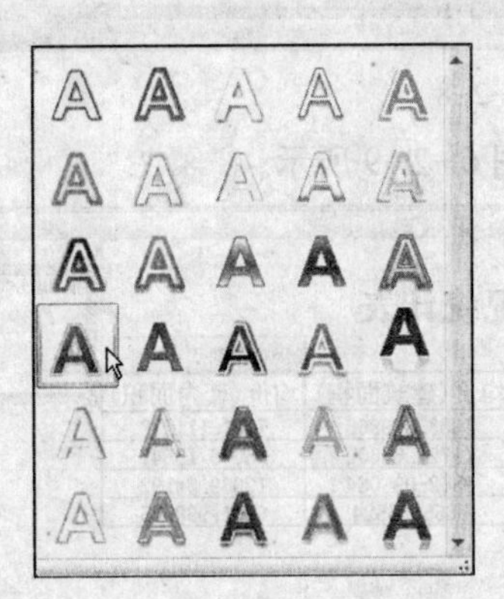

图6-3-1

(3) 删除艺术字框中的示例文本，输入“Excel 2007中文版实用教程”完成艺术字的插入，如图6-3-2所示。

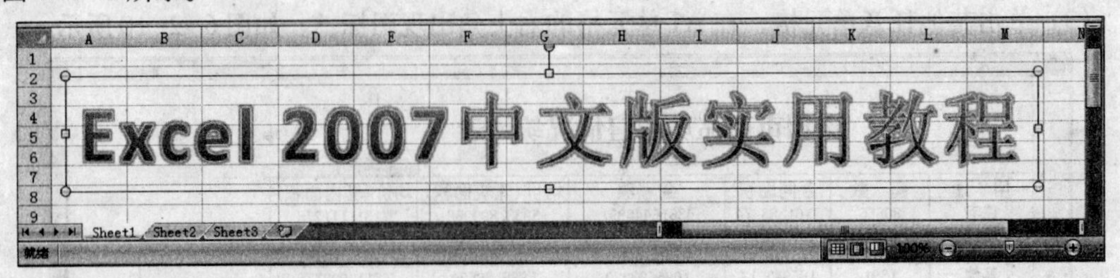

图6-3-2

6.3.2　编辑艺术字

在插入艺术字后，可对其位置、大小、颜色、线条、形状以及三维效果等进行设置。

编辑艺术字，操作步骤如下：

（1）打开“插入艺术字”的工作簿，选中插入的艺术字，单击鼠标右键，可以对艺术字的大小、字体、对齐方式、颜色等进行设置，这里选择“字号”为“44”，如图6–3–3所示。

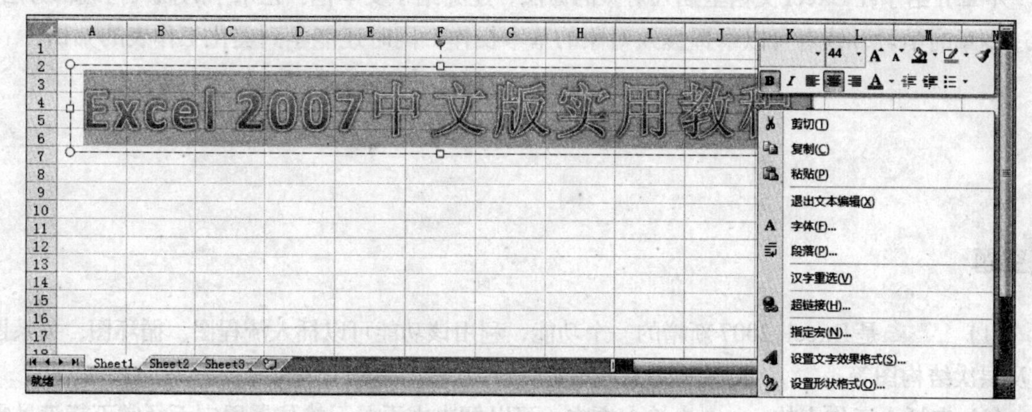

图6–3–3

（2）选择“格式”选项卡，单击“艺术字”组中的“形状效果”按钮，可以设置艺术字的形状以及三维效果，这里选择“发光／强调文字颜色3，11pt发光”效果，如图6–3–4所示。

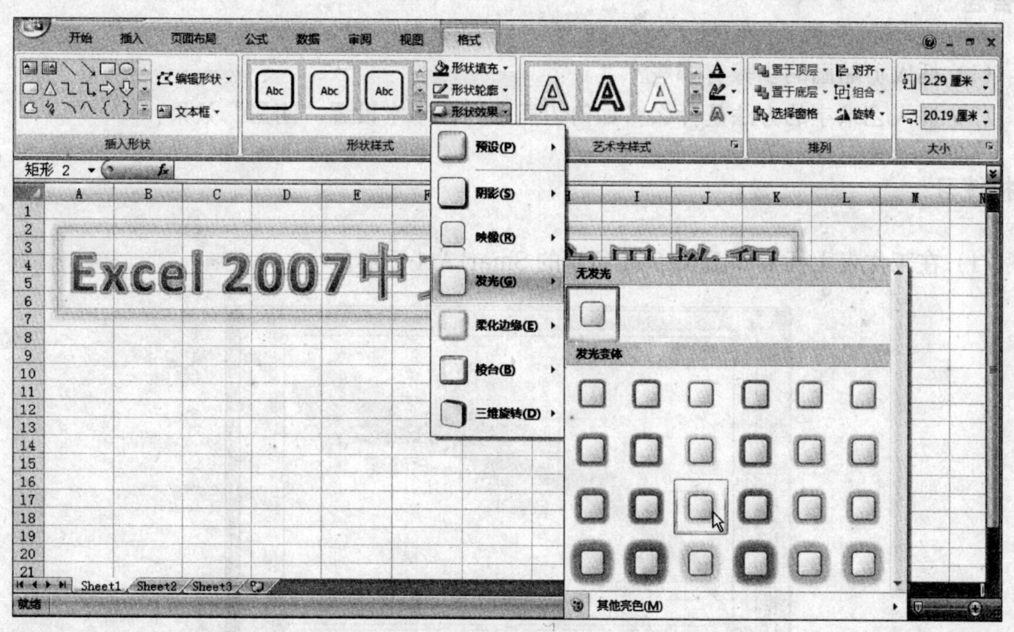

图6–3–4

（3）编辑完成后的效果如图6–3–5所示。

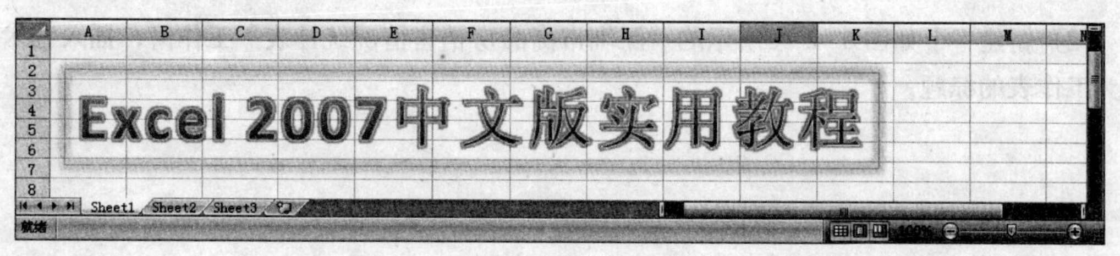

图6–3–5

6.4 小 结

本章介绍了在Excel文档里插入对象的方法，还介绍了文本框、艺术字的插入与编辑方法。通过本章的学习，读者可以掌握插入对象的基本操作，同时还能学到美化工作表的知识。

6.5 练 习

填空题

（1）______是Excel 2007新增的一个功能，利用该功能可以插入流程图、循环图、关系图以及层次结构图等。

（2）在插入工作表的______中输入文本，可以解决由于单元格位置固定而经常不能满足需要的问题。

简答题

（1）插入剪贴画的步骤有哪些？

（2）插入艺术字的方法是什么？如何为插入的艺术字设置"阴影"效果？

上机练习

（1）在工作表中插入如图6-5-1所示的SmartArt图形。

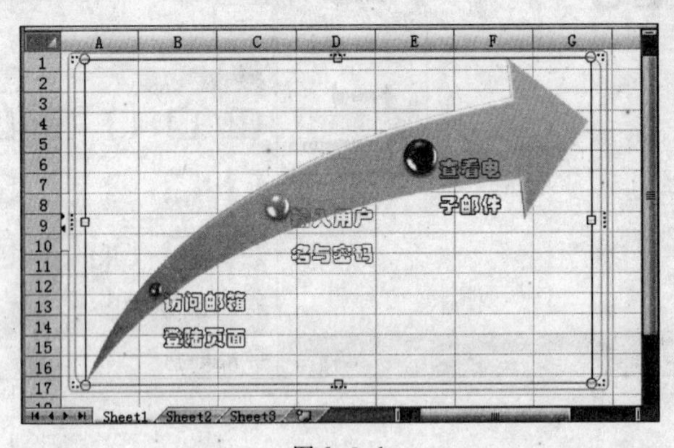

图6-5-1

（2）新建一个如图6-2-1所示的"深圳市商品房销售情况统计表"工作簿，插入艺术字作为工作表的标题。

第7章　引用、公式和函数

通过本章，你应当学会：

（1）引用单元格。

（2）使用公式。

（3）使用函数。

（4）审核计算结果。

在制作表格时，经常会对表格中的数据进行加、减、乘、除等计算操作，此时使用Excel的公式可方便地完成这些操作，对于较为复杂的运算，如求多个单元格数据的平均值、最小值和最大值等，则需要使用Excel的函数进行计算，本章将介绍Excel中公式和函数的使用方法。

7.1　引用单元格

在编辑公式之前，应掌握引用单元格的知识，因为在使用公式时，需要对单元格地址进行引用。引用的作用在于标识某个单元格或单元格区域，并指明公式中所使用的数据地址。引用单元格分为：相对引用、绝对引用和混合引用3种。

7.1.1　相对引用

相对引用是相对于公式单元格位于某一位置处的单元格引用。当公式所在的单元格位置改变时，其引用的单元格地址也随之改变。当复制相对引用单元格的公式时，被粘贴公式中的引用将自动更新，并指向与当前公式位置相对应的单元格。

1.在公式中的相对引用

在图7-1-1所示的表格中，J3单元格包含公式“=C3+D3+E3+F3+G3+H3+I3”，表示在J3单元格中引用C3、D3、E3、F3、G3、H3和I3中的数据，并将这7个数据相加。

J3　=C3+D3+E3+F3+G3+H3+I3

学生成绩表

考号	姓名	语文	数学	外语	政治	历史	地理	生物	总分	平均分	排名
0809029	尚乐天	79	89	60	66	70	90	85	539		
0809121	杨旭	80	85	86	77	75	79	74			
0809272	王志	85	99	74	66	76	89	75			
0809039	刘辉	89	37	91	69	81	78	89			
0809175	郭涛	82	77	86	77	60	94	77			
0809292	任静	85	94	84	63	66	75	80			
各科平均分											

图7-1-1

2.相对引用的特点

使用拖动法将J3单元格中的公式复制到单元格J4中后，则J4单元格中的公式自动改变为“=C4+D4+E4+F4+G4+H4+I4”，这就是相对引用的特点，如图7-1-2所示。

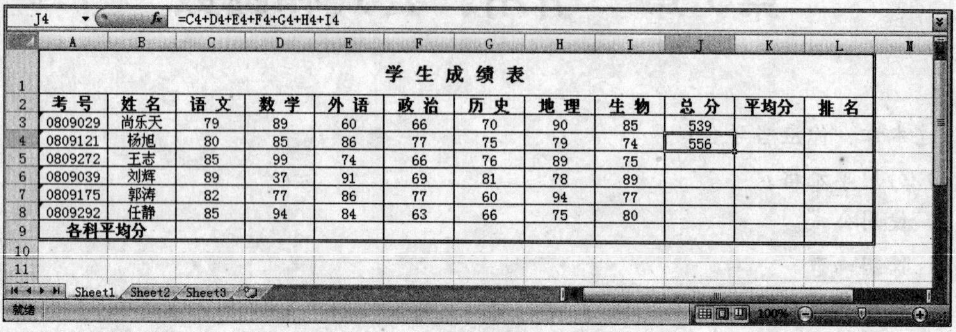

J4 =C4+D4+E4+F4+G4+H4+I4

	A	B	C	D	E	F	G	H	I	J	K	L
1	学生成绩表											
2	考号	姓名	语文	数学	外语	政治	历史	地理	生物	总分	平均分	排名
3	0809029	尚乐天	79	89	60	66	70	90	85	539		
4	0809121	杨旭	80	85	86	77	75	79	74	556		
5	0809272	王志	85	99	74	66	76	89	75			
6	0809039	刘辉	89	37	91	69	81	78	89			
7	0809175	郭涛	82	77	86	77	60	94	77			
8	0809292	任静	85	94	84	63	66	75	80			
9	各科平均分											
10												
11												

Sheet1 Sheet2 Sheet3

就绪 100%

图7-1-2

注意

在工作表中使用拖动法计算某一列单元格的结果时，需要使用相对引用。图7-1-1中J3单元格中有公式“=C3+D3+E3+F3+G3+H3+I3”，此时只需使用拖动法即可将J4～J8单元格的结果计算出来。

在默认情况下，表格公式中的单元格使用相对引用。

7.1.2 绝对引用

如果不希望在复制单元格的公式时，引用的单元格地址发生改变，则应使用绝对引用。绝对引用是指把公式复制或填入到新位置后，公式中的单元格地址保持不变。

1.在公式中的绝对引用

在引用单元格的列标和行号之前分别加入符号“$”便为绝对引用，图7-1-3所示的表格中，J3单元格包含公式“=$C$3+$D$3+$E$3+$F$3+$G$3+$H$3+$I$3”，这就是绝对引用。

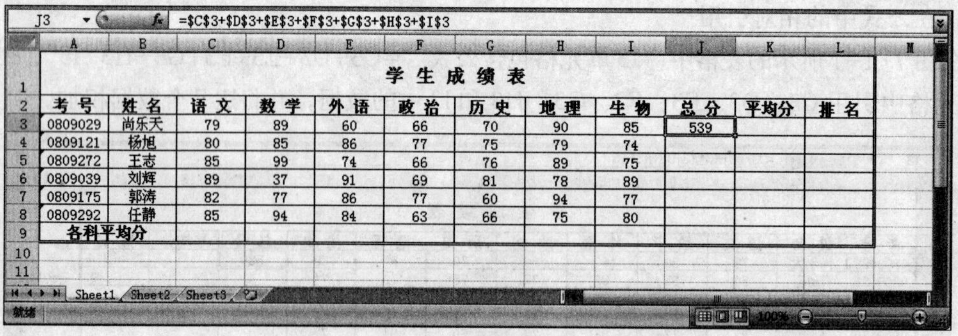

J3 =$C$3+$D$3+$E$3+$F$3+$G$3+$H$3+$I$3

	A	B	C	D	E	F	G	H	I	J	K	L
1	学生成绩表											
2	考号	姓名	语文	数学	外语	政治	历史	地理	生物	总分	平均分	排名
3	0809029	尚乐天	79	89	60	66	70	90	85	539		
4	0809121	杨旭	80	85	86	77	75	79	74			
5	0809272	王志	85	99	74	66	76	89	75			
6	0809039	刘辉	89	37	91	69	81	78	89			
7	0809175	郭涛	82	77	86	77	60	94	77			
8	0809292	任静	85	94	84	63	66	75	80			
9	各科平均分											
10												
11												

Sheet1 Sheet2 Sheet3

就绪 100%

图7-1-3

2.绝对引用的特点

使用拖动法将J3单元格中的公式复制到J4单元格中，此时可以看到J4单元格公式中的单元格地址并没有发生改变，其公式仍为“=$C$3+$D$3+$E$3+$F$3+$G$3+$H$3+$I$3”，这就是绝对引用的特点。如图7-1-4所示。

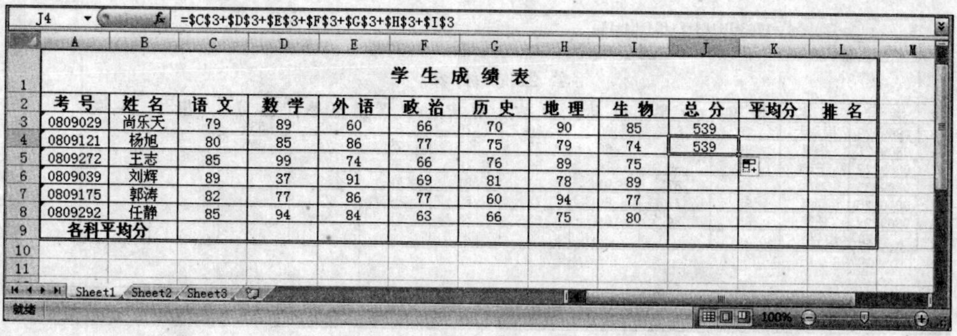

J4 =$C$3+$D$3+$E$3+$F$3+$G$3+$H$3+$I$3

学生成绩表

考号	姓名	语文	数学	外语	政治	历史	地理	生物	总分	平均分	排名
0809029	尚乐天	79	89	60	66	70	90	85	539		
0809121	杨旭	80	85	86	77	75	79	74	539		
0809272	王志	85	99	74	66	76	89	75			
0809039	刘辉	89	37	91	69	81	78	89			
0809175	郭涛	82	77	86	77	60	94	77			
0809292	任静	85	94	84	63	66	75	80			
各科平均分											

图 7-1-4

注意

使用复制和粘贴功能时，公式中绝对引用的单元格地址不改变，相对引用的单元格地址将会发生改变。使用剪切和粘贴功能时，公式中单元格的绝对引用和相对引用地址都不会发生改变。

7.1.3 混合引用

混合引用是指在引用一个单元格的地址中，既有绝对单元格地址，又有相对单元格地址。如果公式所在单元格的位置改变，则相对引用的单元格地址改变，而绝对引用的单元格地址不变。

1.在公式中的混合引用

在图 7-1-5 所示的表格中，J3 单元格中包含公式“=$C$3+D3+E3+F3+G3+H3+I3”，这就是混合引用的一种。

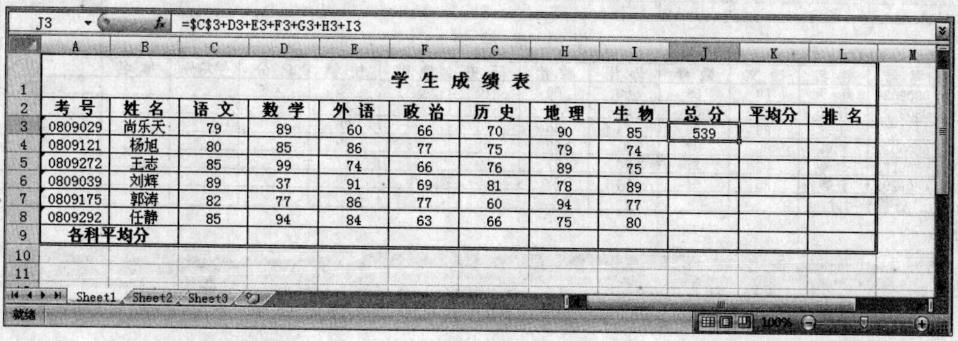

J3 =$C$3+D3+E3+F3+G3+H3+I3

学生成绩表

考号	姓名	语文	数学	外语	政治	历史	地理	生物	总分	平均分	排名
0809029	尚乐天	79	89	60	66	70	90	85	539		
0809121	杨旭	80	85	86	77	75	79	74			
0809272	王志	85	99	74	66	76	89	75			
0809039	刘辉	89	37	91	69	81	78	89			
0809175	郭涛	82	77	86	77	60	94	77			
0809292	任静	85	94	84	63	66	75	80			
各科平均分											

图 7-1-5

2.混合引用的特点

使用拖动法将 J3 单元格中的公式复制到单元格 J4 中后，公式中只有对 C3 单元格引用的地址没有发生改变，而在前面没有添加“$”符号的单元格地址都发生了变化，如图 7-1-6 所示。

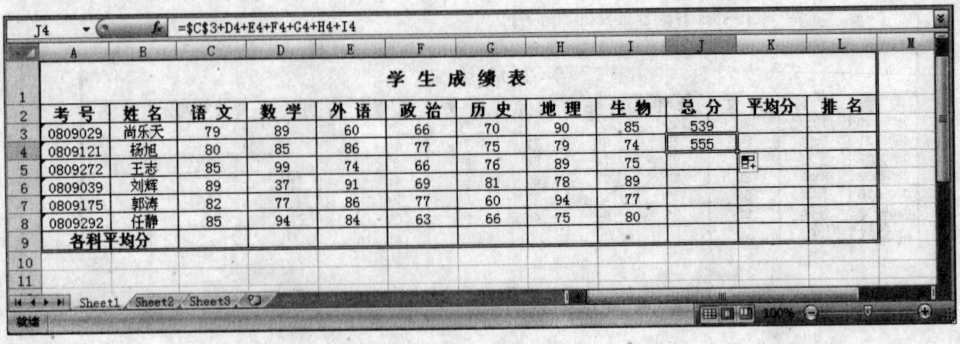

J4 =$C$3+D4+E4+F4+G4+H4+I4

学生成绩表

考号	姓名	语文	数学	外语	政治	历史	地理	生物	总分	平均分	排名
0809029	尚乐天	79	89	60	66	70	90	85	539		
0809121	杨旭	80	85	86	77	75	79	74	555		
0809272	王志	85	99	74	66	76	89	75			
0809039	刘辉	89	37	91	69	81	78	89			
0809175	郭涛	82	77	86	77	60	94	77			
0809292	任静	85	94	84	63	66	75	80			
各科平均分											

图 7-1-6

注意

在编辑栏中选择公式后，利用F4键可以进行相对引用与绝对引用的切换。按一次F4键转换成绝对引用，连续按两次F4键转换为不同的混合引用，再按一次F4键可还原为相对引用。

7.1.4 引用其他工作表/工作簿中的单元格

在表格中除了可以引用本工作表单元格中的数据外，还可以引用其他工作表和工作簿中的单元格数据。

1.引用其他工作表中的数据

如要引用同一个工作簿中的其他工作表单元格中的数据，一般格式为：工作表名称！单元格地址。图7–1–7所示的M3单元格中包含公式“=J3+Sheet2!J3”，表示将当前工作表J3单元格中的数据与Sheet2工作表J3单元格中的数据相加。

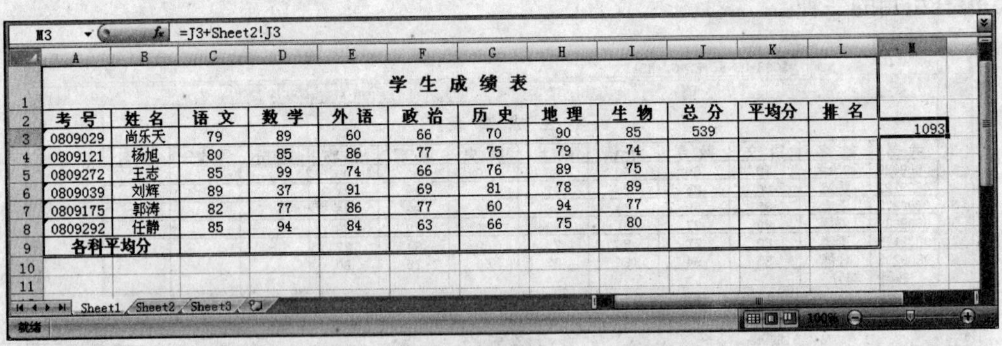

M3 =J3+Sheet2!J3

学生成绩表

考号	姓名	语文	数学	外语	政治	历史	地理	生物	总分	平均分	排名	M
0809029	尚乐天	79	89	60	66	70	90	85	539			1093
0809121	杨旭	80	85	86	77	75	79	74				
0809272	王志	85	99	74	66	76	89	75				
0809039	刘辉	89	37	91	69	81	78	89				
0809175	郭涛	82	77	86	77	60	94	77				
0809292	任静	85	94	84	63	66	75	80				
各科平均分												

图 7-1-7

2.引用其他工作簿的单元格

若要引用其他工作簿的单元格数据，一般格式为：’工作簿存储地址[工作簿名称]工作表名称’！单元格地址。图7–1–8所示表格中，M4单元格中包含公式“=J4+’E:\[学生成绩单.xlsx]Sheet1’!J4”，表示将当前工作表J4单元格中的数据与E盘下的“学生成绩单”工作簿中的Sheet1工作表J4单元格中的数据相加。

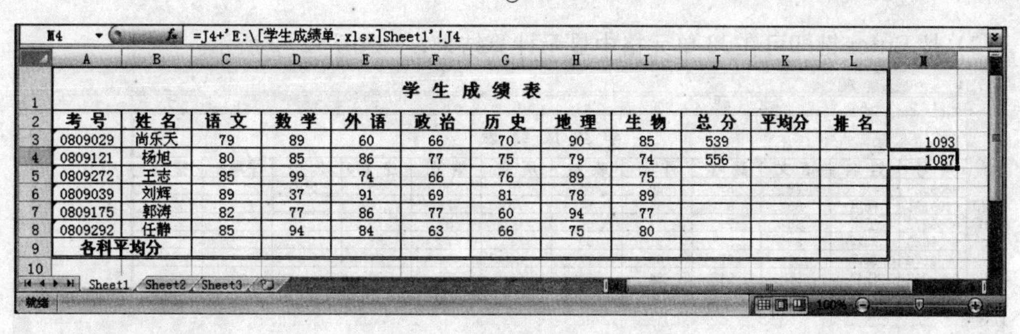

M4　=J4+'E:\[学生成绩单.xlsx]Sheet1'!J4

学生成绩表

考号	姓名	语文	数学	外语	政治	历史	地理	生物	总分	平均分	排名	M
0809029	尚乐天	79	89	60	66	70	90	85	539			1093
0809121	杨旭	80	85	86	77	75	79	74	556			1087
0809272	王志	85	99	74	66	76	89	75				
0809039	刘辉	89	37	91	69	81	78	89				
0809175	郭涛	82	77	86	77	60	94	77				
0809292	任静	85	94	84	63	66	75	80				
各科平均分												

图7-1-8

7.2 使用公式

使用公式计算数据是工作表处理过程中经常涉及到的内容。在Excel中不仅可以输入公式计算表格中的数据，还可以复制公式，从而快速计算出其他单元格中的数据，如果输入的公式有错，还可以对该公式进行修改，下面介绍Excel的这些基本操作。

7.2.1 输入公式

在单元格中输入公式的操作与输入文本类似，不同的是在输入一个公式时总是以一个“=”作为开头，然后才是公式的表达式。

输入公式，操作步骤如下：

(1) 打开“学生成绩表”工作簿，选择要存放计算结果的单元格，这里选择J3单元格，如图7-2-1所示。

J3

学生成绩表

考号	姓名	语文	数学	外语	政治	历史	地理	生物	总分	平均分	排名
0809029	尚乐天	79	89	60	66	70	90	85			
0809121	杨旭	80	85	86	77	75	79	74			
0809272	王志	85	99	74	66	76	89	75			
0809039	刘辉	89	37	91	69	81	78	89			
0809175	郭涛	82	77	86	77	60	94	77			
0809292	任静	85	94	84	63	66	75	80			
各科平均分											

图7-2-1

(2) 直接输入“=C3+D3+E3+F3+G3+H3+I3”，公式显示在编辑栏中，如图7-2-2所示。

SUM　=C3+D3+E3+F3+G3+H3+I3

学生成绩表

考号	姓名	语文	数学	外语	政治	历史	地理	生物	总分	平均分	排名
0809029	尚乐天	79	89	60	66	70	90	85	3+H3+I3		
0809121	杨旭	80	85	86	77	75	79	74			
0809272	王志	85	99	74	66	76	89	75			
0809039	刘辉	89	37	91	69	81	78	89			
0809175	郭涛	82	77	86	77	60	94	77			
0809292	任静	85	94	84	63	66	75	80			
各科平均分											

图7-2-2

(3) 按 Enter 键即可在 J3 单元格中显示计算结果，如图 7-2-3 所示。

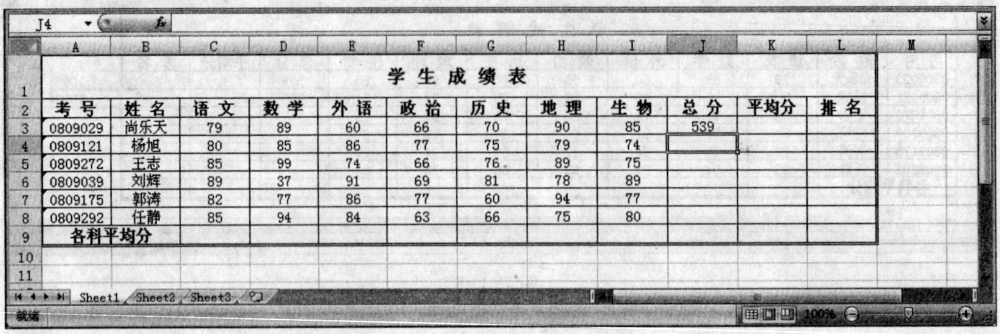

J4

学生成绩表

考号	姓名	语文	数学	外语	政治	历史	地理	生物	总分	平均分	排名
0809029	尚乐天	79	89	60	66	70	90	85	539		
0809121	杨旭	80	85	86	77	75	79	74			
0809272	王志	85	99	74	66	76	89	75			
0809039	刘辉	89	37	91	69	81	78	89			
0809175	郭涛	82	77	86	77	60	94	77			
0809292	任静	85	94	84	63	66	75	80			
各科平均分											

Sheet1 Sheet2 Sheet3 就绪 100%

图 7-2-3

注意

在单元格中输入公式时，输入“=”后，既可以直接输入用于计算的单元格地址，也可以选择用于计算的单元格。被输入的单元格地址或被选择的单元格以彩色的边框显示，方便确认输入是否有误，在得出结果后，彩色的边框将自动消失。

7.2.2 使用填充法快速复制公式

当需要在工作表的同列单元格中输入类似的公式时，如果采用逐个输入公式的方法，则输入的速度非常慢，而使用填充法复制公式就会节约很多时间。

使用填充法快速复制公式，操作步骤如下：

(1) 打开“学生成绩表”工作簿，选择有公式的单元格 J3，如图 7-2-4 所示。

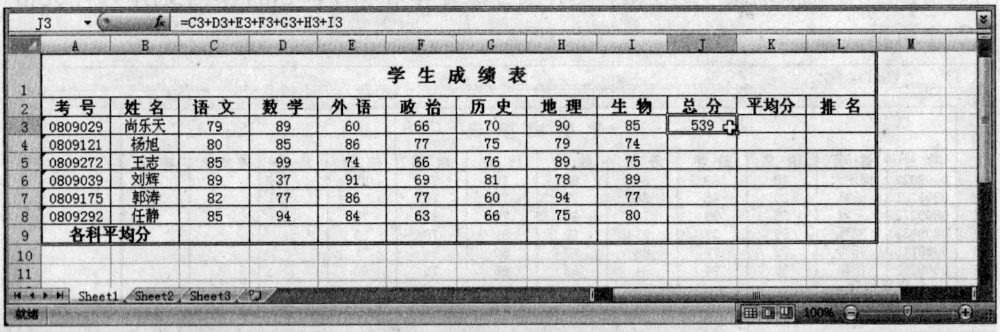

J3 =C3+D3+E3+F3+G3+H3+I3

学生成绩表

考号	姓名	语文	数学	外语	政治	历史	地理	生物	总分	平均分	排名
0809029	尚乐天	79	89	60	66	70	90	85	539		
0809121	杨旭	80	85	86	77	75	79	74			
0809272	王志	85	99	74	66	76	89	75			
0809039	刘辉	89	37	91	69	81	78	89			
0809175	郭涛	82	77	86	77	60	94	77			
0809292	任静	85	94	84	63	66	75	80			
各科平均分											

Sheet1 Sheet2 Sheet3 就绪 100%

图 7-2-4

(2) 将鼠标指针移到该单元格的右下角，此时鼠标指针变为 + 形状，如图 7-2-5 所示。

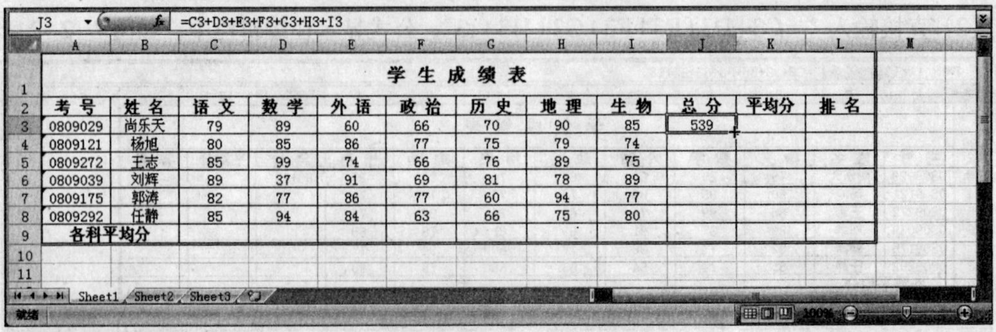

J3 =C3+D3+E3+F3+G3+H3+I3

学生成绩表

考号	姓名	语文	数学	外语	政治	历史	地理	生物	总分	平均分	排名
0809029	尚乐天	79	89	60	66	70	90	85	539		
0809121	杨旭	80	85	86	77	75	79	74			
0809272	王志	85	99	74	66	76	89	75			
0809039	刘辉	89	37	91	69	81	78	89			
0809175	郭涛	82	77	86	77	60	94	77			
0809292	任静	85	94	84	63	66	75	80			
各科平均分											

Sheet1 Sheet2 Sheet3 就绪 100%

图 7-2-5

(3) 按住鼠标左键不放向下拖动，当拖动到J8单元格时释放鼠标左键，即可在J4:J8单元格区域中复制公式，并计算出相应的结果，如图7-2-6所示。

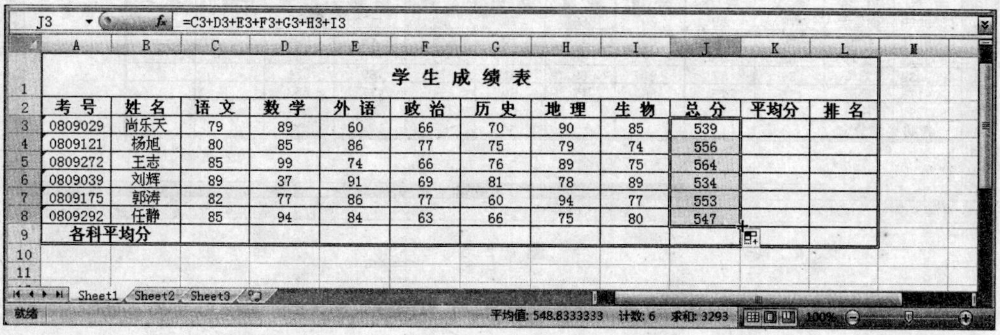

J3　=C3+D3+E3+F3+G3+H3+I3

学生成绩表

考号	姓名	语文	数学	外语	政治	历史	地理	生物	总分	平均分	排名
0809029	尚乐天	79	89	60	66	70	90	85	539		
0809121	杨旭	80	85	86	77	75	79	74	556		
0809272	王志	85	99	74	66	76	89	75	564		
0809039	刘辉	89	37	91	69	81	78	89	534		
0809175	郭涛	82	77	86	77	60	94	77	553		
0809292	任静	85	94	84	63	66	75	80	547		
各科平均分											

Sheet1　Sheet2　Sheet3

就绪　平均值: 548.8333333　计数: 6　求和: 3293　100%

图7-2-6

注意

除了使用填充法快速复制公式外，还有一种复制公式的方法：选择有公式的单元格后，按“Ctrl+C”组合键，选择要粘贴的单元格或单元格区域，再按“Ctrl+V”组合键，即可完成复制公式的操作。

使用填充法快速复制公式是制作表格过程中经常使用的操作，通常该方法可以同时计算出多个单元格的结果。

7.2.3 修改公式

在单元格中输入公式后，如果发现输入有误，可以修改该公式。修改公式的方法与修改单元格中数据的方法类似。

修改公式，操作步骤如下：

(1) 打开“学生成绩表”工作簿，双击需要修改的单元格，这里双击J3单元格，此时被引用的单元格以彩色边框显示，如图7-2-7所示。

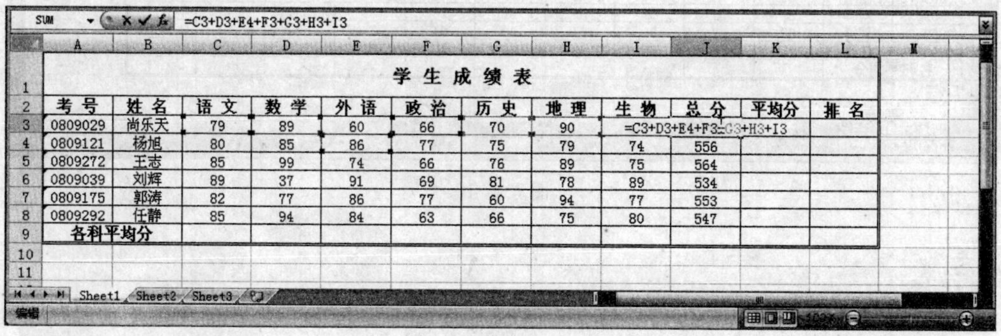

SUM　=C3+D3+E4+F3+G3+H3+I3

学生成绩表

考号	姓名	语文	数学	外语	政治	历史	地理	生物	总分	平均分	排名
0809029	尚乐天	79	89	60	66	70	90	=C3+D3+E4+F3+G3+H3+I3			
0809121	杨旭	80	85	86	77	75	79	74	556		
0809272	王志	85	99	74	66	76	89	75	564		
0809039	刘辉	89	37	91	69	81	78	89	534		
0809175	郭涛	82	77	86	77	60	94	77	553		
0809292	任静	85	94	84	63	66	75	80	547		
各科平均分											

Sheet1　Sheet2　Sheet3

编辑

图7-2-7

(2) 将鼠标光标定位到需要修改的单元格地址处，按鼠标左键拖动将其选择，这里选择E4，如图7-2-8所示。

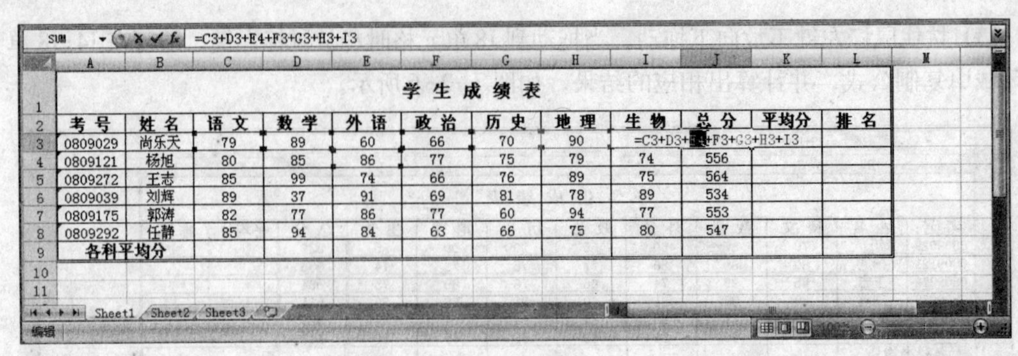

SUM =C3+D3+E4+F3+G3+H3+I3

学生成绩表

考号	姓名	语文	数学	外语	政治	历史	地理	生物	总分	平均分	排名
0809029	尚乐天	79	89	60	66	70	90	=C3+D3+E4+F3+G3+H3+I3			
0809121	杨旭	80	85	86	77	75	79	74	556		
0809272	王志	85	99	74	66	76	89	75	564		
0809039	刘辉	89	37	91	69	81	78	89	534		
0809175	郭涛	82	77	86	77	60	94	77	553		
0809292	任静	85	94	84	63	66	75	80	547		
各科平均分											

图 7–2–8

（3）直接输入正确的单元格地址，如图 7–2–9 所示。

SUM =C3+D3+E3+F3+G3+H3+I3

学生成绩表

考号	姓名	语文	数学	外语	政治	历史	地理	生物	总分	平均分	排名
0809029	尚乐天	79	89	60	66	70	90	=C3+D3+E3+F3+G3+H3+I3			
0809121	杨旭	80	85	86	77	75	79	74	556		
0809272	王志	85	99	74	66	76	89	75	564		
0809039	刘辉	89	37	91	69	81	78	89	534		
0809175	郭涛	82	77	86	77	60	94	77	553		
0809292	任静	85	94	84	63	66	75	80	547		
各科平均分											

图 7–2–9

（4）单击编辑栏中的“输入”按钮✔即可完成修改公式的操作并计算出正确结果，如图 7–2–10 所示。

J3 =C3+D3+E3+F3+G3+H3+I3

学生成绩表

考号	姓名	语文	数学	外语	政治	历史	地理	生物	总分	平均分	排名
0809029	尚乐天	79	89	60	66	70	90	85	539		
0809121	杨旭	80	85	86	77	75	79	74	556		
0809272	王志	85	99	74	66	76	89	75	564		
0809039	刘辉	89	37	91	69	81	78	89	534		
0809175	郭涛	82	77	86	77	60	94	77	553		
0809292	任静	85	94	84	63	66	75	80	547		
各科平均分											

图 7–2–10

注意

选择需要修改公式的单元格后，将鼠标光标定位在编辑栏中，然后按照修改数据的方法也可以修改公式。

修改公式时，选择需要修改的单元格地址后，按 Delete 键将其删除，然后再单击正确的单元格即可完成修改。

7.2.4 显示公式

默认情况下，单元格中只显示公式计算的结果，而公式本身则只显示在编辑栏中。为了方便检查公式的正确性，可以设置在单元格中显示公式。

显示公式，操作步骤如下：

(1) 打开“学生成绩表”工作簿，选择“公式”选项卡，单击“公式审核”组中的“显示公式”按钮，如图 7-2-11 所示。

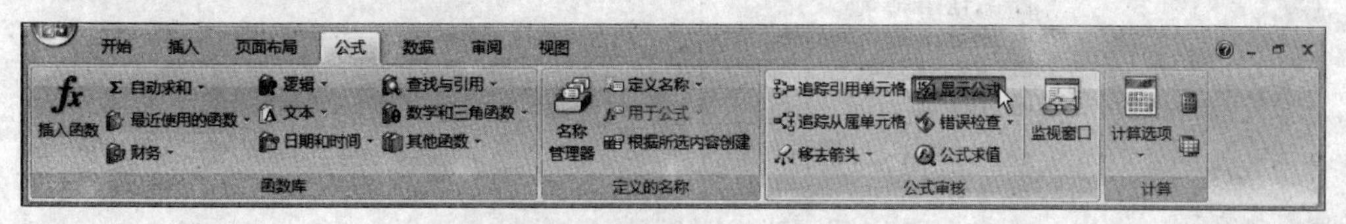

图 7-2-11

(2) 此时工作表中有公式的单元格都将显示出公式，如图 7-2-12 所示。

J3 =C3+D3+E3+F3+G3+H3+I3

	E	F	G	H	I	J	K
1			学 生 成 绩 表				
2	外 语	政 治	历 史	地 理	生 物	总 分	平均分
3	60	66	70	90	85	=C3+D3+E3+F3+G3+H3	
4	86	77	75	79	74	=C4+D4+E4+F4+G4+H4	
5	74	66	76	89	75	=C5+D5+E5+F5+G5+H5	
6	91	69	81	78	89	=C6+D6+E6+F6+G6+H6	
7	86	77	60	94	77	=C7+D7+E7+F7+G7+H7	
8	84	63	66	75	80	=C8+D8+E8+F8+G8+H8	
9							
10							
11							

Sheet1 Sheet2 Sheet3

就绪 100%

图 7-2-12

7.2.5 隐藏公式

如果不希望他人看到自己使用的计算公式，可以将单元格中的公式隐藏起来。如果公式被隐藏，即使选择了该单元格，公式也不会显示在编辑栏中。

隐藏公式，操作步骤如下：

(1) 打开“学生成绩表”工作簿，选择要隐藏公式的单元格或者单元格区域，这里选择 J3:J8 单元格区域，如图 7-2-13 所示。

J3 =C3+D3+E3+F3+G3+H3+I3

	A	B	C	D	E	F	G	H	I	J	K	L	M
1						学 生 成 绩 表							
2	考 号	姓 名	语 文	数 学	外 语	政 治	历 史	地 理	生 物	总 分	平均分	排 名	
3	0809029	尚乐天	79	89	60	66	70	90	85	539			
4	0809121	杨旭	80	85	86	77	75	79	74	556			
5	0809272	王志	85	99	74	66	76	89	75	564			
6	0809039	刘辉	89	37	91	69	81	78	89	534			
7	0809175	郭涛	82	77	86	77	60	94	77	553			
8	0809292	任静	85	94	84	63	66	75	80	547			
9	各科平均分												
10													

Sheet1 Sheet2 Sheet3

就绪 平均值: 548.8333333 计数: 6 求和: 3293 100%

图 7-2-13

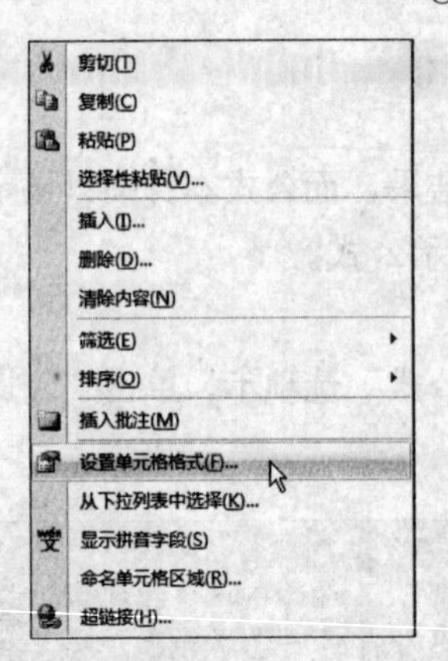

图 7-2-14

(2) 单击鼠标右键，在弹出的快捷菜单中选择“设置单元格格式”命令，如图 7-2-14 所示。

(3) 打开“设置单元格格式”对话框，切换到“保护”选项卡，勾选“隐藏”复选框，然后单击“确定”按钮，如图 7-2-15 所示。

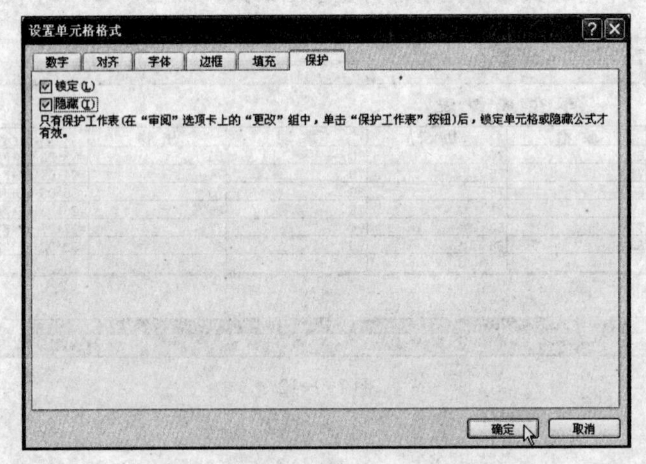

图 7-2-15

(4) 选择“审阅”选项卡，单击“更改”组中的“保护工作表”按钮，如图 7-2-16 所示。

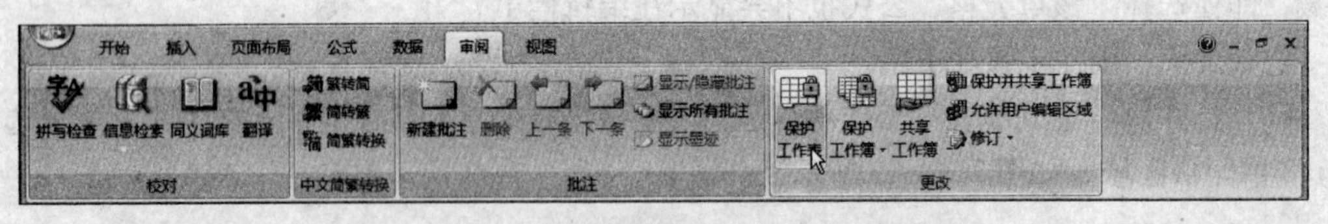

图 7-2-16

(5) 在弹出的“保护工作表”对话框的“取消工作表保护时使用的密码”文本框中输入密码，单击“确定”按钮，如图 7-2-17 所示，在打开的“确认密码”对话框中再次输入密码，单击“确定”按钮，如图 7-2-18 所示。

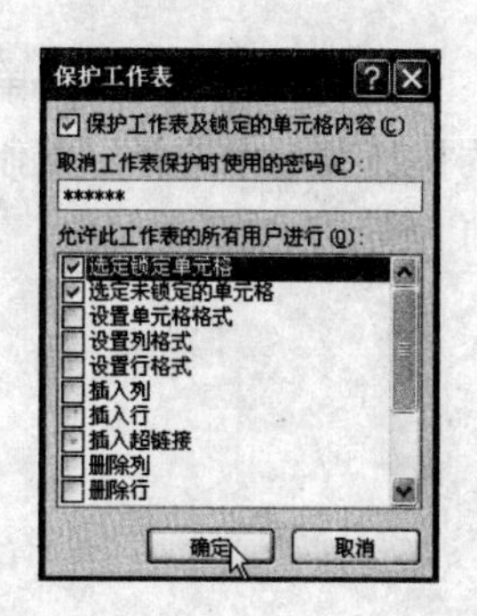

图 7–2–17

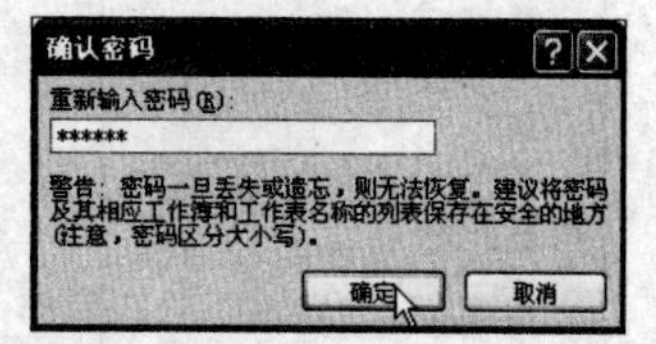

图 7–2–18

(6) 此时选择 J3:J8 单元格区域中任意单元格后，编辑栏中都不会显示出公式了，如图 7–2–19 所示。

J4 fx

	A	B	C	D	E	F	G	H	I	J	K	L	M
1					学 生 成 绩 表								
2	考 号	姓 名	语 文	数 学	外 语	政 治	历 史	地 理	生 物	总 分	平均分	排 名	
3	0809029	尚乐天	79	89	60	66	70	90	85	539			
4	0809121	杨旭	80	85	86	77	75	79	74	556			
5	0809272	王志	85	99	74	66	76	89	75	564			
6	0809039	刘辉	89	37	91	69	81	78	89	534			
7	0809175	郭涛	82	77	86	77	60	94	77	553			
8	0809292	任静	85	94	84	63	66	75	80	547			
9	各科平均分												
10													
11													

Sheet1 Sheet2 Sheet3 就绪 100%

图 7–2–19

注意

显示公式和隐藏公式并不是相反的过程，显示公式是指在单元格中显示公式，而隐藏公式是指在编辑栏中不显示公式。

7.2.6 删除公式

在 Excel 中，可以只删除单元格中的公式，而不删除其计算结果。

删除公式，操作步骤如下：

(1) 打开“学生成绩表”工作簿，选择要删除公式的单元格，这里选择 J5 单元格，如图 7–2–20 所示。

J5 fx =C5+D5+E5+F5+G5+H5+I5

	A	B	C	D	E	F	G	H	I	J	K	L	M
1					学 生 成 绩 表								
2	考 号	姓 名	语 文	数 学	外 语	政 治	历 史	地 理	生 物	总 分	平均分	排 名	
3	0809029	尚乐天	79	89	60	66	70	90	85	539			
4	0809121	杨旭	80	85	86	77	75	79	74	556			
5	0809272	王志	85	99	74	66	76	89	75	564			
6	0809039	刘辉	89	37	91	69	81	78	89	534			
7	0809175	郭涛	82	77	86	77	60	94	77	553			
8	0809292	任静	85	94	84	63	66	75	80	547			
9	各科平均分												
10													

Sheet1 Sheet2 Sheet3 就绪 100%

图 7–2–20

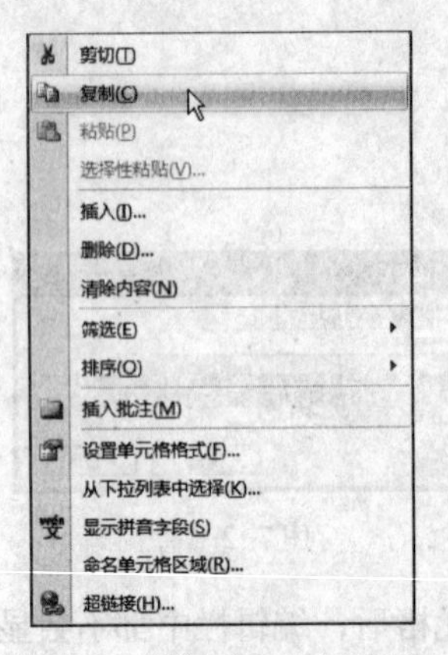

图 7-2-21

（2）在 J5 单元格上单击鼠标右键，在弹出的快捷菜单中选择“复制”命令，如图 7-2-21 所示。

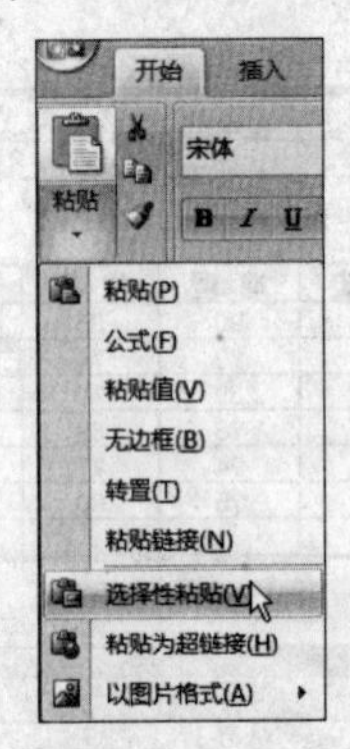

图 7-2-22

（3）选择“开始”选项卡，单击“剪贴板”组中“粘贴”按钮下方的下拉按钮，在弹出的菜单中选择“选择性粘贴”命令，如图 7-2-22 所示。

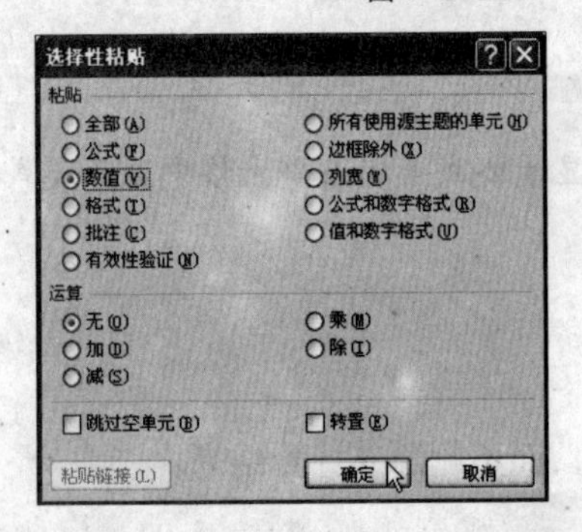

图 7-2-23

（4）打开“选择性粘贴”对话框，选中“数值”单选按钮，单击“确定”按钮，如图 7-2-23 所示。

（5）此时删除了工作表中 J5 单元格中的公式，但保留结果，如图 7-2-24 所示。

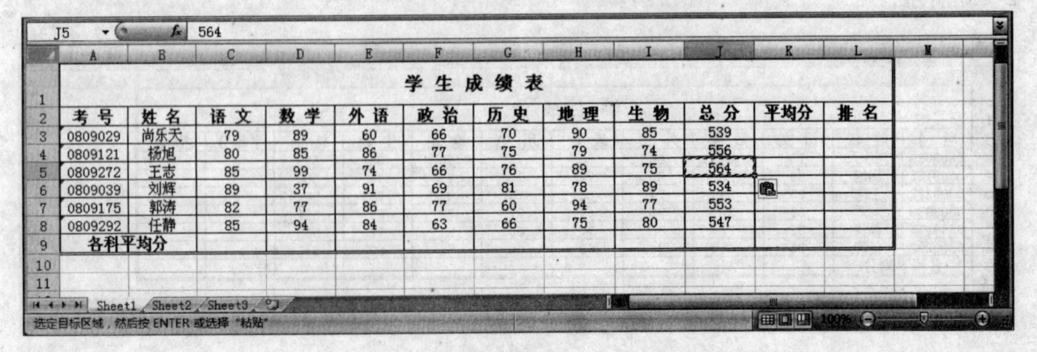

图 7-2-24

注意

如果要删除单元格中的计算结果和公式，只需选择该单元格，然后按Delete键即可。

7.2.7　使用“求和”按钮计算

在Excel中经常需要对多个单元格中的数据进行求和，此时可以单击“开始”选项卡“编辑”组中的“求和”按钮Σ对工作表中所选择的单元格区域快速求和。

使用“求和”按钮Σ计算，操作步骤如下：

（1）打开“学生成绩表”工作簿，选择要存放求和结果的单元格，这里选择J10单元格，如图7-2-25所示。

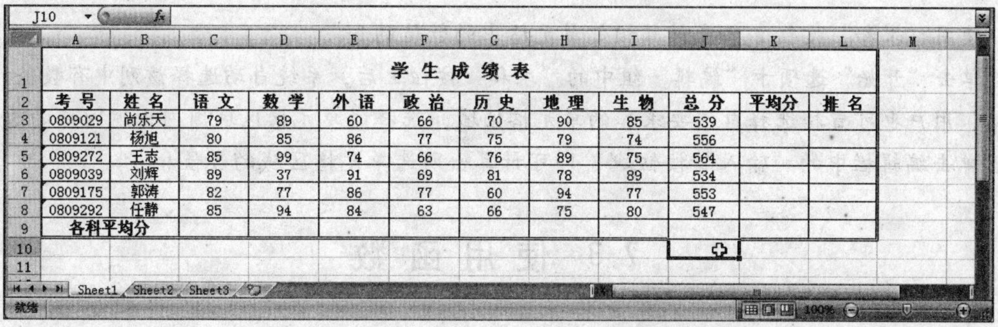

J10　fx

学生成绩表

考号	姓名	语文	数学	外语	政治	历史	地理	生物	总分	平均分	排名
0809029	尚乐天	79	89	60	66	70	90	85	539		
0809121	杨旭	80	85	86	77	75	79	74	556		
0809272	王志	85	99	74	66	76	89	75	564		
0809039	刘辉	89	37	91	69	81	78	89	534		
0809175	郭涛	82	77	86	77	60	94	77	553		
0809292	任静	85	94	84	63	66	75	80	547		
各科平均分											

Sheet1　Sheet2　Sheet3　就绪　100%

图7-2-25

（2）单击“开始”选项卡“编辑”组中的“求和”按钮Σ，系统自动选择该列J10单元格上方所有包含数据的单元格，并在J10单元格中显示引用范围与计算公式，如图7-2-26所示。

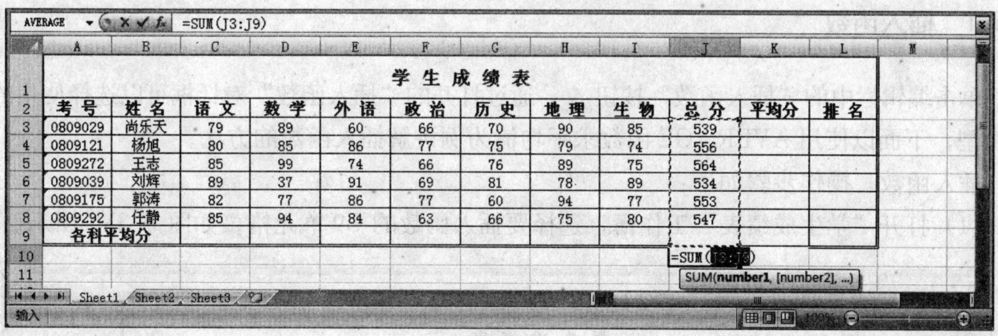

AVERAGE　× ✓ fx　=SUM(J3:J9)

学生成绩表

考号	姓名	语文	数学	外语	政治	历史	地理	生物	总分	平均分	排名
0809029	尚乐天	79	89	60	66	70	90	85	539		
0809121	杨旭	80	85	86	77	75	79	74	556		
0809272	王志	85	99	74	66	76	89	75	564		
0809039	刘辉	89	37	91	69	81	78	89	534		
0809175	郭涛	82	77	86	77	60	94	77	553		
0809292	任静	85	94	84	63	66	75	80	547		
各科平均分											

=SUM(J3:J9)

SUM(number1, [number2], ...)

Sheet1　Sheet2　Sheet3　输入　100%

图7-2-26

（3）单击编辑栏中的“输入”按钮✓，求和结果便自动显示在J10单元格中，如7-2-27所示。

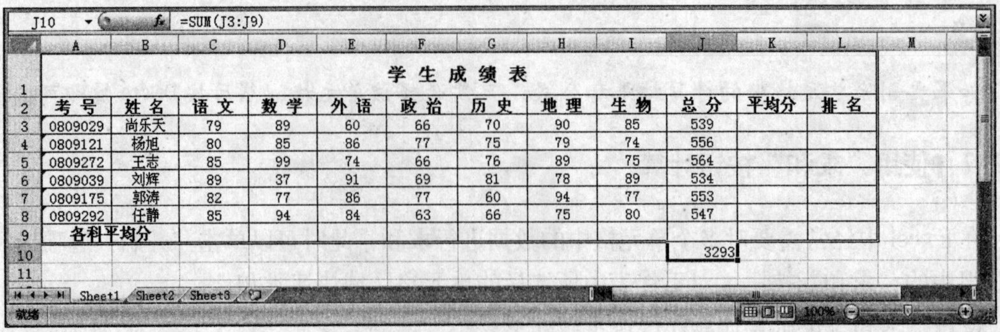
J10 =SUM(J3:J9)

	A	B	C	D	E	F	G	H	I	J	K	L
1	学生成绩表											
2	考号	姓名	语文	数学	外语	政治	历史	地理	生物	总分	平均分	排名
3	0809029	尚乐天	79	89	60	66	70	90	85	539		
4	0809121	杨旭	80	85	86	77	75	79	74	556		
5	0809272	王志	85	99	74	66	76	89	75	564		
6	0809039	刘辉	89	37	91	69	81	78	89	534		
7	0809175	郭涛	82	77	86	77	60	94	77	553		
8	0809292	任静	85	94	84	63	66	75	80	547		
9	各科平均分											
10										3293		
11												

图 7–2–27

注意

使用“求和”按钮Σ只能计算相邻单元格中的数值的和。

单击“开始”选项卡“编辑”组中的“求和”按钮Σ后，系统自动选择该列中有数值的单元格，用户也可直接选择自己要求和的单元格区域，选择的单元格区域周围出现闪烁的边框，然后单击编辑栏中的“输入”按钮✓，即可计算出所选单元格区域的数值和。

7.3 使用函数

函数是Excel中预定义的公式，它通过使用一些成为参数的特定数值并按特定的顺序或结构执行运算。利用函数可方便地执行复杂的计算，从而提高工作效率。在工作表中修改、复制以及删除函数的方法与使用公式时的相应操作方法相同，下面介绍插入和嵌套函数的方法。

7.3.1 插入函数

单击编辑栏中的“插入函数”按钮 f_x，通过打开的“插入函数”对话框可以选择使用的函数类型，下面以使用AVERAGE函数求平均值为例讲解插入函数的方法。

插入函数，操作步骤如下：

(1) 打开“学生成绩表”工作簿，选择要插入函数的C9单元格，如图7–3–1所示。

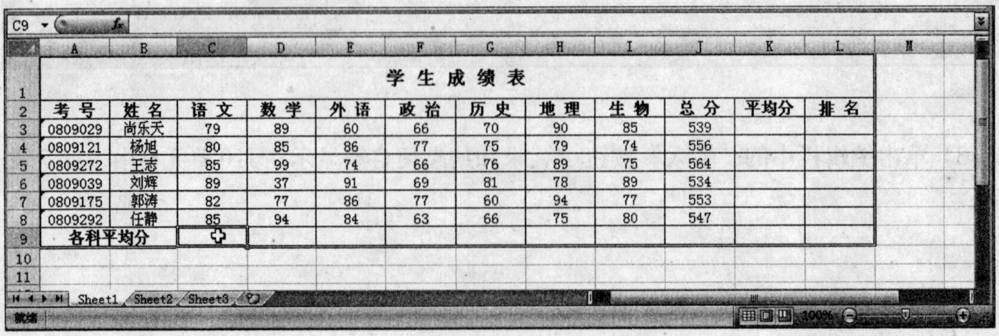
C9

	A	B	C	D	E	F	G	H	I	J	K	L
1	学生成绩表											
2	考号	姓名	语文	数学	外语	政治	历史	地理	生物	总分	平均分	排名
3	0809029	尚乐天	79	89	60	66	70	90	85	539		
4	0809121	杨旭	80	85	86	77	75	79	74	556		
5	0809272	王志	85	99	74	66	76	89	75	564		
6	0809039	刘辉	89	37	91	69	81	78	89	534		
7	0809175	郭涛	82	77	86	77	60	94	77	553		
8	0809292	任静	85	94	84	63	66	75	80	547		
9	各科平均分											
10												
11												

图 7–3–1

(2) 单击编辑栏中的“插入函数”按钮 f_x，打开“插入函数”对话框，在“选择函数”列表中选择“AVERAGE”函数，单击“确定”按钮，如图 7-3-2 所示。

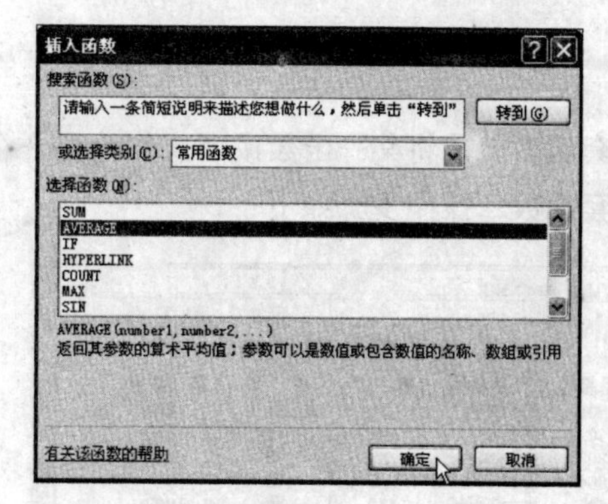

图 7-3-2

(3) 在打开的“函数参数”对话框中，“Number1”文本框中默认引用 C3:C8 单元格区域，单击“确定”按钮关闭“函数参数”对话框，如图 7-3-3 所示。

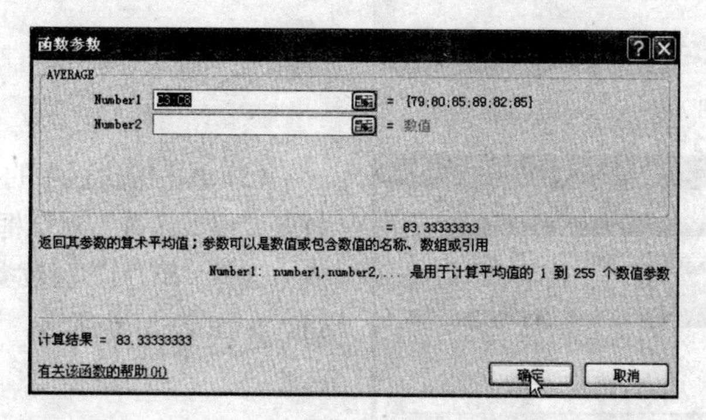

图 7-3-3

(4) 求出的平均值即显示在 C9 单元格中，如图 7-3-4 所示。

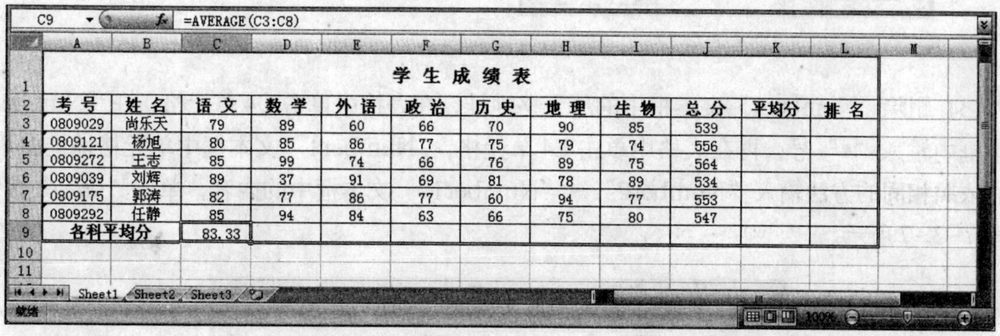

C9 =AVERAGE(C3:C8)

	A	B	C	D	E	F	G	H	I	J	K	L
1	学生成绩表											
2	考号	姓名	语文	数学	外语	政治	历史	地理	生物	总分	平均分	排名
3	0809029	尚乐天	79	89	60	66	70	90	85	539		
4	0809121	杨旭	80	85	86	77	75	79	74	556		
5	0809272	王志	85	99	74	66	76	89	75	564		
6	0809039	刘辉	89	37	91	69	81	78	89	534		
7	0809175	郭涛	82	77	86	77	60	94	77	553		
8	0809292	任静	85	94	84	63	66	75	80	547		
9	各科平均分		83.33									
10												
11												

Sheet1 Sheet2 Sheet3

就绪 100%

图 7-3-4

注意

在打开的“函数参数”对话框中，如果要引用的区域与“Number1”文本框中默认引用的区域不一致，可以删除单元格区域，单击其右侧的按钮重新选择需要引用的单元格区域。

如在“插入函数”对话框的“选择函数”列表框中没有所需的函数，则需要在“或选择类别”下拉列表框中选择所需函数类别，然后再在“选择函数”列表框中查找所需的函数。

7.3.2 嵌套函数

嵌套函数就是将某一函数或公式作为另一个函数的参数使用。

嵌套函数，操作步骤如下：

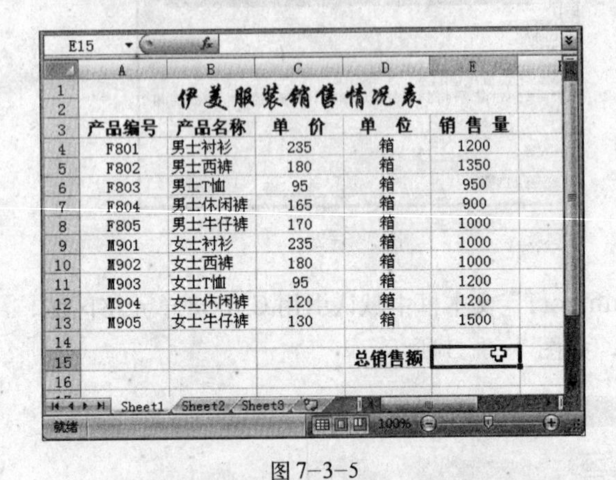

伊美服装销售情况表

产品编号	产品名称	单 价	单 位	销 售 量
F801	男士衬衫	235	箱	1200
F802	男士西裤	180	箱	1350
F803	男士T恤	95	箱	950
F804	男士休闲裤	165	箱	900
F805	男士牛仔裤	170	箱	1000
M901	女士衬衫	235	箱	1000
M902	女士西裤	180	箱	1000
M903	女士T恤	95	箱	1200
M904	女士休闲裤	120	箱	1200
M905	女士牛仔裤	130	箱	1500
			总销售额	

图 7-3-5

(1) 打开“伊美服装销售情况表”工作簿，选择E15单元格，如图7-3-5所示。

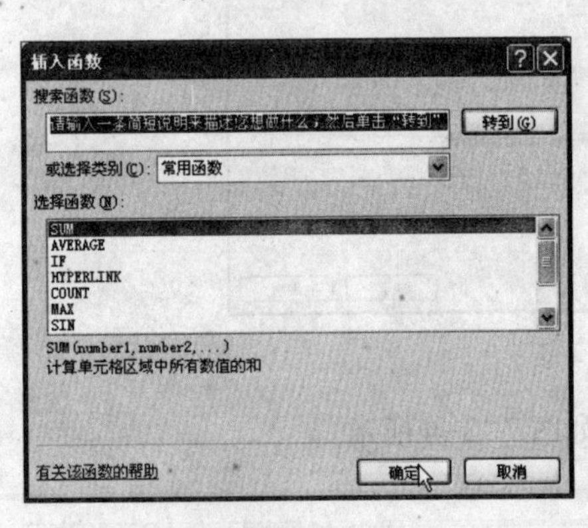

图 7-3-6

(2) 单击编辑栏中的“插入函数”按钮 *fx*，打开“插入函数”对话框，在“选择函数”列表中选择“SUM”函数类型，单击“确定”按钮，如图7-3-6所示。

(3) 删除“Number1”文本框中的单元格地址，在表格中单击C4单元格，在“Number1”文本框中输入“*”号，再在表格中单击E4单元格，“Number1”文本框中单元格地址引用完成。依照相同的方法输入“Number2”～“Number10”文本框中的内容，单击“确定”按钮，如图7-3-7所示。

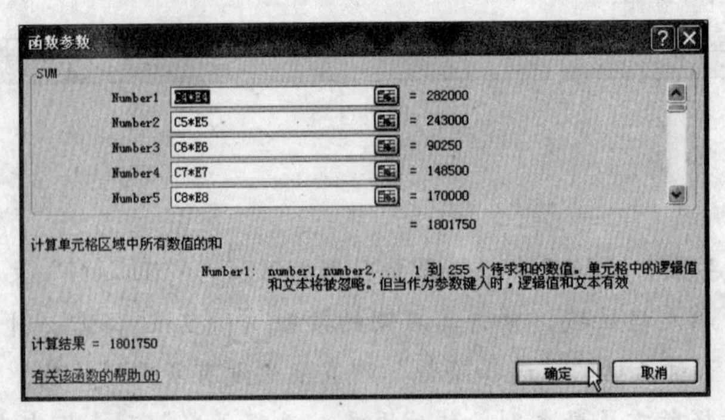

图 7-3-7

（4）求出的和值即显示在E15单元格中，如图7-3-8所示。

E15　=SUM(C4*E4,C5*E5,C6*E6,C7*E7,C8*E8,C9*E9,

伊美服装销售情况表

产品编号	产品名称	单　价	单　位	销售量
F801	男士衬衫	235	箱	1200
F802	男士西裤	180	箱	1350
F803	男士T恤	95	箱	950
F804	男士休闲裤	165	箱	900
F805	男士牛仔裤	170	箱	1000
M901	女士衬衫	235	箱	1000
M902	女士西裤	180	箱	1000
M903	女士T恤	95	箱	1200
M904	女士休闲裤	120	箱	1200
M905	女士牛仔裤	130	箱	1500
			总销售额	1801750

图7-3-8

7.3.3　常用函数应用举例

Excel 2007中包括7种类型的上百个具体函数，每个函数的应用各不相同。下面讲解几个日常使用比较频繁的函数，如SUM函数、AVERAGE函数、IF函数和MAX函数。

1.使用求和函数SUM

求和函数表示对所选单元格或单元格区域中的数据进行加法运算，其语法结构为SUM(number1，number2,...)。

使用求和函数SUM，操作步骤如下：

（1）打开“员工业绩表”工作簿，选择D10单元格，如图7-3-9所示。

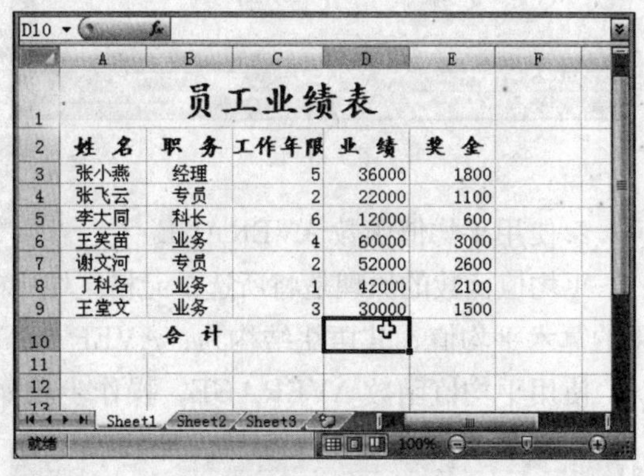

员工业绩表

姓　名	职　务	工作年限	业　绩	奖　金
张小燕	经理	5	36000	1800
张飞云	专员	2	22000	1100
李大同	科长	6	12000	600
王笑苗	业务	4	60000	3000
谢文河	专员	2	52000	2600
丁科名	业务	1	42000	2100
王堂文	业务	3	30000	1500
合　计				

图7-3-9

（2）单击“插入函数”按钮fx，在弹出的“插入函数”对话框中选择SUM函数，单击“确定”按钮，如图7-3-10所示。

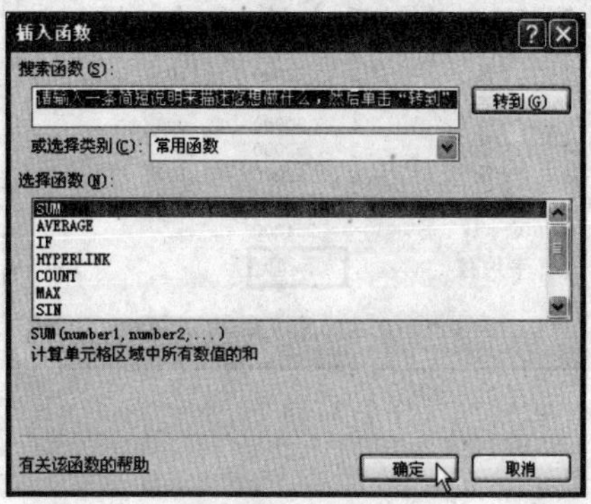

图7-3-10

(3) 在打开的“函数参数”对话框中，“Number1”文本框中默认引用D3:D9单元格区域，单击“确定”按钮，如图7-3-11所示。

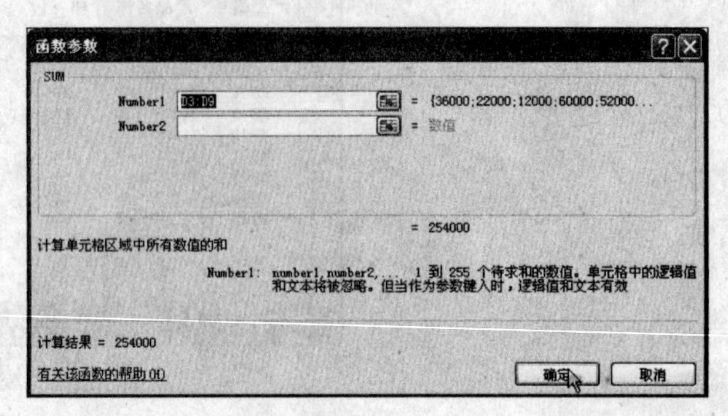

图7-3-11

(4) 求出的和值即可显示在D10单元格中，如图7-3-12所示。

D10 =SUM(D3:D9)

	A	B	C	D	E
1	员工业绩表				
2	姓 名	职 务	工作年限	业 绩	奖 金
3	张小燕	经理	5	36000	1800
4	张飞云	专员	2	22000	1100
5	李大同	科长	6	12000	600
6	王笑苗	业务	4	60000	3000
7	谢文河	专员	2	52000	2600
8	丁科名	业务	1	42000	2100
9	王堂文	业务	3	30000	1500
10		合 计		254000	

图7-3-12

2.使用平均值函数AVERAGE

平均值函数的原理是将所选单元格区域中的数据相加，然后除以单元格个数，返回作为结果的算术平均值，其语法结构为：AVERAGE (number1, number2,...)。

使用平均值函数AVERAGE，操作步骤如下：

(1) 打开“员工业绩表”工作簿，选择D11单元格，如图7-3-13所示。

	A	B	C	D	E
1	员工业绩表				
2	姓 名	职 务	工作年限	业 绩	奖 金
3	张小燕	经理	5	36000	1800
4	张飞云	专员	2	22000	1100
5	李大同	科长	6	12000	600
6	王笑苗	业务	4	60000	3000
7	谢文河	专员	2	52000	2600
8	丁科名	业务	1	42000	2100
9	王堂文	业务	3	30000	1500
10		合 计		254000	
11		平均值			

图7-3-13

(2) 单击“插入函数”按钮 f_x，在弹出的“插入函数”对话框中选择 AVERAGE 函数，单击“确定”按钮，如图 7-3-14 所示。

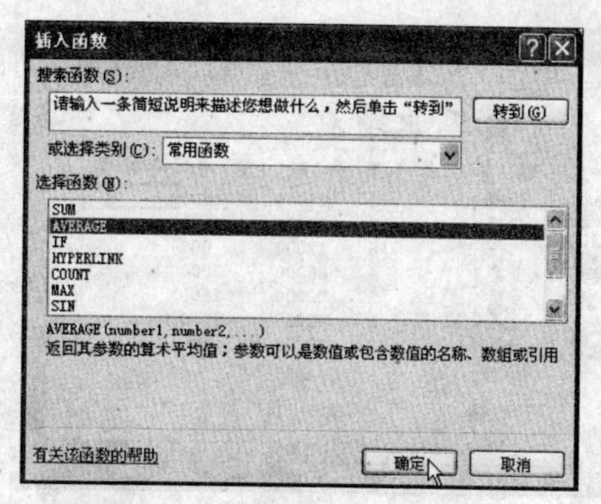

图 7-3-14

(3) 在打开的“函数参数”对话框中，在“Number1”文本框中输入 D3:D9，设定计算平均值的单元格区域，单击“确定”按钮，如图 7-3-15 所示。

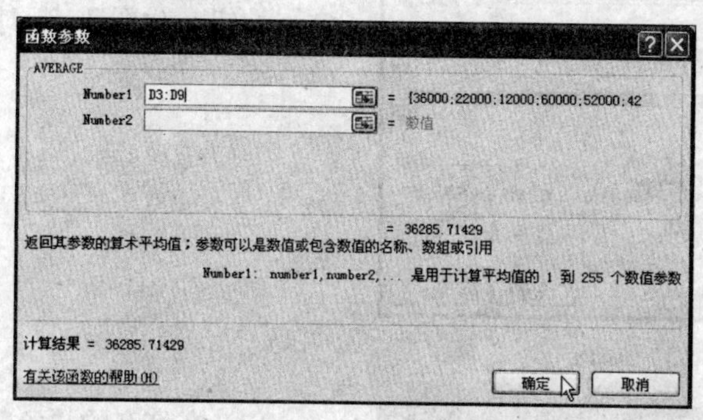

图 7-3-15

(4) 求出的平均值即显示在 D11 单元格中，如图 7-3-16 所示。

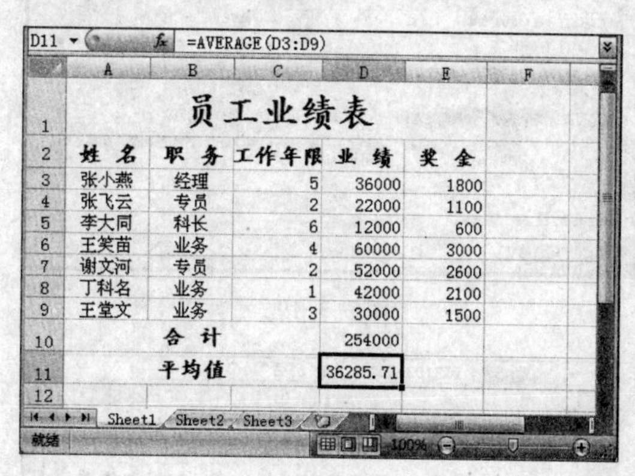

D11　=AVERAGE(D3:D9)

	A	B	C	D	E
1	员工业绩表				
2	姓 名	职 务	工作年限	业 绩	奖 金
3	张小燕	经理	5	36000	1800
4	张飞云	专员	2	22000	1100
5	李大同	科长	6	12000	600
6	王笑苗	业务	4	60000	3000
7	谢文河	专员	2	52000	2600
8	丁科名	业务	1	42000	2100
9	王堂文	业务	3	30000	1500
10		合 计		254000	
11		平均值		36285.71	
12					

图 7-3-16

3.使用条件函数 IF

条件函数可以实现真假值的判断，它根据逻辑计算的真假值返回两种结果。该函数的语法结构为：IF (logical_test，value_if_true，value_if_false)。其中，logical_test 表示计算结果为 true 或 false 的任意值或表达式；value_if_true 表示当 logical_test 为 true 时返回的值；value_if_false 表示当 logical_test 为 false 时返回的值。

使用条件函数 IF，操作步骤如下：

图7–3–17

（1）打开“员工业绩表”工作簿，使用条件函数IF设置业绩大于平均值的员工可以获得年终奖，选择F3单元格，如图7–3–17所示。

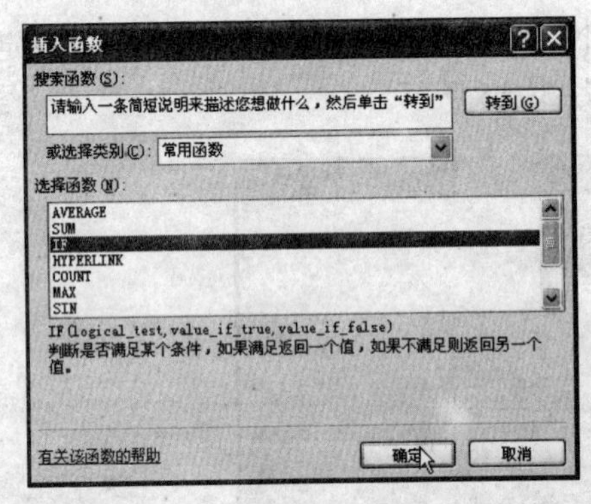

图7–3–18

（2）单击“插入函数”按钮 f_x，在弹出的“插入函数”对话框中选择IF函数，单击“确定”按钮，如图7–3–18所示。

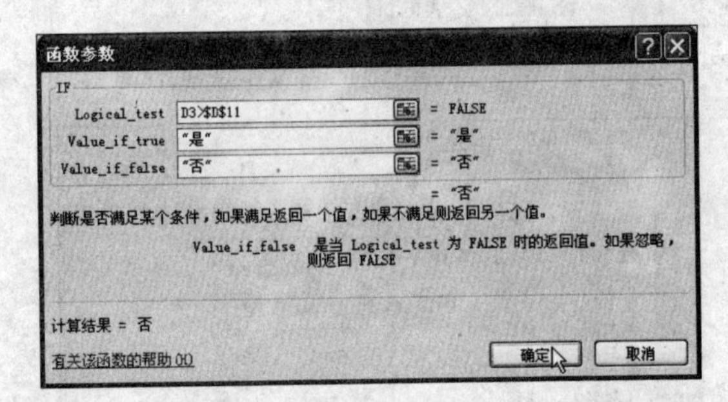

图7–3–19

（3）在打开的“函数参数”对话框中，在“logical_test”文本框中输入“D3＞$D1$1”，在“value_if_true”文本框中输入“是”，“value_if_false”文本框中输入“否”，单击“确定”按钮，如图7–3–19所示。

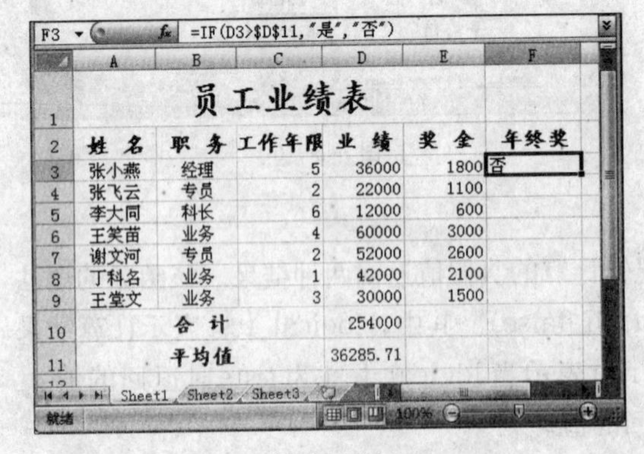

图7–3–20

（4）此时即可在F3单元格中显示该员工是否能够获得年终奖，如图7–3–20所示。

（5）最后通过混合引用功能，复制条件函数至F4:F9单元格区域，结果如图7-3-21所示。

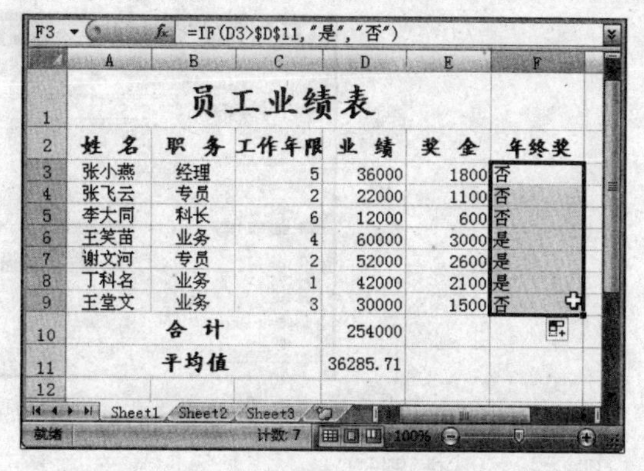

	A	B	C	D	E	F
1	员工业绩表					
2	姓 名	职 务	工作年限	业 绩	奖 金	年终奖
3	张小燕	经理	5	36000	1800	否
4	张飞云	专员	2	22000	1100	否
5	李大同	科长	6	12000	600	否
6	王笑苗	业务	4	60000	3000	是
7	谢文河	专员	2	52000	2600	是
8	丁科名	业务	1	42000	2100	是
9	王堂文	业务	3	30000	1500	否
10		合 计		254000		
11		平均值		36285.71		
12						

图7-3-21

4.使用最大值函数MAX

最大值函数可以将选择的单元格区域中的最大值返回到需要保存结果的单元格中，其语法结构为：MAX（number1，number2，...）。

使用最大值函数MAX，操作步骤如下：

（1）打开“员工业绩表”工作簿，使用最大值函数MAX求业绩最大值，选择D12单元格，如图7-3-22所示。

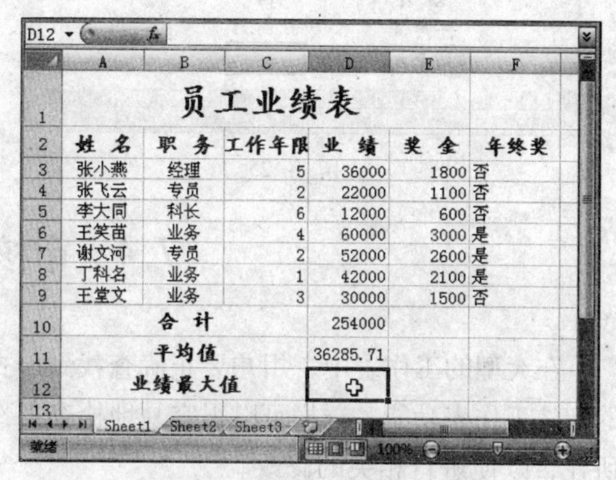

	A	B	C	D	E	F
1	员工业绩表					
2	姓 名	职 务	工作年限	业 绩	奖 金	年终奖
3	张小燕	经理	5	36000	1800	否
4	张飞云	专员	2	22000	1100	否
5	李大同	科长	6	12000	600	否
6	王笑苗	业务	4	60000	3000	是
7	谢文河	专员	2	52000	2600	是
8	丁科名	业务	1	42000	2100	是
9	王堂文	业务	3	30000	1500	否
10		合 计		254000		
11		平均值		36285.71		
12		业绩最大值				

图7-3-22

（2）单击“插入函数”按钮 f_x ，在弹出的“插入函数”对话框中选择MAX函数，单击“确定”按钮，如图7-3-23所示。

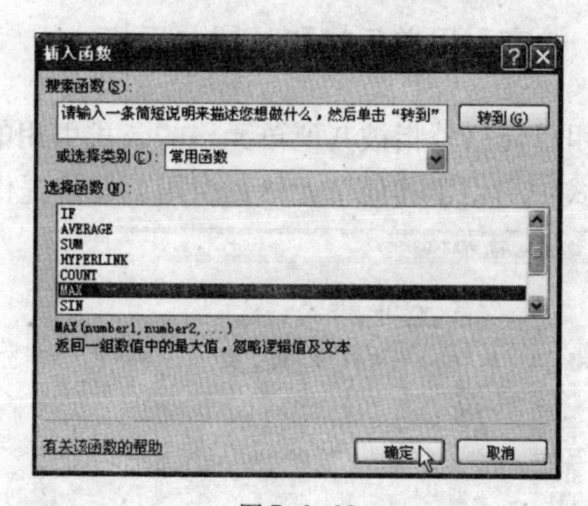

图7-3-23

（3）在打开的“函数参数”对话框中，在“Number1”文本框中输入D3:D9，设定获取最大值的单元格区域，单击“确定”按钮，如图7-3-24所示。

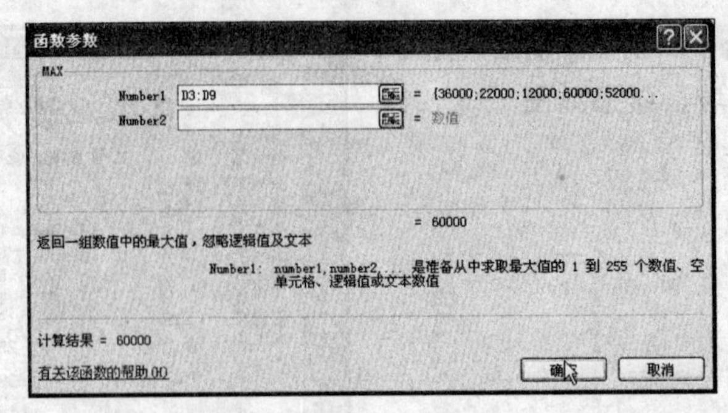

图 7–3–24

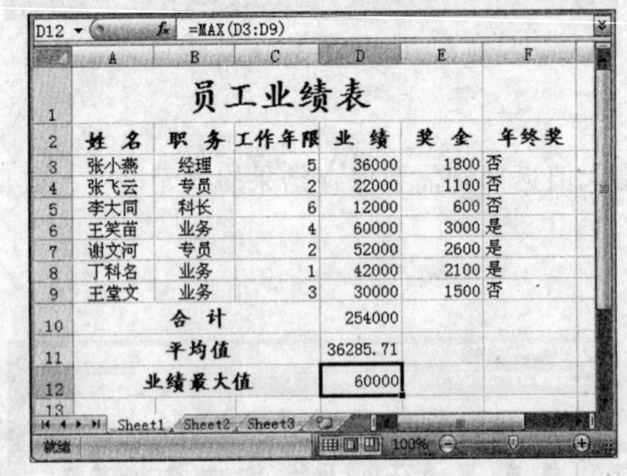

D12 =MAX(D3:D9)

员工业绩表

姓 名	职 务	工作年限	业 绩	奖 金	年终奖
张小燕	经理	5	36000	1800	否
张飞云	专员	2	22000	1100	否
李大同	科长	6	12000	600	否
王笑苗	业务	4	60000	3000	是
谢文河	专员	2	52000	2600	是
丁科名	业务	1	42000	2100	是
王堂文	业务	3	30000	1500	否
合 计			254000		
平均值			36285.71		
业绩最大值			60000		

图 7–3–25

（4）求出的最大值即显示在 D12 单元格中，如图 7–3–25 所示。

7.4 审核计算结果

在大型的工作表中，用户要正确查找到公式的错误是很困难的，此时可以使用 Excel 提供的审核工作表功能，这样可以很容易地检查工作表的公式与单元格之间的相互关系，找出错误所在，以便进行相关的修改。

7.4.1 检查引用单元格和从属单元格

引用单元格是指被其他单元格的公式引用的单元格；从属单元格是指该单元格中含有公式且公式中引用了其他单元格；引用单元格提供数据，而从属单元格使用数据。

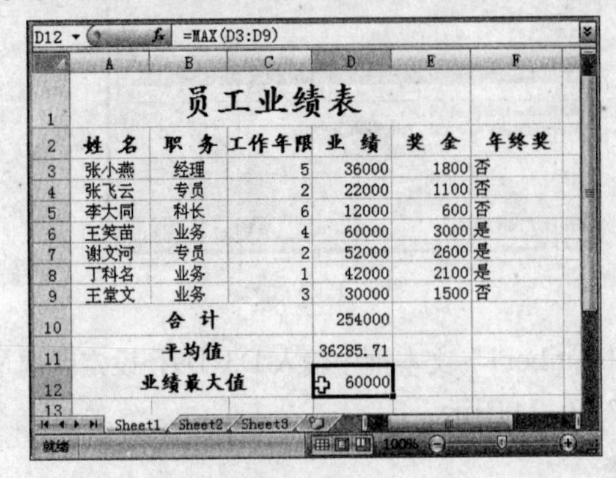

D12 =MAX(D3:D9)

员工业绩表

姓 名	职 务	工作年限	业 绩	奖 金	年终奖
张小燕	经理	5	36000	1800	否
张飞云	专员	2	22000	1100	否
李大同	科长	6	12000	600	否
王笑苗	业务	4	60000	3000	是
谢文河	专员	2	52000	2600	是
丁科名	业务	1	42000	2100	是
王堂文	业务	3	30000	1500	否
合 计			254000		
平均值			36285.71		
业绩最大值			60000		

图 7–4–1

检查引用单元格和从属单元格，操作步骤如下：

（1）打开“员工业绩表”工作簿，选择D12 单元格，如图 7–4–1 所示。

（2）选择“公式”选项卡，单击“公式审核”组中的“追踪引用单元格”按钮，如图7-4-2所示。

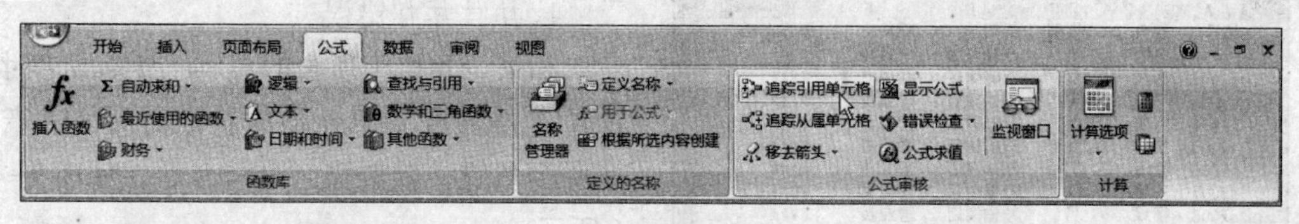

图7-4-2

（3）此时系统使用蓝色箭头显示D12单元格引用D3:D9单元格区域，如图7-4-3所示。

（4）单击“公式审核”组中的“移去箭头”按钮 移去箭头 ，移去引用单元格的追踪箭头。

D12　=MAX(D3:D9)

	A	B	C	D	E	F
1	员工业绩表					
2	姓名	职务	工作年限	业绩	奖金	年终奖
3	张小燕	经理	5	36000	1800	否
4	张飞云	专员	2	22000	1100	否
5	李大同	科长	6	12000	600	否
6	王笑苗	业务	4	60000	3000	是
7	谢文河	专员	2	52000	2600	是
8	丁科名	业务	1	42000	2100	是
9	王堂文	业务	3	30000	1500	否
10	合计			254000		
11	平均值			36285.71		
12	业绩最大值			60000		

图7-4-3

（5）选择D3单元格，单击“公式审核”组中的“追踪从属单元格”按钮，如图7-4-4所示。

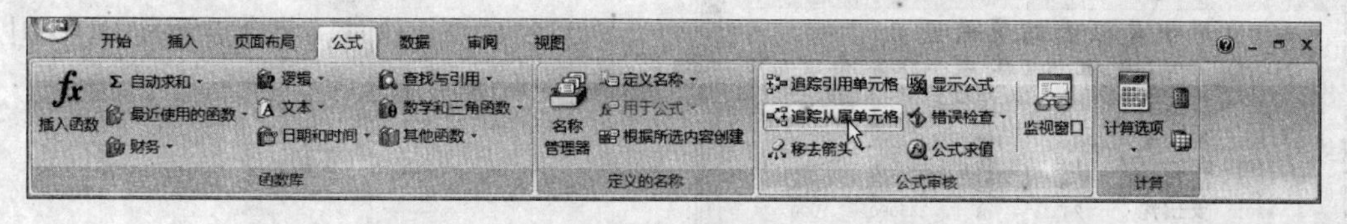

图7-4-4

（6）此时系统使用蓝色箭头显示D3单元格从属于D10、D11、D12、E3和F3单元格，如图7-4-5所示。

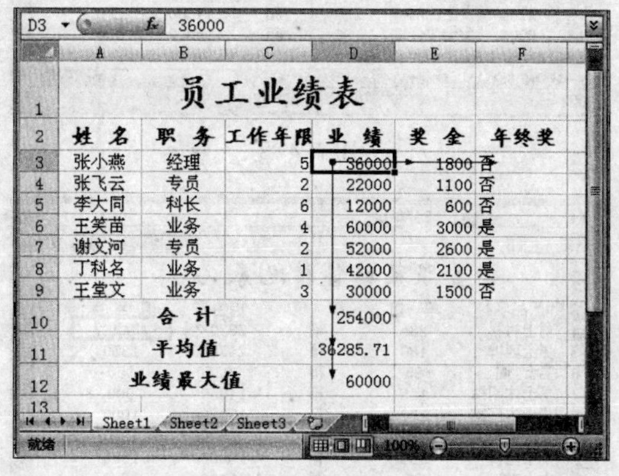

D3　36000

	A	B	C	D	E	F
1	员工业绩表					
2	姓名	职务	工作年限	业绩	奖金	年终奖
3	张小燕	经理	5	36000	1800	否
4	张飞云	专员	2	22000	1100	否
5	李大同	科长	6	12000	600	否
6	王笑苗	业务	4	60000	3000	是
7	谢文河	专员	2	52000	2600	是
8	丁科名	业务	1	42000	2100	是
9	王堂文	业务	3	30000	1500	否
10	合计			254000		
11	平均值			36285.71		
12	业绩最大值			60000		

图7-4-5

7.4.2　常见的计算错误

在Excel中使用公式计算数据会出现一些错误，出现错误的原因有多种，如在需要数字的公式中使用了文本，删除了被公式引用的单元格、单元格的宽度不够显示结果等，下面列出

Excel中常见的一些错误。

	A	B	C	D	E	F	G
1	编号	姓名	性别	部门	职务	联系电话	
2	sx001	庞野	男	双榆树店	分店经理	####	
3	sx002	秦娟	女	双榆树店	经理助理	####	
4	sx003	杨杰	男	双榆树店	营业员	####	
5	sx004	张非	女	双榆树店	营业员	####	
6	sx005	黎林	女	双榆树店	营业员	####	
7	sx006	凌梅	女	双榆树店	营业员	####	
8	sx007	王青琴	女	双榆树店	营业员	####	
9	sx008	杨霖	男	双榆树店	营业员	####	
10	sx009	林峰	男	双榆树店	营业员	####	
11							

图7-4-6

1.####错误

如果单元格中所含的数字、日期或者时间比单元格宽或者单元格的日期时间公式产生了一个负值，就会显示####，如图7-4-6所示。

F2 =MAX(A2+B2)

	A	B	C	D	E	F
1	编号	姓名	性别	部门	职务	联系电话
2	sx001	庞野	男	双榆树店	分店经	#VALUE!
3	sx002	秦娟	女	双榆树店	经理助理	13236547521
4	sx003	杨杰	男	双榆树店	营业员	13115241254
5	sx004	张非	女	双榆树店	营业员	13542142542
6	sx005	黎林	女	双榆树店	营业员	15923541254
7	sx006	凌梅	女	双榆树店	营业员	15321458736
8	sx007	王青琴	女	双榆树店	营业员	13254789542
9	sx008	杨霖	男	双榆树店	营业员	13025874693
10	sx009	林峰	男	双榆树店	营业员	13910524563
11						

图7-4-7

2.# VALUE!错误

当使用的参数或操作的数据类型错误时，或者当公式自动更正功能不能更正公式时，将显示# VALUE!，如图7-4-7所示。

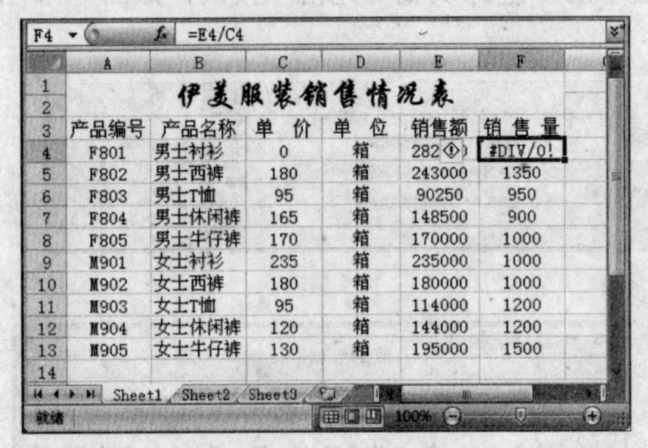

F4 =E4/C4

伊美服装销售情况表

	A	B	C	D	E	F
3	产品编号	产品名称	单 价	单 位	销售额	销 售 量
4	F801	男士衬衫	0	箱	282	#DIV/0!
5	F802	男士西裤	180	箱	243000	1350
6	F803	男士T恤	95	箱	90250	950
7	F804	男士休闲裤	165	箱	148500	900
8	F805	男士牛仔裤	170	箱	170000	1000
9	M901	女士衬衫	235	箱	235000	1000
10	M902	女士西裤	180	箱	180000	1000
11	M903	女士T恤	95	箱	114000	1200
12	M904	女士休闲裤	120	箱	144000	1200
13	M905	女士牛仔裤	130	箱	195000	1500
14						

图7-4-8

3.# DIV/0!

当公式被0除时，将会显示# DIV/0!，如图7-4-8所示。

F4 =E4/单价

伊美服装销售情况表

	B	C	D	E	F
3	产品名称	单 价	单 位	销售额	销 售 量
4	男士衬衫	235	箱	2820	#NAME?
5	男士西裤	180	箱	243000	1350
6	男士T恤	95	箱	90250	950
7	男士休闲裤	165	箱	148500	900
8	男士牛仔裤	170	箱	170000	1000
9	女士衬衫	235	箱	235000	1000
10	女士西裤	180	箱	180000	1000
11	女士T恤	95	箱	114000	1200
12	女士休闲裤	120	箱	144000	1200
13	女士牛仔裤	130	箱	195000	1500
14					

图7-4-9

4.# NAME?错误

在公式中使用Excel不能识别的文本时将显示# NAME?，如图7-4-9所示。

5.# REF!错误

当单元格引用无效时将显示# REF!，如图7−4−10所示。

F4　=E4/#REF!

	B	C	D	E	F
1	伊美服装销售情况表				
2					
3	产品名称	单 价	单 位	销售额	销 售 量
4	男士衬衫	235	箱	2820	#REF!
5	男士西裤	180	箱	243000	1350
6	男士T恤	95	箱	90250	950
7	男士休闲裤	165	箱	148500	900
8	男士牛仔裤	170	箱	170000	1000
9	女士衬衫	235	箱	235000	1000
10	女士西裤	180	箱	180000	1000
11	女士T恤	95	箱	114000	1200
12	女士休闲裤	120	箱	144000	1200
13	女士牛仔裤	130	箱	195000	1500
14					

图7−4−10

6.# N/A错误

在函数或公式中没有可用数值。如果工作表中某些单元格暂时没有数值，可在这些单元格中输入“# N/A”。公式在引用这些单元格时，将不进行数值计算，而是返回“# N/A”，如图7−4−11所示。

F13　=E13/C13

	B	C	D	E	F
1	伊美服装销售情况表				
2					
3	产品名称	单 价	单 位	销售额	销 售 量
4	男士衬衫	235	箱	282000	1200
5	男士西裤	180	箱	243000	1350
6	男士T恤	95	箱	90250	950
7	男士休闲裤	165	箱	148500	900
8	男士牛仔裤	170	箱	170000	1000
9	女士衬衫	235	箱	235000	1000
10	女士西裤	180	箱	180000	1000
11	女士T恤	95	箱	114000	1200
12	女士休闲裤	120	箱	144000	1200
13	女士牛仔裤	130	箱	#N/	#N/A
14					

图7−4−11

7.其他错误

(1) #NUM!错误

公式或函数中某个数值有问题。

(2) # NULL!错误

试图为两个并不相交的区域指定交叉点。

注意

在单元格中输入公式时，应注意以下几点，以避免计算错误。

(1) 公式所有的括号必须成对出现。

(2) 在引用单元格区域时，第一个单元格与最后一个单元格之间用半角的英文冒号间隔。

(3) 在引用当前工作簿中其他工作表单元格区域时一定要包含工作表名称。

(4) 函数中输入的参数必须符合要求。

7.5　小　结

本章主要介绍了Excel公式和函数的操作方法。通过本章的学习，读者应掌握如何输入和编辑公式、复制公式以及如何发现并纠正一些常见公式的计算错误，对常用的函数也要有一定的了解和应用能力。

7.6 练　习

填空题

(1) 引用单元格分为：______、______和______3 种。

(2) 相对引用是指______；绝对引用是指______；混合引用是指______。

(3) 如果要删除单元格中的计算结果和公式，只需选择要删除其内容的单元格，然后按______键即可。

(4) 使用“求和”按钮Σ只能计算______单元格中的数值的和。

(5) ______是 Excel 预定义的内置公式，可以进行数学、文本、逻辑的运算或查找工作表的信息。

简答题

(1) 相对引用、绝对引用以及混合引用的区别是什么？

(2) 引用单元格和从属单元格的区别是什么？

上机练习

(1) 创建一个新工作簿，如图 7-6-1 所示，应用公式对该工作表计算应发工资、所得税、实发工资、总计、平均工资等。

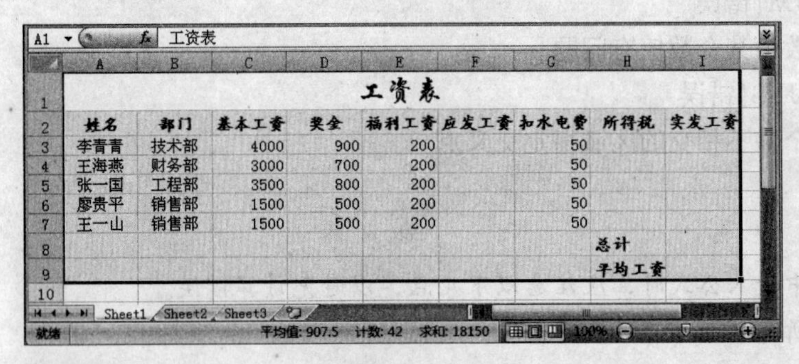

工资表

姓名	部门	基本工资	奖金	福利工资	应发工资	扣水电费	所得税	实发工资
李青青	技术部	4000	900	200		50		
王海燕	财务部	3000	700	200		50		
张一国	工程部	3500	800	200		50		
廖贵平	销售部	1500	500	200		50		
王一山	销售部	1500	500	200		50		
							总计	
							平均工资	

图 7-6-1

计算公式：

应发工资 = 基本工资 + 奖金 + 福利工资

实发工资 = 应发工资 − 扣水电费 − 所得税

所得税的计算公式：

应发工资 −2000 ≤ 0 时　　税率为 0

0<应发工资 −2000 ≤ 500 时　　税率为 0.5%

应发工资 −2000>500 时　　税率为 1%

所得税 =（应发工资 − 2000）× 税率

(2) 利用各种函数对公式进行计算。

第8章 分析和管理数据

通过本章，你应当学会：

(1) 排序。

(2) 筛选。

(3) 分类汇总。

(4) 合并计算。

在Excel中制作好表格后，可以方便地对数据进行分析和管理，如按设置的条件对数据进行排序、筛选，按位置或类别合并计算数据、汇总数据等。

8.1 数据的排序

排序是统计工作中经常涉及的一项工作，在Excel中可以将数据按单个条件进行排序，还可以按多个条件或自定义条件进行排序。

8.1.1 按单个条件进行排序

如果需要将数据按某一字段进行排序，此时可以使用按单个条件进行排序的方法。

按单个条件进行排序，操作步骤如下：

(1) 打开“计算机应用2班成绩表”工作簿，选择A2:I16单元格区域，选择“数据”选项卡，单击“排序和筛选”组中的“排序”按钮，如图8-1-1所示。

学号	姓名	计算机基础	微机原理	C语言	数据库	管理信息系统	专业英语	总分
08201	李子谦	82	79	82	90	85	76	494
08202	王苗苗	78	85	67	80	78	85	473
08203	李丽萍	78	82	84	76	75	75	470
08204	张之林	85	78	91	86	87	86	513
08205	田从键	89	84	83	72	79	80	487
08206	王思琴	87	76	74	71	70	80	458
08207	刘张博	86	80	90	85	71	70	482
08208	高南南	84	79	67	81	78	80	469
08209	陈美华	87	68	74	76	74	71	450
08210	赵 雷	75	67	70	62	70	65	409
08211	张卓琪	80	85	72	81	68	70	456
08212	林 青	86	91	87	78	84	92	518
08213	王德声	84	63	75	76	81	72	451
08214	张政英	78	69	81	76	79	71	454
08215	李 梦	88	79	85	76	84	75	487

图8-1-1

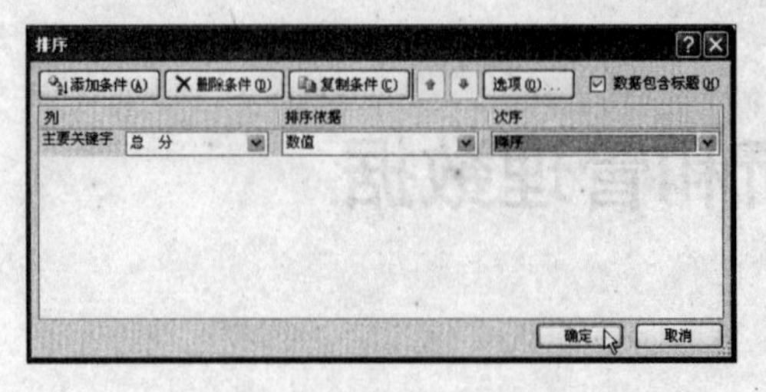

图 8-1-2

(2) 打开“排序”对话框，在“列”栏下的“主要关键字”下拉列表框中选择需要排序的列，这里选择“总分”，在“排序依据”下拉列表框中选择“数值”选项，在“次序”下拉列表框中选择“降序”选项，表示以总分从高到低进行排序，单击“确定”按钮，如图8-1-2所示。

(3) 此时表格中按总分从高到低进行排序，如图8-1-3所示。

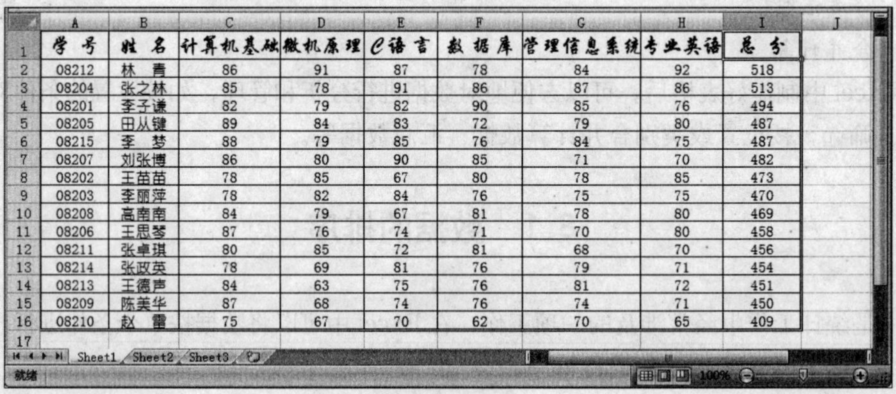

学号	姓名	计算机基础	微机原理	C语言	数据库	管理信息系统	专业英语	总分
08212	林青	86	91	87	78	84	92	518
08204	张之林	85	78	91	86	87	86	513
08201	李子谦	82	79	82	90	85	76	494
08205	田从键	89	84	83	72	79	80	487
08215	李梦	88	79	85	76	84	75	487
08207	刘张博	86	80	90	85	71	70	482
08202	王苗苗	78	85	67	80	78	85	473
08203	李丽萍	78	82	84	76	75	75	470
08208	高南南	84	79	67	81	78	80	469
08206	王思琴	87	76	74	71	70	80	458
08211	张卓琪	80	85	72	81	68	70	456
08214	张政英	78	69	81	76	79	71	454
08213	王德声	84	63	75	76	81	72	451
08209	陈美华	87	68	74	76	74	71	450
08210	赵雷	75	67	70	62	70	65	409

图 8-1-3

注意

如果创建的表格中没有表头，则在“排序”对话框的“主要关键字”下拉列表框中将显示“列A”、“列B”和“列C”等选项，此时只需选择其中某个选项即可进行该列的排序。

在需要进行排序的列中，选择要排序的单元格后，单击“数据”选项卡“排序与筛选”组中的“升序”按钮或“降序”按钮，可以对该列中的数据从低到高或从高到低进行排序。

8.1.2 按多个条件排序

当按单个条件进行排序时，有两名学生的总分都是487分，此时可以再按其他条件进行排序，即按多个条件进行排序。

按多个条件排序，操作步骤如下：

(1) 打开“计算机应用2班成绩表”工作簿，选择A2:I16单元格，选择“数据”选项卡，单击“排序和筛选”组中的“排序”按钮，如图8-1-4所示。

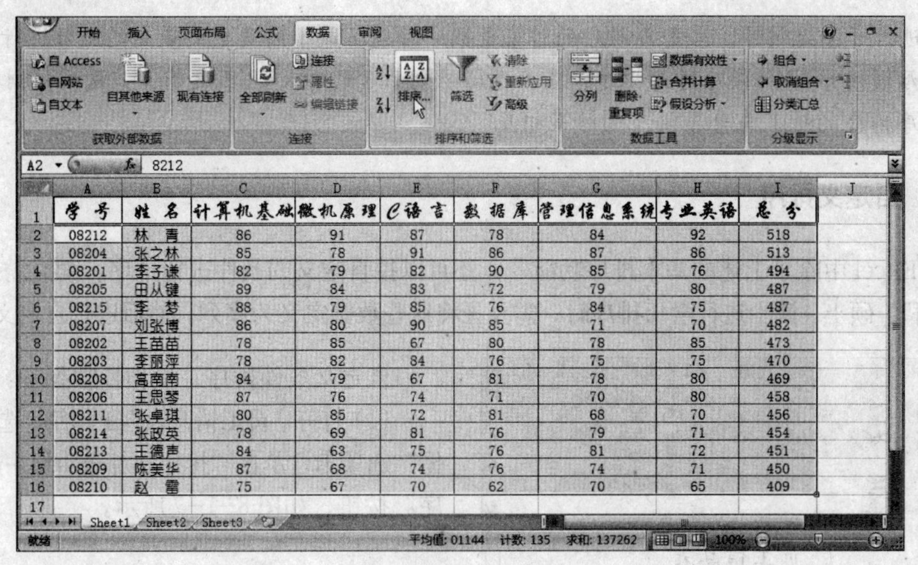

	A	B	C	D	E	F	G	H	I
1	学 号	姓 名	计算机基础	微机原理	C语言	数据库	管理信息系统	专业英语	总 分
2	08212	林 青	86	91	87	78	84	92	518
3	08204	张之林	85	78	91	86	87	86	513
4	08201	李子谦	82	79	82	90	85	76	494
5	08205	田从键	89	84	83	72	79	80	487
6	08215	李 梦	88	79	85	76	84	75	487
7	08207	刘张博	86	80	90	85	71	70	482
8	08202	王苗苗	78	85	67	80	78	85	473
9	08203	李丽萍	78	82	84	76	75	75	470
10	08208	高南南	84	79	67	81	78	80	469
11	08206	王思琴	87	76	74	71	70	80	458
12	08211	张卓琪	80	85	72	81	68	70	456
13	08214	张政英	78	69	81	76	79	71	454
14	08213	王德声	84	63	75	76	81	72	451
15	08209	陈美华	87	68	74	76	74	71	450
16	08210	赵 雷	75	67	70	62	70	65	409

图 8-1-4

(2) 打开“排序”对话框，单击“添加条件”按钮 添加条件(A)，在“列”栏下的“主要关键字”下拉列表框中选择“总分”，在“排序依据”下拉列表框中选择“数值”选项，在“次序”下拉列表框中选择“降序”选项，表示首先以总分从高到低进行排序。

(3) 在“次要关键字”下拉列表框中选择“专业英语”，在“排序依据”下拉列表框中选择“数值”选项，在“次序”下拉列表框中选择“降序”选项，表示当总分成绩相同时，以专业英语成绩从高到低进行排序，单击“确定”按钮，如图 8-1-5 所示。

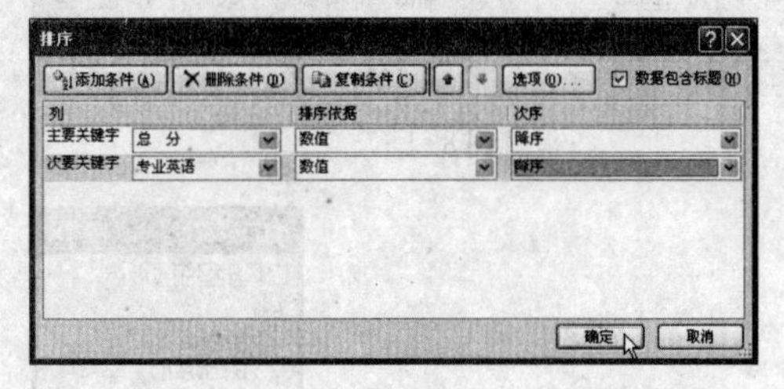

图 8-1-5

(4) 此时表格中显示排序后的结果如图 8-1-6 所示。

	A	B	C	D	E	F	G	H	I
1	学 号	姓 名	计算机基础	微机原理	C语言	数据库	管理信息系统	专业英语	总 分
2	08212	林 青	86	91	87	78	84	92	518
3	08204	张之林	85	78	91	86	87	86	513
4	08201	李子谦	82	79	82	90	85	76	494
5	08205	田从键	89	84	83	72	79	80	487
6	08215	李 梦	88	79	85	76	84	75	487
7	08207	刘张博	86	80	90	85	71	70	482
8	08202	王苗苗	78	85	67	80	78	85	473
9	08203	李丽萍	78	82	84	76	75	75	470
10	08208	高南南	84	79	67	81	78	80	469
11	08206	王思琴	87	76	74	71	70	80	458
12	08211	张卓琪	80	85	72	81	68	70	456
13	08214	张政英	78	69	81	76	79	71	454
14	08213	王德声	84	63	75	76	81	72	451
15	08209	陈美华	87	68	74	76	74	71	450
16	08210	赵 雷	75	67	70	62	70	65	409

图 8-1-6

注意

在对数据进行排序时，当“主要关键字”和“次要关键字”两项都相同时，可以再以“第三关键字”进行排序。

在进行升序排列时，当需要排序的对象是数字时就从最小的负数到最大的正数进行排序；若是字母则按 A～Z 的顺序进行排序；若为逻辑值则 FLASE 排在 TRUE 之前；若是空格则排在最后，降序排序的结果与升序排序的结果相反。

8.1.3 自定义排序

在 Excel 中除了上述的基本排序功能外，还可以按自定义的条件进行排序。如果需要按大专、本科、硕士、博士进行学历排序时，需要先将这些数据定义为序列，然后进行自定义排序。

自定义条件排序，操作步骤如下：

(1) 打开“员工信息表”工作簿，选择“数据”选项卡，单击“排序和筛选”组中的“排序”按钮，如图 8-1-7 所示。

员工信息表

姓名	出生年月	性别	学历	职称	参加工作时间
石磊	1986-8-7	男	本科	中级	2007-7-15
郑加宜	1986-12-2	女	本科	中级	2006-8-5
钟霖同	1971-9-3	男	本科	高级	1993-9-1
林萍	1970-8-4	女	博士	高级	1994-5-1
张岑键	1974-5-2	男	大专	中级	2001-6-5
王子聪	1975-9-7	男	硕士	高级	1996-7-2
李一凡	1983-4-2	男	硕士	高级	2005-7-15

图 8-1-7

(2) 打开“排序”对话框，单击其中的“选项”按钮 选项(O)... ，打开“排序选项”对话框，在“方向”栏中选中“按列排序”单选按钮，在“方法”栏中选中“笔划排序”单选按钮，单击“确定”按钮，如图 8-1-8 所示。

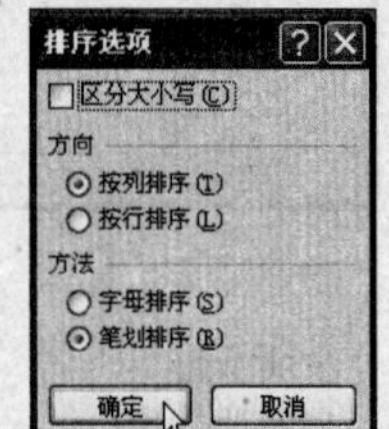

图 8-1-8

(3) 返回到“排序”对话框，在“列”栏下的“主要关键字”下拉列表框中选择“学历”，在“排序依据”下拉列表框中选择“数值”选项，在“次序”下拉列表框中选择“自定义序列”选项，如图 8-1-9 所示。

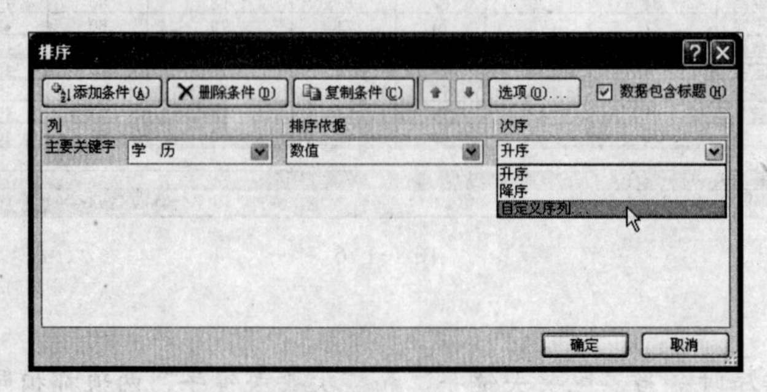

图 8-1-9

(4) 打开“自定义序列”对话框，在“输入序列”文本框中按顺序输入需要定义的数据，这里输入“大专、本科、硕士、博士”，单击“添加”按钮，将输入的序列添加到“自定义序列”列表框中，如图 8-1-10 所示，然后单击“确定”按钮返回“排序”对话框。

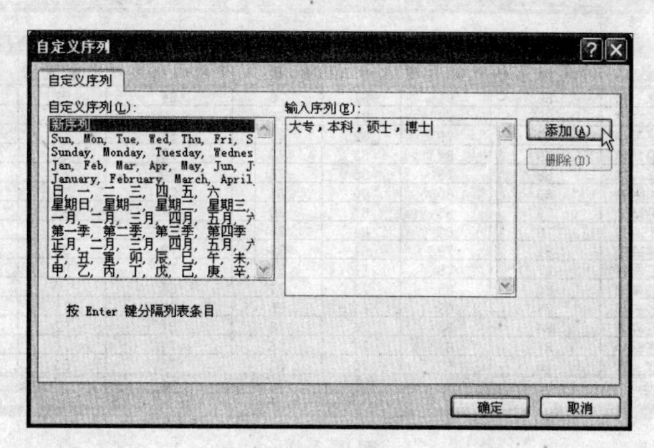

图 8-1-10

(5) 在“排序”对话框中单击“确定”按钮，此时表格中将显示所需的排序结果，如图 8-1-11 所示。

	A	B	C	D	E	F
1	员工信息表					
2	姓　名	出生年月	性　别	学　历	职　称	参加工作时间
3	张岑键	1974-5-2	男	大专	中级	2001-6-5
4	石　磊	1986-8-7	男	本科	中级	2007-7-15
5	郑加宜	1986-12-2	女	本科	中级	2006-8-5
6	钟霖同	1971-9-3	男	本科	高级	1993-9-1
7	王子聪	1975-9-7	男	硕士	高级	1996-7-2
8	李一凡	1983-4-2	男	硕士	高级	2005-7-15
9	林　萍	1970-8-4	女	博士	高级	1994-5-1
10						

图 8-1-11

8.2　数据的筛选

Excel 提供了数据筛选功能，通过该功能可以选择性地在大型数据库中只显示满足某一个或某几个条件的记录。筛选有 3 种方式：自动筛选、自定义筛选和高级筛选，下面分别介绍。

8.2.1　自动筛选

如果想在工作表中只显示满足给定条件的数值，可以使用自动筛选功能。

自动筛选，操作步骤如下：

(1) 打开“计算机应用 2 班成绩表”工作簿，选择表头所在的 A1:I1 单元格区域，选择“数据”选项卡，单击“排序和筛选”组中的“筛选”按钮，如图 8-2-1 所示。

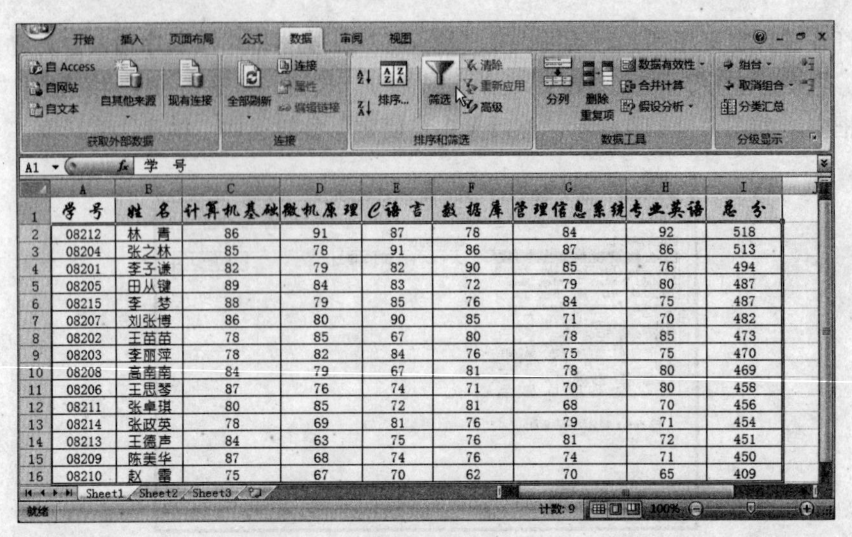

	学号	姓名	计算机基础	微机原理	C语言	数据库	管理信息系统	专业英语	总分
2	08212	林青	86	91	87	78	84	92	518
3	08204	张之林	85	78	91	86	87	86	513
4	08201	李子谦	82	79	82	90	85	76	494
5	08205	田从键	89	84	83	72	79	80	487
6	08215	李梦	88	79	85	76	84	75	487
7	08207	刘张博	86	80	90	85	71	70	482
8	08202	王苗苗	78	85	67	80	78	85	473
9	08203	李丽萍	78	82	84	76	75	75	470
10	08208	高南南	84	79	67	81	78	80	469
11	08206	王思琴	87	76	74	71	70	80	458
12	08211	张卓琪	80	85	72	81	68	70	456
13	08214	张政英	78	69	81	76	79	71	454
14	08213	王德声	84	63	75	76	81	72	451
15	08209	陈美华	87	68	74	76	74	71	450
16	08210	赵雷	75	67	70	62	70	65	409

图 8-2-1

(2) 在工作表表头各字段右侧均出现下拉按钮，如图 8-2-2 所示。

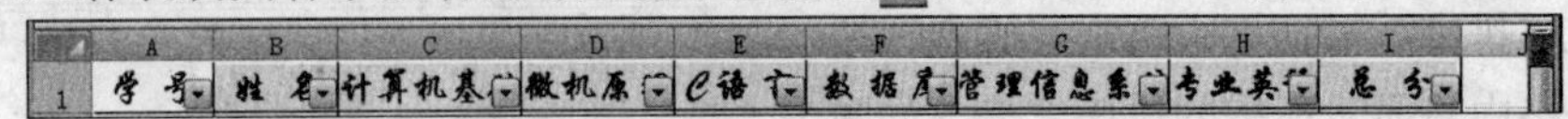

图 8-2-2

(3) 单击“C 语言”右侧的下拉按钮，在弹出的下拉列表中选择“数字筛选 / 高于平均值”命令，如图 8-2-3 所示。

	学号	姓名	计算机基	微机原	C语	数据库	管理信息系	专业英	总分
2	08212	林青				78	84	92	518
3	08204	张之林				86	87	86	513
4	08201	李子谦				90	85	76	494
5	08205	田从键				72	79	80	487
6	08215	李梦				76	84	75	487
7	08207	刘张博				85	71	70	482
8	08202	王苗苗				80	78	85	473
9	08203	李丽萍						75	470
10	08208	高南南						80	469
11	08206	王思琴						80	458
12	08211	张卓琪						70	456
13	08214	张政英						71	454
14	08213	王德声						72	451
15	08209	陈美华						71	450
16	08210	赵雷						65	409

升序(S)
降序(O)
按颜色排序(T)
从“C 语 言”中清除筛选(C)
按颜色筛选(I)
数字筛选(F)
(全选)
67
70
72
74
75
81
82
83
84
85
87
确定
取消
等于(E)...
不等于(N)...
大于(G)...
大于或等于(O)...
小于(L)...
小于或等于(Q)...
介于(W)...
10 个最大的值(T)...
高于平均值(A)
低于平均值(O)
自定义筛选(F)...
Sheet1
Sheet2
Sheet3
就绪
计数: 9
100%

图 8-2-3

(4) 此时筛选出“C 语言”成绩高于平均值的 8 个学生记录，如图 8-2-4 所示。

	学号	姓名	计算机基	微机原	C语	数据库	管理信息系	专业英	总分
2	08212	林青	86	91	87	78	84	92	518
3	08204	张之林	85	78	91	86	87	86	513
4	08201	李子谦	82	79	82	90	85	76	494
5	08205	田从键	89	84	83	72	79	80	487
6	08215	李梦	88	79	85	76	84	75	487
7	08207	刘张博	86	80	90	85	71	70	482
9	08203	李丽萍	78	82	84	76	75	75	470
13	08214	张政英	78	69	81	76	79	71	454

Sheet1
Sheet2
Sheet3
就绪
计数: 9
100%

图 8-2-4

注意

若要退出工作表中的筛选状态，只需再次单击“筛选”按钮即可。

8.2.2 自定义筛选

当需要设置更多条件进行筛选时，可以通过“自定义自动筛选方式”对话框进行设置，从而得到更为准确的筛选结果。

自定义筛选，操作步骤如下：

(1) 打开“计算机应用2班成绩表”工作簿，选择表头所在的A1:I1单元格区域，选择“数据”选项卡，单击“排序和筛选”组中的“筛选”按钮，如图8–2–5所示。

	A	B	C	D	E	F	G	H	I
1	学号	姓名	计算机基础	微机原理	C语言	数据库	管理信息系统	专业英语	总分
2	08212	林青	86	91	87	78	84	92	518
3	08204	张之林	85	78	91	86	87	86	513
4	08201	李子谦	82	79	82	90	85	76	494
5	08205	田从键	89	84	83	72	79	80	487
6	08215	李梦	88	79	85	76	84	75	487
7	08207	刘张博	86	80	90	85	71	70	482
8	08202	王苗苗	78	85	67	80	78	85	473
9	08203	李丽萍	78	82	84	76	75	75	470
10	08208	高南南	84	79	67	81	78	80	469
11	08206	王思琴	87	76	74	71	70	80	458
12	08211	张卓琪	80	85	72	81	68	70	456
13	08214	张政英	78	69	81	76	79	71	454
14	08213	王德声	84	63	75	76	81	72	451
15	08209	陈美华	87	68	74	76	74	71	450
16	08210	赵雷	75	67	70	62	70	65	409

图8–2–5

(2) 单击“总分”右侧的下拉按钮▼，在弹出的下拉列表中选择“数字筛选/大于或等于”命令，如图8–2–6所示。

	A	B	C	D	E	F
1	学号	姓名	计算机基	微机原	C语	数据库
2	08212	林青	86	91	87	78
3	08204	张之林	85	78	91	86
4	08201	李子谦	82	79	82	90
5	08205	田从键	89	84	83	72
6	08215	李梦	88	79	85	76
7	08207	刘张博	86	80	90	85
8	08202	王苗苗	78	85	67	80
9	08203	李丽萍	78	82	84	76
10	08208	高南南	84	79	67	81
11	08206	王思琴	87	76	74	71
12	08211	张卓琪	80	85	72	81
13	08214	张政英	78	69	81	76
14	08213	王德声	84	63	75	76
15	08209	陈美华	87	68	74	76
16	08210	赵雷	75	67	70	62

图8–2–6

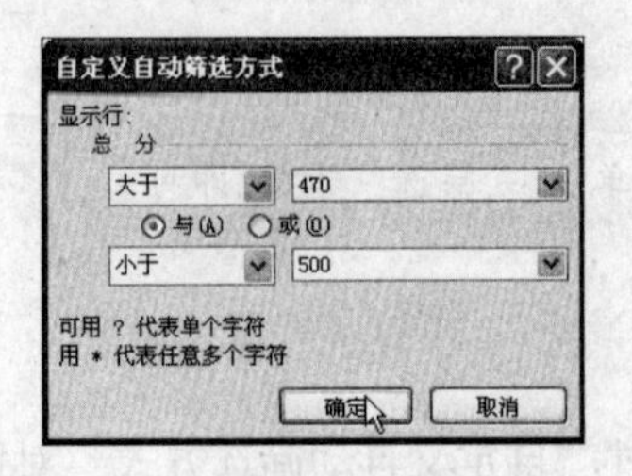

图 8-2-7

(3) 打开“自定义自动筛选方式”对话框，在“总分”栏下的第一个下拉列表框中选择“大于”选项，在其右侧的文本框中输入“470”，选择“与”单选按钮，在“与”单选按钮下的第一个下拉列表框中选择“小于”选项，在其右侧的文本框中输入“500”，单击“确定”按钮，如图 8-2-7 所示。

(4) 此时筛选出总分在 470 到 500 分之间的记录，如图 8-2-8 所示。

	A	B	C	D	E	F	G	H	I
1	学 号	姓 名	计算机基	微机原	C语 言	数 据 库	管理信息系	专业英	总 分
4	08201	李子谦	82	79	82	90	85	76	494
5	08205	田从键	89	84	83	72	79	80	487
6	08215	李 梦	88	79	85	76	84	75	487
7	08207	刘张博	86	80	90	85	71	70	482
8	08202	王苗苗	78	85	67	80	78	85	473
17									

图 8-2-8

注意

在“自定义自动筛选方式”对话框中输入筛选条件时，可以使用“?”代表单个的任意字符，用“*”代表任意多个字符。

8.2.3 高级筛选

高级筛选是通过已经设置好的条件来对工作表中的数据进行筛选。高级筛选需要在工作表中无数据的地方指定一个区域用于存放筛选条件，这个区域就是条件区域。

高级筛选，操作步骤如下：

(1) 打开“计算机应用 2 班成绩表”工作簿，在空白单元格中建立条件区域，并输入筛选条件，如图 8-2-9 所示。

	A	B	C	D	E	F	G	H	I	J	K
1	学 号	姓 名	计算机基础	微机原理	C语 言	数 据 库	管理信息系统	专业英语	总 分		
2	08212	林 青	86	91	87	78	84	92	518		
3	08204	张之林	85	78	91	86	87	86	513		
4	08201	李子谦	82	79	82	90	85	76	494		
5	08205	田从键	89	84	83	72	79	80	487		
6	08215	李 梦	88	79	85	76	84	75	487	数 据 库	专业英语
7	08207	刘张博	86	80	90	85	71	70	482	>85	>85
8	08202	王苗苗	78	85	67	80	78	85	473		
9	08203	李丽萍	78	82	84	76	75	75	470		
10	08208	高南南	84	79	67	81	78	80	469		
11	08206	王思琴	87	76	74	71	70	80	458		
12	08211	张卓琪	80	85	72	81	68	70	456		
13	08214	张政英	78	69	81	76	79	71	454		
14	08213	王德声	84	63	75	76	81	72	451		
15	08209	陈美华	87	68	74	76	74	71	450		
16	08210	赵 雷	75	67	70	62	70	65	409		
17											

图 8-2-9

（2）选择“数据”选项卡，单击“排序和筛选”组中的“高级”按钮，如图 8–2–10 所示。

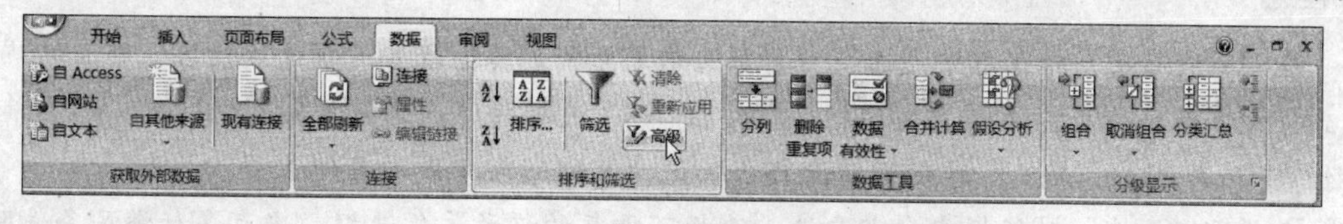

图 8–2–10

（3）打开“高级筛选”对话框，在“方式”栏下选中“在原有区域显示筛选结果”单选按钮，在“列表区域”文本框中默认选择 A1:I16 单元格区域为筛选区域，单击“条件区域”文本框中的按钮，如图 8–2–11 所示，缩小“高级筛选”对话框。

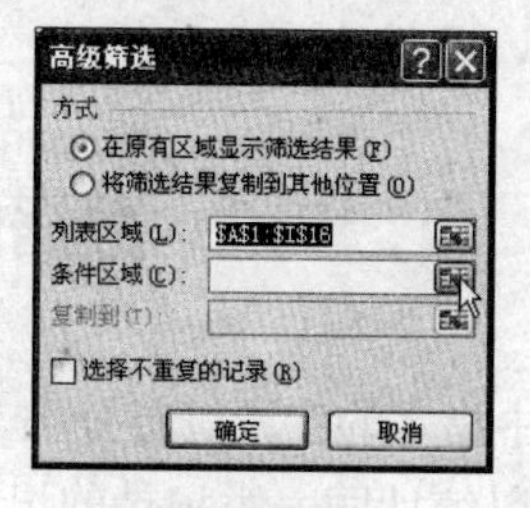

图 8–2–11

（4）选择前面建立的条件区域 J6:K7，单击按钮，如图 8–2–12 所示。还原“高级筛选”对话框。

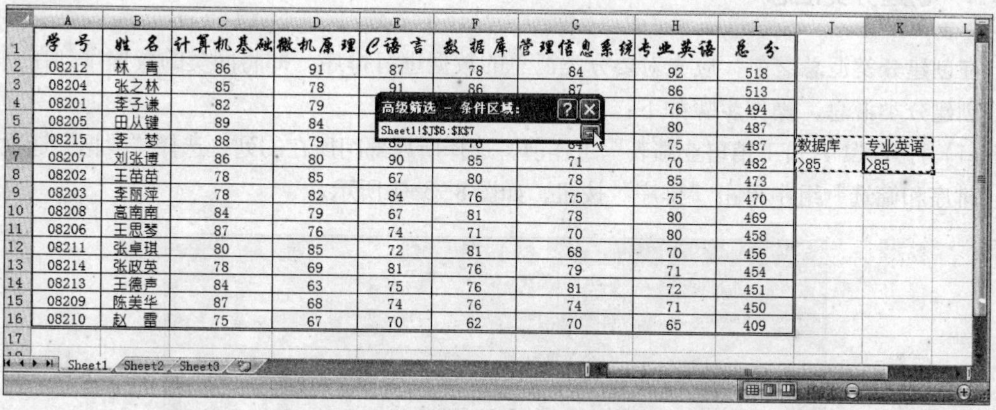

	A	B	C	D	E	F	G	H	I	J	K
1	学　号	姓　名	计算机基础	微机原理	C语言	数据库	管理信息系统	专业英语	总　分		
2	08212	林　青	86	91	87	78	84	92	518		
3	08204	张之林	85	78	91	86	87	86	513		
4	08201	李子谦	82	79	[illegible]	[illegible]	[illegible]	76	494		
5	08205	田从键	89	84	[illegible]	[illegible]	[illegible]	80	487		
6	08215	李　梦	88	79	[illegible]	[illegible]	[illegible]	75	487	数据库	专业英语
7	08207	刘张博	86	80	90	85	71	70	482	>85	>85
8	08202	王苗苗	78	85	67	80	78	85	473		
9	08203	李丽萍	78	82	84	76	75	75	470		
10	08208	高南南	84	79	67	81	78	80	469		
11	08206	王思琴	87	76	74	71	70	80	458		
12	08211	张卓琪	80	85	72	81	68	70	456		
13	08214	张政英	78	69	81	76	79	71	454		
14	08213	王德声	84	63	75	76	81	72	451		
15	08209	陈美华	87	68	74	76	74	71	450		
16	08210	赵　雷	75	67	70	62	70	65	409		

高级筛选 – 条件区域:
Sheet1!$J$6:$K$7

图 8–2–12

（5）在“高级筛选”对话框中单击“确定”按钮，如图 8–2–13 所示。

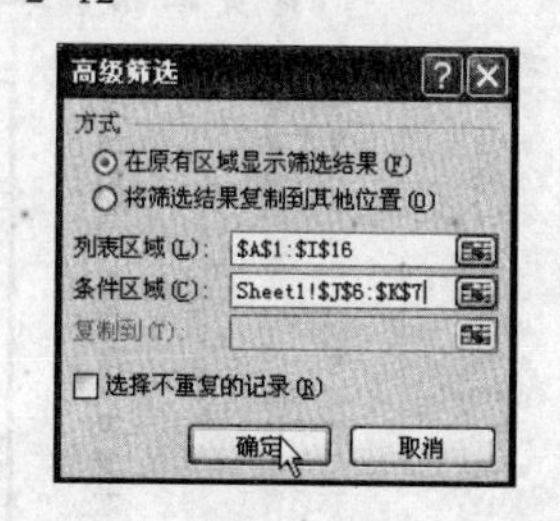

图 8–2–13

（6）此时工作表中显示出数据库成绩大于 85 且专业英语成绩大于 85 的所有学生记录，如图 8–2–14 所示。

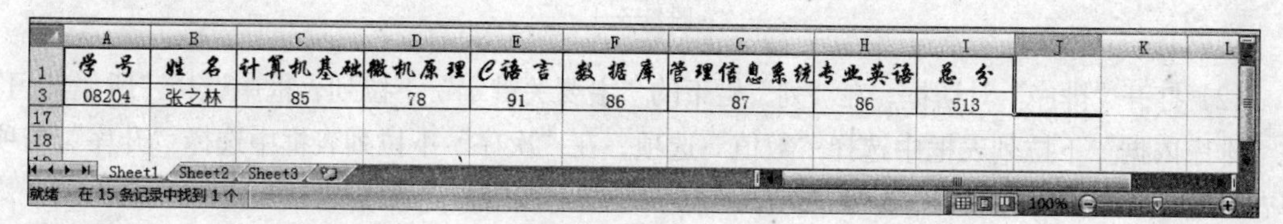

	A	B	C	D	E	F	G	H	I
1	学　号	姓　名	计算机基础	微机原理	C语言	数据库	管理信息系统	专业英语	总　分
3	08204	张之林	85	78	91	86	87	86	513

就绪　在 15 条记录中找到 1 个

图 8–2–14

注意

在“高级筛选”对话框中，选择“将筛选结果复制到其他位置”单选按钮后，下面的“复制到”文本框被激活，单击该文本框后的按钮，选择将筛选结果复制到的位置，然后单击按钮，再单击“确定”按钮可将选择出的记录复制到表格中的其他位置。

在“高级筛选”对话框中，若勾选“选择不重复的记录”复选框，当有多行满足条件时，只显示或复制惟一的行，而排除重复的行。

8.3 数据的分类汇总

分类汇总对数据库中指定的字段进行分类，然后统计同一类记录的有关信息。统计的内容可以由用户指定，也可以统计同一类记录的记录条数，还可以对某些数值段求和、求平均值、求极值等。

8.3.1 创建分类汇总

在创建分类汇总之前，应先对要分类汇总的数据进行排序，即将同类的数据排列在一起。

创建分类汇总，操作步骤如下：

(1) 打开“1月员工销售业绩表”工作薄，选择所属部门所在的列，选择“数据”选项卡，在“排序和筛选”组中单击“排序”按钮，如图8-3-1所示。

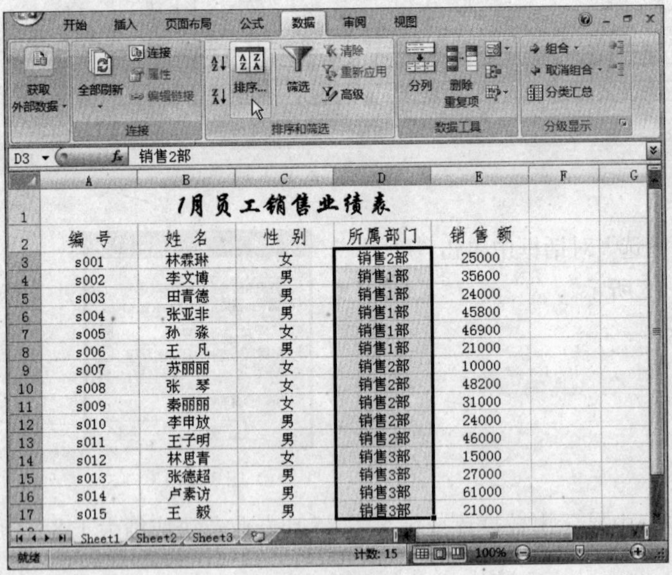

图8-3-1

(2) 打开“排序”对话框，在“列”栏下的“主要关键字”下拉列表框中选择“所属部门”，在“排序依据”下拉列表框中选择“数值”选项，在“次序”下拉列表框中选择“升序”选项，单击“确定”按钮，如图8-3-2所示。

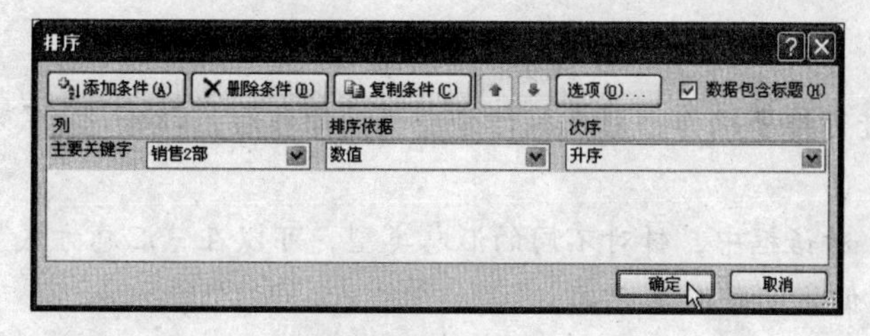

图 8–3–2

（3）此时工作表按“所属部门”排序，结果如图 8–3–3 所示。

1月员工销售业绩表				
编　号	姓　名	性　别	所属部门	销售额
s003	田青德	男	销售1部	24000
s006	王　凡	男	销售1部	21000
s008	张　琴	女	销售1部	48200
s012	林思青	女	销售1部	15000
s014	卢素访	男	销售1部	61000
s001	林霖琳	女	销售2部	25000
s004	张亚非	男	销售2部	45800
s005	孙　淼	女	销售2部	46900
s009	秦丽丽	女	销售2部	31000
s011	王子明	男	销售2部	46000
s015	王　毅	男	销售2部	21000
s002	李文博	男	销售3部	35600
s007	苏丽丽	女	销售3部	10000
s010	李申放	男	销售3部	24000
s013	张德超	男	销售3部	27000

图 8–3–3

（4）选择“数据”选项卡，单击“分级显示”组中的“分类汇总”按钮，打开“分类汇总”对话框，在“分类字段”下拉列表框中选择“所属部门”选项，在“汇总方式”下拉列表框中选择“求和”选项，在“选定汇总项”列表框中勾选“销售额”复选框，单击“确定”按钮，如图 8–3–4 所示。

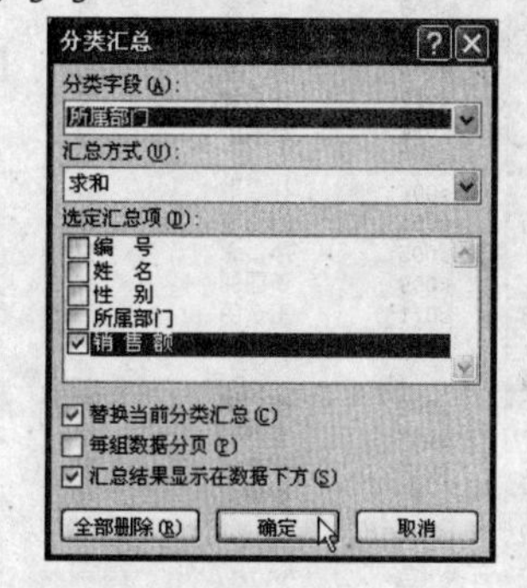

图 8–3–4

（5）此时得到各所属部门的销售额汇总数据，如图 8–3–5 所示。

1月员工销售业绩表				
编　号	姓　名	性　别	所属部门	销售额
s003	田青德	男	销售1部	24000
s006	王　凡	男	销售1部	21000
s008	张　琴	女	销售1部	48200
s012	林思青	女	销售1部	15000
s014	卢素访	男	销售1部	61000
			销售1部 汇总	169200
s001	林霖琳	女	销售2部	25000
s004	张亚非	男	销售2部	45800
s005	孙　淼	女	销售2部	46900
s009	秦丽丽	女	销售2部	31000
s011	王子明	男	销售2部	46000
s015	王　毅	男	销售2部	21000
			销售2部 汇总	215700
s002	李文博	男	销售3部	35600
s007	苏丽丽	女	销售3部	10000
s010	李申放	男	销售3部	24000
s013	张德超	男	销售3部	27000
			销售3部 汇总	96600
			总计	481500

图 8–3–5

注意

若不先对数据进行排序操作，则在执行分类汇总操作后，Excel 2007 只会对连续相同的数据进行汇总。

在“分类汇总”对话框中，针对不同的汇总类型，可以在“汇总方式”下拉列表框中选择“平均值”和“标准偏差”等汇总方式。

在“分类汇总”对话框中，勾选“每组数据分页”复选框，则将得到分页显示的分类汇总结果。

8.3.2 显示或隐藏分类汇总

为了方便查看数据，可将分类汇总后暂时不需要使用的数据隐藏起来，减少界面的占用空间。当需要查看隐藏的数据时，可再将其显示。

隐藏及显示分类汇总，操作步骤如下：

(1) 打开“1月员工销售业绩表”工作薄，单击“销售2部 汇总”左侧的“折叠”按钮[-]，如图 8-3-6 所示。

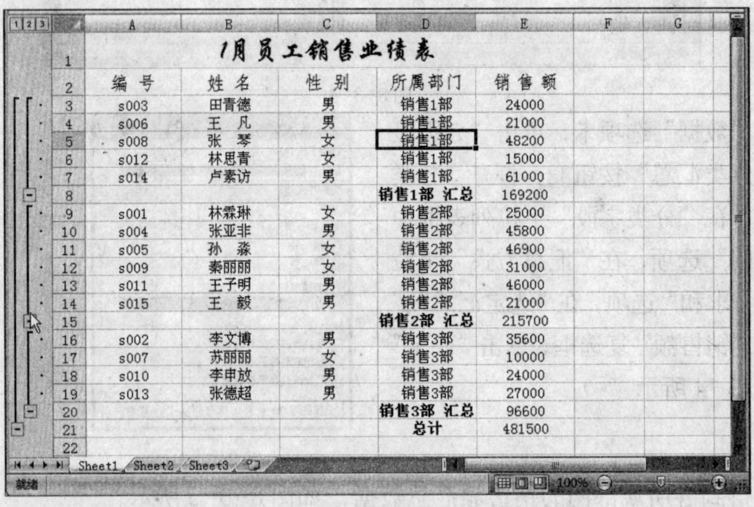

1月员工销售业绩表

	A	B	C	D	E
2	编 号	姓 名	性 别	所属部门	销 售 额
3	s003	田青德	男	销售1部	24000
4	s006	王 凡	男	销售1部	21000
5	s008	张 琴	女	销售1部	48200
6	s012	林思青	女	销售1部	15000
7	s014	卢素访	男	销售1部	61000
8				销售1部 汇总	169200
9	s001	林霖琳	女	销售2部	25000
10	s004	张亚非	男	销售2部	45800
11	s005	孙 淼	女	销售2部	46900
12	s009	秦丽丽	女	销售2部	31000
13	s011	王子明	男	销售2部	46000
14	s015	王 毅	男	销售2部	21000
15				销售2部 汇总	215700
16	s002	李文博	男	销售3部	35600
17	s007	苏丽丽	女	销售3部	10000
18	s010	李申放	男	销售3部	24000
19	s013	张德超	男	销售3部	27000
20				销售3部 汇总	96600
21				总计	481500

Sheet1 Sheet2 Sheet3 就绪 100%

图 8-3-6

(2) 此时隐藏“销售2部”的详细数据，只显示其汇总结果，如图 8-3-7 所示。

1月员工销售业绩表

	A	B	C	D	E
2	编 号	姓 名	性 别	所属部门	销 售 额
3	s003	田青德	男	销售1部	24000
4	s006	王 凡	男	销售1部	21000
5	s008	张 琴	女	销售1部	48200
6	s012	林思青	女	销售1部	15000
7	s014	卢素访	男	销售1部	61000
8				销售1部 汇总	169200
15				销售2部 汇总	215700
16	s002	李文博	男	销售3部	35600
17	s007	苏丽丽	女	销售3部	10000
18	s010	李申放	男	销售3部	24000
19	s013	张德超	男	销售3部	27000
20				销售3部 汇总	96600
21				总计	481500

Sheet1 Sheet2 Sheet3 就绪 100%

图 8-3-7

（3）用同样的方法可以隐藏销售1部和销售3部的详细数据，完成后如图8–3–8所示。

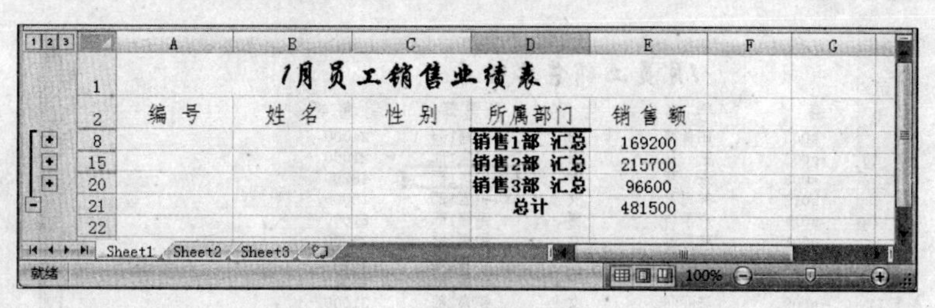

	A	B	C	D	E	F	G
1	1月员工销售业绩表						
2	编 号	姓 名	性 别	所属部门	销售额		
8				销售1部 汇总	169200		
15				销售2部 汇总	215700		
20				销售3部 汇总	96600		
21				总计	481500		
22							

图8–3–8

（4）单击各所属部门左侧的“展开”按钮[+]，即可显示所隐藏的详细数据，如图8–3–9所示。

	A	B	C	D	E	F	G
1	1月员工销售业绩表						
2	编 号	姓 名	性 别	所属部门	销售额		
8				销售1部 汇总	169200		
9	s001	林霖琳	女	销售2部	25000		
10	s004	张亚非	男	销售2部	45800		
11	s005	孙 淼	女	销售2部	46900		
12	s009	秦丽丽	女	销售2部	31000		
13	s011	王子明	男	销售2部	46000		
14	s015	王 毅	男	销售2部	21000		
15				销售2部 汇总	215700		
20				销售3部 汇总	96600		
21				总计	481500		
22							

图8–3–9

8.3.3　删除分类汇总

查看完分类汇总的数据后，有时需要删除分类汇总，使表格还原至以前的状态。

删除分类汇总，操作步骤如下：

（1）打开“1月员工销售业绩表”工作薄，选择“数据”选项卡，在“分级显示”组中单击“分类汇总”按钮，如图8–3–10所示。

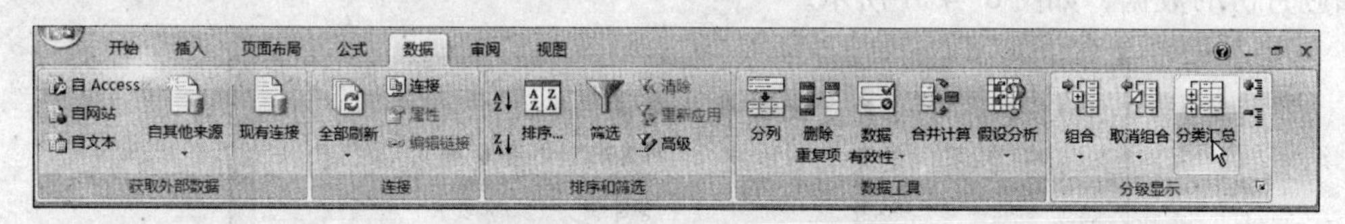

图8–3–10

（2）在打开的“分类汇总”对话框中单击“全部删除”按钮，如图8–3–11所示。

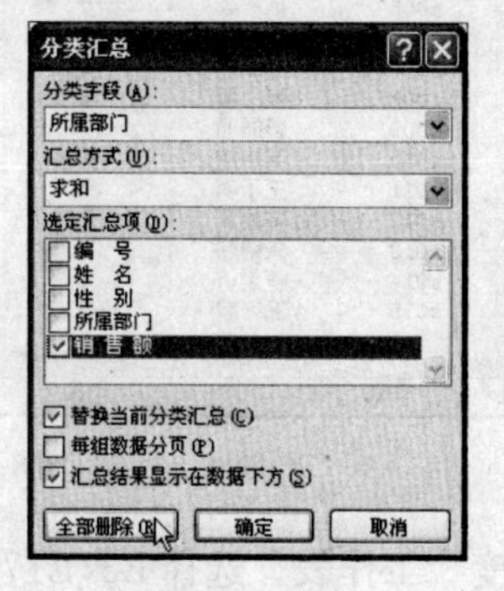

图8–3–11

(3) 此时工作表还原到以前的状态，如图 8-3-12 所示。

	A	B	C	D	E	F	G	H
1	1月员工销售业绩表							
2	编 号	姓 名	性 别	所属部门	销 售 额			
3	s003	田青德	男	销售1部	24000			
4	s006	王 凡	男	销售1部	21000			
5	s008	张 琴	女	销售1部	48200			
6	s012	林思青	女	销售1部	15000			
7	s014	卢素访	男	销售1部	61000			
8	s001	林霖琳	女	销售2部	25000			
9	s004	张亚非	男	销售2部	45800			
10	s005	孙 淼	女	销售2部	46900			
11	s009	秦丽丽	女	销售2部	31000			
12	s011	王子明	男	销售2部	46000			
13	s015	王 毅	男	销售2部	21000			
14	s002	李文博	男	销售3部	35600			
15	s007	苏丽丽	女	销售3部	10000			
16	s010	李申放	男	销售3部	24000			
17	s013	张德超	男	销售3部	27000			

Sheet1 Sheet2 Sheet3 就绪 100%

图 8-3-12

8.4 合并计算

通过合并计算，可以对来自一张或多张工作表中的数据进行汇总，并建立合并计算表，存放合并计算结果的工作表称为“目标工作表”，接收合并数据并参与合并计算的区域称为“源区域”，合并计算的方法有两种：即按位置合并计算和按分类合并计算。

8.4.1 按位置合并计算

按位置合并计算数据时，要求在所有源区域中的数据被同样排列，也就是每一个工作表中的记录名称和字段名称均在相同的位置上。

按位置合并计算，操作步骤如下：

(1) 打开“1 季度员工销售业绩表”工作簿，在“1 月”、“2 月”和“3 月”工作表中已输入相应月份的数据，如图 8-4-1 所示。

	A	B	C	D	E	F	G
1	2月员工销售业绩表						
2	编 号	姓 名	性 别	所属部门	销 售 额		
3	s001	林霖琳	女	销售2部	18000		
4	s002	李文博	男	销售3部	25000		
5	s003	田青德	男	销售1部	25000		
6	s004	张亚非	男	销售2部	18000		
7	s005	孙 淼	女	销售2部	38000		
8	s006	王 凡	男	销售1部	21000		
9	s007	苏丽丽	女	销售3部	19000		
10	s008	张 琴	女	销售1部	38000		
11	s009	秦丽丽	女	销售2部	15000		
12	s010	李申放	男	销售3部	25000		
13	s011	王子明	男	销售2部	24000		
14	s012	林思青	女	销售1部	15000		
15	s013	张德超	男	销售3部	27000		
16	s014	卢素访	男	销售1部	38000		
17	s015	王 毅	男	销售2部	19000		
18							

1月 2月 3月 1季度 就绪 100%

图 8-4-1

(2) 选择“1 季度”工作表，选择 E3:E17 单元格区域为目标区域，如图 8-4-2 所示。

	A	B	C	D	E	F	G
1	1季度员工销售业绩表						
2	编 号	姓 名	性 别	所属部门	销 售 额		
3	s001	林霖琳	女	销售2部			
4	s002	李文博	男	销售3部			
5	s003	田青德	男	销售1部			
6	s004	张亚非	男	销售2部			
7	s005	孙 淼	女	销售2部			
8	s006	王 凡	男	销售1部			
9	s007	苏丽丽	女	销售3部			
10	s008	张 琴	女	销售1部			
11	s009	秦丽丽	女	销售2部			
12	s010	李申放	男	销售3部			
13	s011	王子明	男	销售2部			
14	s012	林思青	女	销售1部			
15	s013	张德超	男	销售3部			
16	s014	卢素访	男	销售1部			
17	s015	王 毅	男	销售2部			
18							

图 8-4-2

(3) 选择“数据”选项卡，单击“数据工具”组中的“合并计算”按钮，如图 8-4-3 所示。

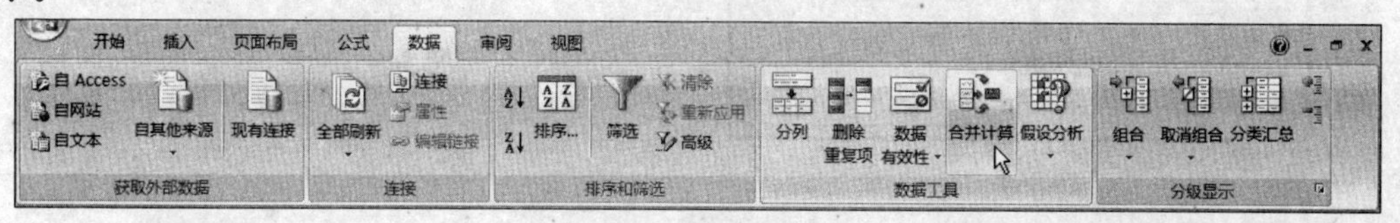

图 8-4-3

(4) 打开“合并计算”对话框，在“函数”下拉列表框中选择“求和”函数，单击“引用位置”文本框后的按钮，如图 8-4-4 所示。

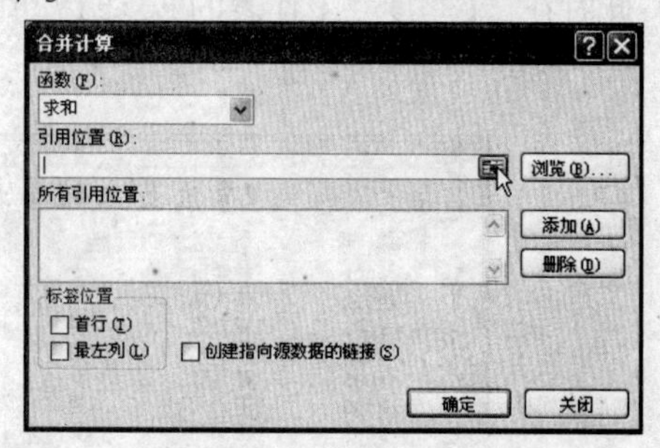

图 8-4-4

(5) 选择“1 月”工作表，选择 E3:E17 单元格区域，单击按钮还原对话框，如图 8-4-5 所示。

合并计算 - 引用位置:

'1月'!$E$3:$E$17

	A	B	C	D	E
1	1月员工销售业绩表				
2	编 号	姓 名	性 别	所属部门	销 售 额
3	s001	林霖琳	女	销售2部	25000
4	s002	李文博	男	销售3部	35600
5	s003	田青德	男	销售1部	24000
6	s004	张亚非	男	销售2部	45800
7	s005	孙 淼	女	销售2部	46900
8	s006	王 凡	男	销售1部	21000
9	s007	苏丽丽	女	销售3部	10000
10	s008	张 琴	女	销售1部	48200
11	s009	秦丽丽	女	销售2部	31000
12	s010	李申放	男	销售3部	24000
13	s011	王子明	男	销售2部	46000
14	s012	林思青	女	销售1部	15000
15	s013	张德超	男	销售3部	27000
16	s014	卢素访	男	销售1部	61000
17	s015	王 毅	男	销售2部	21000
18					

1月 2月 3月 1季度

图 8-4-5

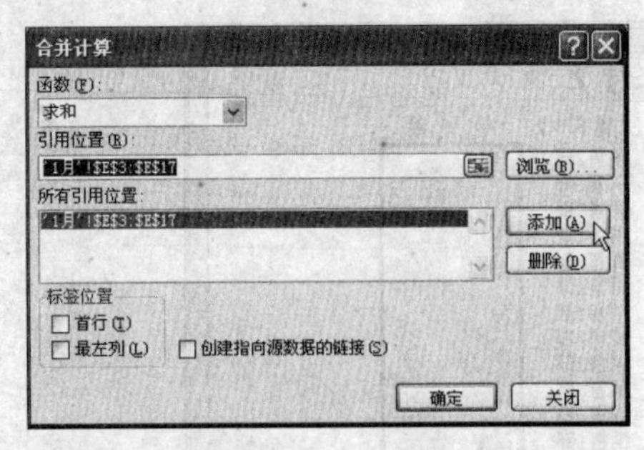

图 8-4-6

(6) 在“合并计算”对话框中单击“添加”按钮，此时选择的区域被添加到了“所有引用位置”列表框中，如图 8-4-6 所示。

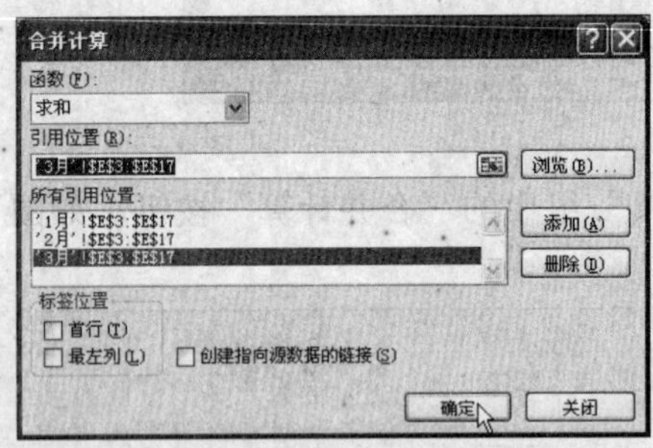

图 8-4-7

(7) 用同样的方法分别将“2 月”和“3 月”工作表的 E3:E17 单元格区域添加到“所有引用位置”列表框中，单击“确定”按钮，如图 8-4-7 所示。

(8) 此时在“1 季度”工作表的 E3:E17 单元格区域中将显示合并计算的结果，如图 8-4-8 所示。

	A	B	C	D	E
1	1季度员工销售业绩表				
2	编 号	姓 名	性 别	所属部门	销售额
3	s001	林霖琳	女	销售2部	68000
4	s002	李文博	男	销售3部	89600
5	s003	田青德	男	销售1部	68000
6	s004	张亚非	男	销售2部	90800
7	s005	孙 淼	女	销售2部	113900
8	s006	王 凡	男	销售1部	61000
9	s007	苏丽丽	女	销售3部	58000
10	s008	张 琴	女	销售1部	124200
11	s009	秦丽丽	女	销售2部	65000
12	s010	李申放	男	销售3部	74000
13	s011	王子明	男	销售2部	97000
14	s012	林思青	女	销售1部	48000
15	s013	张德超	男	销售3部	92000
16	s014	卢素访	男	销售1部	131000
17	s015	王 毅	男	销售2部	67000

1月 2月 3月 1季度

就绪 平均值: 83166.66667 计数: 15 求和: 1247500 100%

图 8-4-8

注意

在“合并计算”对话框的“函数”下拉列表框中可以选择“求和”、“最大值”、“最小值”和“乘积”等函数作为合并计算的函数。

在“合并计算”对话框的“所有引用位置”列表框中选择某项后，单击“删除”按钮可以删除该选项。

8.4.2　按分类合并计算

如果各月份公司所属员工姓名不尽相同，所放位置也不一定相同时，同样可以使用合并计算功能来完成汇总工作，但此时不能使用前面介绍的按位置合并计算，而应使用按分类合并计算数据。

按分类合并计算，操作步骤如下：

(1) 打开“1季度销售表”工作簿，选择“1季度”工作表，选择A2单元格，将其作为目标区域的起始单元格，如图8-4-9所示。

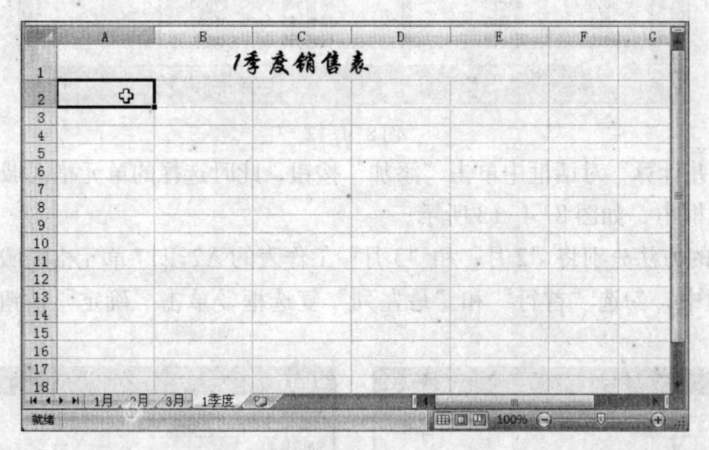

图8-4-9

(2) 选择“数据”选项卡，单击“数据工具”组中的“合并计算”按钮，如图8-4-10所示。

图8-4-10

(3) 打开“合并计算”对话框，在“函数”下拉列表框中选择“求和”函数，单击“引用位置”文本框后的按钮，如图8-4-11所示。

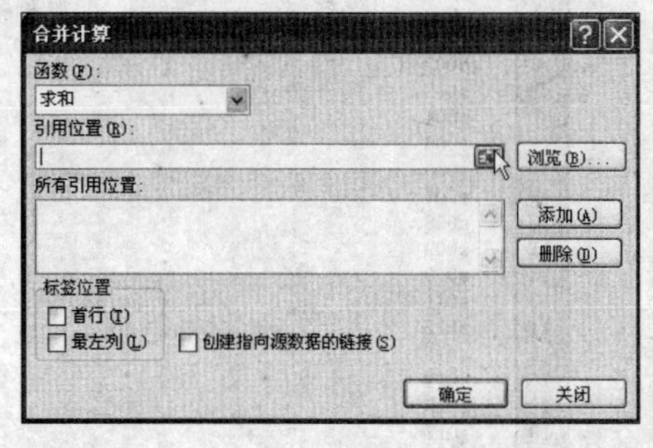

图8-4-11

(4) 选择“1月”工作表，选择A2:E17单元格区域，单击按钮还原对话框，如图8-4-12所示。

编 号	姓 名	性 别	所属部门	销售额
s001	林霖琳	女	销售2部	25000
s002	李文博	男	销售3部	35600
s003	田青德	男	销售1部	24000
s004	张亚非	男	销售2部	45800
s005	孙 淼	女	销售2部	46900
s006	王 凡	男	销售1部	21000
s007	苏丽丽	女	销售3部	10000
s008	张 琴	女	销售1部	48200
s009	秦丽丽	女	销售2部	31000
s010	李申放	男	销售3部	24000
s011	王子明	男	销售2部	46000
s012	林思青	女	销售1部	15000
s013	张德超	男	销售3部	27000
s014	卢素访	男	销售1部	61000
s015	王 毅	男	销售2部	21000

图 8–4–12

（5）在“合并计算”对话框中单击“添加”按钮，此时选择的单元格区域被添加到“所有引用位置”列表框中，如图 8–4–13 所示。

（6）用同样的方法分别将“2 月”和“3 月”工作表的 A2:E17 单元格区域添加到“所有引用位置”列表框中，勾选“首行”和“最左列”复选框，单击“确定”按钮，如图 8–4–14 所示。

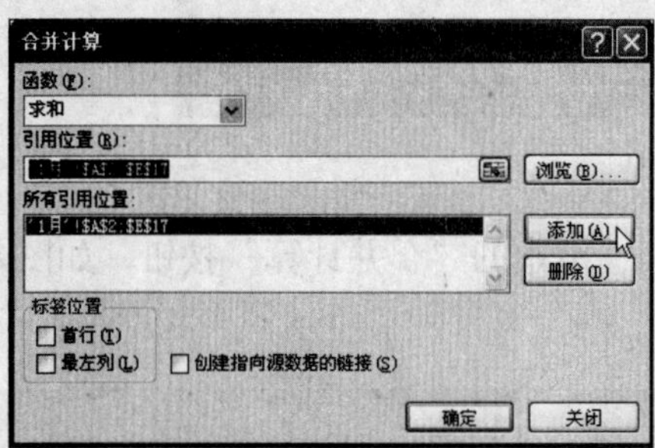

图 8–4–13

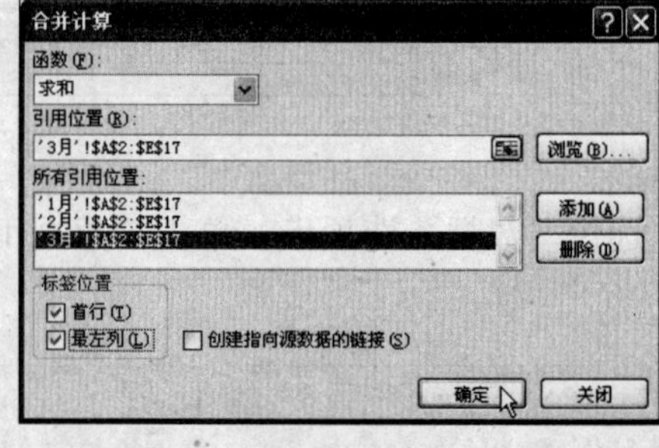

图 8–4–14

（7）此时在“1 季度”工作表的单元格区域将显示合并计算后的结果，如图 8–4–15 所示。

1季度销售表

	姓 名	性 别	所属部门	销售额
s001				61000
s002				85600
s003				74000
s004				81800
s005				122900
s006				21000
s007				48000
s008				124200
s009				61000
s010				24000
s011				70000
s012				15000
s013				81000
s014				137000
s015				21000
s017				17000
s018				54000
s019				36000
s021				36000
s028				41000
s025				24000

1月 2月 3月 1季度

就绪 平均值: 58833.33333 计数: 46 求和: 1235500 100%

图 8–4–15

(8) 在B、C、D列单元格区域内输入相应的数据，完成后如图8-4-16所示。

1季度销售表

编 号	姓 名	性 别	所属部门	销 售 额
s001	林霖琳	女	销售2部	61000
s002	李文博	男	销售3部	85600
s003	田青德	男	销售1部	74000
s004	张亚非	男	销售2部	81800
s005	孙　淼	女	销售2部	122900
s006	王　凡	男	销售1部	21000
s007	苏丽丽	女	销售3部	48000
s008	张　琴	女	销售1部	124200
s009	秦丽丽	女	销售2部	61000
s010	李申放	男	销售3部	24000
s011	王子明	男	销售2部	70000
s012	林思青	女	销售1部	15000
s013	张德超	男	销售3部	81000
s014	卢素访	男	销售1部	137000
s015	王　毅	男	销售2部	21000
s017	刘　超	男	销售2部	17000
s018	梁王超	男	销售1部	54000
s019	凌子强	男	销售1部	36000
s021	王梅勤	女	销售3部	36000
s028	王　毅	男	销售2部	41000
s025	孟芳芳	女	销售2部	24000

1月　2月　3月　1季度

就绪　100%

图8-4-16

注意

按类合并计算数据时，必须包含行或列标志。若分类标志在顶端，应在“合并计算”对话框中勾选“首行”复选框；若分类标志在最左列，则应勾选“最左列”复选框，也可以同时勾选两个复选框。此外，标志还要注意区分大小写，如果分别以大小写输入同样的拼写，将被系统视为不同的标准。

8.5 小　结

本章主要介绍了Excel分析和管理数据的功能，其中对数据进行排序、筛选和分类汇总是管理表格常用的操作。通过本章的学习，读者应能掌握数据管理的基本方法和技巧，轻松地管理表格中的数据。

8.6 练　习

填空题

(1) 排序有3种方式：______、______、______。

(2) 在进行升序排序时，当需要排序的对象是数字时就从最小的负数到最大的正数进行排序；若是字母则按______的顺序进行排序；若为逻辑值则FLASE排在TRUE______；若是空格则排在______。

(3) 筛选有3种方式：______、______、______。

(4) 在“分类汇总”对话框中勾选______复选框，则将得到分页显示的分类汇总结果。

(5) 按位置合并计算数据时，要求______，也就是每一个工作表中的记录名称和字段名称均在相同的位置上。

简答题

(1) 如何进行排序操作？

(2) 如何进行筛选操作？

(3) 合并计算的方法有哪两种？它们各自有什么特点？

上机练习

(1) 打开“计算机应用2班成绩表”工作簿，如图8-6-1所示。

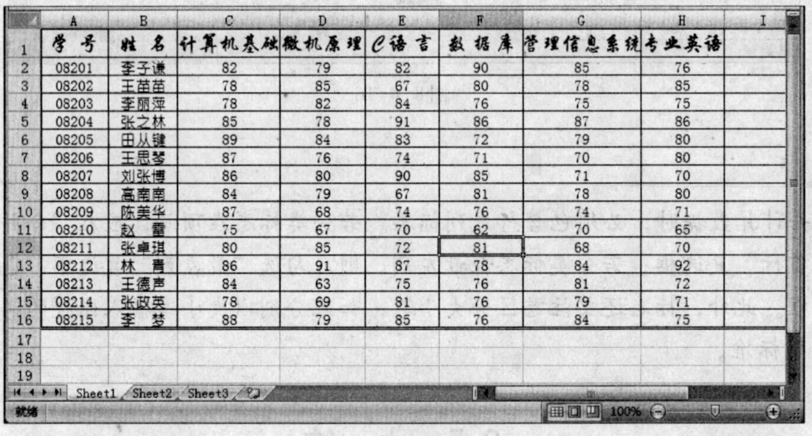

学　号	姓　名	计算机基础	微机原理	C语言	数据库	管理信息系统	专业英语
08201	李子谦	82	79	82	90	85	76
08202	王苗苗	78	85	67	80	78	85
08203	李丽萍	78	82	84	76	75	75
08204	张之林	85	78	91	86	87	86
08205	田从键	89	84	83	72	79	80
08206	王思琴	87	76	74	71	70	80
08207	刘张博	86	80	90	85	71	70
08208	高南南	84	79	67	81	78	80
08209	陈美华	87	68	74	76	74	71
08210	赵　雷	75	67	70	62	70	65
08211	张卓琪	80	85	72	81	68	70
08212	林　青	86	91	87	78	84	92
08213	王德声	84	63	75	76	81	72
08214	张政英	78	69	81	76	79	71
08215	李　梦	88	79	85	76	84	75

图8-6-1

(2) 按“数据库”成绩从高到低进行排序，若数据库成绩相同时，再以专业英语成绩进行降序排序。

(3) 筛选出“管理信息系统”成绩在80分到90分之间的所有记录。

(4) 通过高级筛选功能筛选出“管理信息系统”成绩大于80分，并且“专业英语”成绩大于80分的记录。

第9章　图 表 制 作

通过本章，你应当学会：

(1) 使用图表。

(2) 编辑图表。

(3) 应用趋势线和误差线。

如果用户觉得表格不能很好地表现出数据的变化情况，可以使用Excel的图表功能将表格中的数据转化成图表，通过图表可以直观地反映表格中各项数据的大小和变化，且可以方便地对数据进行对比和分析。

9.1 使 用 图 表

用图表可直观地表现抽象的数据，将表格的数据与图形联系起来，图表中的图形不仅可以表现表格中的数据，还便于用户了解数据的大小和变化情况，以便分析数据。

9.1.1 创建图表

Excel可以根据表格中的数据创建各种类型的图表，通过图表直观地反映表格中的各项数据。

创建图表，操作步骤如下：

(1) 打开“锐音公司2007年上半年MP3销售统计表”工作簿，选择需创建图表的单元格区域A2:H8，如图9-1-1所示。

锐音公司2007年上半年MP3销售统计表

月份 / 商品	一月	二月	三月	四月	五月	六月
iRiver 380T	30	20	35	40	45	41
iRiver 195TC	25	18	24	30	36	38
MSC DM-MT128	25	18	28	30	35	32
MSC DM-P128	20	22	28	18	18	12
松下 SV-SD01	15	10	18	24	25	20
松下 SV-SD50	12	15	15	20	18	15

Sheet1　Sheet2　Sheet3

就绪　平均值: 24.30555556　计数: 50　求和: 875　100%

图9-1-1

(2) 选择“插入”选项卡，在“图表”组中单击“柱形图”按钮，在弹出的菜单中选择二维柱形图下的“簇状柱形图”，如图9-1-2所示。

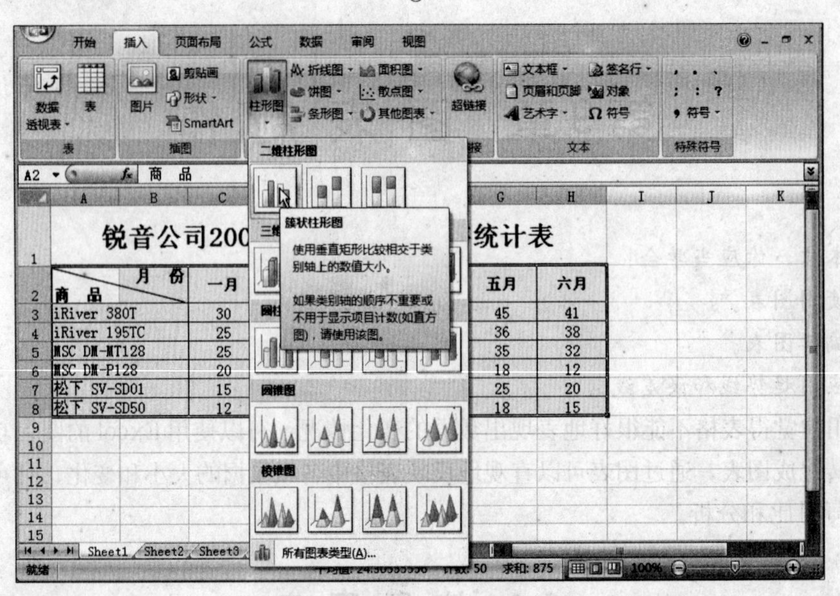

图 9-1-2

(3) 此时在工作表中插入“柱形图”图表，如图 9-1-3 所示。

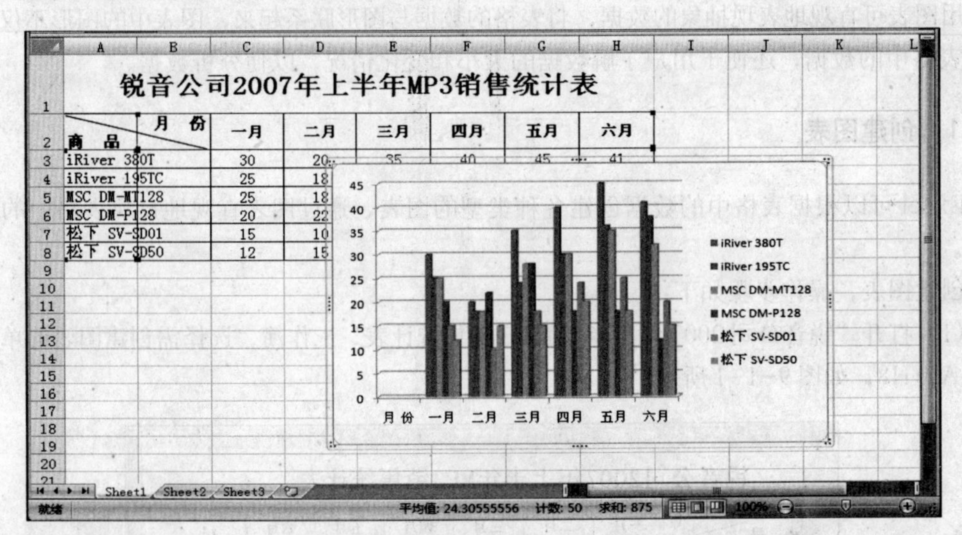

图 9-1-3

注意

选择“插入”选项卡，单击“图表”组右下角的“对话框启动器”图标，在打开的“插入图表”对话框中选择要插入的图表类型，单击“确定”按钮也可创建图表。

9.1.2 认识“图表工具”选项卡

在工作表中创建图表后，选择创建的图表，可以调出“图表工具”选项卡，包括“设计”、“布局”和“格式”3 个子选项卡，通过它们可以方便地编辑图表，如图 9-1-4 所示。

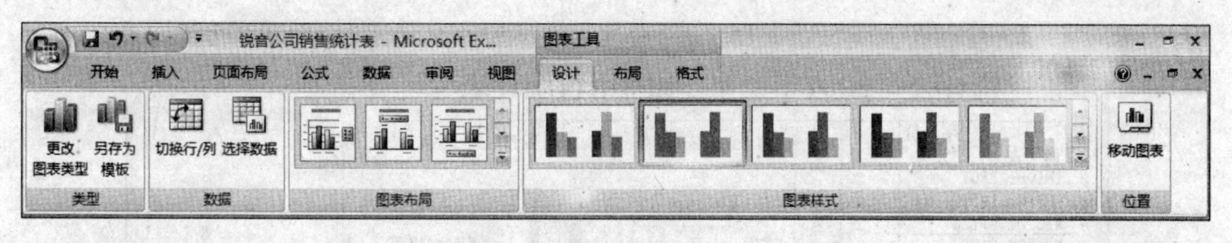

图9-1-4

9.2 编辑图表

创建好图表后，根据需要可以对创建的图表进行编辑，即对图表的大小和位置进行调整、添加和修改图表标题、修改图表类型、设置坐标轴和网格线、设置三维格式和背景墙等。

9.2.1 调整图表大小

通过拖动图表控制点的方法可以将图表调整到适当的大小。

调整图表大小，操作步骤如下：

(1) 打开“锐音公司2007年上半年MP3销售统计表”工作簿，在图表空白区域单击鼠标选择图表，将鼠标指针移到右下角的控制点上，当其变成↘形状时，按住鼠标左键不放进行拖动，如图9-2-1所示。

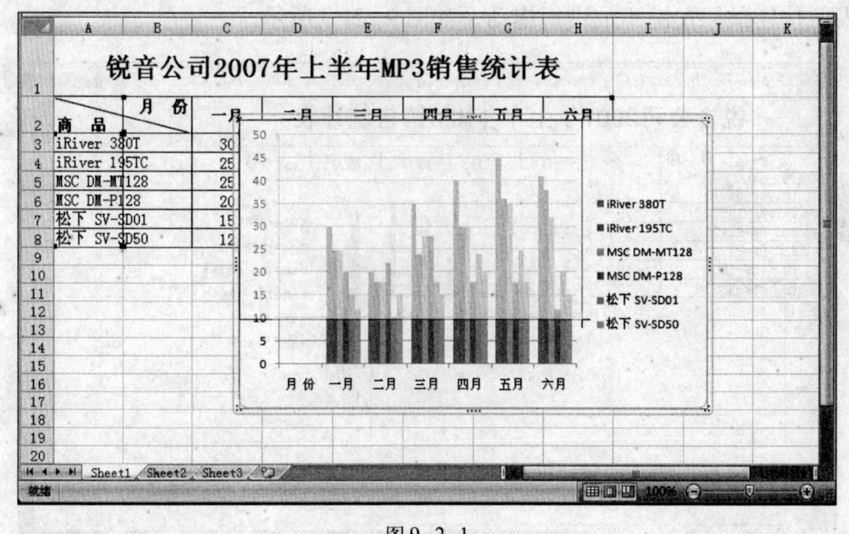

图9-2-1

(2) 当拖动到所需位置时释放鼠标左键，即可调整图表大小，如图9-2-2所示。

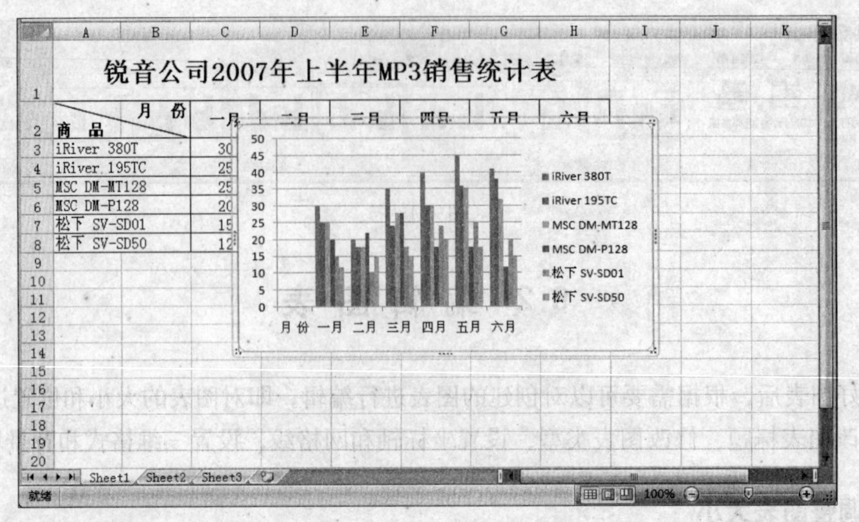

图 9-2-2

9.2.2 调整图表位置

当图表挡住工作表数据区域而影响查看数据时，可以调整图表在工作表中的位置。

调整图表位置，操作步骤如下：

（1）打开“锐音公司 2007 年上半年 MP3 销售统计表”工作簿，在图表的空白区域单击鼠标选中图表，按住鼠标左键不放进行拖动，如图 9-2-3 所示。

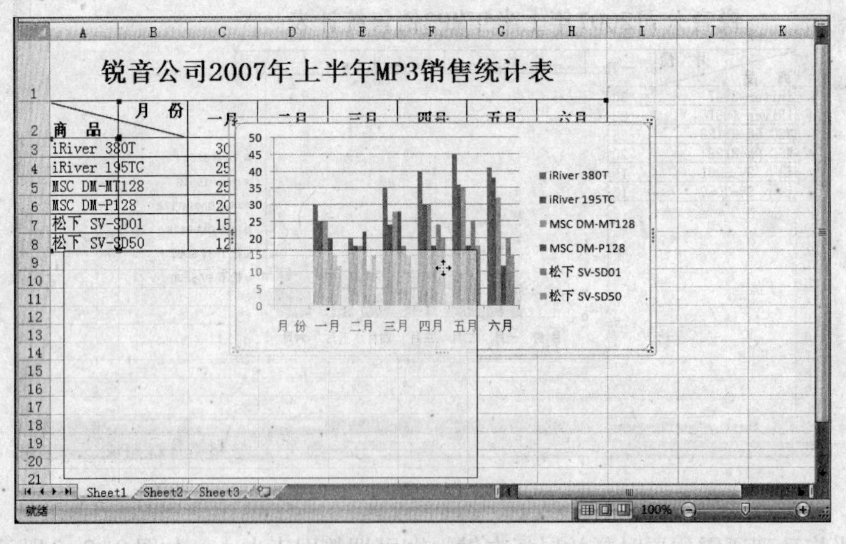

图 9-2-3

（2）当拖动到所需位置时释放鼠标左键，即可将该图表移动到该位置处，如图 9-2-4 所示。

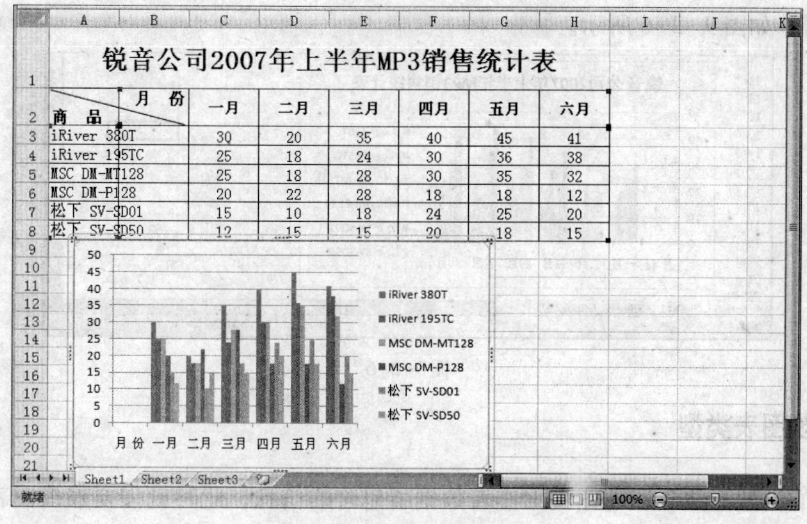

图 9–2–4

9.2.3 添加和修改图表标题

创建好图表后，可以为图表添加标题，如果输入了错误的图表标题，也可以进行修改。

添加图表标题，操作步骤如下：

（1）打开“锐音公司 2007 年上半年 MP3 销售统计表”工作簿，在图表空白区域单击鼠标选择图表，选择“布局”选项卡，单击“标签”组中的“图表标题”按钮，在弹出的菜单中选择“图表上方”命令，如图 9–2–5 所示。

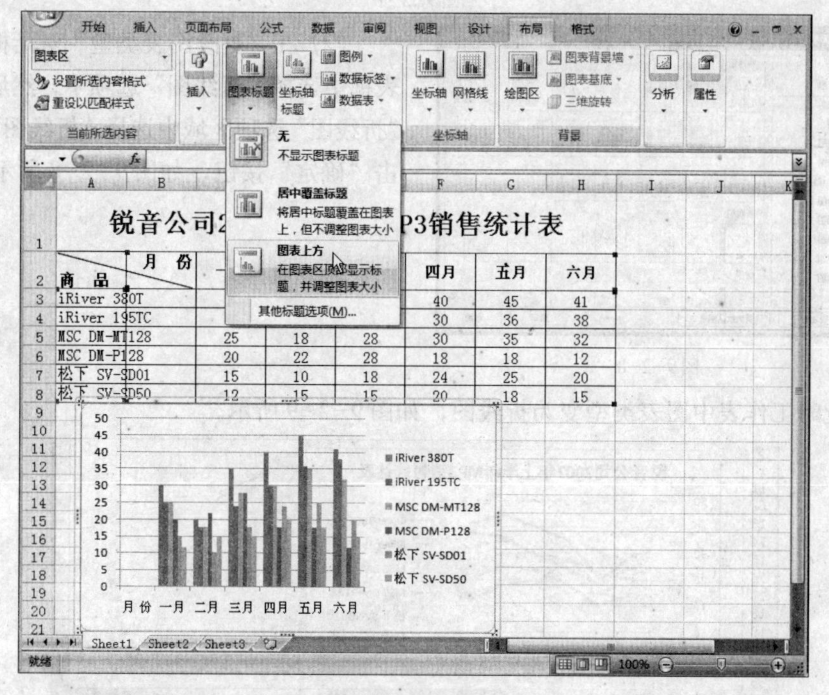

图 9–2–5

（2）此时在图表上方添加标题，选定标题，修改其内容为“锐音公司 2007 年上半年 MP3

销售统计表”，如图9-2-6所示。

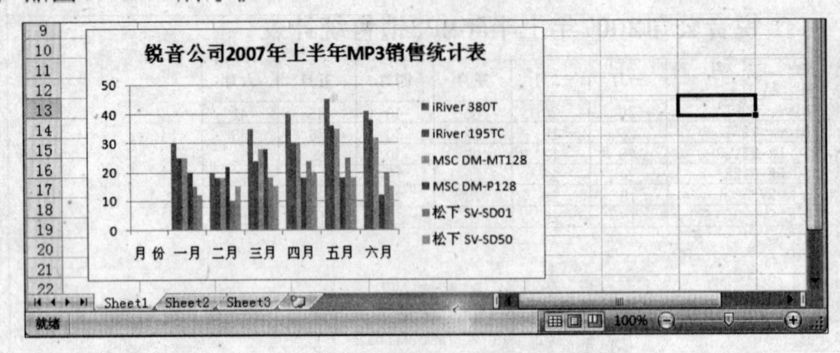

图9-2-6

9.2.4 修改图表类型

若图表的类型无法确切地体现工作表数据所包含的信息，此时就需要修改图表类型。

修改图表类型，操作步骤如下：

(1) 打开“锐音公司2007年上半年MP3销售统计表”工作簿，在图表空白区域单击鼠标选择图表，选择“设计”选项卡，单击“类型”组中的“更改图表类型”按钮，如图9-2-7所示。

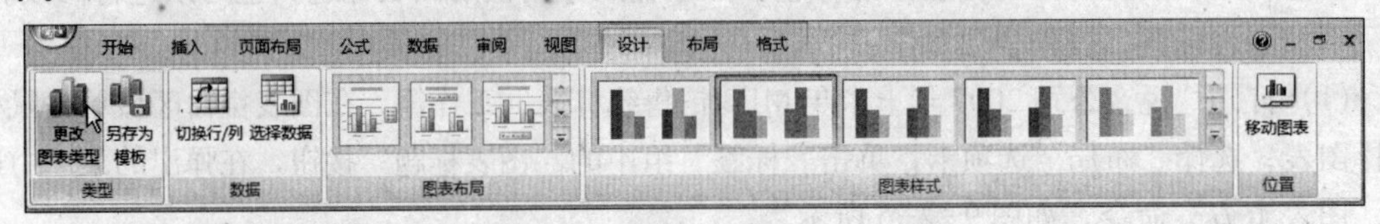

图9-2-7

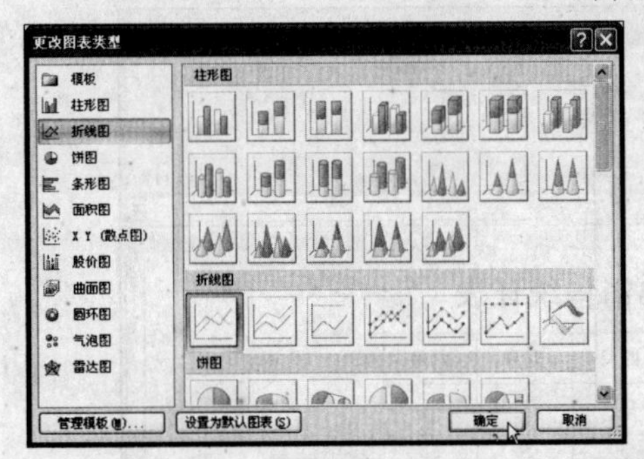

图9-2-8

(2) 在“更改图表类型”对话框左侧的列表框中选择“折线图”选项卡，然后在右侧的“折线图”选项区域中选择“折线图”样式，单击“确定”按钮，如图9-2-8所示。

(3) 此时工作表中图表类型变为折线图，如图9-2-9所示。

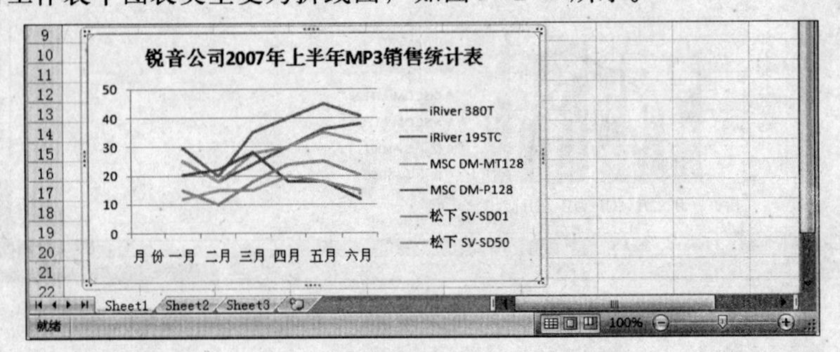

图9-2-9

9.2.5　设置坐标轴和网格线

在“布局”选项卡的“坐标轴”组中，可以设置坐标轴的样式、刻度等属性，还可以设置图表中的网格线属性。

1.设置坐标轴

设置坐标轴，操作步骤如下：

(1) 打开“锐音公司2007年上半年MP3销售统计表”工作簿，在图表空白区域单击鼠标选择图表，选择“布局”选项卡，单击“坐标轴”组中的“坐标轴”按钮，如图9-2-10所示。

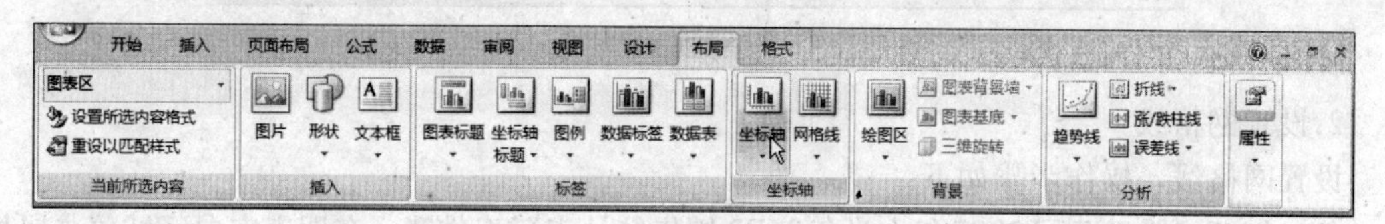

图9-2-10

(2) 在弹出的菜单中选择“主要横坐标轴/其他主要横坐标轴选项”命令，如图9-2-11所示。

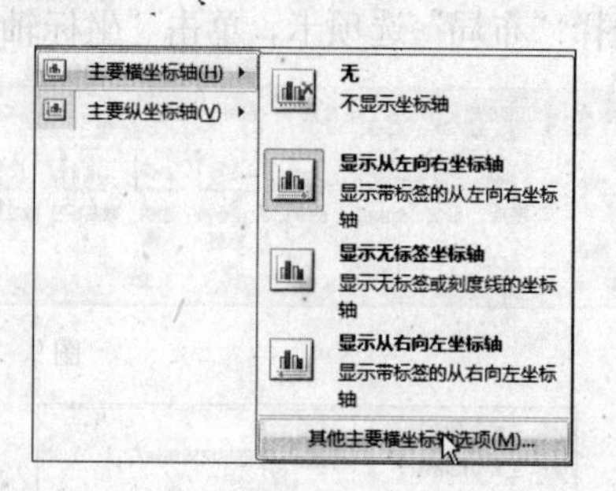

图9-2-11

(3) 打开“设置坐标轴格式”对话框，单击对话框左侧的“线条颜色”选项，在“预设颜色”下拉列表框中选择“彩虹出岫”，如图9-2-12所示。

(4) 在“方向”下拉列表框中选择“线型向右”，如图9-2-13所示，单击“关闭”按钮。

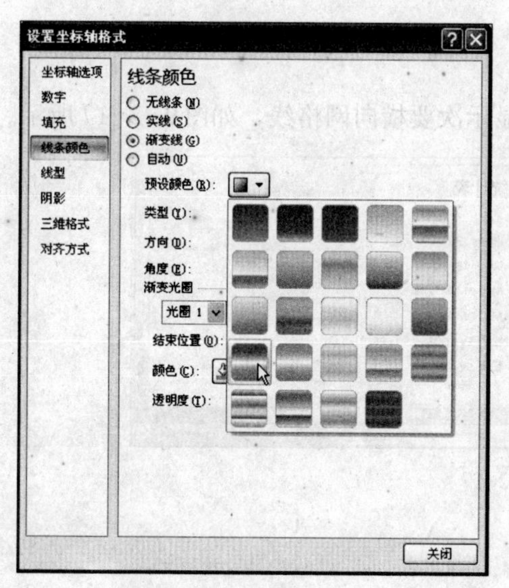

图9-2-12

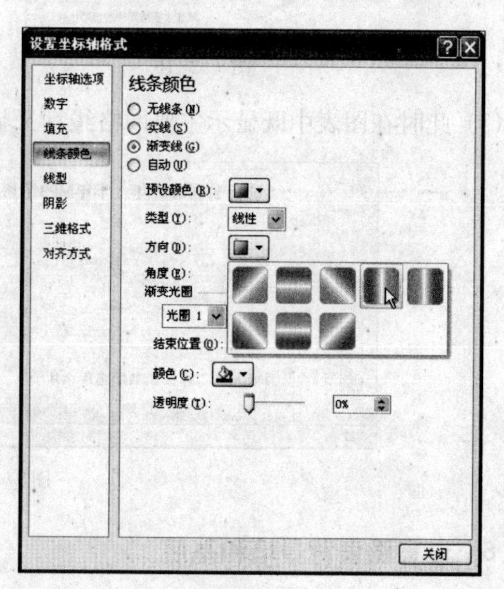

图9-2-13

（5）此时所设置的格式应用到了 X 坐标轴中，如图 9−2−14 所示。

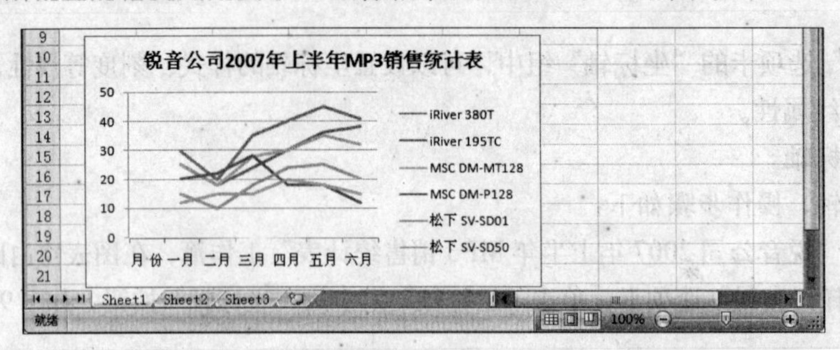

图 9−2−14

2.设置网格线

设置网格线，操作步骤如下：

（1）打开“锐音公司 2007 年上半年 MP3 销售统计表”工作簿，在图表空白区域单击鼠标选择图表，选择“布局”选项卡，单击“坐标轴”组中的“网格线”按钮，如图 9−2−15 所示。

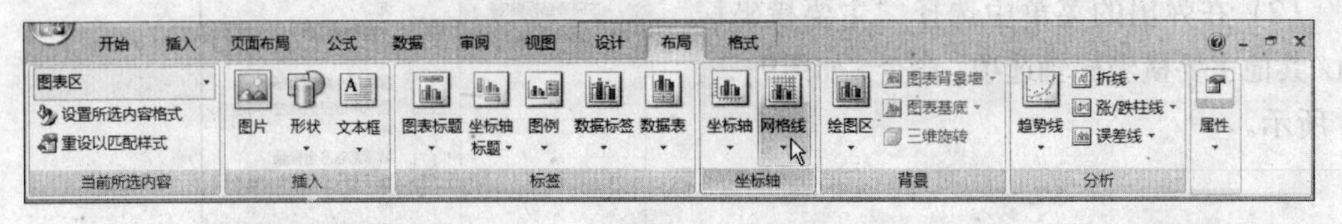

图 9−2−15

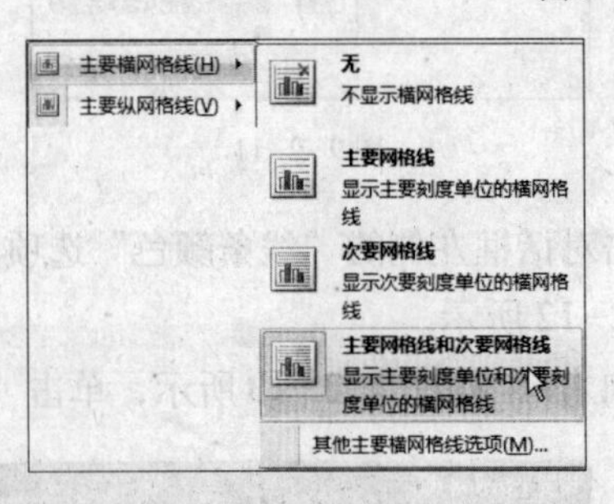

图 9−2−16

（2）在弹出的菜单中选择“主要横网格线/主要网格线和次要网格线”命令，如图 9−2−16 所示。

（3）此时在图表中既显示主要网格线，又显示次要横向网格线，如图 9−2−17 所示。

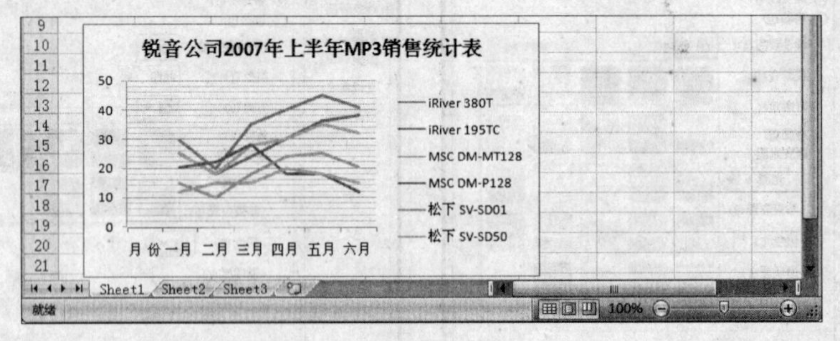

图 9−2−17

9.2.6 设置图表背景墙和基底

在“布局”选项卡的“背景”组里，可以对三维图表类型的图表设置背景墙与基底的显示效果。

设置图表背景和基底格式，操作步骤如下：

(1) 打开“锐音公司2007年上半年MP3销售统计表”工作簿，利用前面所讲方法将图表类型修改为“三维簇状柱形图”，完成后效果如图9－2－18所示。

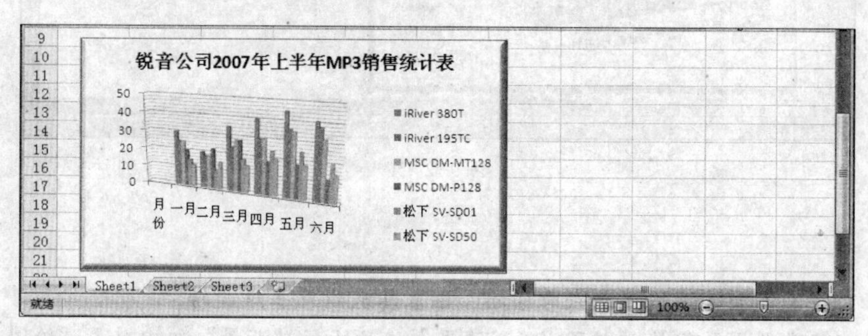

图9－2－18

(2) 在图表空白区域单击鼠标选择图表，选择“图表工具”的“布局”选项卡，在“背景”组中单击“图表背景墙”按钮[图表背景墙]，在弹出的菜单中选择“其他背景墙选项”命令。

(3) 打开“设置背景墙格式“对话框，在“填充”选项卡中选择“图片或纹理填充”单选项，在“纹理”下拉列表框中选择纹理效果，这里选择“花束”，然后在“透明度”文本框中输入“45”，单击“关闭”按钮，如图9－2－19所示。

(4) 在“背景”组中单击“图表基底”按钮[图表基底]，在弹出的菜单中选择“其他基底选项”命令。

(5) 打开“设置基底格式”对话框，在“填充”选项卡中选择“纯色填充”单选项，然后在“颜色”下拉列表框中选择基底填充颜色，单击“关闭”按钮，如图9－2－20所示。

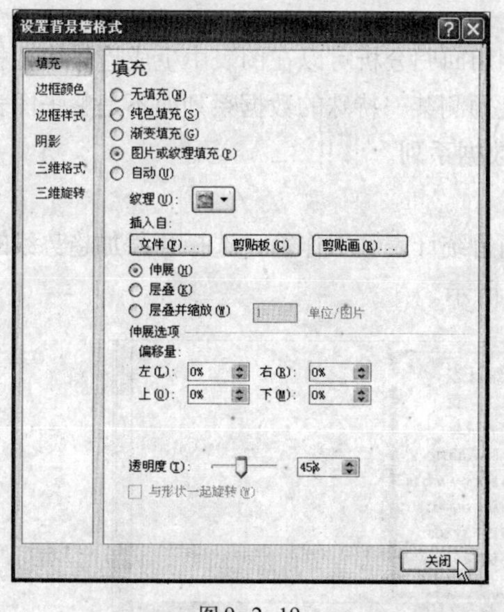

图9－2－19

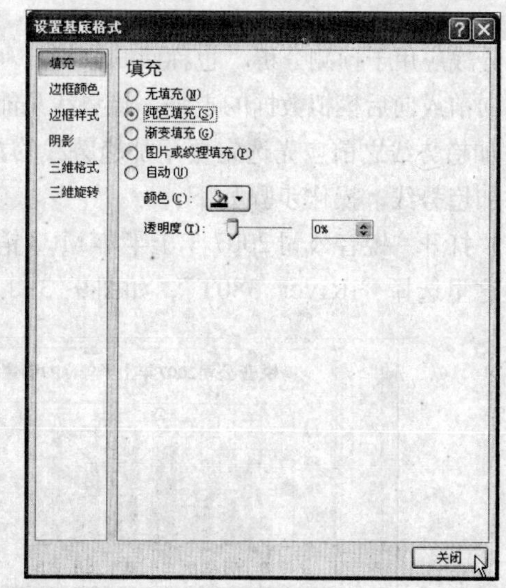

图9－2－20

(6) 完成设置图表背景墙和基底格式的操作，效果如图9－2－21所示。

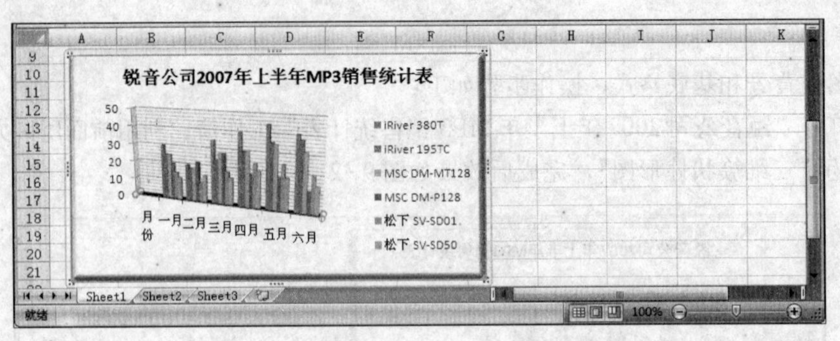

图9-2-21

注意

只有三维图表类型才能设置图表背景墙、图表基底以及三维旋转。

若要为二维类型设置背景，则可以在“布局”选项卡的“背景”组中单击“绘图区”按钮，在弹出的菜单中选择“其他绘图区选项”命令，打开“设置绘图区格式”对话框。在该对话框中可以设置二维类型图表的背景选项。

9.3 应用趋势线和误差线

趋势线和误差线是Excel在进行数据分析时的一种重要手段。趋势线能够以图形的方式显示某个系列中数据的变化趋势，而误差线则能以图形的方式表示出数据系列中每个数据标记的可能误差量。

9.3.1 添加趋势线

趋势线应用于预测分析，也称回归分析。利用回归分析可以在图表中生成趋势线，根据实际数据向前或向后模拟数据的走势。趋势线只能预测某一特殊的数据系列而不是整张图表，所以在添加趋势线之前应先选定要添加趋势线的数据系列。

添加趋势线，操作步骤如下：

(1) 打开“锐音公司2007年上半年MP3销售统计表”工作簿，选择要添加趋势线的数据系列，这里选择“iRiver 380T”，如图9-3-1所示。

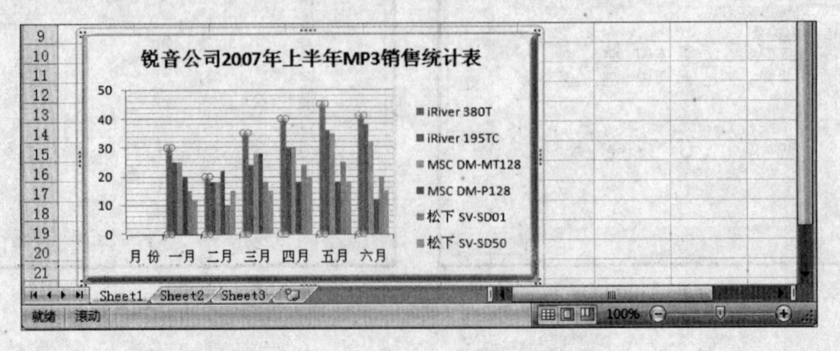

图9-3-1

（2）单击鼠标右键，在弹出的快捷菜单中选择“添加趋势线”命令，如图9–3–2所示。

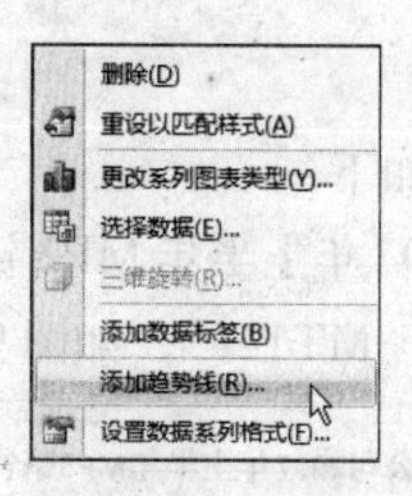

图9–3–2

（3）打开“设置趋势线格式”对话框，在“趋势线选项”组中选择“移动平均”单选按钮，单击“关闭”按钮，如图9–3–3所示。

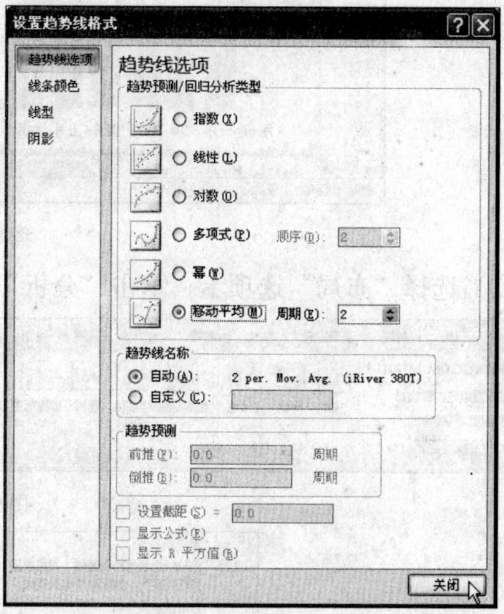

图9–3–3

（4）此时图表中显示出趋势线效果，如图9–3–4所示。

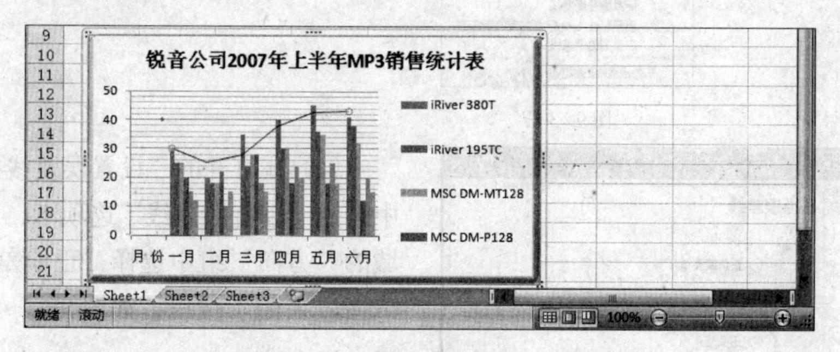

图9–3–4

注意

要删除趋势线，只要选定要删除的趋势线，并按Delete键即可。

在Excel中，并不是所有图表都可以添加趋势线，例如三维图表、饼图、圆环图、雷达图等数据系列就无法建立趋势线。

9.3.2　添加误差线

在二维的面积图、条形图、柱形图、折线图、XY散点图和气泡图的数据系列中均可添加误差线。

添加误差线，操作步骤如下：

（1）打开“锐音公司2007年上半年MP3销售统计表”工作簿，选择要添加误差线的数据系列，这里选择“MSC DM-MT128”，如图9-3-5所示。

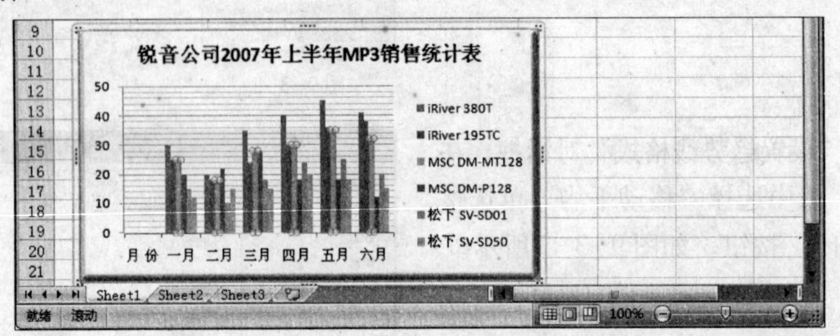

图9-3-5

（2）选择“布局”选项卡，单击“分析”组中的“误差线”按钮，如图9-3-6所示。

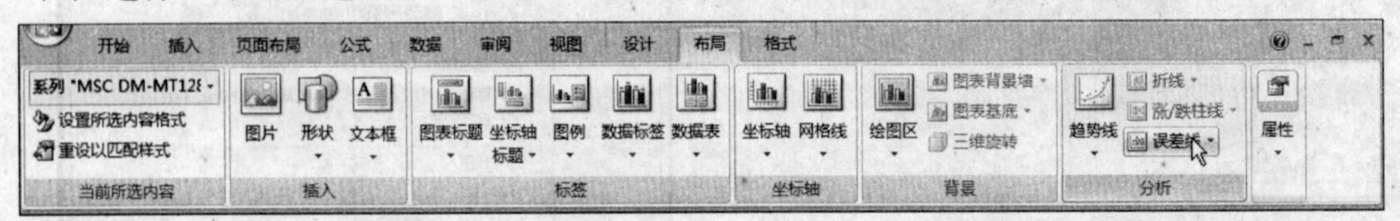

图9-3-6

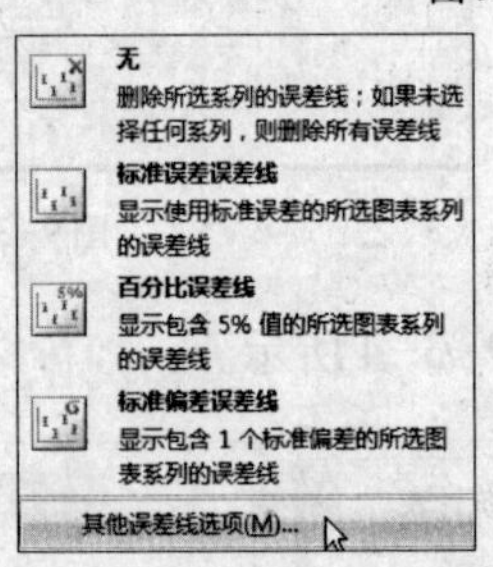

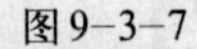
图9-3-7

（3）在弹出的菜单中选择“其他误差线选项”，如图9-3-7所示。

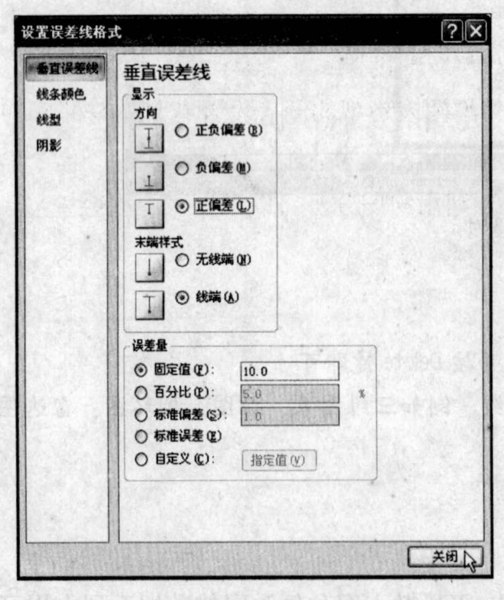

图9-3-8

（4）在打开的“设置误差线格式”对话框中选择“垂直误差线”选项卡，在“显示”区域的“方向”组中选择“正偏差”单选按钮，单击“关闭”按钮，如图9-3-8所示。

(5) 此时在所选数据系列上方添加了误差线，如图9-3-9所示。

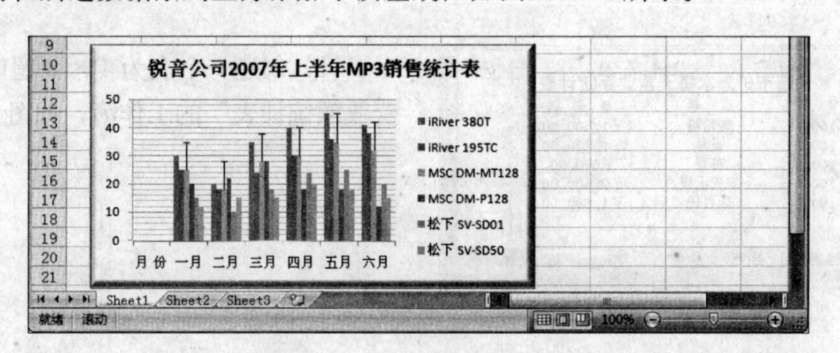

图9-3-9

注意

要删除误差线，只要选择所要删除的误差线，按Delete键即可。如果改变了与数据系列中的数据点项关联的工作表数值或公式，则误差线也会作相应改变。

9.4 小 结

本章主要介绍了Excel的图表功能，其中使用图表、编辑图表是分析数据时常用的操作。通过本章的学习，读者应掌握图表的创建和编辑等操作。

9.5 练 习

填空题

(1) 创建好图表后，根据需要可以对创建的图表进行编辑，即对图表的_____和_____进行调整、添加和修改_____、修改_____、设置_____、设置_____等。

(2) 在_____选项卡的_____组中，可以对三维图表类型的图表设置背景墙与基底的显示效果。

(3) _____应用于预测分析，也称回归分析。利用回归分析可以在图表中生成_____，根据实际数据向前或向后模拟数据的走势。

简答题

(1) 如何为工作表中的表格创建图表？

(2) 如何修改图表标题？

(3) 如何改变图表类型？

(4) 添加趋势线的步骤有哪些？

上机练习

	A	B	C	D
1	××超市矿泉水每天营业额统计表			
2	货 号	名 称	营 业 额	
3	10001	娃哈哈	¥1,500.00	
4	10002	雀巢	¥1,200.00	
5	10003	燕京	¥500.00	
6	10004	农夫山泉	¥2,400.00	
7	10005	乐百氏	¥1,600.00	
8				
9				

Sheet1 Sheet2 Sheet3

就绪 滚动 100%

图9-5-1

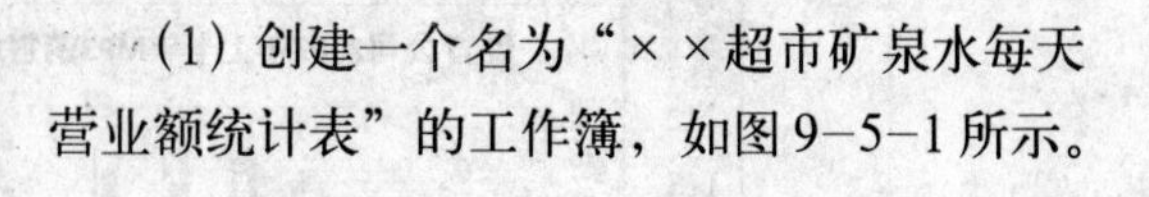

(1) 创建一个名为“××超市矿泉水每天营业额统计表”的工作簿，如图9-5-1所示。

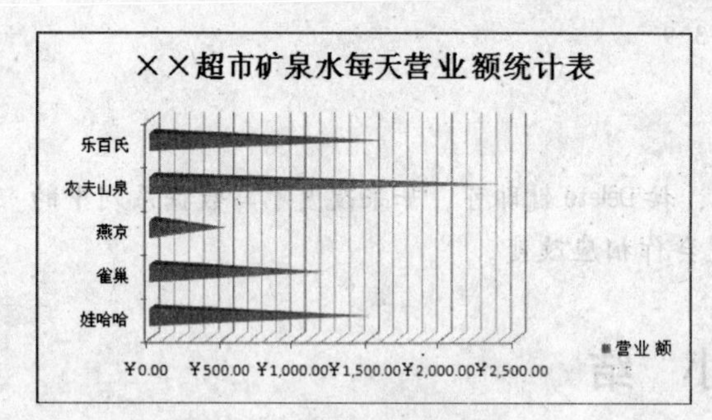

图9-5-2

(2) 为“××超市矿泉水每天营业额统计表”创建图表，要求图表类型为条形图中棱锥图下的“簇状水平棱锥图”，为图表添加标题，设置坐标轴颜色为红色，添加主要和次要纵网格线，效果如图9-5-2所示。

第10章　数据透视表和数据透视图

通过本章，你应当学会：

(1) 创建数据透视表。

(2) 设置数据透视表选项。

(3) 使用数据透视表分析数据。

(4) 创建数据透视图。

Excel 2007提供了一种简单、形象、实用的数据分析工具——数据透视表及数据透视图。使用该工具可以生动、全面地对数据重新组织和统计。本章将详细介绍创建与编辑数据透视表和数据透视图的方法。

10.1　数据透视表

数据透视表是一种对大量数据快速汇总和建立交叉列表的交互式表格，它不仅可以转换行和列来查看源数据的不同汇总结果，也可以显示不同页面以筛选数据，还可以根据需要显示区域中的细节数据。

10.1.1　创建数据透视表

在Excel 2007工作表中创建数据透视表的步骤大致可以分为两步：第一步是选择数据来源；第二步是设置数据透视表的布局。

创建数据透视表，操作步骤如下：

(1) 打开“嘉祥公司员工销售业绩统计表”工作簿，如图10-1-1所示。

嘉祥公司员工销售业绩统计表

编 号	姓 名	所属部门	1季度	2季度	3季度	4季度
s001	林霖琳	销售2部	25000	18000	25000	16000
s002	李文博	销售3部	35600	25000	29000	27000
s003	田青德	销售1部	24000	25000	19000	23000
s004	张亚非	销售2部	45800	18000	27000	31000
s005	孙　淼	销售2部	46900	38000	29000	27000
s006	王　凡	销售1部	21000	21000	19000	15000
s007	苏丽丽	销售3部	10000	19000	29000	27000
s008	张　琴	销售1部	48200	38000	38000	31000
s009	秦丽丽	销售2部	31000	15000	19000	27000
s010	李申放	销售3部	24000	25000	25000	18000

Sheet1　Sheet2　Sheet3

就绪　100%

图10-1-1

(2) 选择“插入”选项卡，单击“表”组中的“数据透视表”按钮，在弹出的菜单中选择“数据透视表”命令，如图10-1-2所示。

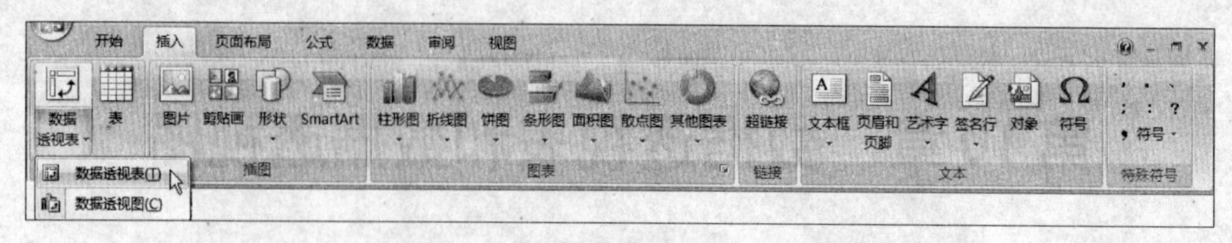

图10-1-2

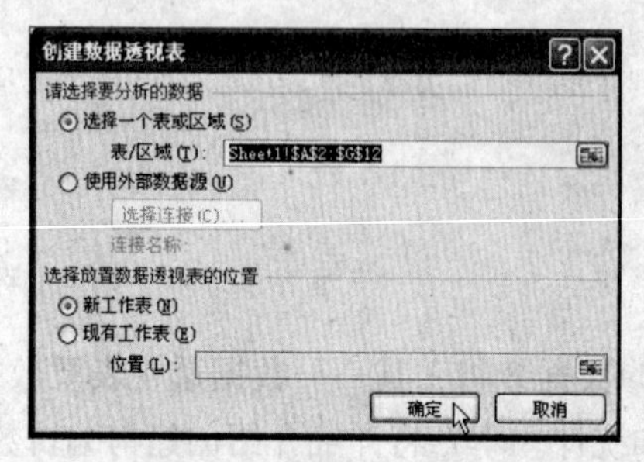

图10-1-3

（3）打开“创建数据透视表”对话框，在“请选择要分析的数据”组中选择“选择一个表或区域”，单击“表／区域”文本框右侧的按钮，选择A2:G12单元格区域，在“选择放置数据透视表的位置”选项区域中选择“新工作表”，然后单击“确定”按钮，如图10-1-3所示。

（4）此时在新工作表中插入数据透视表，如图10-1-4所示。

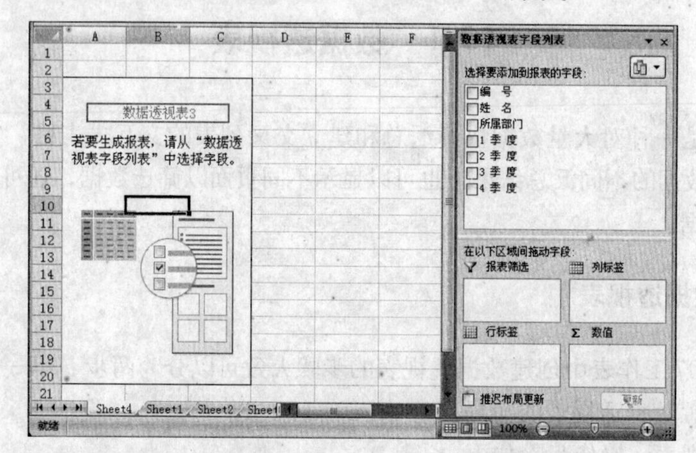

图10-1-4

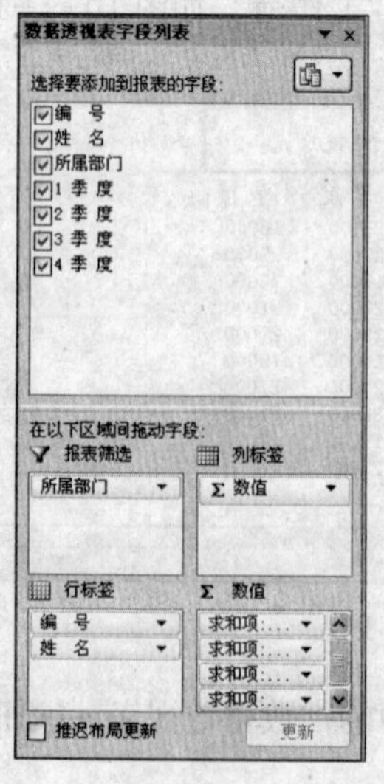

图10-1-5

（5）在“数据透视表字段列表”任务窗格中，将列表中的字段全部选中，完成数据透视表的布局设计，如图10-1-5所示。

(6) 单击任意一个空白单元格，“数据透视表字段列表”任务窗格将自动关闭，数据透视表会及时更新，如图 10-1-6 所示。

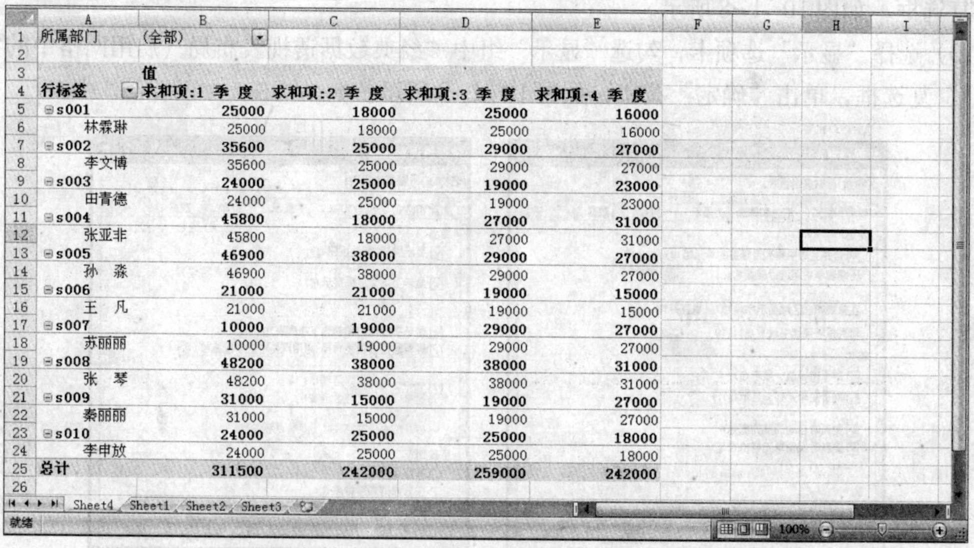

	A	B	C	D	E
1	所属部门	(全部)			
2					
3		值			
4	行标签	求和项:1 季 度	求和项:2 季 度	求和项:3 季 度	求和项:4 季 度
5	⊟s001	25000	18000	25000	16000
6	林霖琳	25000	18000	25000	16000
7	⊟s002	35600	25000	29000	27000
8	李文博	35600	25000	29000	27000
9	⊟s003	24000	25000	19000	23000
10	田青德	24000	25000	19000	23000
11	⊟s004	45800	18000	27000	31000
12	张亚非	45800	18000	27000	31000
13	⊟s005	46900	38000	29000	27000
14	孙　淼	46900	38000	29000	27000
15	⊟s006	21000	21000	19000	15000
16	王　凡	21000	21000	19000	15000
17	⊟s007	10000	19000	29000	27000
18	苏丽丽	10000	19000	29000	27000
19	⊟s008	48200	38000	38000	31000
20	张　琴	48200	38000	38000	31000
21	⊟s009	31000	15000	19000	27000
22	秦丽丽	31000	15000	19000	27000
23	⊟s010	24000	25000	25000	18000
24	李申放	24000	25000	25000	18000
25	总计	311500	242000	259000	242000
26					

图 10-1-6

10.1.2　设置数据透视表选项

设置数据透视表选项主要是对透视表的布局和格式、汇总和筛选、显示、打印和数据等方面进行设置。

设置数据透视表选项，操作步骤如下：

(1) 打开“嘉祥公司员工销售业绩统计表”工作簿，选择透视表中任意单元格，单击鼠标右键，在弹出的快捷菜单中选择“数据透视表选项”，如图 10-1-7 所示。

	A	B	C	D	E
1	所属部门	(全部)			
2					
3		值			
4	行标签	求和项:1 季 度	求和项:2 季 度	求和项:3 季 度	求和项:4 季 度
5	⊟s001	25000			16000
6	林霖琳	25000			16000
7	⊟s002	35600			27000
8	李文博	35600	25000	29000	27000
9	⊟s003	24000			23000
10	田青德	24000			23000
11	⊟s004	45800			31000
12	张亚非	45800			31000
13	⊟s005	46900			27000
14	孙　淼	46900			27000
15	⊟s006	21000			15000
16	王　凡	21000			15000
17	⊟s007	10000			27000
18	苏丽丽	10000			27000
19	⊟s008	48200			31000
20	张　琴	48200			31000
21	⊟s009	31000			27000
22	秦丽丽	31000			27000
23	⊟s010	24000			18000
24	李申放	24000			18000
25	总计	311500	242000	259000	242000
26					

图 10-1-7

（2）在打开的“数据透视表选项”对话框中选择“布局和格式”选项卡，在“布局”组中勾选“合并且居中排列带标签的单元格”复选框，取消勾选“格式”组中“对于空单元格，显示”复选框，如图 10-1-8 所示。

（3）选择“显示”选项卡，勾选“显示”组中“经典数据透视表布局（启用网格中的字段拖放）”复选框，单击“确定”按钮，如图 10-1-9 所示。

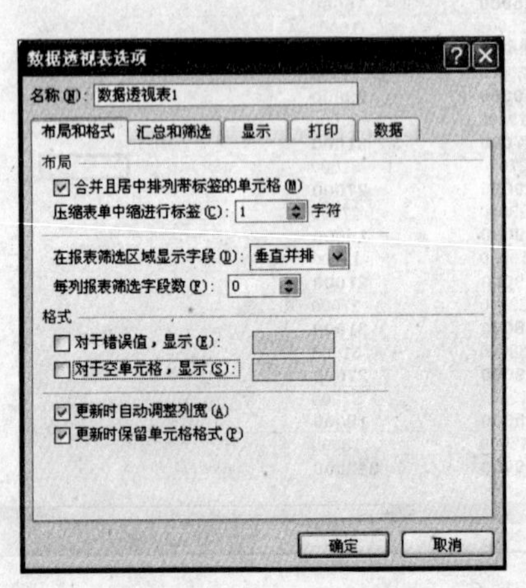

图 10-1-8

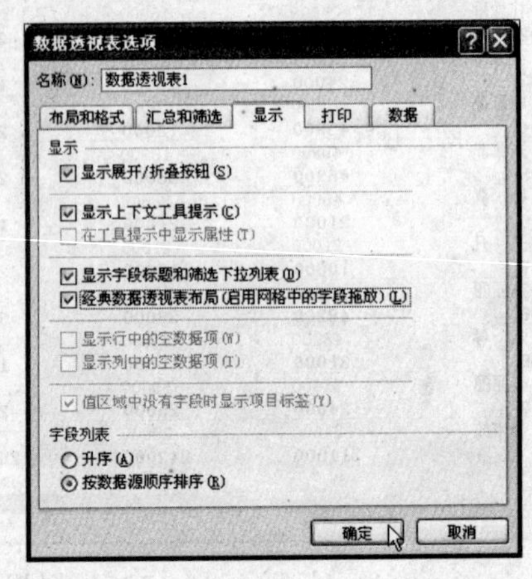

图 10-1-9

（4）此时可见数据透视表中合并且居中排列了带标签的单元格，数据透视表中出现了网格线，如图 10-1-10 所示。

	A	B	C	D	E	F	G	H	I
1	所属部门	(全部)							
2									
3			值						
4	编号	姓名	求和项:1 季度	求和项:2 季度	求和项:3 季度	求和项:4 季度			
5	⊟ s001	林霖琳	25000	18000	25000	16000			
6	s001 汇总		25000	18000	25000	16000			
7	⊟ s002	李文博	35600	25000	29000	27000			
8	s002 汇总		35600	25000	29000	27000			
9	⊟ s003	田青德	24000	25000	19000	23000			
10	s003 汇总		24000	25000	19000	23000			
11	⊟ s004	张亚非	45800	18000	27000	31000			
12	s004 汇总		45800	18000	27000	31000			
13	⊟ s005	孙淼	46900	38000	29000	27000			
14	s005 汇总		46900	38000	29000	27000			
15	⊟ s006	王凡	21000	21000	19000	15000			
16	s006 汇总		21000	21000	19000	15000			
17	⊟ s007	苏丽丽	10000	19000	29000	27000			
18	s007 汇总		10000	19000	29000	27000			
19	⊟ s008	张琴	48200	38000	38000	31000			
20	s008 汇总		48200	38000	38000	31000			
21	⊟ s009	秦丽丽	31000	15000	19000	27000			
22	s009 汇总		31000	15000	19000	27000			
23	⊟ s010	李申放	24000	25000	25000	18000			
24	s010 汇总		24000	25000	25000	18000			
25	总计		311500	242000	259000	242000			
26									

Sheet4 / Sheet1 / Sheet2 / Sheet3 就绪 100%

图 10-1-10

10.1.3 使用数据透视表分析数据

数据透视表会自动将数据源中的数据按用户设置的布局进行分类，从而方便分析表中的数据，如可以通过选择字段来筛选统计表中的数据。

使用数据透视表分析数据，操作步骤如下：

（1）打开“嘉祥公司员工销售业绩统计表”工作簿，单击B1单元格旁的下拉按钮，弹出字段下拉列表，如图10–1–11所示。

	A	B	C	D	E	F
1	所属部门	(全部)				
2						
3			值			
4			求和项:1 季 度	求和项:2 季 度	求和项:3 季 度	求和项:4 季 度
5			25000	18000	25000	16000
6			25000	18000	25000	16000
7			35600	25000	29000	27000
8			35600	25000	29000	27000
9			24000	25000	19000	23000
10			24000	25000	19000	23000
11			45800	18000	27000	31000
12			45800	18000	27000	31000
13			46900	38000	29000	27000
14			46900	38000	29000	27000
15			21000	21000	19000	15000
16	s006 汇总		21000	21000	19000	15000
17	s007	苏丽丽	10000	19000	29000	27000
18	s007 汇总		10000	19000	29000	27000
19	s008	张　琴	48200	38000	38000	31000
20	s008 汇总		48200	38000	38000	31000
21	s009	秦丽丽	31000	15000	19000	27000
22	s009 汇总		31000	15000	19000	27000
23	s010	李申放	24000	25000	25000	18000
24	s010 汇总		24000	25000	25000	18000
25	总计		311500	242000	259000	242000

图10–1–11

（2）在下拉列表框中勾选“选择多项”复选框，然后勾选“销售2部”和“销售3部”两个复选框，单击“确定”按钮，如图10–1–12所示。

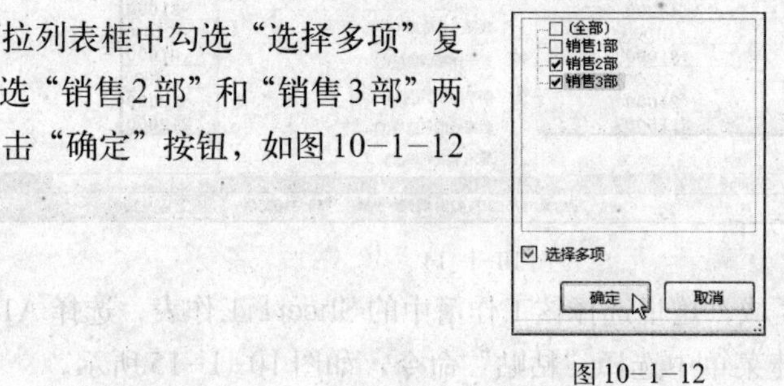

图10–1–12

（3）此时在数据透视表中统计“销售2部”和“销售3部”这两个部门的业绩，如图10–1–13所示。

	A	B	C	D	E	F
1	所属部门	(多项)				
2						
3			值			
4	编　号	姓　名	求和项:1 季 度	求和项:2 季 度	求和项:3 季 度	求和项:4 季 度
5	s001	林霖琳	25000	18000	25000	16000
6	s001 汇总		25000	18000	25000	16000
7	s002	李文博	35600	25000	29000	27000
8	s002 汇总		35600	25000	29000	27000
9	s004	张亚非	45800	18000	27000	31000
10	s004 汇总		45800	18000	27000	31000
11	s005	孙　淼	46900	38000	29000	27000
12	s005 汇总		46900	38000	29000	27000
13	s007	苏丽丽	10000	19000	29000	27000
14	s007 汇总		10000	19000	29000	27000
15	s009	秦丽丽	31000	15000	19000	27000
16	s009 汇总		31000	15000	19000	27000
17	s010	李申放	24000	25000	25000	18000
18	s010 汇总		24000	25000	25000	18000
19	总计		218300	158000	183000	173000

图10–1–13

10.1.4 复制和移动数据透视表

对于已经创建好的数据透视表，可以将其复制或移动到同一个工作簿或不同工作簿中，复制和移动数据透视表的性质相同，都不改变数据透视表中的任何数据信息。

1.复制数据透视表

复制透视表，操作步骤如下：

(1) 打开“嘉祥公司员工销售业绩统计表”工作簿，选择整张数据透视表，然后单击鼠标右键，在弹出的快捷菜单中选择“复制”命令，如图10-1-14所示。

所属部门	(全部)				
		值			
编　号	姓　名	求和项:1 季 度	求和项:2 季 度	求和项:3 季 度	求和项:4 季 度
s001	林霖琳	25000	18000	25000	16000
s001 汇总		25000	18000	25000	16000
s002	李文博	35600	25000	29000	27000
s002 汇总		35600			27000
s003	田青德	24000			23000
s003 汇总		24000			23000
s004	张亚非	45800	18000	27000	31000
s004 汇总		45800			31000
s005	孙　淼	46900			27000
s005 汇总		46900			27000
s006	王　凡	21000			15000
s006 汇总		21000			15000
s007	苏丽丽	10000			27000
s007 汇总		10000			27000
s008	张　琴	48200			31000
s008 汇总		48200			31000
s009	秦丽丽	31000			27000
s009 汇总		31000			27000
s010	李申放	24000			18000
s010 汇总		24000			18000
总计		311500			242000

复制(C)
设置单元格格式(F)...
数字格式(T)...
刷新(R)
排序(S)
删除“求和项:4 季 度”(V)
数据汇总依据(D)
显示详细信息(E)
值字段设置(N)...
数据透视表选项(O)...
显示字段列表(D)

平均值: 37660.71429　计数: 124　求和: 3163500

图10-1-14

(2) 选择目标单元格区域，这里选择该工作簿中的Sheet1工作表，选择A14单元格，单击鼠标右键，在弹出的快捷菜单中选择“粘贴”命令，如图10-1-15所示。

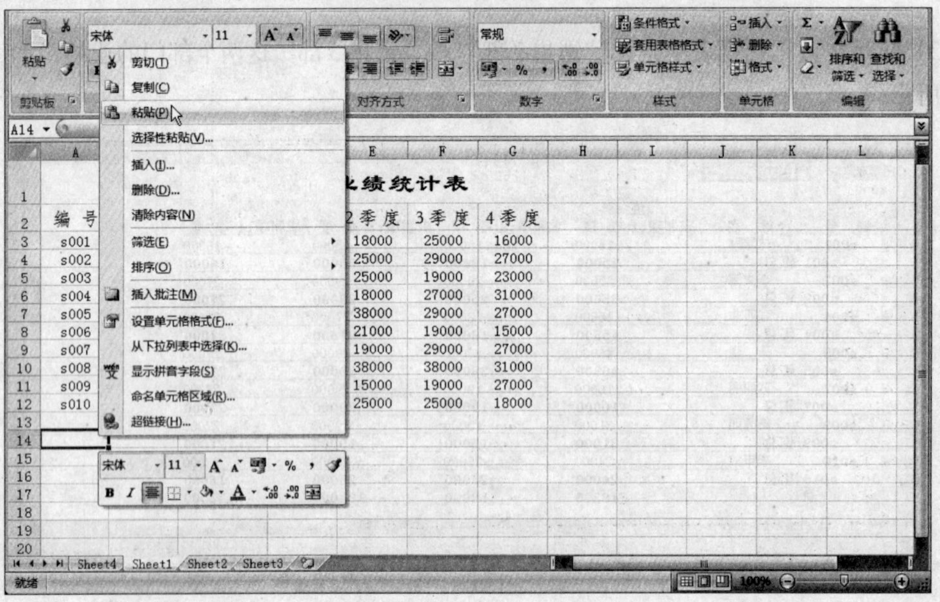

图10-1-15

(3) 此时将数据透视表复制到 Sheet1 工作表中，如图 10-1-16 所示。

嘉祥公司员工销售业绩统计表

编号	姓名	所属部门	1季度	2季度	3季度	4季度
s001	林霖琳	销售2部	25000	18000	25000	16000
s002	李文博	销售3部	35600	25000	29000	27000
s003	田青德	销售1部	24000	25000	19000	23000
s004	张亚非	销售2部	45800	18000	27000	31000
s005	孙　淼	销售2部	46900	38000	29000	27000
s006	王　凡	销售1部	21000	21000	19000	15000
s007	苏丽丽	销售3部	10000	19000	29000	27000
s008	张　琴	销售1部	48200	38000	38000	31000
s009	秦丽丽	销售2部	31000	15000	19000	27000
s010	李申放	销售3部	24000	25000	25000	18000

所属部门　(全部)

编号	姓名	值 求和项:1季度	求和项:2季度	求和项:3季度	求和项:4季度
⊟ s001	林霖琳	25000	18000	25000	16000
s001 汇总		25000	18000	25000	16000
⊟ s002	李文博	35600	25000	29000	27000
s002 汇总		35600	25000	29000	27000
⊟ s003	田青德	24000	25000	19000	23000
s003 汇总		24000	25000	19000	23000
⊟ s004	张亚非	45800	18000	27000	31000
s004 汇总		45800	18000	27000	31000

图 10-1-16

2.移动数据透视表

移动数据透视表，操作步骤如下：

(1) 打开“嘉祥公司员工销售业绩统计表”工作簿，选择 Sheet4 工作表，选择整个数据透视表，选择“选项”选项卡，单击“操作”组中的“移动数据透视表”按钮，如图 10-1-17 所示。

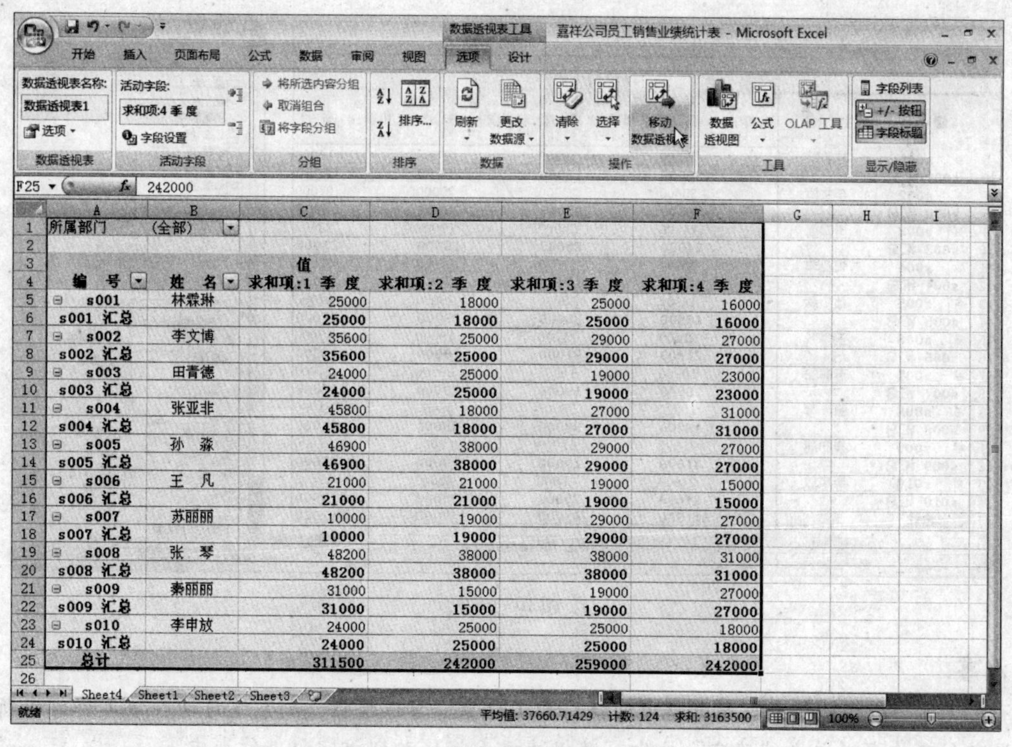

所属部门　(全部)

编号	姓名	值 求和项:1季度	求和项:2季度	求和项:3季度	求和项:4季度
⊟ s001	林霖琳	25000	18000	25000	16000
s001 汇总		25000	18000	25000	16000
⊟ s002	李文博	35600	25000	29000	27000
s002 汇总		35600	25000	29000	27000
⊟ s003	田青德	24000	25000	19000	23000
s003 汇总		24000	25000	19000	23000
⊟ s004	张亚非	45800	18000	27000	31000
s004 汇总		45800	18000	27000	31000
⊟ s005	孙　淼	46900	38000	29000	27000
s005 汇总		46900	38000	29000	27000
⊟ s006	王　凡	21000	21000	19000	15000
s006 汇总		21000	21000	19000	15000
⊟ s007	苏丽丽	10000	19000	29000	27000
s007 汇总		10000	19000	29000	27000
⊟ s008	张　琴	48200	38000	38000	31000
s008 汇总		48200	38000	38000	31000
⊟ s009	秦丽丽	31000	15000	19000	27000
s009 汇总		31000	15000	19000	27000
⊟ s010	李申放	24000	25000	25000	18000
s010 汇总		24000	25000	25000	18000
总计		311500	242000	259000	242000

图 10-1-17

图 10-1-18

(2) 在打开的“移动数据透视表”对话框中选择“现有工作表”单选按钮，单击“位置”文本框后的按钮，如图 10-1-18 所示。

(3) 选择放置数据透视表的位置，这里选择“嘉祥公司员工销售业绩统计表（副本）”工作簿中 Sheet1 工作表的 A1 单元格，单击按钮，如图 10-1-19 所示。

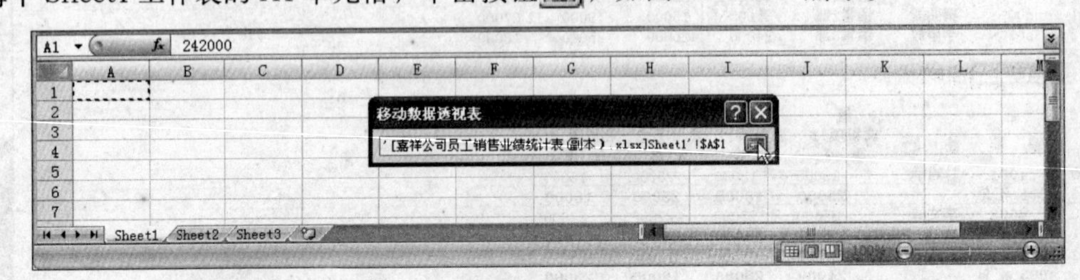

图 10-1-19

图 10-1-20

(4) 返回到“移动数据透视表”对话框，单击“确定”按钮，如图 10-1-20 所示。

(5) 此时数据透视表移动到了“嘉祥公司员工销售业绩统计表（副本）”工作簿中的 Sheet1 工作表中，如图 10-1-21 所示。

所属部门	(全部)				
		值			
编　号	姓　名	求和项:1 季 度	求和项:2 季 度	求和项:3 季 度	求和项:4 季 度
s001	林霖琳	25000	18000	25000	16000
s001 汇总		25000	18000	25000	16000
s002	李文博	35600	25000	29000	27000
s002 汇总		35600	25000	29000	27000
s003	田青德	24000	25000	19000	23000
s003 汇总		24000	25000	19000	23000
s004	张亚非	45800	18000	27000	31000
s004 汇总		45800	18000	27000	31000
s005	孙　淼	46900	38000	29000	27000
s005 汇总		46900	38000	29000	27000
s006	王　凡	21000	21000	19000	15000
s006 汇总		21000	21000	19000	15000
s007	苏丽丽	10000	19000	29000	27000
s007 汇总		10000	19000	29000	27000
s008	张　琴	48200	38000	38000	31000
s008 汇总		48200	38000	38000	31000
s009	秦丽丽	31000	15000	19000	27000
s009 汇总		31000	15000	19000	27000
s010	李申放	24000	25000	25000	18000
s010 汇总		24000	25000	25000	18000
总计		311500	242000	259000	242000

数据透视表字段列表
选择要添加到报表的字段：编 号、姓 名、所属部门、1 季 度、2 季 度、3 季 度、4 季 度
在以下区域间拖动字段：报表筛选：所属部门；列标签：Σ 数值；行标签：编 号、姓 名；Σ 数值：求和项:1 …、求和项:2 …、求和项:3 …、求和项:4 …
推迟布局更新　更新

图 10-1-21

注意

在“移动数据透视表”对话框中选择“新工作表”单选按钮，则系统自动在该工作簿中新建一张空白工作表，单击“确定”按钮，数据透视表将移动到该空白工作表中。

10.2　数据透视图

数据透视图可以看作是数据透视表和图表的结合，它以图形的形式表示数据透视表中的数据。在Excel 2007中，可以根据数据透视表快速创建数据透视图，更加直观地显示数据透视表中的数据，方便对其进行分析。

创建数据透视图，操作步骤如下：

(1) 打开“嘉祥公司员工销售业绩统计表”工作簿，选择Sheet4工作表，选择整个数据透视表，选择“选项”选项卡，单击“工具”组中的“数据透视图”按钮，如图10-2-1所示。

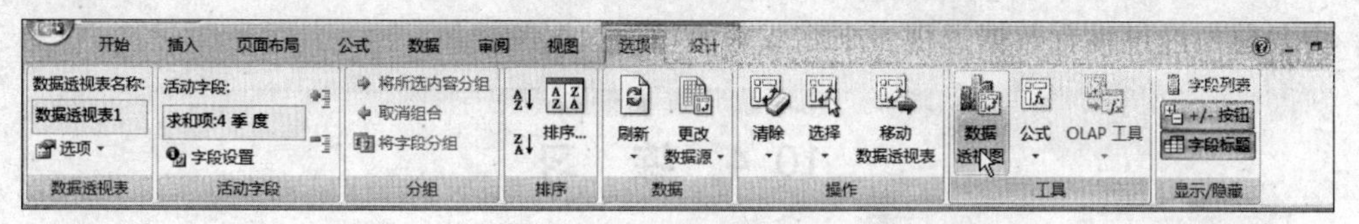

图10-2-1

(2) 在打开的“插入图表”对话框中选择要插入的图表类型，这里选择“柱形图”选项下的“簇状圆柱图”，单击“确定”按钮，如图10-2-2所示。

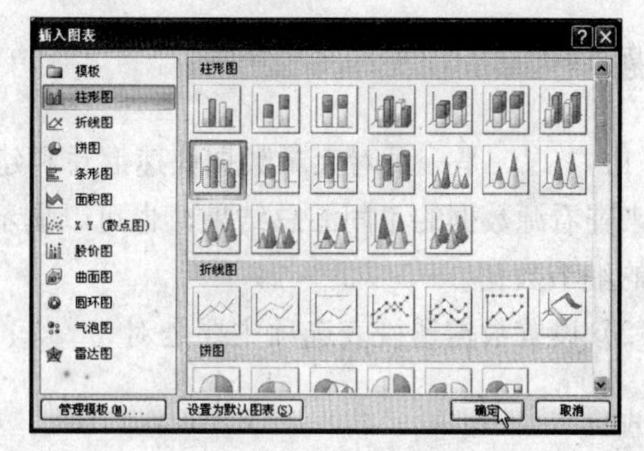

图10-2-2

(3) 此时在工作表中插入数据透视图，同时还显示“数据透视图筛选窗格”任务窗格，如图10-2-3所示。

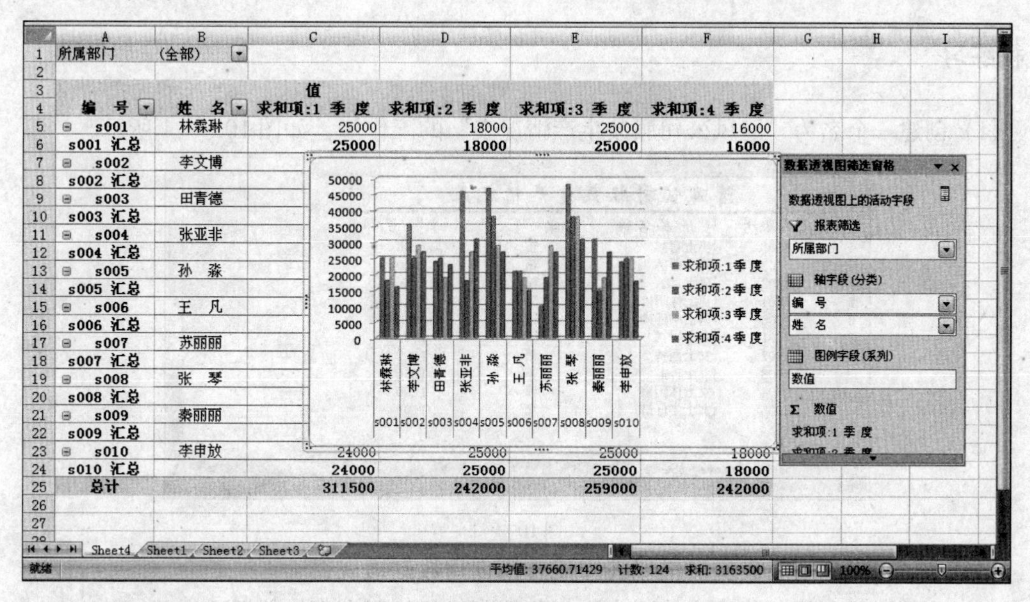

图10-2-3

注意

设置数据透视图的大小和位置、布局和格式的方法与普通图表的设置方法相同，此处不再赘述。

10.3 小 结

本章主要介绍了Excel 2007的数据透视表及数据透视图的功能，使用它们可以生动、全面地对数据重新组织和统计。通过本章的学习，读者应当掌握在工作表中创建数据透视表的方法，并且能够通过设置数据透视表来完成对表格中数据的分析。

10.4 练 习

填空题

（1）______是一种对大量数据快速汇总和建立交叉列表的交互式表格，它不仅可以转换行和列来查看源数据的不同汇总结果，也可以显示不同页面以筛选数据，还可以根据需要显示区域中的细节数据。

（2）设置数据透视表选项主要是对______、______、______、______等方面进行设置。

简答题

（1）如何创建数据透视表？

（2）如何创建数据透视图？

上机练习

（1）创建一个名为“清风公司服装生产情况表”的工作簿，如图10-4-1所示。

清风公司服装生产情况表

产品编号	产品名称	单 位	数 量
F801	男士衬衫	箱	1200
F802	男士西裤	箱	1350
F803	男士T恤	箱	950
F804	男士休闲裤	箱	900
F805	男士牛仔裤	箱	1000
M901	女士衬衫	箱	1000
M902	女士西裤	箱	1000
M903	女士T恤	箱	1200
M904	女士休闲裤	箱	1200
M905	女士牛仔裤	箱	1500

图10-4-1

（2）为“清风公司服装生产情况表”工作簿创建数据透视表。

（3）为“清风公司服装生产情况表”工作簿创建折线图类型的数据透视图。

第 11 章　Excel 2007 的高级运用

通过本章，你应当学会:

(1) 共享工作簿。

(2) 嵌入和链接外部对象。

(3) Excel 2007 与其他 Office 程序的协作。

(4) 网络中超链接的运用。

在 Excel 2007 中，可以使用链接或嵌入对象的方式，将其他应用程序中的对象插入到 Excel中，比如将“画图”程序绘制的图形链接或嵌入到 Excel 中。另外，Excel 还可以与 Office 的其他应用程序如 Word 等进行数据移动或链接，实现程序的协作和信息的共享。

11.1　共享工作簿

要想多个用户同时编辑一个电子表格，此时可以共享工作簿，此种方法最适合多人制作的大型表格，每人只需在共享工作簿中完成自己的工作即可。

11.1.1　创建共享工作簿

创建共享工作簿，操作步骤如下：

(1) 打开要共享的工作簿，选择“审阅”选项卡，单击“更改”组中的“共享工作簿”按钮，如图 11-1-1 所示。

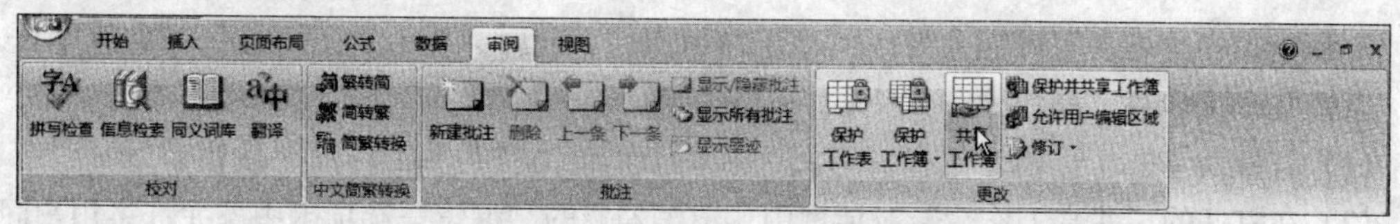

图 11-1-1

(2) 在打开的“共享工作簿”对话框中选择“编辑”选项卡，勾选“允许多用户同时编辑，同时允许工作簿合并”复选框，如图 11-1-2 所示。

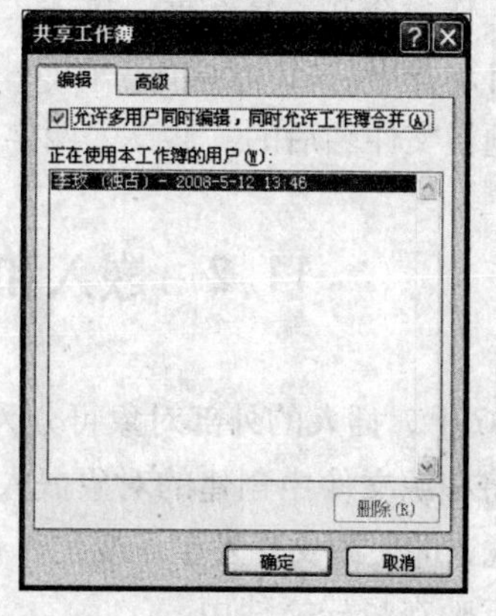

图 11-1-2

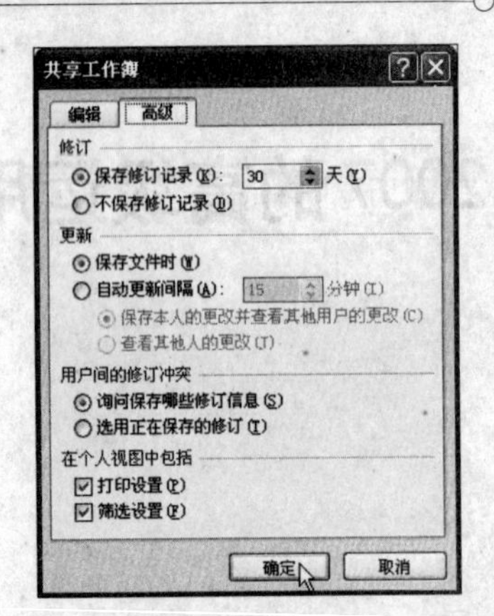

图11-1-3

(3) 选择“高级”选项卡，在“修订”选项区域中选择“保存修订记录”单选按钮，在“更新”选项区域中选择“保存文件时”单选按钮，在“用户间的修订冲突”选项区域中选择“询问保存哪些修订信息”单选按钮，勾选“在个人视图中包括”选项区域中所有的复选框，单击“确定”按钮，如图11-1-3所示。

图11-1-4

(4) 在打开的“Microsoft Office Excel”提示对话框中单击“确定”按钮，保存共享设置，如图11-1-4所示。

(5) 此时在标题栏文件名后将出现“共享”两字，表示该表格已被设置为共享电子表格。

注意

设置工作簿为共享工作簿的用户称其为主用户，能同时编辑共享工作簿的用户称其为辅用户。共享工作簿对辅用户的操作是有限制的，如不能进行合并单元格、条件格式、插入图表、插入图片、数据验证、插入对象、超链接、分类汇总以及插入数据透视表、保护工作簿、保护工作表和使用宏等操作。

11.1.2 撤销共享工作簿

电脑中工作簿过多有可能会导致共享工作簿出错，此时只需撤销对工作簿的共享即可。

撤销共享工作簿，操作步骤如下：

(1) 打开共享的工作簿，选择“审阅”选项卡，单击“共享工作簿”按钮。

(2) 在打开的“共享工作簿”对话框中，取消勾选的“编辑”选项卡中“允许多用户同时编辑，同时允许工作簿合并”复选框，单击“确定”按钮。

(3) 系统会自动弹出“Microsoft Office Excel”提示对话框，单击“是”按钮。

(4) 此时标题栏文件名后的“共享”两字消失，撤销了该工作簿的共享状态。

11.2 嵌入和链接外部对象

在Excel 2007中，插入的外部对象可分为嵌入对象与链接对象两种。

嵌入对象是将在源文件中创建的对象嵌入到目标文件中，使该对象成为目标文件的一部分。通过这种方式，即使源文件发生了变化，也不会对嵌入的对象产生影响，而且对嵌入对象所作的更改也只反映在目标文件中。

链接对象是指对象在源文件中创建，然后插入到目标文件中，并且维持这两个文件之间的链接关系。更新源文件时，目标文件中的链接对象也可以得到更新。

11.2.1 插入嵌入对象

为了完善和丰富表格内容，有时需要嵌入其他程序文件到 Excel 中。

插入嵌入对象，操作步骤如下：

(1) 在 Excel 2007 中创建一个名为“插入嵌入对象”的工作簿，选择“插入”选项卡，单击“文本”组中的“对象”按钮，如图 11-2-1 所示。

图 11-2-1

(2) 在打开的“对象”对话框中，选择“新建”选项卡，在“对象类型”下拉列表框中选择将要插入到文件中的对象类型，这里选择“写字板文档”，单击“确定”按钮，如图 11-2-2 所示。

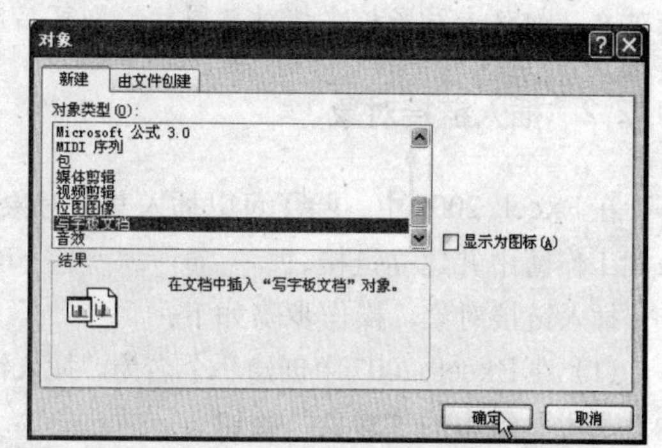

图 11-2-2

(3) 此时可见该工作簿中已被嵌入一空白写字板文档，在其中可输入需要的文本内容，如图 11-2-3 所示。

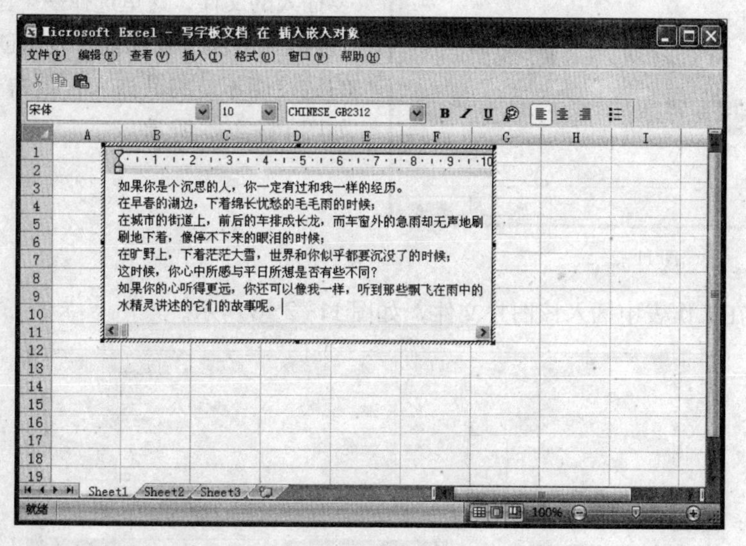

图 11-2-3

(4) 单击工作表中任意单元格，嵌入对象后的效果如图 11-2-4 所示。

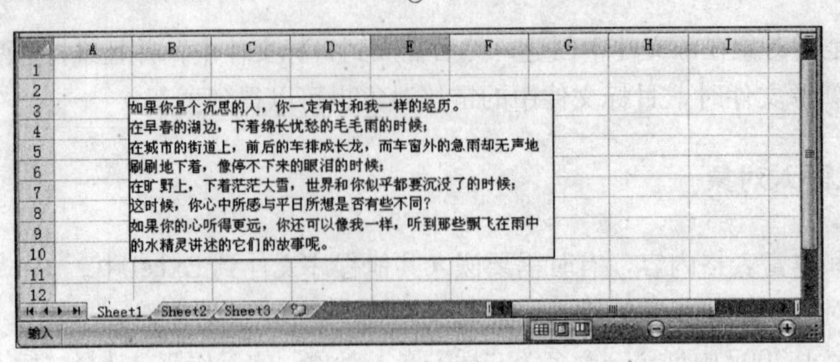

图 11-2-4

注意

如果不希望嵌入对象的数据直接显示在文档中，可以在"对象"对话框中勾选"显示为图标"复选框，将以图标形式显示嵌入对象。

在以图标形式显示嵌入对象的情况下，双击对象图标，即可启动相应的应用程序，并打开该对象。如双击写字板文档对象图标，即可启动"写字板"程序并打开该文档。

11.2.2 插入链接对象

在 Excel 2007 中，除了可以插入某个对象外，还可以通过插入对象的方式将整个文件插入到工作簿中并建立链接。

插入链接对象，操作步骤如下：

(1) 在 Excel 2007 中创建一个名为"插入链接对象"的工作簿，选择"插入"选项卡，单击"文本"组中的"对象"按钮。

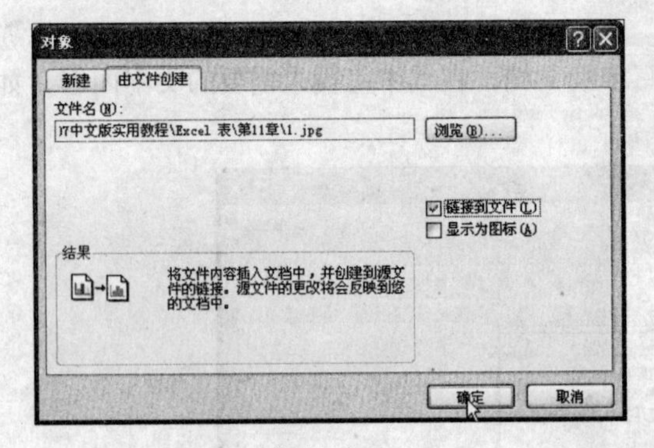

图 11-2-5

(2) 在打开的"对象"对话框中，选择"由文件创建"选项卡，单击"浏览"按钮，选择要插入的文件，这里选择一个图片文件，勾选"链接到文件"复选框，表示创建对选定文件的链接而不是将其嵌入，单击"确定"按钮，如图 11-2-5 所示。

(3) 此时在工作表中插入该图片文件，如图 11-2-6 所示。

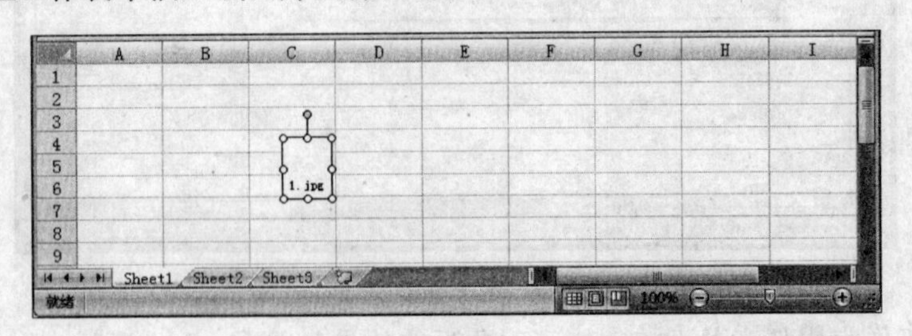

图 11-2-6

(4) 在工作表中双击该链接文件，可以打开“包装程序”对话框，单击“打开”按钮，如图11-2-7所示。

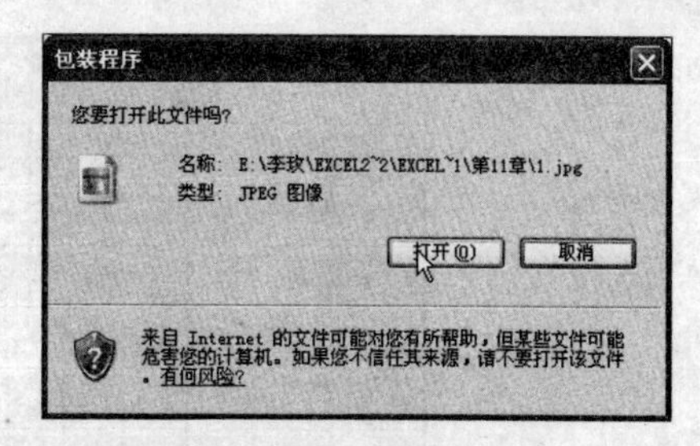

图11-2-7

(5) 此时打开所链接的文件，如图11-2-8所示。

图11-2-8

11.2.3 修改嵌入和链接

修改嵌入和链接对象有两种情况，一种是直接编辑嵌入和链接对象，方法是：若安装了创建链接对象的源程序，双击链接即可打开源程序的操作界面，此时可进行修改，或在嵌入的对象上单击鼠标右键，在弹出的快捷菜单中选择对象类型，然后在其子菜单中选择“编辑”命令；另一种是编辑其他程序中的嵌入对象，方法是：选择嵌入对象，单击鼠标右键，在弹出的快捷菜单中选择嵌入对象类型，在其子菜单中选择“转换”命令，在打开的“类型转换”对话框中选择“转换类型”单选按钮，在“对象类型”列表框中指定类型，单击“确定”按钮即可。

11.3 Excel 2007与其他Office程序的协作

作为Microsoft Office 2007的组成部分，Excel 2007一个重要功能就是与其他Office应用程序之间的协作。这种协作主要体现在这些应用程序之间可以方便地交换信息。

11.3.1 与Word的协作

在Excel 2007中，可以使用前面介绍的插入对象的方法，在工作表中插入Word文档对象，此外，还可以直接将Word表格复制到Excel 2007的工作表中，反之亦可。

下面以将Word文档中的表格导入到Excel 2007中为例介绍Excel 2007与Word的协作。

(1) 在Word中打开“工作简历”文档，选择要导入到Excel 2007中的表格区域，单击鼠标右键，在弹出的快捷菜单中选择“复制”命令，如图11-3-1所示。

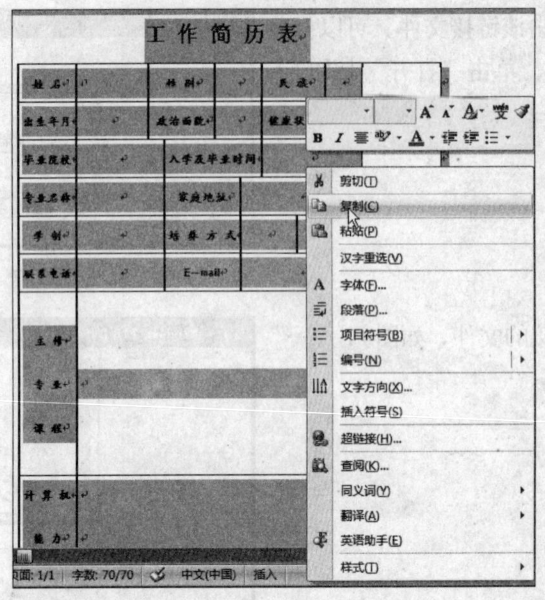

图 11-3-1

（2）打开Excel 2007，新建一个名为“工作简历”的工作簿，选择B2单元格，在“开始”选项卡的“剪贴板”组中单击“粘贴”按钮，将Word中的表格粘贴至Excel中，如图11-3-2所示。

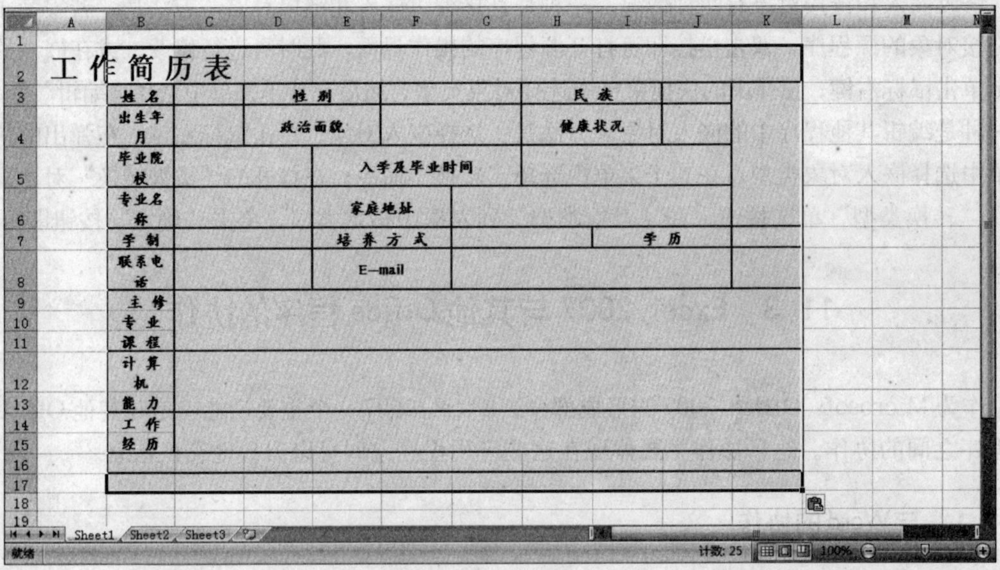

	A	B	C	D	E	F	G	H	I	J	K
1											
2	工作简历表										
3		姓名		性别				民族			
4		出生年月		政治面貌				健康状况			
5		毕业院校			入学及毕业时间						
6		专业名称			家庭地址						
7		学制			培养方式				学历		
8		联系电话			E-mail						
9		主修									
10		专业									
11		课程									
12		计算机									
13		能力									
14		工作									
15		经历									
16											
17											
18											
19											

Sheet1 Sheet2 Sheet3　就绪　计数: 25　100%

图 11-3-2

（3）最后在工作表中调整表格的格式，即可完成导入Word表格的操作，效果如图11-3-3所示。

注意

如果希望插入的Word文档表格仍然可以使用Word来进行编辑，则需要使用插入对象的方法将其插入到Excel 2007中。

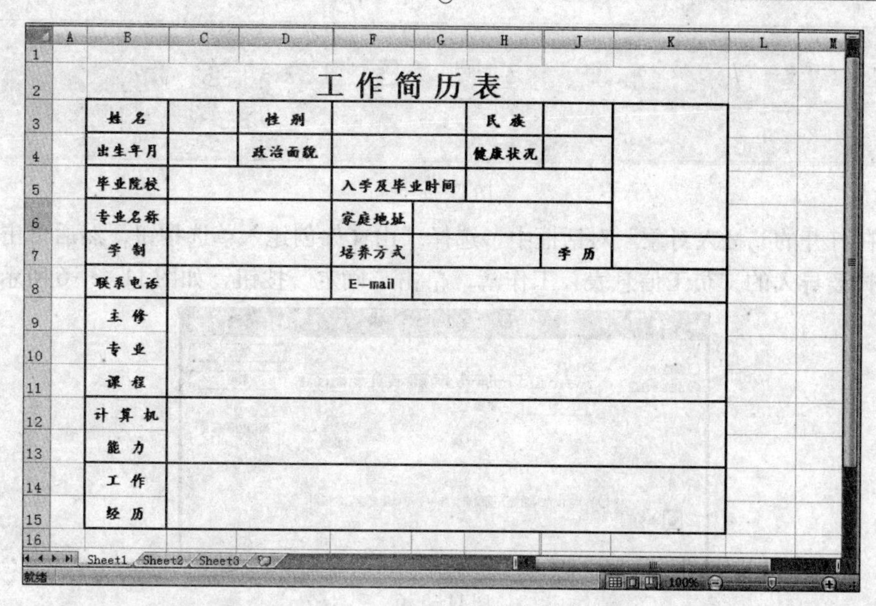

图 11-3-3

11.3.2 与PowerPoint的协作

在使用PowerPoint制作演示文稿时，经常会需要使用表格，但其制作表格的功能十分有限，此时可以在Excel中制作表格，然后将其导入到PowerPoint中。

下面以将Excel表格导入到PowerPoint演示文稿中为例介绍Excel 2007与PowerPoint的协作。

（1）在PowerPoint 2007中新建一个名为“员工信息表”的演示文稿，如图11-3-4所示。

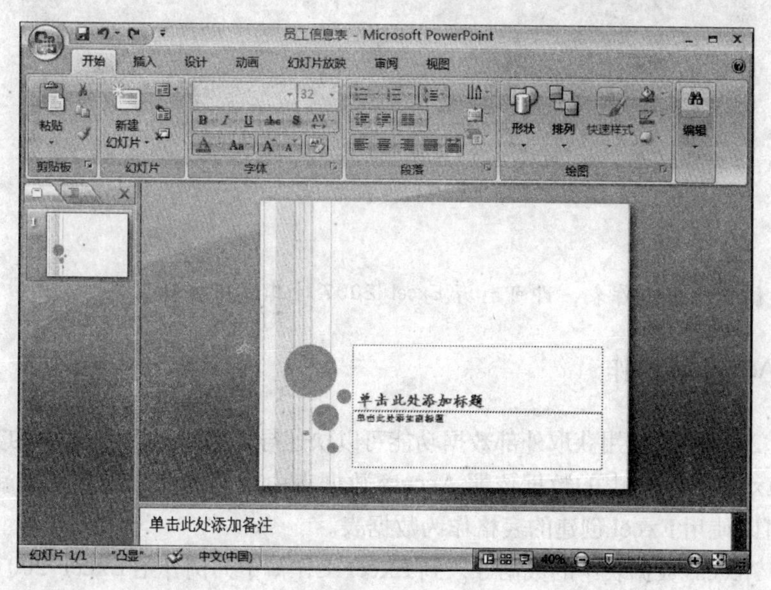

图 11-3-4

（2）在PowerPoint 2007功能区中选择“插入”选项卡，单击“文本”组中的“对象”按钮，如图11-3-5所示。

图 11-3-5

(3) 在打开的“插入对象”对话框中，选择“由文件创建”单选按钮，然后单击“浏览”按钮，选择要导入的“员工信息表”工作簿，单击“确定”按钮，如图 11-3-6 所示。

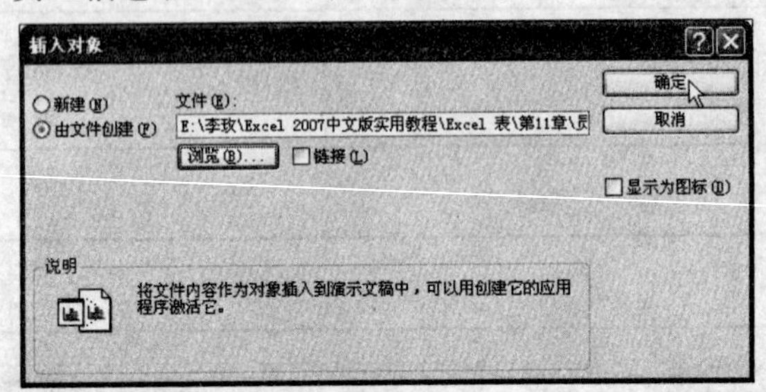

图 11-3-6

(4) 此时 Excel 工作簿中的表格导入到了 PowerPoint 中，调整表格大小，完成后效果如图 11-3-7 所示。

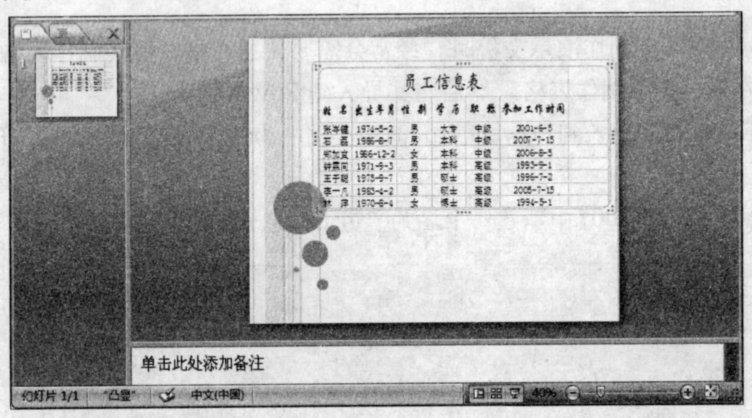

图 11-3-7

注意

在演示文稿中双击工作表，即可打开 Excel 2007 对其进行编辑。

11.3.3 与 Access 的协作

在 Excel 2007 中，使用获取外部数据功能可以快速导入 Access 数据表中的数据，并且可以设置导入 Excel 后表格中的数据依照 Access 数据表中数据的变化而自动更新。同样，在 Access 中也可以使用 Excel 创建的表格作为数据表。

下面以将 Access 数据表中的数据导入到 Excel 工作簿中为例介绍 Excel 2007 与 Access 的协作。

(1) 在 Excel 2007 中创建一个名为“学生成绩管理系统”的工作簿，选择“数据”选项卡，单击“获取外部数据”组中的“自 Access”按钮，如图 11-3-8 所示。

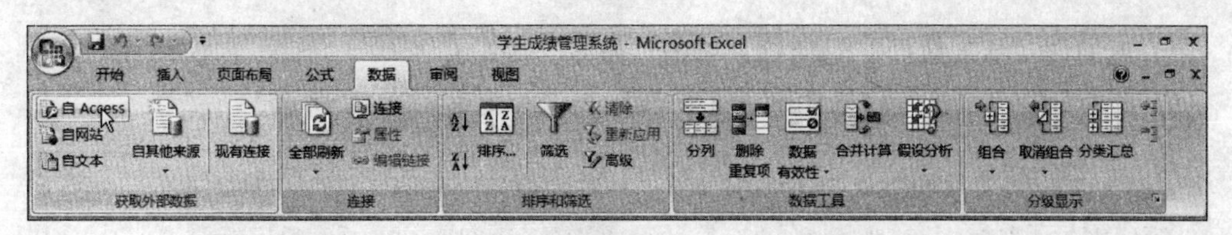

图 11－3－8

（2）在打开的“选取数据源”对话框中选择“学生成绩管理系统”Access文件，单击“打开”按钮，如图11－3－9所示。

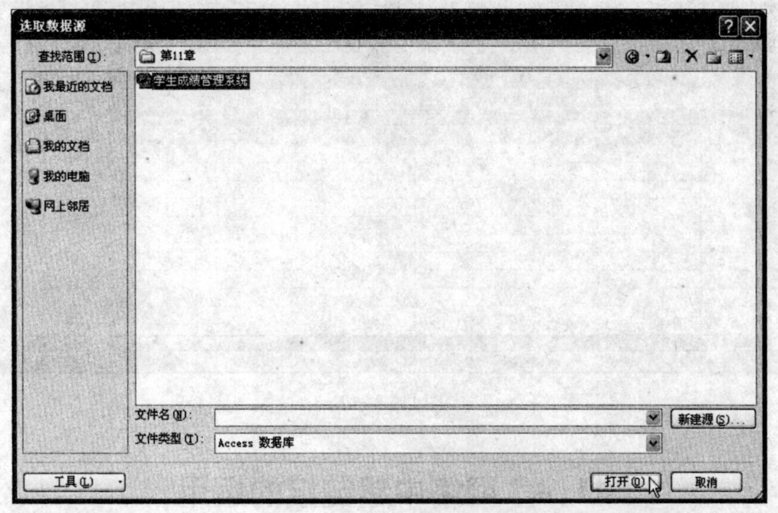

图 11－3－9

（3）在打开的“导入数据”对话框中，选择“请选择该数据在工作簿中的显示方式”选项区域中的“表”单选按钮；在“数据的放置位置”选项区域中选择“现有工作表”单选按钮，并选择起始位置为当前工作表的A1单元格，如图11－3－10所示。

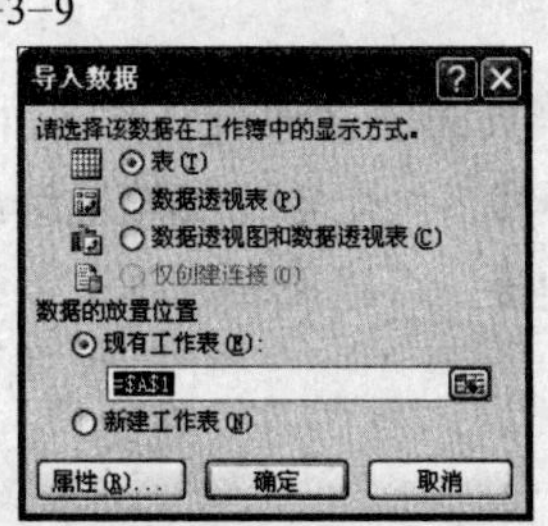

图 11－3－10

（4）单击“属性”按钮，打开“连接属性”对话框，在“使用状况”选项卡中的“刷新控件”选项区域中，勾选“打开文件时刷新数据”复选框，单击“确定”按钮，如图11－3－11所示。

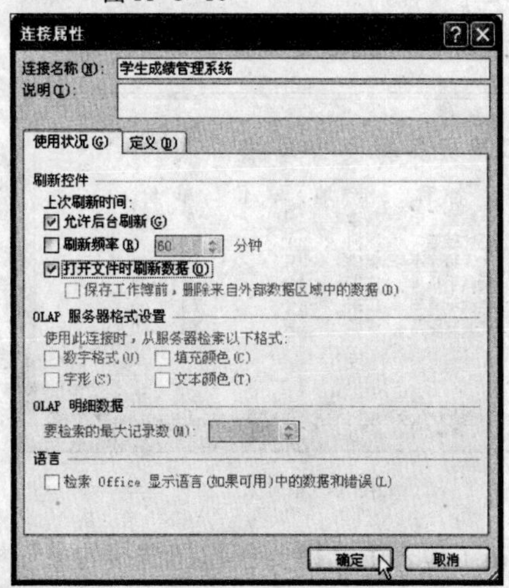

图 11－3－11

(5) 返回到“导入数据”对话框，单击“确定”按钮。

(6) 此时即在 Excel 工作簿中插入了该数据表，如图 11-3-12 所示。

学 号	姓 名	计算机基础	微机原理	C 语 言	数 据 库	管理信息系统	专业英语	总 分
8201	李子谦	82	79	82	90	85	76	494
8202	王苗苗	78	85	67	80	78	85	473
8203	李丽萍	78	82	84	76	75	75	470
8204	张之林	85	78	91	86	87	86	513
8205	田从键	89	84	83	72	79	80	487
8206	王思琴	87	76	74	71	70	80	458
8207	刘张博	86	80	90	85	71	70	482
8208	高南南	84	79	67	81	78	80	469
8209	陈美华	87	68	74	76	74	71	450
8210	赵 雷	75	67	70	62	70	65	409
8211	张卓琪	80	85	72	81	68	70	456
8212	林 青	86	91	87	78	84	92	518
8213	王德声	84	63	75	76	81	72	451
8214	张政英	78	69	81	76	79	71	454
8215	李 梦	88	79	85	76	84	75	487

图 11-3-12

11.4 网络中超链接的运用

超链接是指从一个页面或文件跳转到另外一个页面或文件，其链接目标通常是另外一个网页，也可以是一幅图片、一个电子邮箱地址或一个程序。超链接通常以与正常文本不同的格式显示。通常单击超链接，可以跳转到本机系统中的文件、网络共享资源或者互联网中的某个位置等。

11.4.1 创建超链接

创建超链接，操作步骤如下：

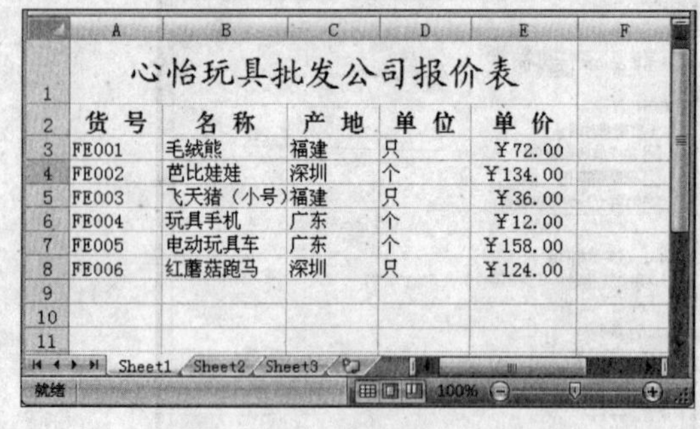

心怡玩具批发公司报价表

货 号	名 称	产 地	单 位	单 价
FE001	毛绒熊	福建	只	¥72.00
FE002	芭比娃娃	深圳	个	¥134.00
FE003	飞天猪（小号）	福建	只	¥36.00
FE004	玩具手机	广东	个	¥12.00
FE005	电动玩具车	广东	个	¥158.00
FE006	红蘑菇跑马	深圳	只	¥124.00

图 11-4-1

(1) 打开“心怡玩具批发公司报价表”工作簿，如图 11-4-1 所示。

(2) 在工作表中选择要创建超链接的单元格，这里选择 B3 单元格；选择“插入”选项卡，单击“链接”组中的“超链接”按钮，如图 11-4-2 所示。

图 11-4-2

(3) 在打开的“插入超链接”对话框中，单击“链接到”列表框中的“原有文件或网页”按钮，然后单击“当前文件夹”按钮，选择要创建超链接的图片文件，单击“确定”按钮，如图 11-4-3 所示。

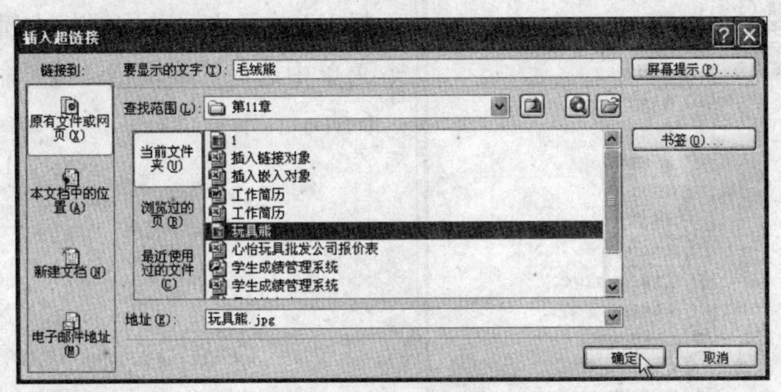

图 11-4-3

(4) 此时在 B3 单元格插入了超链接，如图 11-4-4 所示。

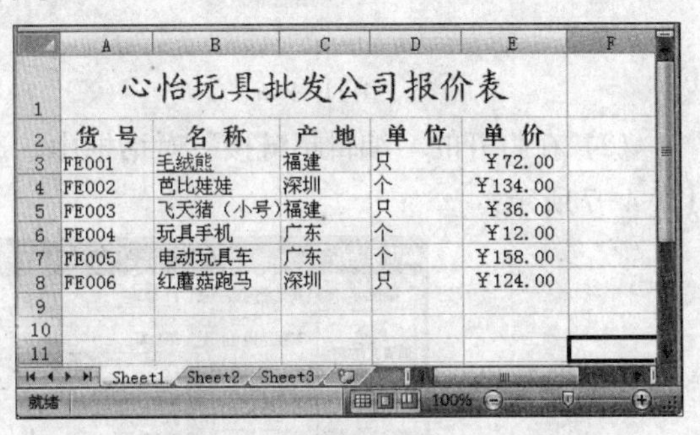

心怡玩具批发公司报价表

货号	名称	产地	单位	单价
FE001	毛绒熊	福建	只	￥72.00
FE002	芭比娃娃	深圳	个	￥134.00
FE003	飞天猪（小号）	福建	只	￥36.00
FE004	玩具手机	广东	个	￥12.00
FE005	电动玩具车	广东	个	￥158.00
FE006	红蘑菇跑马	深圳	只	￥124.00

图 11-4-4

(5) 单击该超链接即可打开插入的图片文件，如图 11-4-5 所示。

图 11-4-5

注意

在“插入超链接”对话框中，单击“屏幕提示”按钮，打开“设置超链接屏幕提示”对话框，在“屏幕提示文字”文本框中输入文本，单击“确定”按钮，以后移动鼠标指针到该超链接上系统自动显示超链接的名称为所输入的文本。

11.4.2 修改超链接

超链接创建好以后，在使用过程中可以根据实际需要进行修改。

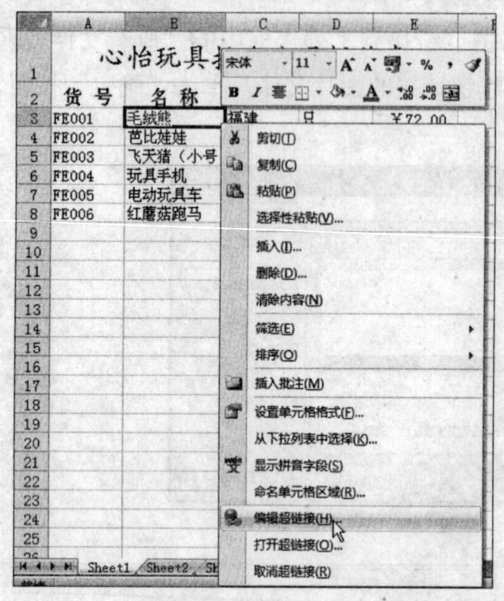

图 11-4-6

修改超链接，操作步骤如下：

（1）打开“心怡玩具批发公司报价表”工作簿，选择需要修改超链接的单元格，这里选择 B3 单元格，单击鼠标右键，在弹出的快捷菜单中选择“编辑超链接”命令，如图 11-4-6 所示。

（2）在打开的“编辑超链接”对话框中，选择新的超链接地址，单击“确定”按钮，如图 11-4-7 所示。

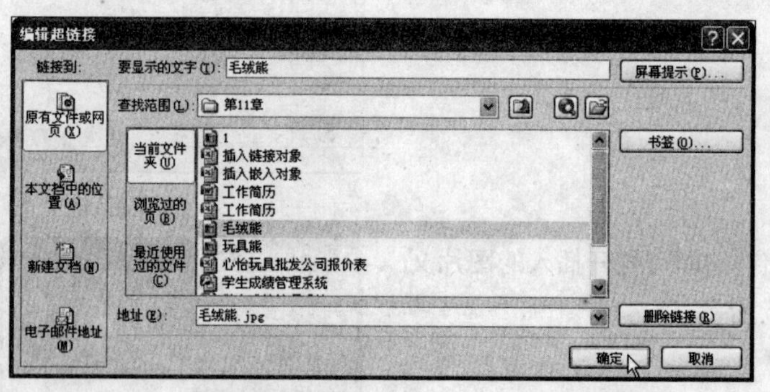

图 11-4-7

图 11-4-8

（3）此时即可将工作表中 B3 单元格链接到新的图片文件，单击该链接，结果如图 11-4-8 所示。

注意

除了可以修改超链接的地址以外，还可以修改该超链接的文本，对于已经建立超链接的文本，可以直接在编辑栏中进行修改。

11.4.3 取消超链接

对于已经建立好的超链接，在不需要的情况下可以进行删除。

取消超链接，操作步骤如下：

（1）打开“心怡玩具批发公司报价表”工作簿，选择需要取消超链接的单元格，这里选择B3单元格，单击鼠标右键，在弹出的快捷菜单中选择“取消超链接”命令，如图11－4－9所示。

图11－4－9

（2）此时即可将创建的超链接取消，工作表回复到未创建超链接时的状态，如图11－4－10所示。

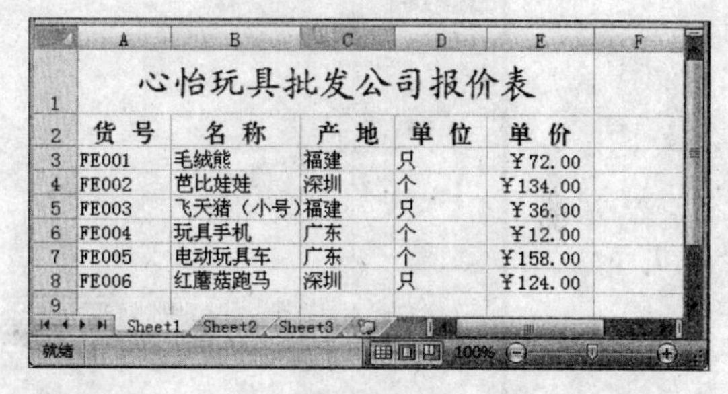

图11－4－10

注意

选择要取消超链接的单元格，然后在“插入”选项卡的“链接”组中，单击“超链接”按钮，打开“编辑超链接”对话框，单击对话框中的“删除链接”按钮也可取消超链接。

11.5 在网络上发布Excel数据

在Excel 2007中，可以将工作簿或其中一部分保存为网页并进行发布，从而方便查看。在浏览发布后的Excel数据时，用户只能查看数据而无法对其进行修改。

如果要将工作簿中的所有数据发布到网络上，可以发布整个工作簿。

发布整个工作簿至网页，操作步骤如下：

（1）打开“计算机应用 2 班成绩表”工作簿，如图 11-5-1 所示。

计算机应用2班成绩表

学 号	姓 名	计算机基础	微机原理	C语言	数据库	管理信息系统	专业英语	总 分
08201	李子谦	82	79	82	90	85	76	494
08202	王苗苗	78	85	67	80	78	85	473
08203	李丽萍	78	82	84	76	75	75	470
08204	张之林	85	78	91	86	87	86	513
08205	田从键	89	84	83	72	79	80	487
08206	王思琴	87	76	74	71	70	80	458
08207	刘张博	86	80	90	85	71	70	482
08208	高南南	84	79	67	81	78	80	469
08209	陈美华	87	68	74	76	74	71	450
08210	赵　雷	75	67	70	62	70	65	409
08211	张卓琪	80	85	72	81	68	70	456
08212	林　青	86	91	87	78	84	92	518
08213	王德声	84	63	75	76	81	72	451
08214	张政英	78	69	81	76	79	71	454
08215	李　梦	88	79	85	76	84	75	487

Sheet1 Sheet2 Sheet3

就绪 100%

图 11-5-1

（2）单击“Office”按钮，在弹出的菜单中选择“另存为”命令，打开“另存为”对话框，在“保存类型”下拉列表框中选择“单个文件网页”选项，在“保存”选项区域中选择“整个工作簿”单选按钮，单击“发布”按钮，如图 11-5-2 所示。

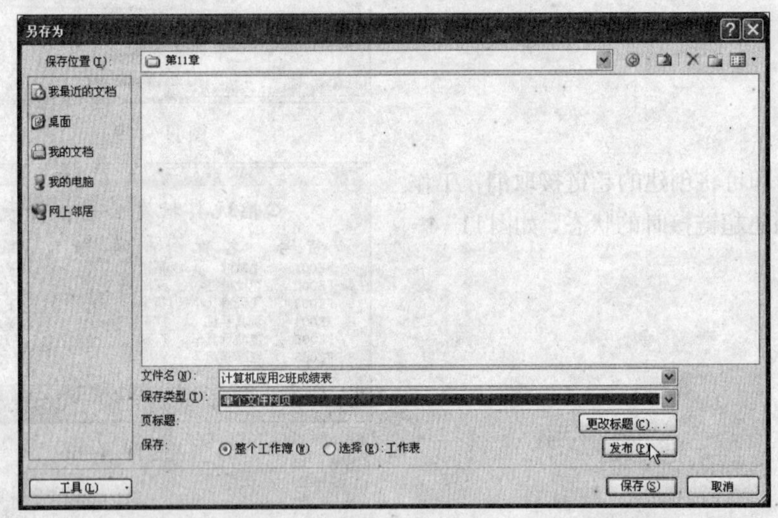

图 11-5-2

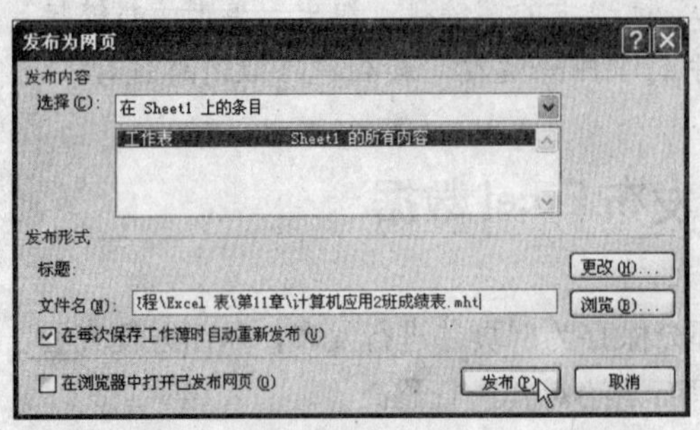

图 11-5-3

（3）在打开的“发布为网页”对话框中勾选“在每次保存工作簿时自动重新发布”复选框，单击“发布”按钮，如图 11-5-3 所示。

(4) 此时即可将工作簿保存为网页文件，双击该网页文件，即可查看工作簿中的数据，如图11-5-4所示。

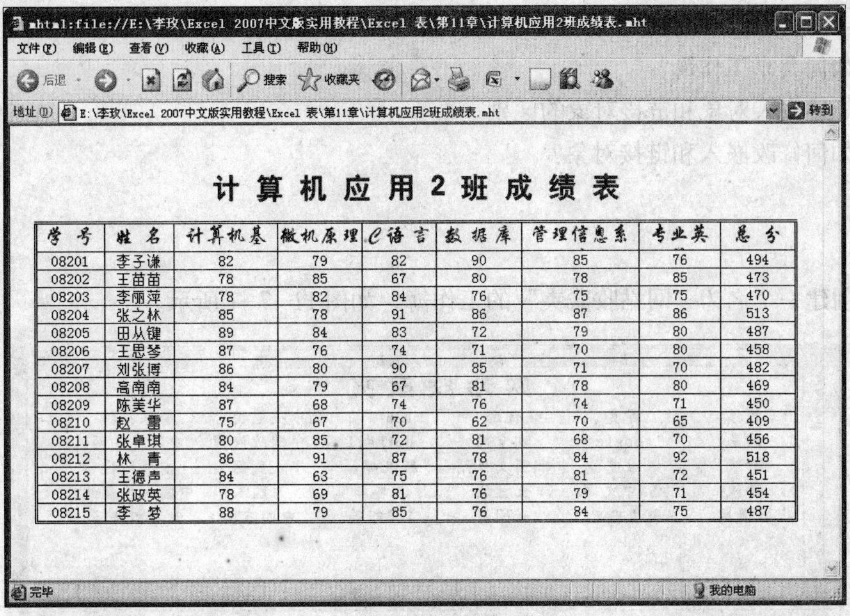

mhtml:file://E:\李玫\Excel 2007中文版实用教程\Excel 表\第11章\计算机应用2班成绩表.mht

文件(F) 编辑(E) 查看(V) 收藏(A) 工具(T) 帮助(H)

后退 搜索 收藏夹

地址(D) E:\李玫\Excel 2007中文版实用教程\Excel 表\第11章\计算机应用2班成绩表.mht 转到

计算机应用2班成绩表

学号	姓名	计算机基	微机原理	C语言	数据库	管理信息系	专业英	总分
08201	李子谦	82	79	82	90	85	76	494
08202	王苗苗	78	85	67	80	78	85	473
08203	李丽萍	78	82	84	76	75	75	470
08204	张之林	85	78	91	86	87	86	513
08205	田从键	89	84	83	72	79	80	487
08206	王思琴	87	76	74	71	70	80	458
08207	刘张博	86	80	90	85	71	70	482
08208	高南南	84	79	67	81	78	80	469
08209	陈美华	87	68	74	76	74	71	450
08210	赵　雷	75	67	70	62	70	65	409
08211	张卓琪	80	85	72	81	68	70	456
08212	林　青	86	91	87	78	84	92	518
08213	王德声	84	63	75	76	81	72	451
08214	张政英	78	69	81	76	79	71	454
08215	李　梦	88	79	85	76	84	75	487

完毕　　我的电脑

图11-5-4

注意

除了将整个工作簿发布到网页上外，还可以单独发布工作簿中的工作表，具体方法与发布工作簿的方法相似，只需在"另存为"对话框中选择"选择(E)：工作表"单选按钮即可。

11.6 小　结

本章主要介绍了Excel 2007高级运用方面的知识，其中包括共享工作簿、嵌入和链接外部对象、与其他Office程序的协作、超链接的使用以及在网络上发布Excel数据等内容。通过本章的学习，读者应当掌握共享工作簿、嵌入与链接外部对象、插入超链接等操作。

11.7 练　习

填空题

(1) 在Excel 2007中，插入的外部对象可分为______与______两种。

(2) 在Excel 2007中，使用______功能可以快速导入Access数据表中的数据，并且可以设置导入Excel后表格中的数据依照Access数据表中数据的变化而自动更新。

(3) ______是指从一个页面或文件跳转到另外一个页面或文件，其链接目标通常是

______，也可以是______、______或______。

简答题

（1）如何共享工作簿？

（2）简述嵌入对象和链接对象的区别。

（3）如何修改嵌入和链接对象？

上机练习

（1）创建一个名为“网站收藏夹”的工作簿，如图11-7-1所示。

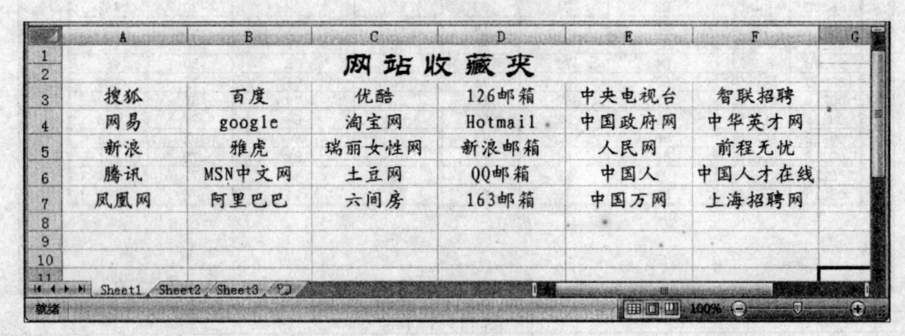

	A	B	C	D	E	F	G
1	网站收藏夹						
2							
3	搜狐	百度	优酷	126邮箱	中央电视台	智联招聘	
4	网易	google	淘宝网	Hotmail	中国政府网	中华英才网	
5	新浪	雅虎	瑞丽女性网	新浪邮箱	人民网	前程无忧	
6	腾讯	MSN中文网	土豆网	QQ邮箱	中国人	中国人才在线	
7	凤凰网	阿里巴巴	六间房	163邮箱	中国万网	上海招聘网	
8							
9							
10							

Sheet1 Sheet2 Sheet3

就绪 100%

图11-7-1

（2）设置“搜狐”文本的超链接地址为“www.sohu.com”。

（3）将“网站收藏夹”工作簿发布至网页。

第12章　打印工作表

通过本章，你应当学会：

（1）设置页面。

（2）设置页眉和页脚。

（3）设置分页。

（4）打印工作表。

通常在完成对工作表数据的输入和编辑后，需要将其打印出来。利用Excel 2007提供的设置页面、设置页眉和页脚、打印预览等功能，可以对制作好的工作表进行打印设置，美化打印效果。

12.1　设置页面

在打印工作表之前，可根据需要对工作表进行一些必要的设置，如纸张方向、纸张大小、页眉或页脚以及页边距等，下面分别进行介绍。

12.1.1　设置纸张方向

在设置打印页面时，纸张方向可设置为横向打印或纵向打印。若文档的行较多而列较少则可以选择纵向打印；若文档的列较多而行较少时则可以选择横向打印。

设置纸张方向，操作步骤如下：

（1）打开“计算机应用2班成绩表”工作簿，选择“页面布局”选项卡，单击“页面设置”组中的“纸张方向”按钮，如图12－1－1所示。

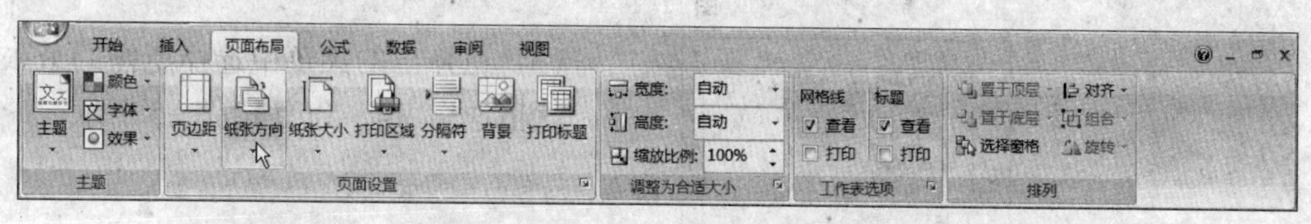

图12－1－1

（2）在弹出的菜单中选择“纵向”或“横向”命令，这里选择“横向”命令，如图12－1－2所示。

图12－1－2

（3）单击“Office”按钮，在弹出的菜单中选择“打印／打印预览”命令，即可预览当前工作表的打印效果，如图12－1－3所示。

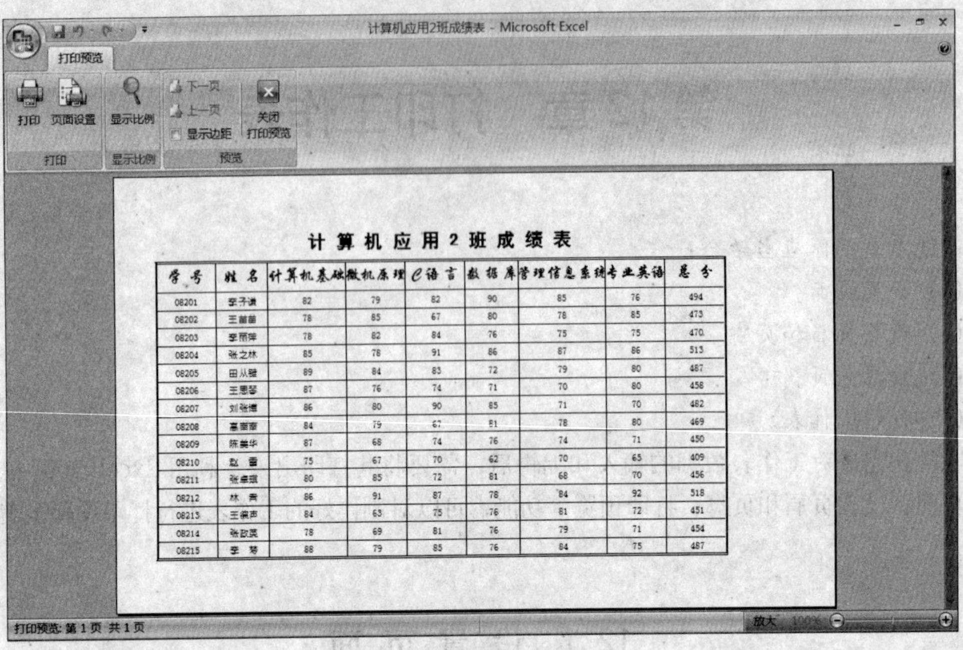

计算机应用2班成绩表

学号	姓名	计算机基础	微机原理	C语言	数据库	管理信息系统	专业英语	总分
08201	李子谦	82	79	82	90	85	76	494
08202	王苗苗	78	85	67	80	78	85	473
08203	李丽萍	78	82	84	76	75	75	470
08204	张之林	85	78	91	86	87	86	513
08205	田从骏	89	84	83	72	79	80	487
08206	王思琴	87	76	74	71	70	80	458
08207	刘张娜	86	80	90	85	71	70	482
08208	高蕾蕾	84	79	67	81	78	80	469
08209	陈美华	87	68	74	76	74	71	450
08210	赵　雷	75	67	70	62	70	65	409
08211	张卓琪	80	85	72	81	68	70	456
08212	林　青	86	91	87	78	84	92	518
08213	王佩声	84	63	75	76	81	72	451
08214	张致英	78	69	81	76	79	71	454
08215	李　琴	88	79	85	76	84	75	487

图 12–1–3

12.1.2 设置纸张大小

在设置打印页面时，应选用与打印机中打印纸大小相对应的纸张。

设置纸张大小，操作步骤如下：

(1) 打开“计算机应用2班成绩表”工作簿，选择“页面布局”选项卡，单击“页面设置”组中的“纸张大小”按钮，如图 12–1–4 所示。

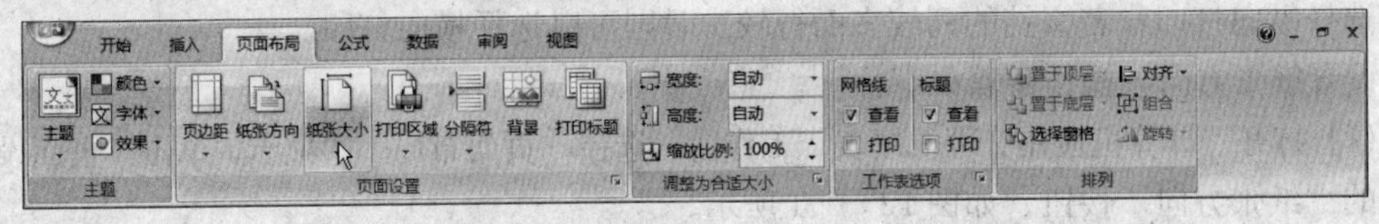

图 12–1–4

(2) 在弹出的菜单中选择所需的纸张大小，这里选择 A4，如图 12–1–5 所示。

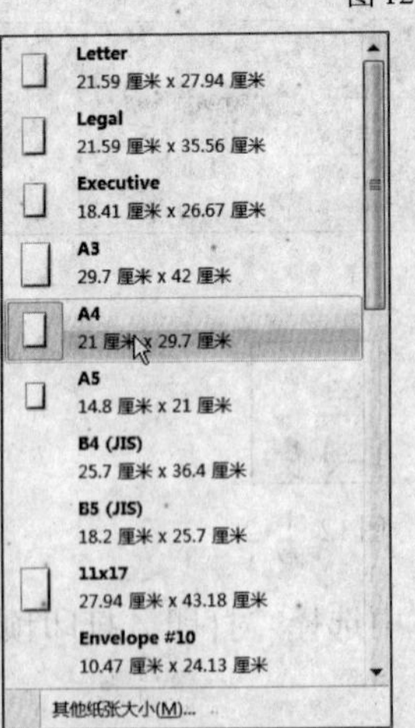

图 12–1–5

12.1.3　设置页边距

页边距指的是打印工作表的边缘距离打印纸边缘的距离。Excel 2007提供了3种页边距预设方案，分别为“普通”、“宽”与“窄”，系统默认使用“普通”页边距方案。通过这3种预设方案之一，可以快速设置页边距效果。

如果Excel 2007预设的3种页边距方案不能满足用户的需要，可以单击“页面设置”组右下角的“对话框启动器”图标，打开“页面设置”对话框，在“页边距”选项卡中进行页边距大小的设置。

设置页边距，操作步骤如下：

(1) 打开“计算机应用2班成绩表”工作簿，选择“页面布局”选项卡，单击“页面设置”组右下角的“对话框启动器”图标，如图12–1–6所示。

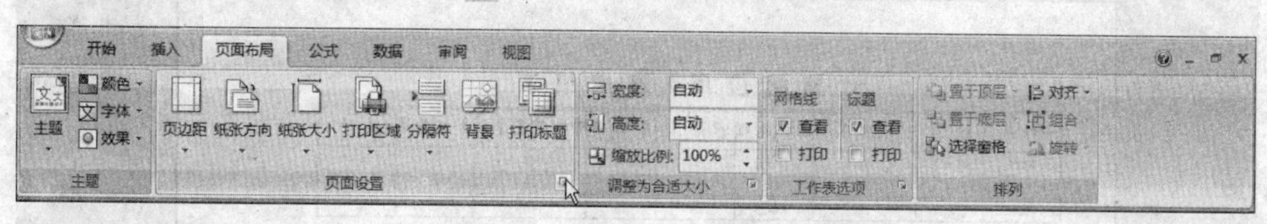

图12–1–6

(2) 在打开的“页面设置”对话框中选择“页边距”选项卡，可以对上、下、左、右以及页眉和页脚边距进行设置，设置完成后，单击“确定”按钮即可，如图12–1–7所示。

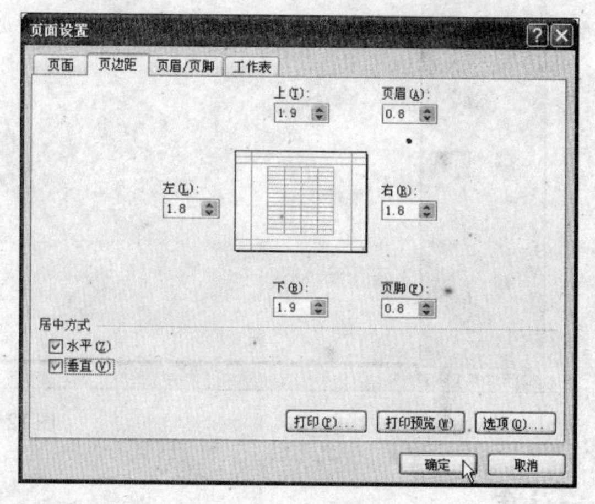

图12–1–7

注意

在“页面设置”对话框中，选择“页面”选项卡，也可以对“纸张方向”和“纸张大小”进行设置。

12.1.4　设置打印区域

在打印工作表时，经常会遇到不需要打印整张工作表的情况，此时可以设置打印区域，只打印需要打印的部分。

设置打印区域，操作步骤如下：

(1) 打开“计算机应用2班成绩表”工作簿，选择第1行至第5行单元格区域，选择“页面布局”选项卡，在“页面设置”组中单击“打印区域”按钮，如图12–1–8所示。

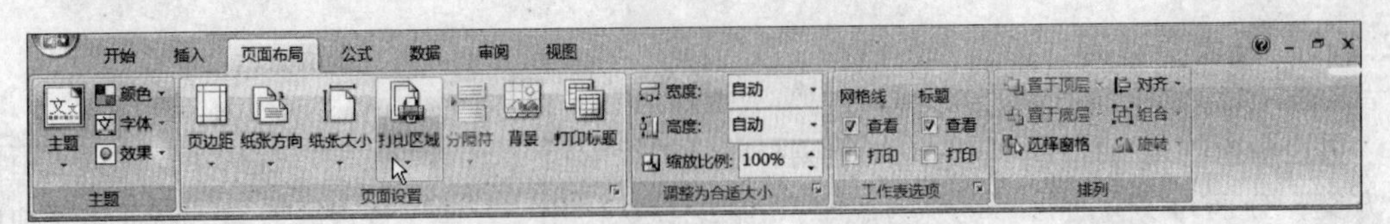

图 12−1−8

图 12−1−9

(2) 在弹出的菜单中选择“设置打印区域”命令即可，如图 12−1−9 所示。

(3) 单击“Office”按钮，在弹出的菜单中选择“打印 / 打印预览”命令，可以查看设置的打印区域效果，如图 12−1−10 所示。

计算机应用2班成绩表

学号	姓名	计算机基础	微机原理	C语言	数据库	管理信息系统	专业英语	总分
08201	李子谈	82	79	82	90	85	76	494
08202	王苗苗	78	85	67	80	78	85	473
08203	李丽萍	78	82	84	76	75	75	470

打印预览: 第 1 页 共 1 页

图 12−1−10

注意

若要取消已经设置的打印区域，可单击“打印区域”按钮，在弹出的菜单中选择“取消打印区域”命令。

12.2 设置页眉和页脚

页眉就是在页面顶端添加的附加信息，页脚就是在页面底端添加的附加信息。设置页眉和页脚是为了打印出来的表格更加美观。

12.2.1 添加页眉和页脚

添加页眉和页脚，操作步骤如下：

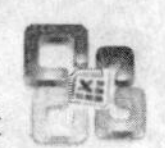

（1）打开“计算机应用2班成绩表”工作簿，选择“页面布局”选项卡，单击“页面设置”组右下角的“对话框启动器”图标。

（2）在打开的“页面设置”对话框中选择“页眉/页脚”选项卡，在“页眉”下拉列表框中选择“计算机应用2班成绩表”选项，在“页脚”下拉列表框中选择“第1页”选项，单击“确定”按钮，如图12-2-1所示。

页面设置
页面
页边距
页眉/页脚
工作表
计算机应用2班成绩表
页眉(A):
计算机应用2班成绩表
自定义页眉(C)...
自定义页脚(U)...
页脚(F):
第 1 页
第 1 页
奇偶页不同(D)
首页不同(I)
随文档自动缩放(L)
与页边距对齐(M)
打印(P)...
打印预览(W)
选项(O)...
确定
取消

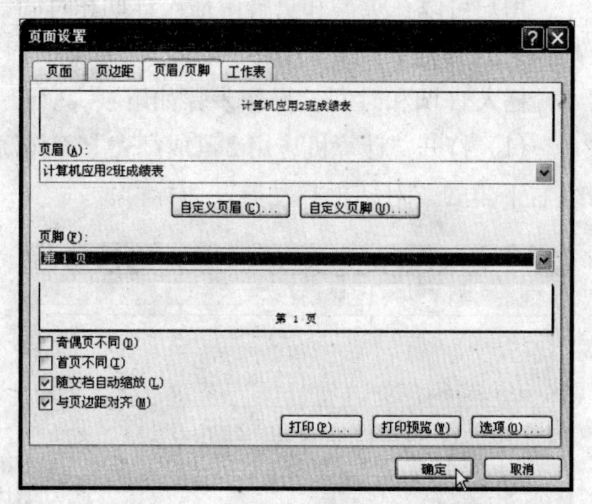

图12-2-1

（3）此时返回工作表中，单击“Office”按钮，在弹出的菜单中选择“打印/打印预览”命令，查看设置后的效果，如图12-2-2所示。

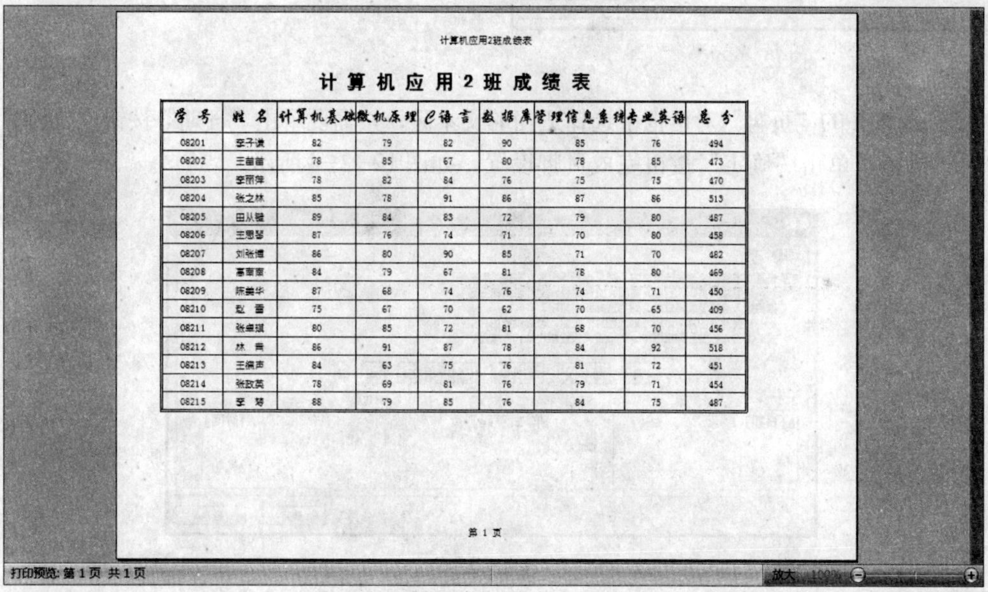

计算机应用2班成绩表
计算机应用2班成绩表

学号	姓名	计算机基础	微机原理	C语言	数据库	管理信息系统	专业英语	总分
08201	李子谦	82	79	82	90	85	76	494
08202	王苗苗	78	85	67	80	78	85	473
08203	李丽萍	78	82	84	76	75	75	470
08204	张之林	85	78	91	86	87	86	513
08205	田从键	89	84	83	72	79	80	487
08206	王思琴	87	76	74	71	70	80	458
08207	刘张博	86	80	90	85	71	70	482
08208	高南南	84	79	67	81	78	80	469
08209	陈美华	87	68	74	76	74	71	450
08210	赵　蕾	75	67	70	62	70	65	409
08211	张卓琪	80	85	72	81	68	70	456
08212	林　青	86	91	87	78	84	92	518
08213	王佩声	84	63	75	76	81	72	451
08214	张致英	78	69	81	76	79	71	454
08215	李　琴	88	79	85	76	84	75	487

第 1 页
打印预览：第1页　共1页
放大

图12-2-2

注意

在“页眉/页脚”选项卡中，勾选“奇偶页不同”复选框可以在同一个文档中为奇数页和偶数页设置不同的页眉和页脚；勾选“首页不同”复选框可以将文档首页的页眉和页脚设置为与其他页不同。

在“页眉/页脚”选项卡中，单击“自定义页眉”和“自定义页脚”按钮，可以打开相应的对话框进行自定义设置。

12.2.2 插入日期和时间

用户可以在页眉和页脚中插入日期和时间，该日期和时间可以是系统默认的，也可以是用户输入的其他日期和时间。

插入日期和时间，操作步骤如下：

(1) 打开“计算机应用 2 班成绩表”工作簿，选择“页面布局”选项卡，单击“页面设置”组右下角的“对话框启动器”图标。

(2) 在打开的“页面设置”对话框中选择“页眉/页脚”选项卡，单击“自定义页脚”按钮，如图 12-2-3 所示。

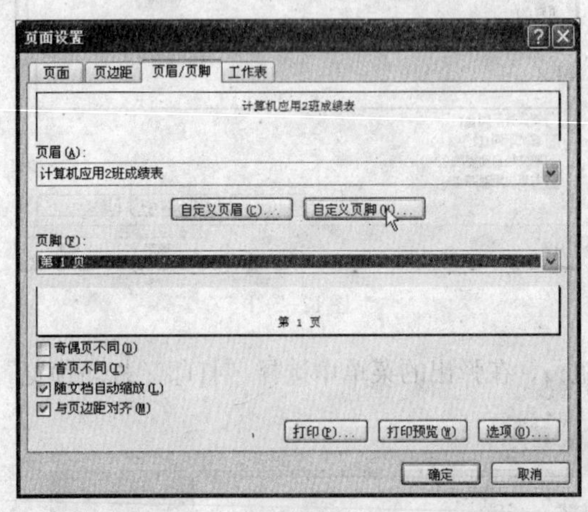

图 12-2-3

(3) 在打开的“页脚”对话框中选择适当的文本区，按需要单击“日期”按钮，“页码”及“时间”按钮，单击“确定”按钮完成页脚设置，如图 12-2-4 所示。

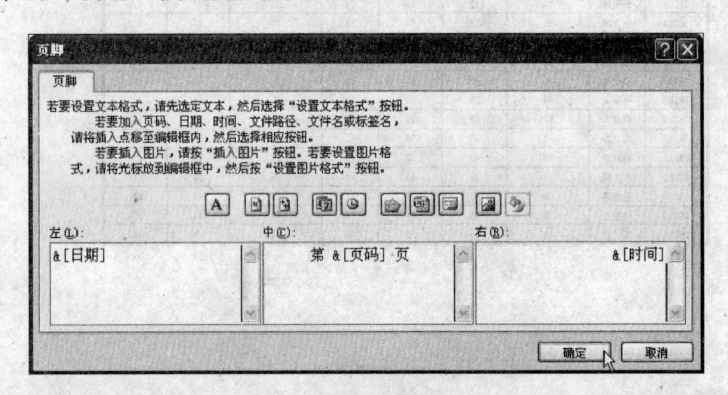

图 12-2-4

(4) 此时返回到“页面设置”对话框，单击“确定”按钮，返回至文档。

(5) 单击“Office”按钮，在弹出的菜单中选择“打印/打印预览”命令，查看设置后的效果，如图 12-2-5 所示。

计算机应用2班成绩表

计算机应用2班成绩表

学号	姓名	计算机基础	微机原理	C语言	数据库	管理信息系统	专业英语	总分
08201	李子谦	82	79	82	90	85	76	494
08202	王苗苗	78	85	67	80	78	85	473
08203	李丽萍	78	82	84	76	75	75	470
08204	张之林	85	78	91	86	87	86	513
08205	田从键	89	84	83	72	79	80	487
08206	王思琴	87	76	74	71	70	80	458
08207	刘张博	86	80	90	85	71	70	482
08208	高南南	84	79	67	81	78	80	469
08209	陈美华	87	68	74	76	74	71	450
08210	赵 蕾	75	67	70	62	70	65	409
08211	张卓琪	80	85	72	81	68	70	456
08212	林 青	86	91	87	78	84	92	518
08213	王德声	84	63	75	76	81	72	451
08214	张政英	78	69	81	76	79	71	454
08215	李 梦	88	79	85	76	84	75	487

2008-5-15 17:25

打印预览: 第 1 页 共 1 页 放大 100%

图 12-2-5

12.3 设置分页

如果需要打印的工作表内容多于1页，Excel会自动进行分页，并在分页处添加分页符。用户也可以自定义插入分页符的位置，根据需要插入水平分页符或垂直分页符。

12.3.1 插入水平分页符

插入水平分页符，操作步骤如下：

(1) 打开“计算机应用2班成绩表”工作簿，选择要插入分页符位置下方的单元格，这里选择A7单元格，如图12-3-1所示。

	A	B	C	D	E	F	G	H	I
1	计算机应用2班成绩表								
2	学号	姓名	计算机基础	微机原理	C语言	数据库	管理信息系统	专业英语	总分
3	08201	李子谦	82	79	82	90	85	76	494
4	08202	王苗苗	78	85	67	80	78	85	473
5	08203	李丽萍	78	82	84	76	75	75	470
6	08204	张之林	85	78	91	86	87	86	513
7	08205	田从键	89	84	83	72	79	80	487
8	08206	王思琴	87	76	74	71	70	80	458
9	08207	刘张博	86	80	90	85	71	70	482
10	08208	高南南	84	79	67	81	78	80	469
11	08209	陈美华	87	68	74	76	74	71	450
12	08210	赵 蕾	75	67	70	62	70	65	409
13	08211	张卓琪	80	85	72	81	68	70	456
14	08212	林 青	86	91	87	78	84	92	518
15	08213	王德声	84	63	75	76	81	72	451
16	08214	张政英	78	69	81	76	79	71	454
17	08215	李 梦	88	79	85	76	84	75	487

Sheet1 Sheet2 Sheet3

就绪 100%

图 12-3-1

(2) 选择“页面布局”选项卡，单击“页面设置”组中的“分隔符”按钮，在弹出的菜单中选择“插入分页符”命令，如图12-3-2所示。

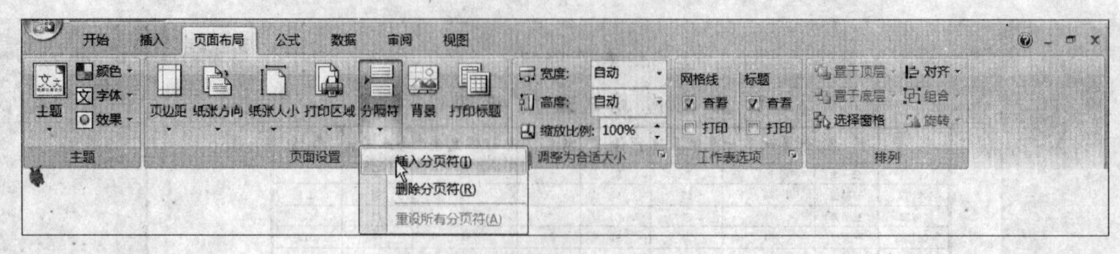

图 12−3−2

（3）此时在所选单元格上方插入水平分页符（显示为一条水平虚线），表示 1～6 行的内容打印在第 1 页中，第 7 行以下（包括第 7 行）的内容将会换到下一页打印，如图 12−3−3 所示。

计算机应用 2 班成绩表

学号	姓名	计算机基础	微机原理	C语言	数据库	管理信息系统	专业英语	总分
08201	李子谦	82	79	82	90	85	76	494
08202	王苗苗	78	85	67	80	78	85	473
08203	李丽萍	78	82	84	76	75	75	470
08204	张之林	85	78	91	86	87	86	513
08205	田从键	89	84	83	72	79	80	487
08206	王思琴	87	76	74	71	70	80	458
08207	刘张博	86	80	90	85	71	70	482
08208	高南南	84	79	67	81	78	80	469
08209	陈美华	87	68	74	76	74	71	450
08210	赵　雷	75	67	70	62	70	65	409
08211	张卓琪	80	85	72	81	68	70	456
08212	林　青	86	91	87	78	84	92	518
08213	王德声	84	63	75	76	81	72	451
08214	张政英	78	69	81	76	79	71	454
08215	李　梦	88	79	85	76	84	75	487

图 12−3−3

12.3.2 插入垂直分页符

插入垂直分页符，操作步骤如下：

（1）打开“计算机应用 2 班成绩表”工作簿，选择要插入分页符位置右侧的列标，这里选择 E 列，如图 12−3−4 所示。

计算机应用 2 班成绩表

学号	姓名	计算机基础	微机原理	C语言	数据库	管理信息系统	专业英语	总分
08201	李子谦	82	79	82	90	85	76	494
08202	王苗苗	78	85	67	80	78	85	473
08203	李丽萍	78	82	84	76	75	75	470
08204	张之林	85	78	91	86	87	86	513
08205	田从键	89	84	83	72	79	80	487
08206	王思琴	87	76	74	71	70	80	458
08207	刘张博	86	80	90	85	71	70	482
08208	高南南	84	79	67	81	78	80	469
08209	陈美华	87	68	74	76	74	71	450
08210	赵　雷	75	67	70	62	70	65	409
08211	张卓琪	80	85	72	81	68	70	456
08212	林　青	86	91	87	78	84	92	518
08213	王德声	84	63	75	76	81	72	451
08214	张政英	78	69	81	76	79	71	454
08215	李　梦	88	79	85	76	84	75	487

平均值: 78.8　计数: 16　求和: 1182

图 12−3−4

（2）选择“页面布局”选项卡，单击“页面设置”组中的“分隔符”按钮，在弹出的菜单中选择“插入分页符”命令。

（3）此时在所选列左侧插入垂直分页符（显示为一条垂直虚线），表示A～D列的内容打印在第1页中，E列以后（包括第E列）的内容将会换到下一页打印，如图12-3-5所示。

	A	B	C	D	E	F	G	H	I
1	计算机应用2班成绩表								
2	学号	姓名	计算机基础	微机原理	C语言	数据库	管理信息系统	专业英语	总分
3	08201	李子谦	82	79	82	90	85	76	494
4	08202	王苗苗	78	85	67	80	78	85	473
5	08203	李丽萍	78	82	84	76	75	75	470
6	08204	张之林	85	78	91	86	87	86	513
7	08205	田从键	89	84	83	72	79	80	487
8	08206	王思琴	87	76	74	71	70	80	458
9	08207	刘张博	86	80	90	85	71	70	482
10	08208	高南南	84	79	67	81	78	80	469
11	08209	陈美华	87	68	74	76	74	71	450
12	08210	赵　雷	75	67	70	62	70	65	409
13	08211	张卓琪	80	85	72	81	68	70	456
14	08212	林　青	86	91	87	78	84	92	518
15	08213	王德声	84	63	75	76	81	72	451
16	08214	张政英	78	69	81	76	79	71	454
17	08215	李　梦	88	79	85	76	84	75	487

图12-3-5

12.3.3　移动分页符

在分页预览视图里，可以用鼠标拖动分页符来改变其在工作表中的位置。

移动分页符，操作步骤如下：

（1）打开“计算机应用2班成绩表”工作簿，选择“视图”选项卡，单击“工作簿视图”组中的“分页预览”按钮，如图12-3-6所示。

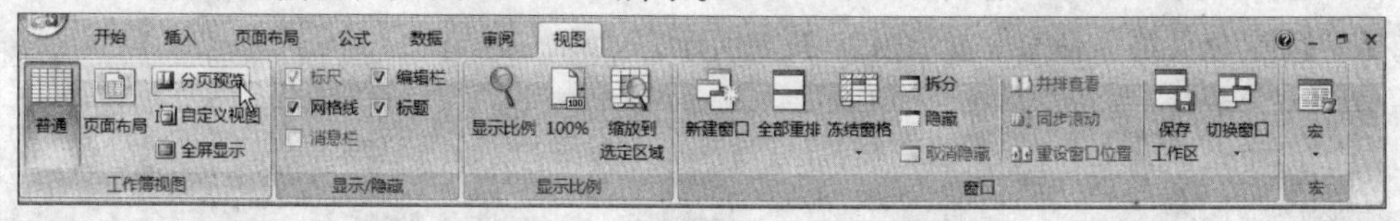

图12-3-6

（2）此时切换到分页预览视图，将鼠标指针移到需要移动的分页符上，鼠标光标显示为↕形状，如图12-3-7所示。

	A	B	C	D	E	F	G	H	I
1	计算机应用2班成绩表								
2	学号	姓名	计算机基础	微机原理	C语言	数据库	管理信息系统	专业英语	总分
3	08201	李子谦	82	79	82	90	85	76	494
4	08202	王苗苗	78	85	67	80	78	85	473
5	08203	李丽萍	78	82	84	76	75	75	470
6	08204	张之林	85	78	91	86	87	86	513
7	08205	田从键	89	84	83	72	79	80	487
8	08206	王思琴	87	76	74	71	70	80	458
9	08207	刘张博	86	80	90	85	71	70	482
10	08208	高南南	84	79	67	81	78	80	469
11	08209	陈美华	87	68	74	76	74	71	450
12	08210	赵　雷	75	67	70	62	70	65	409
13	08211	张卓琪	80	85	72	81	68	70	456
14	08212	林　青	86	91	87	78	84	92	518
15	08213	王德声	84	63	75	76	81	72	451
16	08214	张政英	78	69	81	76	79	71	454
17	08215	李　梦	88	79	85	76	84	75	487

第1页　第3页　第2页　第4页

图12-3-7

(3) 按住鼠标左键不放拖动分页符至所需位置，释放鼠标左键，完成移动分页符操作，如图 12–3–8 所示。

图 12–3–8

注意

要从分页预览视图切换到普通视图，在“工作簿视图”组中单击“普通”按钮即可。

12.3.4 删除分页符

删除插入的分页符，操作步骤如下：

(1) 打开“计算机应用 2 班成绩表”工作簿，选择插入该分页符时所选择的单元格或列标，这里选择 E 列。

(2) 选择“页面布局”选项卡，单击“页面设置”组中的“分隔符”按钮，在弹出的菜单中选择“删除分页符”命令，如图 12–3–9 所示。

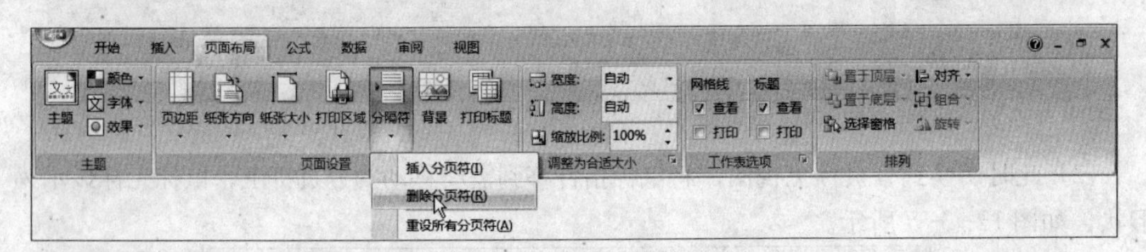

图 12–3–9

(3) 此时位于 E 列左侧的分页符被删除，如图 12–3–10 所示。

注意

如果要删除插入的所有分页符，可选择整张工作表，选择“页面布局”选项卡，单击“页面设置”组中的“分隔符”按钮，在弹出的菜单中选择“重设所有分页符”命令即可。

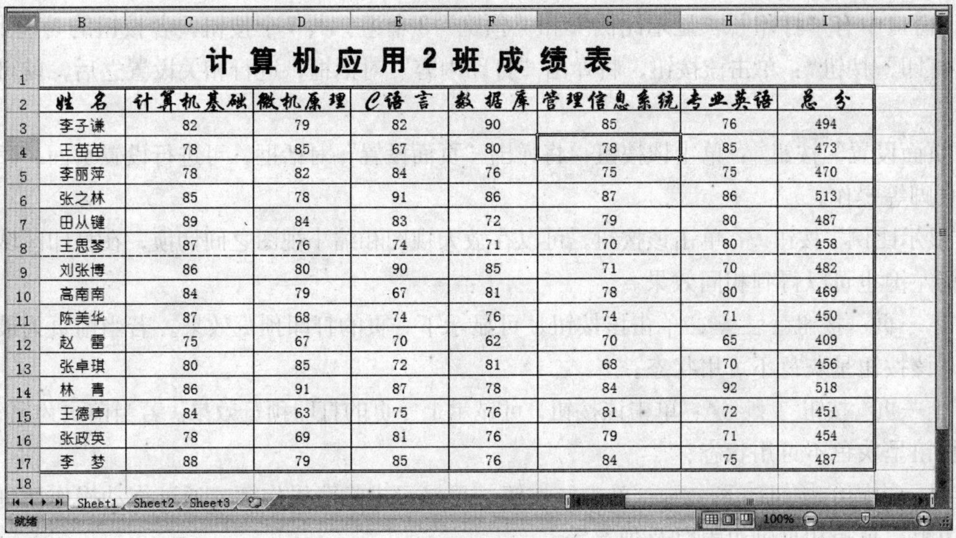

	B	C	D	E	F	G	H	I
1	计算机应用2班成绩表							
2	姓名	计算机基础	微机原理	C语言	数据库	管理信息系统	专业英语	总分
3	李子谦	82	79	82	90	85	76	494
4	王苗苗	78	85	67	80	78	85	473
5	李丽萍	78	82	84	76	75	75	470
6	张之林	85	78	91	86	87	86	513
7	田从键	89	84	83	72	79	80	487
8	王思琴	87	76	74	71	70	80	458
9	刘张博	86	80	90	85	71	70	482
10	高南南	84	79	67	81	78	80	469
11	陈美华	87	68	74	76	74	71	450
12	赵　雷	75	67	70	62	70	65	409
13	张卓琪	80	85	72	81	68	70	456
14	林　青	86	91	87	78	84	92	518
15	王德声	84	63	75	76	81	72	451
16	张政英	78	69	81	76	79	71	454
17	李　梦	88	79	85	76	84	75	487
18								

Sheet1 / Sheet2 / Sheet3　就绪　100%

图12-3-10

12.4　打印工作表

在设置完成所有的打印选项后就可进行打印了，在打印前用户还可预览一下打印效果。

12.4.1　打印预览

通过打印预览，用户可以预览所设置的打印选项的实际打印效果，对打印选项进行最后的修改和调整，图12-4-1所示为中文版Excel 2007的打印预览窗口。

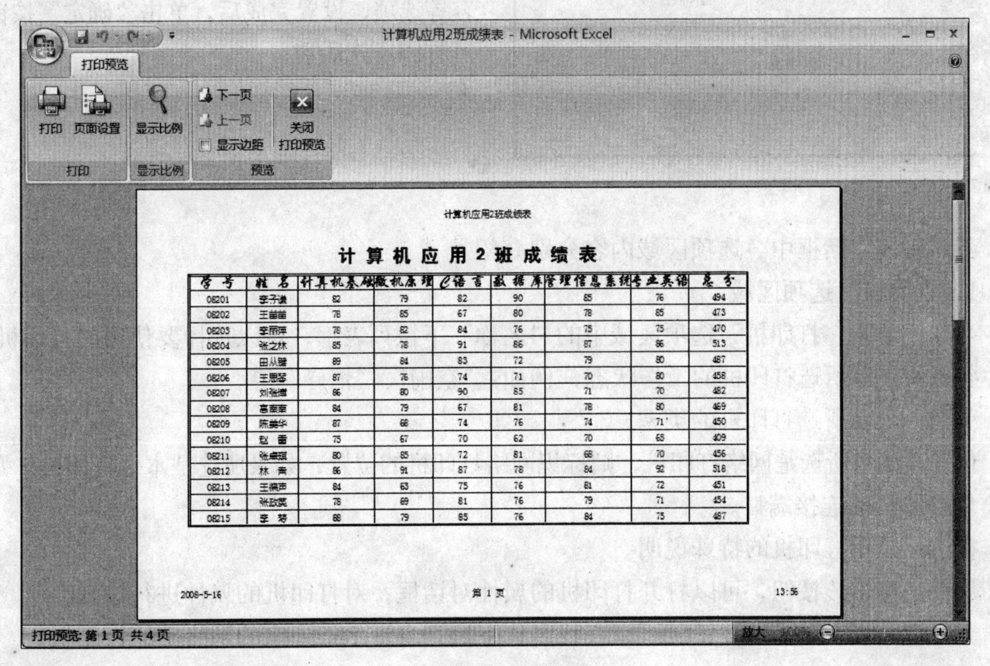

图12-4-1

该窗口中有“打印”、“显示比例”和“预览”3个组，共7个按钮，各按钮的功能如下：

“打印”按钮：单击该按钮，将弹出“打印内容”对话框，进行相关设置之后，就可打印工作表。

“页面设置”按钮：单击该按钮，将弹出“页面设置”对话框，可进行设置页面、添加页眉/页脚等操作。

“显示比例”按钮：单击该按钮，可以在放大视图和缩小视图之间切换，在打印区域内单击鼠标左键也可以得到相同效果。

“下一页”按钮 下一页 ：单击该按钮，可显示下一页的打印预览效果。若当前页为最后一页，则该按钮呈灰色不可用状态。

“上一页”按钮 上一页 ：单击该按钮，可显示上一页的打印预览效果。若当前页为第一页，则该按钮呈灰色不可用状态。

“显示边距”按钮 显示边距 ：单击该按钮，可显示或隐藏操作柄，通过拖动操作柄可以调整页边距、页眉和页脚边距以及列宽等。

“关闭打印预览”按钮：单击该按钮，可关闭打印预览窗口回到普通视图状态。

12.4.2 打印工作表

设置工作表的打印页面效果并在打印预览窗口确认无误之后，就可以打印输出了。

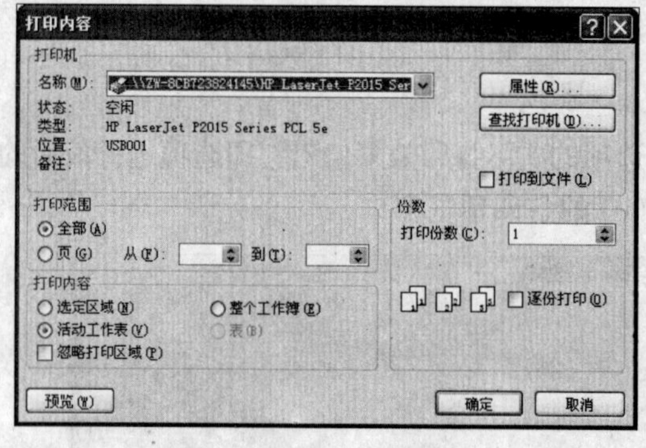

图12-4-2

单击“Office”按钮，在弹出的菜单中选择“打印”命令，打开“打印内容”对话框，如图12-4-2所示。在该对话框中，需要选择要使用的打印机以及设置打印范围、打印内容等选项，设置完成后，单击“确定”按钮即可打印所选内容。

下面对该对话框中各选项区域内容分别介绍。

1.“打印机”选项区域

名称：单击“打印机”选项区域中的“名称”下拉列表框，可以选择要使用的打印机。

状态：显示所选打印机的工作状态，例如：“空闲”、“忙碌”等。

类型：表示所选打印机的类型。

位置：如果所选是网络打印机，则标识网络打印机的位置；如果所选是本地打印机，则标识本地打印机的连接端口。

备注：显示打印机的特殊说明。

属性：单击该按钮，可以打开打印机的属性对话框，对打印机的属性进行设置。

查找打印机：单击该按钮，可以查找名称下拉列表框中未列出的网络上的打印机。

打印到文件：勾选该复选框，可将文档打印到文件而不是直接从打印机中打印出来。

2."打印范围"选项区域

在"打印范围"选项区域中，可以指定文档中要打印的页。如果选中"全部"单选按钮，则打印全部内容；如果选中"页"单选按钮，则需要在其右侧的数值框中输入要打印的页码范围。

3."打印内容"选项区域

在"打印内容"选项区域中，可以指定工作簿中要打印的部分。

选定区域：只打印工作表中选定的单元格区域。

整个工作簿：打印当前工作簿中有数据的所有工作表。

选定工作表：只打印选定的工作表。

忽略打印区域：选择该复选框后，会打印选定工作表的所有内容。

4."份数"选项区域

在"份数"选项区域中，可以设置打印的份数和打印方式。

打印份数：指定打印份数。

逐份打印：勾选该复选框，则在打印完一份完整的文档后，再开始打印下一份，直到完成设置的打印份数。

12.5 小　结

本章主要介绍了Excel 2007的打印操作。通过本章的学习，读者应当了解并掌握设置打印页面的方法，并能够在打印预览窗口中查看打印效果，最终打印输出。

12.6 练　习

填空题

（1）在设置打印页面时，纸张方向可设置为______或______。

（2）页边距指的是______。Excel 2007提供了3种页边距预设方案，分别为______、______与______，系统默认使用______页边距方案。

（3）页眉就是在______添加的附加信息，页脚就是在______添加的附加信息。设置页眉和页脚是为了打印出来的表格更加美观。

简答题

（1）设置页边距的操作步骤有哪些？

（2）如何插入页眉／页脚？

（3）如何插入分页符？

上机练习

（1）对一张编辑好的工作表进行页面设置。

（2）预览打印效果并将其打印输出。

第13章 应用实例

在学习了前面章节所介绍的Excel 2007的各项功能之后，本章将结合所学知识通过3个应用实例使读者灵活掌握制作电子表格的方法。

13.1 人事档案表

通过制作“人事档案表”巩固Excel 2007的基本操作，包括创建工作簿，保存工作簿，输入和编辑数据，设置单元格格式、插入艺术字等。

制作人事档案表，操作步骤如下：

(1) 启动Excel 2007，单击“Office”按钮，在弹出的菜单中选择“保存”命令，打开“另存为”对话框，在“保存位置”下拉列表框中选择文档的位置，在“文件名”文本框中输入“人事档案表”，单击“保存”按钮，保存新建工作簿，如图13-1-1所示。

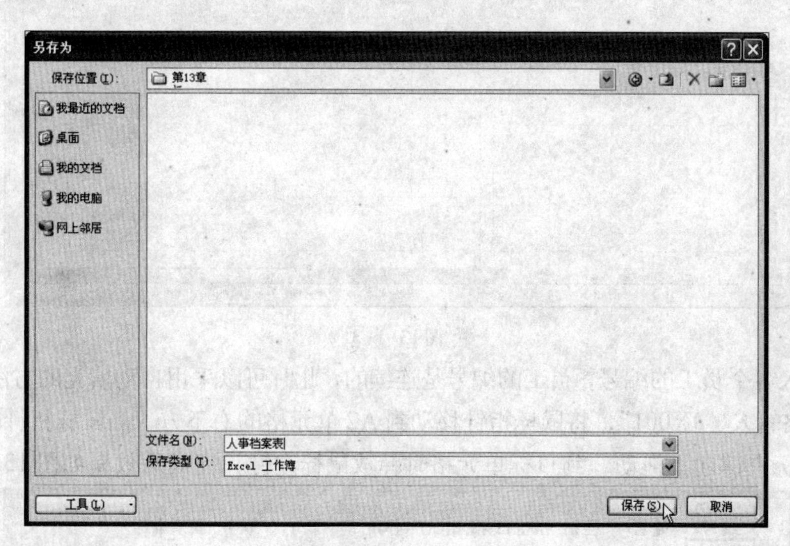

图13-1-1

(2) 在Sheet1工作表的A1～I1单元格中依次输入“编号”、“姓名”、“性别”、“出生日期”、“婚姻状况”、“到岗时间”、“部门、”“职务”、“联系电话”等，如图13-1-2所示。

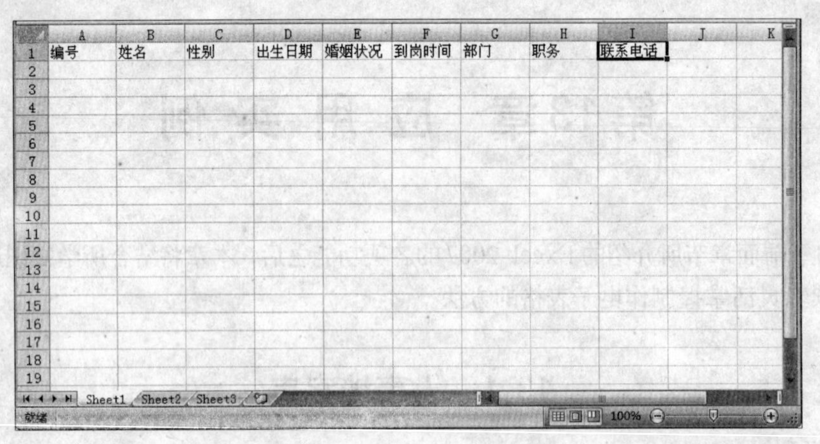

图13-1-2

（3）选择A1:I1单元格区域，在“开始”选项卡的“字体”组中，单击“加粗”按钮 **B**，在“字号”下拉列表框中选择14；在“对齐方式”组中，单击“居中”按钮；完成后效果如图13-1-3所示。

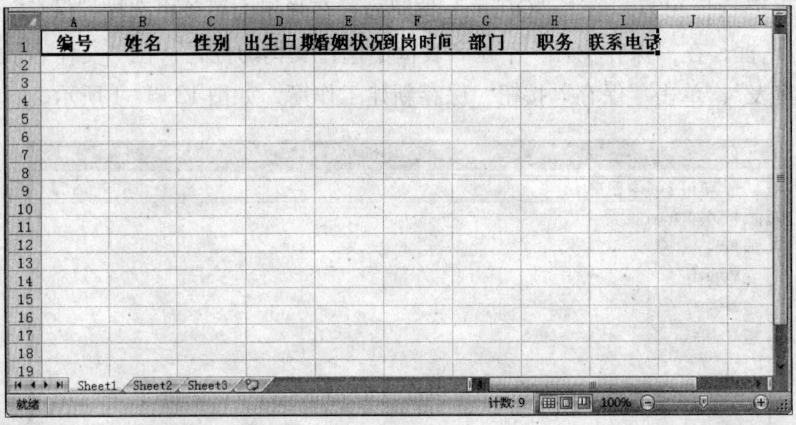

	A	B	C	D	E	F	G	H	I	J	K
1	**编号**	**姓名**	**性别**	**出生日期**	**婚姻状况**	**到岗时间**	**部门**	**职务**	**联系电话**		

图13-1-3

（4）输入各个员工的编号，员工的编号是连续的，此时可以采用自动填充的方法快速输入，在A2单元格输入“JX001”，将鼠标指针移动到A2单元格的右下方，当鼠标指针变为+形状时，按住鼠标左键向下拖动，到目标单元格时释放鼠标左键，完成后效果如图13-1-4所示。

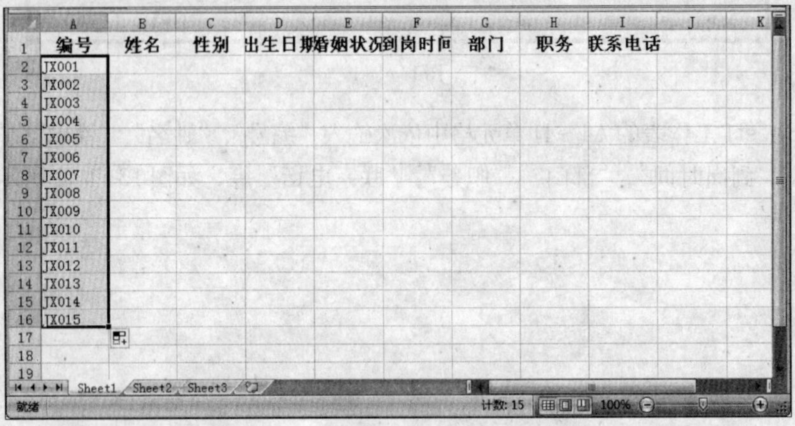

	A	B	C	D	E	F	G	H	I
1	**编号**	**姓名**	**性别**	**出生日期**	**婚姻状况**	**到岗时间**	**部门**	**职务**	**联系电话**
2	JX001								
3	JX002								
4	JX003								
5	JX004								
6	JX005								
7	JX006								
8	JX007								
9	JX008								
10	JX009								
11	JX010								
12	JX011								
13	JX012								
14	JX013								
15	JX014								
16	JX015								

图13-1-4

（5）在B2:B16单元格区域输入员工姓名。

（6）在C2单元格中输入“女”，按“Ctrl+C”组合键复制其中内容，按住Ctrl键选择性别为“女”的所有单元格，再按“Ctrl+V”组合键，刚才复制的内容就粘贴到所选单元格中，如图13-1-5所示。用同样的方法可以快速输入性别为“男”的所有单元格。

	A	B	C	D	E	F	G	H	I	J	K
1	编号	姓名	性别	出生日期	婚姻状况	到岗时间	部门	职务	联系电话		
2	JX001	李金黎	女								
3	JX002	王超									
4	JX003	李琛	女								
5	JX004	陈德刚									
6	JX005	王勤松									
7	JX006	李丽丽	女								
8	JX007	秦林									
9	JX008	宋小丽	女								
10	JX009	王忠潮									
11	JX010	郑明明	女								
12	JX011	林佳	女								
13	JX012	田富贵									
14	JX013	张小军									
15	JX014	姚青政									
16	JX015	申小勤	女								
17											
18											
19											

Sheet1 Sheet2 Sheet3

选定目标区域，然后按 ENTER 或选择“粘贴” 计数：6 100%

图13-1-5

（7）继续输入员工的其他基本信息，“婚姻状况”、“部门”以及“职务”等列都可用与“性别”相同的方法快速输入，完成后效果如图13-1-6所示。

	A	B	C	D	E	F	G	H	I	J
1	编号	姓名	性别	出生日期	婚姻状况	到岗时间	部门	职务	联系电话	
2	JX001	李金黎	女	1974.12.2	已婚	1992.8	生产部	副主任	13126587541	
3	JX002	王超	男	1978.10.2	已婚	1999.9	生产部	工人	13625478514	
4	JX003	李琛	女	1985.2.15	未婚	2007.9	工程部	工人	13524125210	
5	JX004	陈德刚	男	1967.1.25	已婚	1985.2	生产部	主任	15965241258	
6	JX005	王勤松	男	1982.6.6	未婚	2005.7	工程部	工人	13910849258	
7	JX006	李丽丽	女	1975.9.21	已婚	1997.7	工程部	主任	13525478954	
8	JX007	秦林	男	1986.2.23	未婚	2008.2	市场部	销售员	15021547895	
9	JX008	宋小丽	女	1975.1.22	已婚	1992.3	市场部	主任	13523698954	
10	JX009	王忠潮	男	1983.12.8	未婚	2004.7	生产部	工人	13252485426	
11	JX010	郑明明	女	1969.3.14	已婚	1993.8	工程部	副主任	13025412541	
12	JX011	林佳	女	1981.2.30	未婚	2004.3	市场部	销售员	15845874236	
13	JX012	田富贵	男	1977.2.25	已婚	1999.7	生产部	工人	13954879652	
14	JX013	张小军	男	1977.3.2	已婚	2002.3	市场部	副主任	13025410230	
15	JX014	姚青政	男	1981.2.12	已婚	2003.4	市场部	销售员	13745875210	
16	JX015	申小勤	女	1984.4.12	未婚	2004.7	工程部	工人	13841521420	
17										
18										
19										

Sheet1 Sheet2 Sheet3

就绪 100%

图13-1-6

（8）选择D、E、F列，在“开始”选项卡的“单元格”组中，单击“格式”按钮，在弹出的菜单中选择“列宽”命令，打开“列宽”对话框，在“列宽”文本框中输入12，单击“确定”按钮，如图13-1-7所示，即可调整D、E、F列的列宽值。

图13-1-7

（9）选择A2:I16单元格区域，在“开始”选项卡的“字体”组中的“字体”下拉列表框中选择“楷体”选项，在“字号”下拉列表框中选择12；在“对齐方式”组中单击“居中”按钮，完成后效果如图13-1-8所示。

	A	B	C	D	E	F	G	H	I
1	编号	姓名	性别	出生日期	婚姻状况	到岗时间	部门	职务	联系电话
2	JX001	李金黎	女	1974.12.2	已婚	1992.8	生产部	副主任	13126587541
3	JX002	王超	男	1978.10.2	已婚	1999.9	生产部	工人	13625478514
4	JX003	李琛	女	1985.2.15	未婚	2007.9	工程部	工人	13524125210
5	JX004	陈德刚	男	1967.1.25	已婚	1985.2	生产部	主任	15965241258
6	JX005	王勤松	男	1982.6.6	未婚	2005.7	工程部	工人	13910849258
7	JX006	李丽丽	女	1975.9.21	已婚	1997.7	工程部	主任	13525478954
8	JX007	秦林	男	1986.2.23	未婚	2008.2	市场部	销售员	15021547895
9	JX008	宋小丽	女	1975.1.22	已婚	1992.3	市场部	主任	13523698954
10	JX009	王忠潮	男	1983.12.8	未婚	2004.7	生产部	工人	13252485426
11	JX010	郑明明	女	1969.3.14	已婚	1993.8	工程部	副主任	13025412541
12	JX011	林佳	女	1981.2.30	未婚	2004.3	市场部	销售员	15845874236
13	JX012	田富贵	男	1977.2.25	已婚	1999.7	生产部	工人	13954879652
14	JX013	张小军	男	1977.3.2	已婚	2002.3	市场部	副主任	13025410230
15	JX014	姚青政	男	1981.2.12	已婚	2003.4	市场部	销售员	13745875210
16	JX015	申小勤	女	1984.4.12	未婚	2004.7	工程部	工人	13841521420
17									
18									

Sheet1 Sheet2 Sheet3
就绪 100%

图 13-1-8

(10) 选择第一条记录所在的A2:I2单元格区域，按住Ctrl键不放，继续选择编号尾数为奇数的记录所在的单元格区域，然后单击“开始”选项卡的“样式”组中的“单元格样式”按钮，弹出“单元格样式”菜单，选择“注释”样式，如图13-1-9所示。

好、差和适中
常规 差 好 适中
数据和模型
计算 检查单元格 解释性文本 警告文本 链接单元格 输出
输入 注释
标题
标题 标题 1 标题 2 标题 3 标题 4 汇总
主题单元格样式
20% - 强... 20% - 强... 20% - 强... 20% - 强... 20% - 强... 20% - 强...
40% - 强... 40% - 强... 40% - 强... 40% - 强... 40% - 强... 40% - 强...
60% - 强... 60% - 强... 60% - 强... 60% - 强... 60% - 强... 60% - 强...
强调文字... 强调文字... 强调文字... 强调文字... 强调文字... 强调文字...
数字格式
百分比 货币 货币[0] 千位分隔 千位分隔[0]
新建单元格样式(N)...
合并样式(M)...

图 13-1-9

(11) 选择A1:I1单元格区域，单击“开始”选项卡的“样式”组中的“单元格样式”按钮，在弹出的“单元格样式”菜单中选择“标题1”样式，效果如图11-3-10所示。

	A	B	C	D	E	F	G	H	I
1	编号	姓名	性别	出生日期	婚姻状况	到岗时间	部门	职务	联系电话
2	JX001	李金黎	女	1974.12.2	已婚	1992.8	生产部	副主任	13126587541
3	JX002	王超	男	1978.10.2	已婚	1999.9	生产部	工人	13625478514
4	JX003	李琛	女	1985.2.15	未婚	2007.9	工程部	工人	13524125210
5	JX004	陈德刚	男	1967.1.25	已婚	1985.2	生产部	主任	15965241258
6	JX005	王勤松	男	1982.6.6	未婚	2005.7	工程部	工人	13910849258
7	JX006	李丽丽	女	1975.9.21	已婚	1997.7	工程部	主任	13525478954
8	JX007	秦林	男	1986.2.23	未婚	2008.2	市场部	销售员	15021547895
9	JX008	宋小丽	女	1975.1.22	已婚	1992.3	市场部	主任	13523698954
10	JX009	王忠潮	男	1983.12.8	未婚	2004.7	生产部	工人	13252485426
11	JX010	郑明明	女	1969.3.14	已婚	1993.8	工程部	副主任	13025412541
12	JX011	林佳	女	1981.2.30	未婚	2004.3	市场部	销售员	15845874236
13	JX012	田富贵	男	1977.2.25	已婚	1999.7	生产部	工人	13954879652
14	JX013	张小军	男	1977.3.2	已婚	2002.3	市场部	副主任	13025410230
15	JX014	姚青政	男	1981.2.12	已婚	2003.4	市场部	销售员	13745875210
16	JX015	申小勤	女	1984.4.12	未婚	2004.7	工程部	工人	13841521420
17									
18									

Sheet1 Sheet2 Sheet3
就绪 100%

图 11-3-10

(12) 选择A1:I16单元格区域，在“开始”选项卡的“样式”组中单击“格式”按钮，在弹出的菜单中选择“设置单元格格式”命令，如图13-1-11所示。

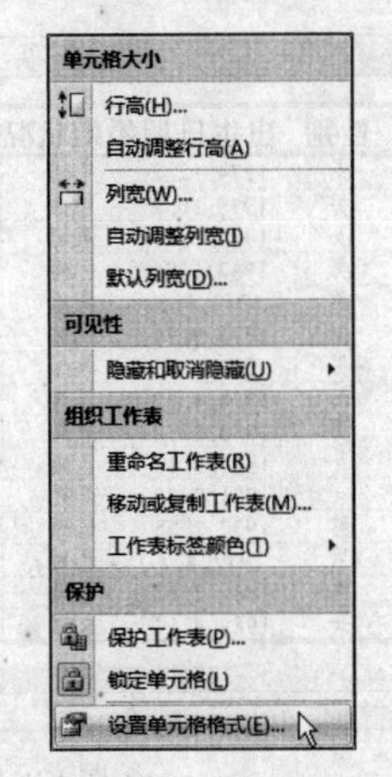

图13-1-11

(13) 在打开的“设置单元格格式”对话框中选择“边框”选项卡，在“线条”选项区域的“样式”列表框中选择边框线条样式，然后在“预置”选项区域中单击“外边框”按钮，单击“确定”按钮，如图13-1-12所示。

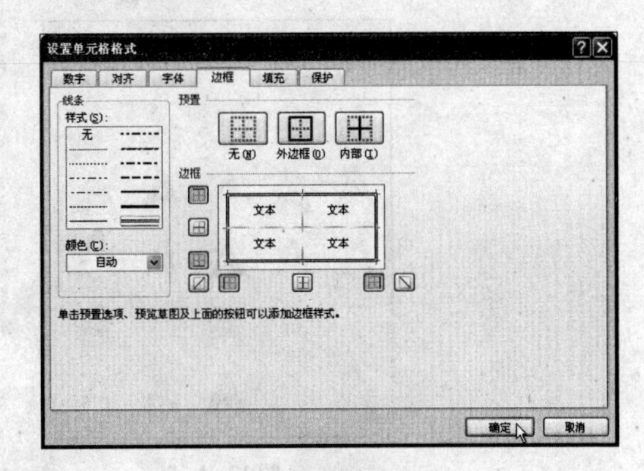

图13-1-12

(14) 此时为选择的单元格区域添加了边框，效果如图13-1-13所示。

编号	姓名	性别	出生日期	婚姻状况	到岗时间	部门	职务	联系电话
JX001	李金黎	女	1974.12.2	已婚	1992.8	生产部	副主任	13126587541
JX002	王超	男	1978.10.2	已婚	1999.9	生产部	工人	13625478514
JX003	李琛	女	1985.2.15	未婚	2007.9	工程部	工人	13524125210
JX004	陈德刚	男	1967.1.25	已婚	1985.2	生产部	主任	15965241258
JX005	王勤松	男	1982.6.6	未婚	2005.7	工程部	工人	13910849258
JX006	李丽丽	女	1975.9.21	已婚	1997.7	工程部	主任	13525478954
JX007	秦林	男	1986.2.23	未婚	2008.2	市场部	销售员	15021547895
JX008	宋小丽	女	1975.1.22	已婚	1992.3	市场部	主任	13523698954
JX009	王忠潮	男	1983.12.8	未婚	2004.7	生产部	工人	13252485426
JX010	郑明明	女	1969.3.14	已婚	1993.8	工程部	副主任	13025412541
JX011	林佳	女	1981.2.30	未婚	2004.3	市场部	销售员	15845874236
JX012	田富贵	男	1977.2.25	已婚	1999.7	生产部	工人	13954879652
JX013	张小军	男	1977.3.2	已婚	2002.3	市场部	副主任	13025410230
JX014	姚青政	男	1981.2.12	已婚	2003.4	市场部	销售员	13745875210
JX015	申小勤	女	1984.4.12	未婚	2004.7	工程部	工人	13841521420

图13-1-13

(15) 选择第1行，单击鼠标右键，在弹出的菜单中选择“插入”选项，即可在标题所在行上方插入一行，选择A1:I1单元格区域，单击“开始”选项卡“对齐方式”组中的“合并后居中”按钮，效果如图13-1-14所示。

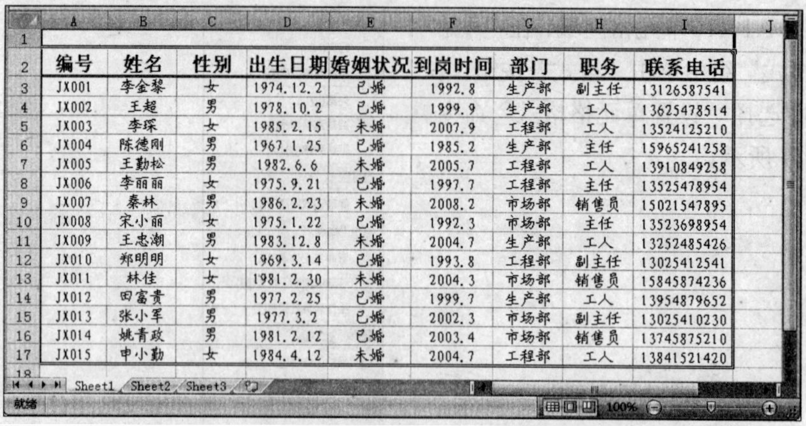

编号	姓名	性别	出生日期	婚姻状况	到岗时间	部门	职务	联系电话
JX001	李金黎	女	1974.12.2	已婚	1992.8	生产部	副主任	13126587541
JX002	王超	男	1978.10.2	已婚	1999.9	生产部	工人	13625478514
JX003	李琛	女	1985.2.15	未婚	2007.9	工程部	工人	13524125210
JX004	陈德刚	男	1967.1.25	已婚	1985.2	生产部	主任	15965241258
JX005	王勤松	男	1982.6.6	未婚	2005.7	工程部	工人	13910849258
JX006	李丽丽	女	1975.9.21	已婚	1997.7	工程部	主任	13525478954
JX007	秦林	男	1986.2.23	未婚	2008.2	市场部	销售员	15021547895
JX008	宋小丽	女	1975.1.22	已婚	1992.3	市场部	主任	13523698954
JX009	王忠潮	男	1983.12.8	未婚	2004.7	生产部	工人	13252485426
JX010	郑明明	女	1969.3.14	已婚	1993.8	工程部	副主任	13025412541
JX011	林佳	女	1981.2.30	未婚	2004.3	市场部	销售员	15845874236
JX012	田富贵	男	1977.2.25	已婚	1999.7	生产部	工人	13954879652
JX013	张小军	男	1977.3.2	已婚	2002.3	市场部	副主任	13025410230
JX014	姚青政	男	1981.2.12	已婚	2003.4	市场部	销售员	13745875210
JX015	申小勤	女	1984.4.12	未婚	2004.7	工程部	工人	13841521420

图 13-1-14

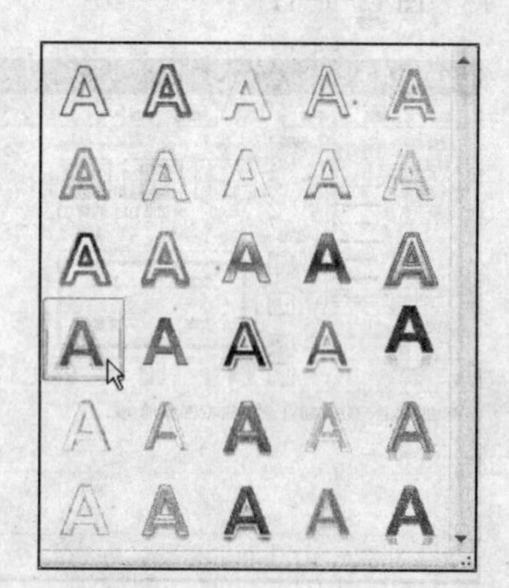

图 13-1-15

（16）选择“插入”选项卡，在“文本”组中单击“艺术字”按钮，在弹出的“艺术字”菜单中选择“渐变填充－强调文字颜色 1，轮廓－白色，发光－强调文字颜色 2”样式，如图 13-1-15 所示。

（17）在工作表中输入艺术字内容为“人事档案表”，完成后效果如图 13-1-16 所示。

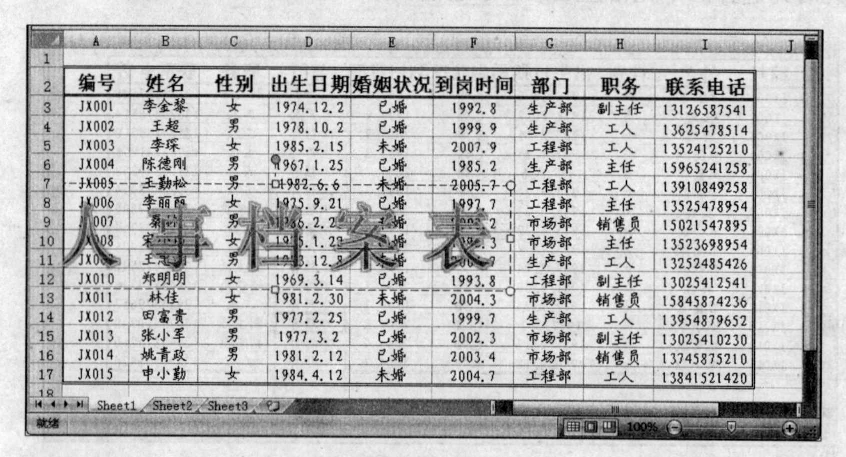

图 13-1-16

（18）选择插入的艺术字，在“开始”选项卡“字体”组中，设置字号为 40，效果如图 13-1-17 所示。

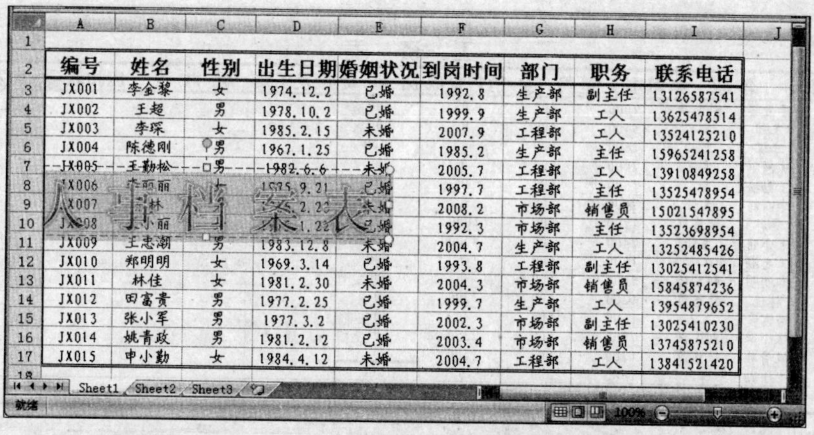

	A	B	C	D	E	F	G	H	I
1									
2	编号	姓名	性别	出生日期	婚姻状况	到岗时间	部门	职务	联系电话
3	JX001	李金黎	女	1974.12.2	已婚	1992.8	生产部	副主任	13126587541
4	JX002	王超	男	1978.10.2	已婚	1999.9	生产部	工人	13625478514
5	JX003	李琛	女	1985.2.15	未婚	2007.9	工程部	工人	13524125210
6	JX004	陈德刚	男	1967.1.25	已婚	1985.2	生产部	主任	15965241258
7	JX005	王勤松	男	1982.6.6	未婚	2005.7	工程部	工人	13910849258
8	JX006	[illegible]	[illegible]	[illegible]	已婚	1997.7	工程部	主任	13525478954
9	JX007	[illegible]	[illegible]	[illegible]	未婚	2008.2	市场部	销售员	15021547895
10	JX008	[illegible]	[illegible]	[illegible]	已婚	1992.3	市场部	主任	13523698954
11	JX009	王忠潮	男	1983.12.8	未婚	2004.7	生产部	工人	13252485426
12	JX010	郑明明	女	1969.3.14	已婚	1993.8	工程部	副主任	13025412541
13	JX011	林佳	女	1981.2.30	未婚	2004.3	市场部	销售员	15845874236
14	JX012	田富贵	男	1977.2.25	已婚	1999.7	生产部	工人	13954879652
15	JX013	张小军	男	1977.3.2	已婚	2002.3	市场部	副主任	13025410230
16	JX014	姚青政	男	1981.2.12	已婚	2003.4	市场部	销售员	13745875210
17	JX015	申小勤	女	1984.4.12	未婚	2004.7	工程部	工人	13841521420

人事档案表

Sheet1 Sheet2 Sheet3 就绪 100%

图 13-1-17

(19) 调整第1行的行高，拖动艺术字至第1行位置处，一张完整的人事档案表就创建好了，效果如图 13-1-18 所示。

	A	B	C	D	E	F	G	H	I
1	人事档案表								
2	编号	姓名	性别	出生日期	婚姻状况	到岗时间	部门	职务	联系电话
3	JX001	李金黎	女	1974.12.2	已婚	1992.8	生产部	副主任	13126587541
4	JX002	王超	男	1978.10.2	已婚	1999.9	生产部	工人	13625478514
5	JX003	李琛	女	1985.2.15	未婚	2007.9	工程部	工人	13524125210
6	JX004	陈德刚	男	1967.1.25	已婚	1985.2	生产部	主任	15965241258
7	JX005	王勤松	男	1982.6.6	未婚	2005.7	工程部	工人	13910849258
8	JX006	李丽丽	女	1975.9.21	已婚	1997.7	工程部	主任	13525478954
9	JX007	秦林	男	1986.2.23	未婚	2008.2	市场部	销售员	15021547895
10	JX008	宋小丽	女	1975.1.22	已婚	1992.3	市场部	主任	13523698954
11	JX009	王忠潮	男	1983.12.8	未婚	2004.7	生产部	工人	13252485426
12	JX010	郑明明	女	1969.3.14	已婚	1993.8	工程部	副主任	13025412541
13	JX011	林佳	女	1981.2.30	未婚	2004.3	市场部	销售员	15845874236
14	JX012	田富贵	男	1977.2.25	已婚	1999.7	生产部	工人	13954879652
15	JX013	张小军	男	1977.3.2	已婚	2002.3	市场部	副主任	13025410230
16	JX014	姚青政	男	1981.2.12	已婚	2003.4	市场部	销售员	13745875210
17	JX015	申小勤	女	1984.4.12	未婚	2004.7	工程部	工人	13841521420

Sheet1 Sheet2 Sheet3 就绪 100%

图 13-1-18

13.2 工 资 表

通过制作“工资表”巩固 Excel 2007 分析和管理数据以及函数方面的知识，包括对数据的排序和筛选、使用公式和函数以及插入图表等操作。

制作工资表，操作步骤如下：

(1) 在 Excel 2007 中创建一个名为“工资表”的工作簿，输入相关数据，完成后如图 13-2-1 所示。

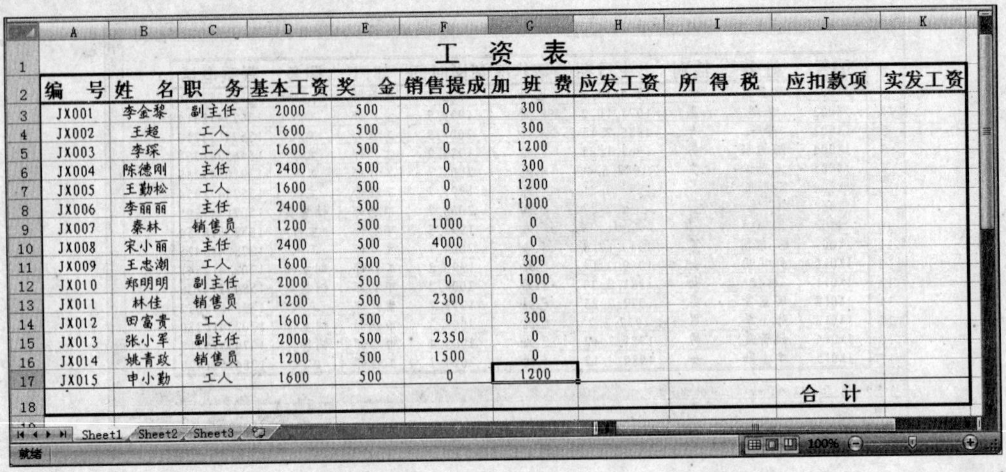

	A	B	C	D	E	F	G	H	I	J	K
1						工 资 表					
2	编 号	姓 名	职 务	基本工资	奖 金	销售提成	加 班 费	应发工资	所 得 税	应扣款项	实发工资
3	JX001	李金黎	副主任	2000	500	0	300				
4	JX002	王超	工人	1600	500	0	300				
5	JX003	李琛	工人	1600	500	0	1200				
6	JX004	陈德刚	主任	2400	500	0	300				
7	JX005	王勤松	工人	1600	500	0	1200				
8	JX006	李丽丽	主任	2400	500	0	1000				
9	JX007	秦林	销售员	1200	500	1000	0				
10	JX008	宋小丽	主任	2400	500	4000	0				
11	JX009	王忠潮	工人	1600	500	0	300				
12	JX010	郑明明	副主任	2000	500	0	1000				
13	JX011	林佳	销售员	1200	500	2300	0				
14	JX012	田富贵	工人	1600	500	0	300				
15	JX013	张小军	副主任	2000	500	2350	0				
16	JX014	姚青政	销售员	1200	500	1500	0				
17	JX015	申小勤	工人	1600	500	0	1200				
18										合 计	

Sheet1 Sheet2 Sheet3 就绪 100%

图 13-2-1

(2) 在 H3 单元格中输入公式"= D3+E3+F3+G3"，按 Enter 键确认输入，即可在 H3 单元格计算出对应员工的应发工资，如图 13-2-2 所示。

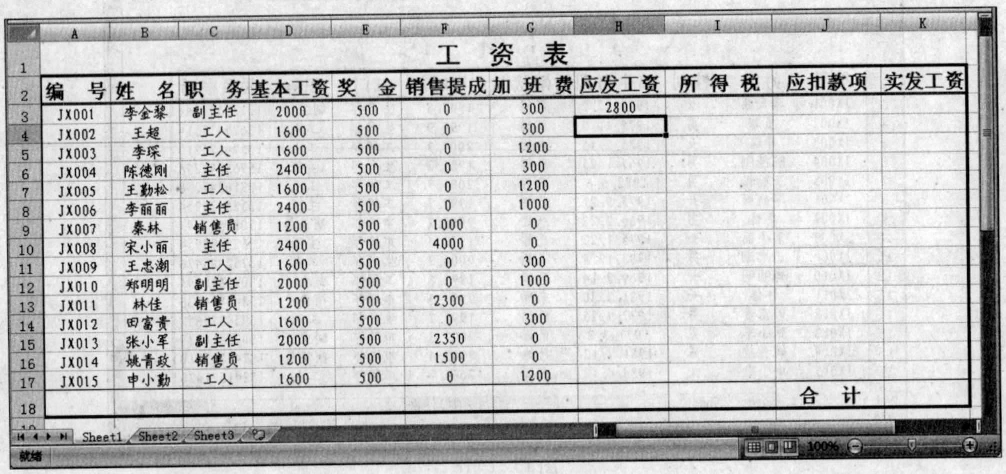

	A	B	C	D	E	F	G	H	I	J	K
1						工 资 表					
2	编 号	姓 名	职 务	基本工资	奖 金	销售提成	加 班 费	应发工资	所 得 税	应扣款项	实发工资
3	JX001	李金黎	副主任	2000	500	0	300	2800			
4	JX002	王超	工人	1600	500	0	300				
5	JX003	李琛	工人	1600	500	0	1200				
6	JX004	陈德刚	主任	2400	500	0	300				
7	JX005	王勤松	工人	1600	500	0	1200				
8	JX006	李丽丽	主任	2400	500	0	1000				
9	JX007	秦林	销售员	1200	500	1000	0				
10	JX008	宋小丽	主任	2400	500	4000	0				
11	JX009	王忠潮	工人	1600	500	0	300				
12	JX010	郑明明	副主任	2000	500	0	1000				
13	JX011	林佳	销售员	1200	500	2300	0				
14	JX012	田富贵	工人	1600	500	0	300				
15	JX013	张小军	副主任	2000	500	2350	0				
16	JX014	姚青政	销售员	1200	500	1500	0				
17	JX015	申小勤	工人	1600	500	0	1200				
18										合 计	

Sheet1 Sheet2 Sheet3 就绪 100%

图 13-2-2

(3) 将鼠标指针移到 H3 单元格右下方，待鼠标指针变为 **+** 形状时，按住鼠标左键不放向下拖动，至 H17 单元格后释放鼠标左键，此时将 H3 单元格公式相对引用至 H4:H17 单元格区域，计算出所有员工的应发工资，如图 13-2-3 所示。

注意

在相对引用单元格中的公式时，可能会将现有的单元格格式覆盖，如出现边框出错等问题，因此当使用相对公式后，还应检查修改出错的单元格格式。

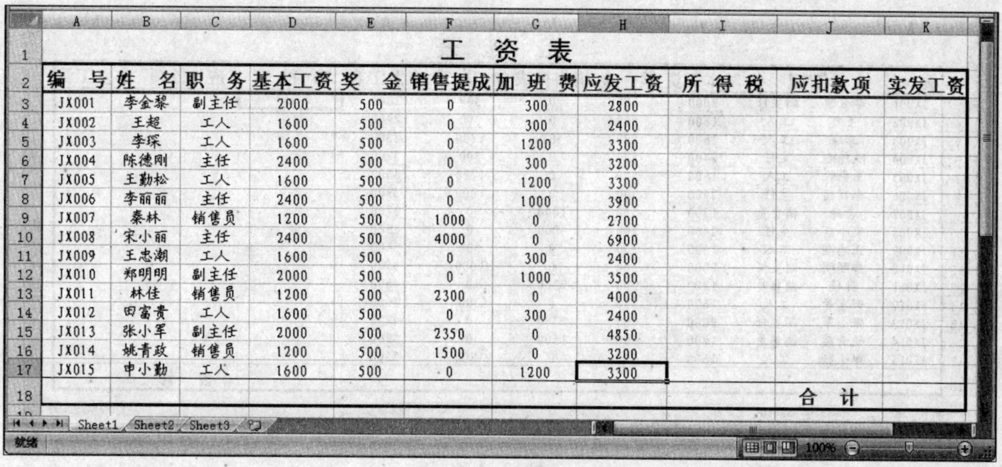

	A	B	C	D	E	F	G	H	I	J	K
1					工　资　表						
2	编　号	姓　名	职　务	基本工资	奖　金	销售提成	加班费	应发工资	所得税	应扣款项	实发工资
3	JX001	李金黎	副主任	2000	500	0	300	2800			
4	JX002	王超	工人	1600	500	0	300	2400			
5	JX003	李琛	工人	1600	500	0	1200	3300			
6	JX004	陈德刚	主任	2400	500	0	300	3200			
7	JX005	王勤松	工人	1600	500	0	1200	3300			
8	JX006	李丽丽	主任	2400	500	0	1000	3900			
9	JX007	秦林	销售员	1200	500	1000	0	2700			
10	JX008	宋小丽	主任	2400	500	4000	0	6900			
11	JX009	王忠潮	工人	1600	500	0	300	2400			
12	JX010	郑明明	副主任	2000	500	0	1000	3500			
13	JX011	林佳	销售员	1200	500	2300	0	4000			
14	JX012	田富贵	工人	1600	500	0	300	2400			
15	JX013	张小军	副主任	2000	500	2350	0	4850			
16	JX014	姚青玫	销售员	1200	500	1500	0	3200			
17	JX015	申小勤	工人	1600	500	0	1200	3300			
18										合　计	

图 13–2–3

（4）下面计算“所得税”。首先设定“所得税”的计算公式为：当 500 ≥（应发工资 − 2000）≥ 0 时，所得税 =（应发工资 − 2000）× 5%；当 2000 ≥（应发工资 − 2000）>500 时，所得税 =（应发工资 − 2000）× 10% − 25；当 5000>(应发工资 − 2000)>2000 时，所得税 =（应发工资 − 2000）× 15% − 125；当（应发工资 − 2000)<0 时，所得税为 0。

（5）选择 I3 单元格，单击编辑栏中的“插入函数”按钮 *fx*，在弹出的“插入函数”对话框中选择 IF 函数，单击“确定”按钮，如图 13–2–4 所示。

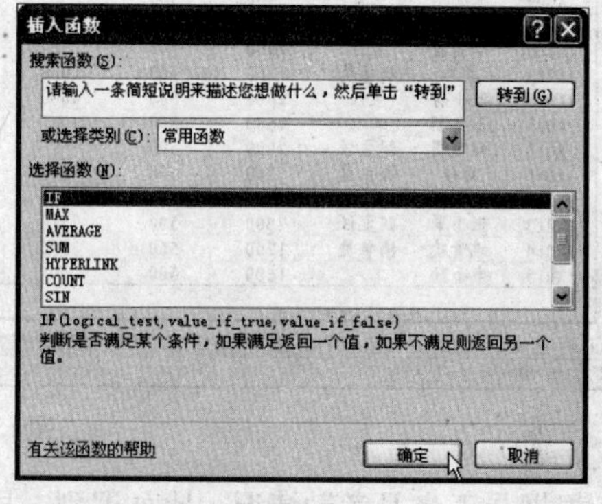

图 13–2–4

（6）在“函数参数”对话框中输入相应的参数，根据以上计算公式，在 Logical_test 文本框中输入“（H3 − 2000）>=0”，在 Value_if_ture 文本框中输入“IF（(H3−2000)<=500，(H3−2000）*5%，IF（(H3−2000)<=2000，(H3−2000）*10%−25，IF（5000>(H3−2000)，(H3−2000）*15%−125)))”，在 Value_if_false 文本框中输入“0”，单击“确定”按钮，如图 13–2–5 所示。

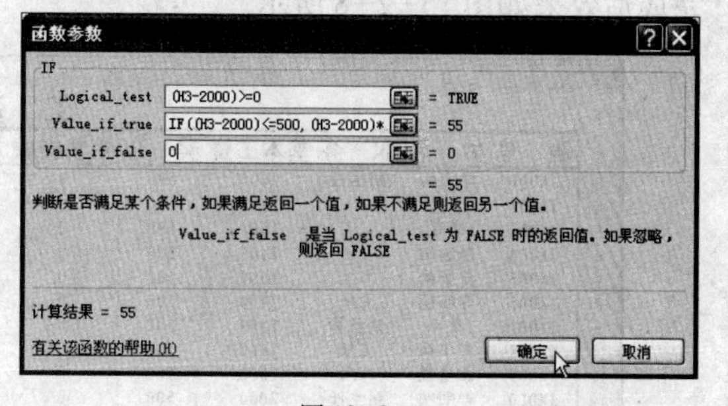

图 13–2–5

（7）此时计算出 I3 单元格对应员工的所得税，如图 13–2–6 所示。

工 资 表

编 号	姓 名	职 务	基本工资	奖 金	销售提成	加 班 费	应发工资	所 得 税	应扣款项	实发工资
JX001	李金黎	副主任	2000	500	0	300	2800	55		
JX002	王超	工人	1600	500	0	300	2400			
JX003	李琛	工人	1600	500	0	1200	3300			
JX004	陈德刚	主任	2400	500	0	300	3200			
JX005	王勤松	工人	1600	500	0	1200	3300			
JX006	李丽丽	主任	2400	500	0	1000	3900			
JX007	秦林	销售员	1200	500	1000	0	2700			
JX008	宋小丽	主任	2400	500	4000	0	6900			
JX009	王忠潮	工人	1600	500	0	300	2400			
JX010	郑明明	副主任	2000	500	0	1000	3500			
JX011	林佳	销售员	1200	500	2300	0	4000			
JX012	田富贵	工人	1600	500	0	300	2400			
JX013	张小军	副主任	2000	500	2350	0	4850			
JX014	姚青政	销售员	1200	500	1500	0	3200			
JX015	申小勤	工人	1600	500	0	1200	3300			
									合 计	

图 13-2-6

（8）使用相对引用功能计算所有员工的所得税，完成后如图 13-2-7 所示。

工 资 表

编 号	姓 名	职 务	基本工资	奖 金	销售提成	加 班 费	应发工资	所 得 税	应扣款项	实发工资
JX001	李金黎	副主任	2000	500	0	300	2800	55		
JX002	王超	工人	1600	500	0	300	2400	20		
JX003	李琛	工人	1600	500	0	1200	3300	105		
JX004	陈德刚	主任	2400	500	0	300	3200	95		
JX005	王勤松	工人	1600	500	0	1200	3300	105		
JX006	李丽丽	主任	2400	500	0	1000	3900	165		
JX007	秦林	销售员	1200	500	1000	0	2700	45		
JX008	宋小丽	主任	2400	500	4000	0	6900	610		
JX009	王忠潮	工人	1600	500	0	300	2400	20		
JX010	郑明明	副主任	2000	500	0	1000	3500	125		
JX011	林佳	销售员	1200	500	2300	0	4000	175		
JX012	田富贵	工人	1600	500	0	300	2400	20		
JX013	张小军	副主任	2000	500	2350	0	4850	302.5		
JX014	姚青政	销售员	1200	500	1500	0	3200	95		
JX015	申小勤	工人	1600	500	0	1200	3300	105		
									合 计	

图 13-2-7

（9）根据员工当月考勤情况，比如迟到、早退、请假等，在应扣款项列中输入相应的金额，完成后效果如图 13-2-8 所示。

工 资 表

编 号	姓 名	职 务	基本工资	奖 金	销售提成	加 班 费	应发工资	所 得 税	应扣款项	实发工资
JX001	李金黎	副主任	2000	500	0	300	2800	55	0	
JX002	王超	工人	1600	500	0	300	2400	20	0	
JX003	李琛	工人	1600	500	0	1200	3300	105	50	
JX004	陈德刚	主任	2400	500	0	300	3200	95	0	
JX005	王勤松	工人	1600	500	0	1200	3300	105	0	
JX006	李丽丽	主任	2400	500	0	1000	3900	165	0	
JX007	秦林	销售员	1200	500	1000	0	2700	45	50	
JX008	宋小丽	主任	2400	500	4000	0	6900	610	0	
JX009	王忠潮	工人	1600	500	0	300	2400	20	0	
JX010	郑明明	副主任	2000	500	0	1000	3500	125	0	
JX011	林佳	销售员	1200	500	2300	0	4000	175	100	
JX012	田富贵	工人	1600	500	0	300	2400	20	0	
JX013	张小军	副主任	2000	500	2350	0	4850	302.5	0	
JX014	姚青政	销售员	1200	500	1500	0	3200	95	0	
JX015	申小勤	工人	1600	500	0	1200	3300	105	0	
									合 计	

图 13-2-8

（10）下面计算“实发工资”。选择K3单元格，输入公式“= H3−I3−J3”，按Enter键确认输入，计算出K3单元格对应员工的实发工资，如图13−2−9所示。

工　资　表

编　号	姓　名	职　务	基本工资	奖　金	销售提成	加班费	应发工资	所得税	应扣款项	实发工资
JX001	李金黎	副主任	2000	500	0	300	2800	55	0	2745
JX002	王超	工人	1600	500	0	300	2400	20	0	
JX003	李琛	工人	1600	500	0	1200	3300	105	50	
JX004	陈德刚	主任	2400	500	0	300	3200	95	0	
JX005	王勤松	工人	1600	500	0	1200	3300	105	0	
JX006	李丽丽	主任	2400	500	0	1000	3900	165	0	
JX007	秦林	销售员	1200	500	1000	0	2700	45	50	
JX008	宋小丽	主任	2400	500	4000	0	6900	610	0	
JX009	王忠潮	工人	1600	500	0	300	2400	20	0	
JX010	郑明明	副主任	2000	500	0	1000	3500	125	0	
JX011	林佳	销售员	1200	500	2300	0	4000	175	100	
JX012	田富贵	工人	1600	500	0	300	2400	20	0	
JX013	张小军	副主任	2000	500	2350	0	4850	302.5	0	
JX014	姚青政	销售员	1200	500	1500	0	3200	95	0	
JX015	申小勤	工人	1600	500	0	1200	3300	105	0	
									合　计	

图13−2−9

（11）使用相对引用功能计算所有员工的实发工资，完成后效果如图13−2−10所示。

工　资　表

编　号	姓　名	职　务	基本工资	奖　金	销售提成	加班费	应发工资	所得税	应扣款项	实发工资
JX001	李金黎	副主任	2000	500	0	300	2800	55	0	2745
JX002	王超	工人	1600	500	0	300	2400	20	0	2380
JX003	李琛	工人	1600	500	0	1200	3300	105	50	3145
JX004	陈德刚	主任	2400	500	0	300	3200	95	0	3105
JX005	王勤松	工人	1600	500	0	1200	3300	105	0	3195
JX006	李丽丽	主任	2400	500	0	1000	3900	165	0	3735
JX007	秦林	销售员	1200	500	1000	0	2700	45	50	2605
JX008	宋小丽	主任	2400	500	4000	0	6900	610	0	6290
JX009	王忠潮	工人	1600	500	0	300	2400	20	0	2380
JX010	郑明明	副主任	2000	500	0	1000	3500	125	0	3375
JX011	林佳	销售员	1200	500	2300	0	4000	175	100	3725
JX012	田富贵	工人	1600	500	0	300	2400	20	0	2380
JX013	张小军	副主任	2000	500	2350	0	4850	302.5	0	4547.5
JX014	姚青政	销售员	1200	500	1500	0	3200	95	0	3105
JX015	申小勤	工人	1600	500	0	1200	3300	105	0	3195
									合　计	

图13−2−10

（12）选择K18单元格，单击“开始”选项卡“编辑”组中的“求和”按钮Σ，Excel默认求和区域为K3:K17，按Enter键确认，计算出所有员工实发工资总额，如图13−2−11所示。

工　资　表

编　号	姓　名	职　务	基本工资	奖　金	销售提成	加班费	应发工资	所得税	应扣款项	实发工资
JX001	李金黎	副主任	2000	500	0	300	2800	55	0	2745
JX002	王超	工人	1600	500	0	300	2400	20	0	2380
JX003	李琛	工人	1600	500	0	1200	3300	105	50	3145
JX004	陈德刚	主任	2400	500	0	300	3200	95	0	3105
JX005	王勤松	工人	1600	500	0	1200	3300	105	0	3195
JX006	李丽丽	主任	2400	500	0	1000	3900	165	0	3735
JX007	秦林	销售员	1200	500	1000	0	2700	45	50	2605
JX008	宋小丽	主任	2400	500	4000	0	6900	610	0	6290
JX009	王忠潮	工人	1600	500	0	300	2400	20	0	2380
JX010	郑明明	副主任	2000	500	0	1000	3500	125	0	3375
JX011	林佳	销售员	1200	500	2300	0	4000	175	100	3725
JX012	田富贵	工人	1600	500	0	300	2400	20	0	2380
JX013	张小军	副主任	2000	500	2350	0	4850	302.5	0	4547.5
JX014	姚青政	销售员	1200	500	1500	0	3200	95	0	3105
JX015	申小勤	工人	1600	500	0	1200	3300	105	0	3195
									合　计	49907.5

图13−2−11

（13）至此完成创建工资表的操作，下面可根据需要对工资表中的数据进行分析和管理。

（14）若按实发工资为工资表中记录排序，则选择A2:K17单元格，选择“数据”选项卡，在“排序和筛选”组中单击“排序”按钮，打开“排序”对话框。

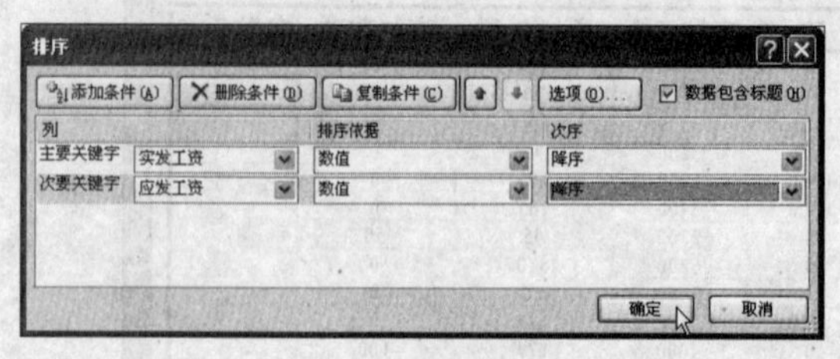

图13-2-12

（15）在“主要关键字”下拉列表框中选择“实发工资”选项；在“排序依据”下拉列表框中选择“数值”选项；在“次序”下拉列表框中选择“降序”选项；单击“添加条件”按钮，在“次要关键字”下拉列表框中选择“应发工资”选项；在“排序依据”下拉列表框中选择“数值”选项；在“次序”下拉列表框中选择“降序”选项；单击“确定”按钮，如图13-2-12所示。

（16）此时完成对表格中数据的排序，结果如图13-2-13所示。

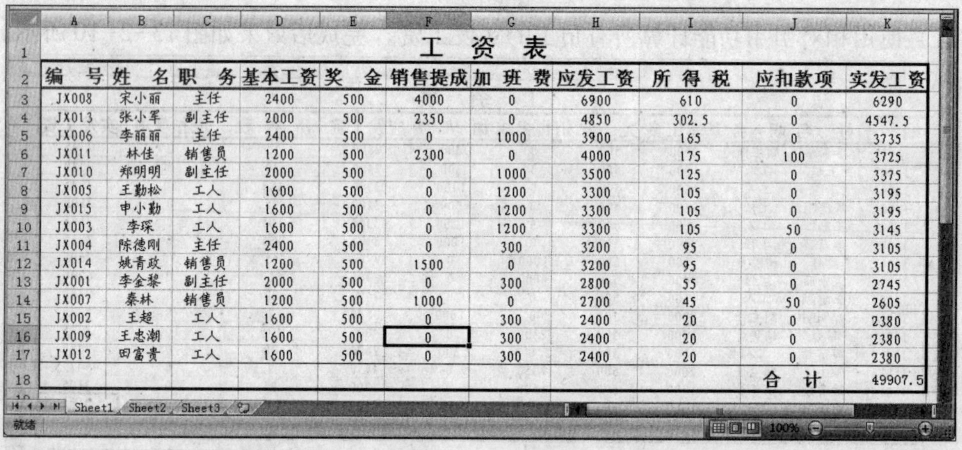

工 资 表

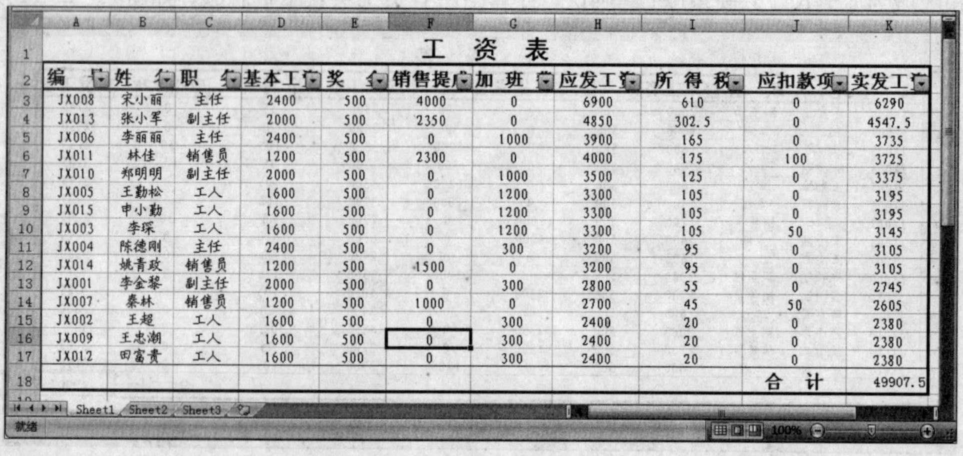

编 号	姓 名	职 务	基本工资	奖 金	销售提成	加 班 费	应发工资	所 得 税	应扣款项	实发工资
JX008	宋小丽	主任	2400	500	4000	0	6900	610	0	6290
JX013	张小军	副主任	2000	500	2350	0	4850	302.5	0	4547.5
JX006	李丽丽	主任	2400	500	0	1000	3900	165	0	3735
JX011	林佳	销售员	1200	500	2300	0	4000	175	100	3725
JX010	郑明明	副主任	2000	500	0	1000	3500	125	0	3375
JX005	王勤松	工人	1600	500	0	1200	3300	105	0	3195
JX015	申小勤	工人	1600	500	0	1200	3300	105	0	3195
JX003	李琛	工人	1600	500	0	1200	3300	105	50	3145
JX004	陈德刚	主任	2400	500	0	300	3200	95	0	3105
JX014	姚青玫	销售员	1200	500	1500	0	3200	95	0	3105
JX001	李金黎	副主任	2000	500	0	300	2800	55	0	2745
JX007	秦林	销售员	1200	500	1000	0	2700	45	50	2605
JX002	王超	工人	1600	500	0	300	2400	20	0	2380
JX009	王忠潮	工人	1600	500	0	300	2400	20	0	2380
JX012	田富贵	工人	1600	500	0	300	2400	20	0	2380
									合 计	49907.5

图13-2-13

（17）下面筛选“加班费”大于或等于1000的员工记录。选择“数据”选项卡，单击“排序和筛选”组中的“筛选”按钮，此时各列标题右侧均显示下拉按钮，如图13-2-14所示。

工 资 表

编 号	姓 名	职 务	基本工	奖 金	销售提	加 班 费	应发工	所 得 税	应扣款项	实发工
JX008	宋小丽	主任	2400	500	4000	0	6900	610	0	6290
JX013	张小军	副主任	2000	500	2350	0	4850	302.5	0	4547.5
JX006	李丽丽	主任	2400	500	0	1000	3900	165	0	3735
JX011	林佳	销售员	1200	500	2300	0	4000	175	100	3725
JX010	郑明明	副主任	2000	500	0	1000	3500	125	0	3375
JX005	王勤松	工人	1600	500	0	1200	3300	105	0	3195
JX015	申小勤	工人	1600	500	0	1200	3300	105	0	3195
JX003	李琛	工人	1600	500	0	1200	3300	105	50	3145
JX004	陈德刚	主任	2400	500	0	300	3200	95	0	3105
JX014	姚青玫	销售员	1200	500	1500	0	3200	95	0	3105
JX001	李金黎	副主任	2000	500	0	300	2800	55	0	2745
JX007	秦林	销售员	1200	500	1000	0	2700	45	50	2605
JX002	王超	工人	1600	500	0	300	2400	20	0	2380
JX009	王忠潮	工人	1600	500	0	300	2400	20	0	2380
JX012	田富贵	工人	1600	500	0	300	2400	20	0	2380
									合 计	49907.5

图13-2-14

(18) 单击“加班费”右侧的下拉按钮，在弹出的菜单中选择“数字筛选／大于或等于”命令，如图 13−2−15 所示。

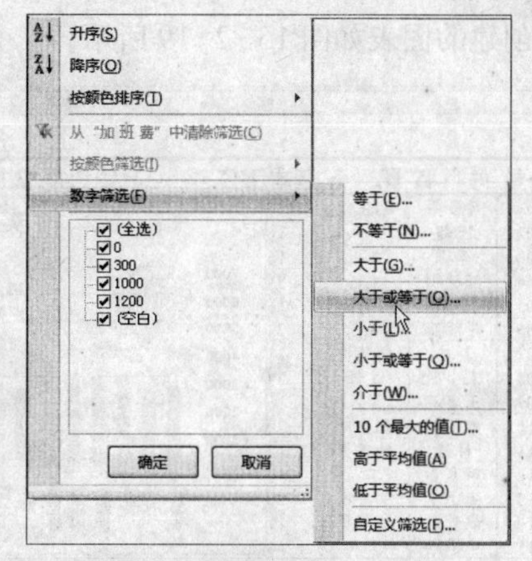

图 13−2−15

(19) 在弹出的“自定义自动筛选方式”对话框中左侧的下拉列表框中选择“大于或等于”选项，在右侧文本框中输入“1000”，单击“确定”按钮，如图 13−2−16 所示。

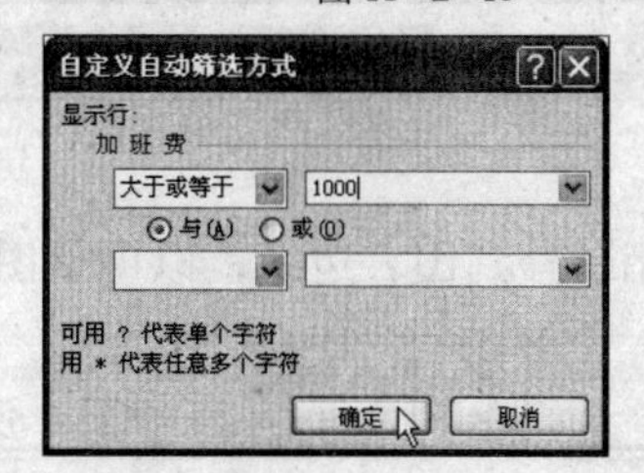

图 13−2−16

(20) 筛选结果如图 13−2−17 所示。

	A	B	C	D	E	F	G	H	I	J	K
1					工 资 表						
2	编	姓	职	基本工	奖	销售提	加 班	应发工	所 得 税	应扣款项	实发工
5	JX006	李丽丽	主任	2400	500	0	1000	3900	165	0	3735
7	JX010	郑明明	副主任	2000	500	0	1000	3500	125	0	3375
8	JX005	王勤松	工人	1600	500	0	1200	3300	105	0	3195
9	JX015	申小勤	工人	1600	500	0	1200	3300	105	0	3195
10	JX003	李琛	工人	1600	500	0	1200	3300	105	50	3145
19											
20											
21											
22											
23											

Sheet1 Sheet2 Sheet3

就绪 在 16 条记录中找到 5 个 100%

图 13−2−17

(21) 再次单击“筛选”按钮，退出筛选模式，按“编号”对表格中数据重新排序。

(22) 下面为“工资表”工作簿创建图表。选择 B2:B17 和 K2:K17 单元格区域，单击“插入”选项卡“图表”组中的“柱形图”按钮，在弹出的图表类型菜单中选择“三维堆积柱形图”，如图 13−2−18 所示。

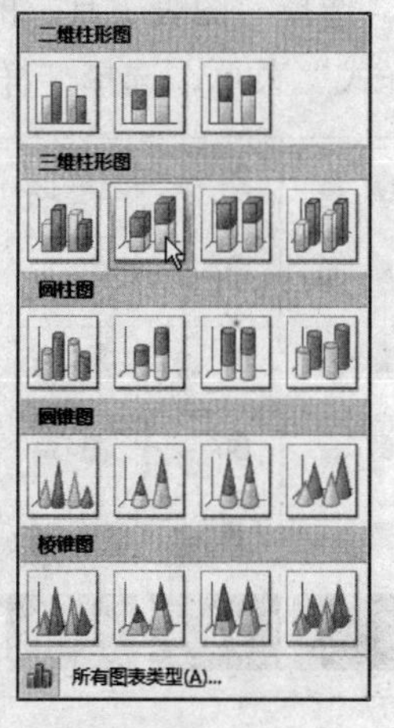

图 13−2−18

（23）创建的图表如图 13−2−19 所示。

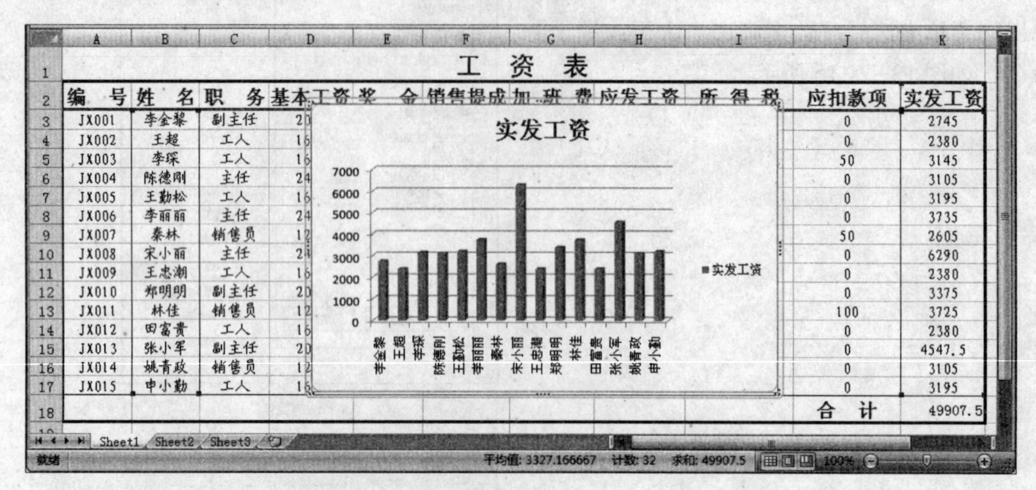

图 13−2−19

（24）将鼠标指针移到图表边缘，以调整图表大小，完成后效果如图 13−2−20 所示。

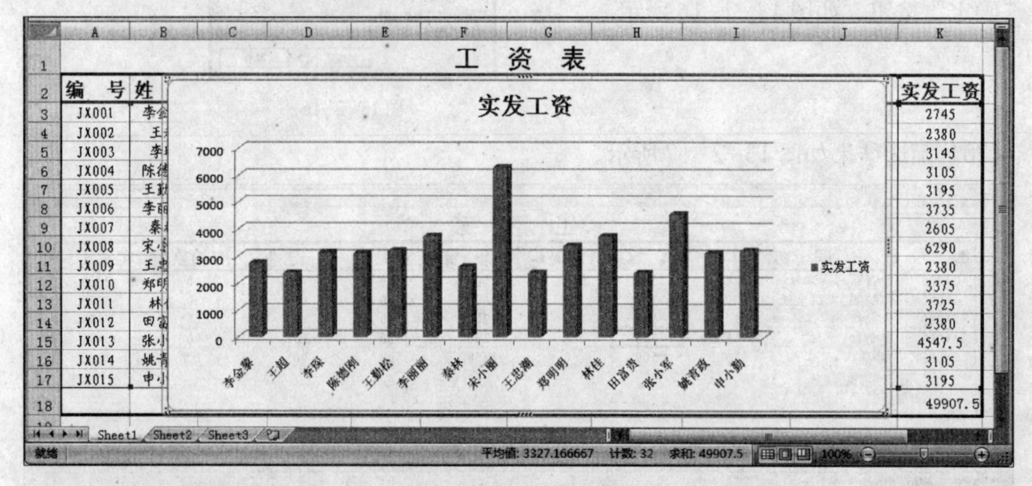

图 13−2−20

（25）选定图表区域，选择“图表工具”的“设计”选项卡，单击“图表样式”组中的下拉按钮，弹出“图表样式”菜单，选择“样式 27”，如图 13−2−21 所示。

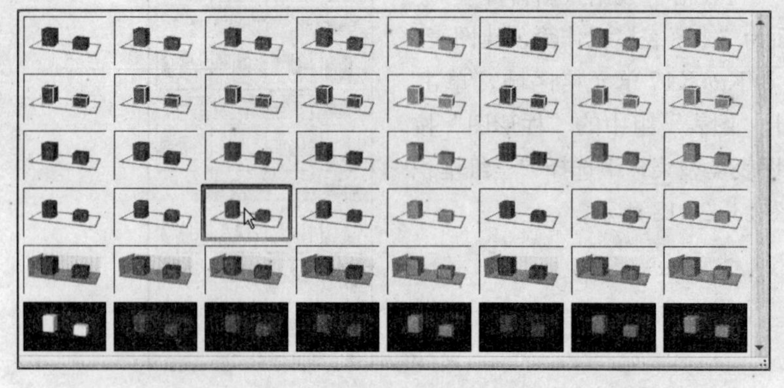

图 13−2−21

（26）选择“图表工具”的“布局”选项卡，单击“背景”组中的“图表背景墙”按钮，在弹出的菜单中选择“其他背景墙选项”，弹出“设置背景墙格式”对话框，在“填充”选项区域中选择“图片或纹理填充”单选按钮，在“纹理”下拉列表框中选择“花束”样式，单击“关闭”按钮完成背景墙设置，如图13-2-22所示。

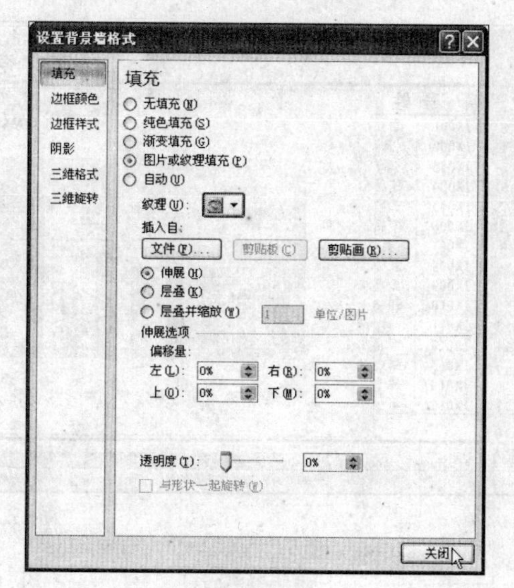

图13-2-22

（27）在“布局”选项卡的“坐标轴”组中，单击“网格线”按钮，在弹出的菜单中选择“主要横网格线/主要网格线和次要网格线”命令，为图表添加主要和次要网格线，效果如图13-2-23所示。

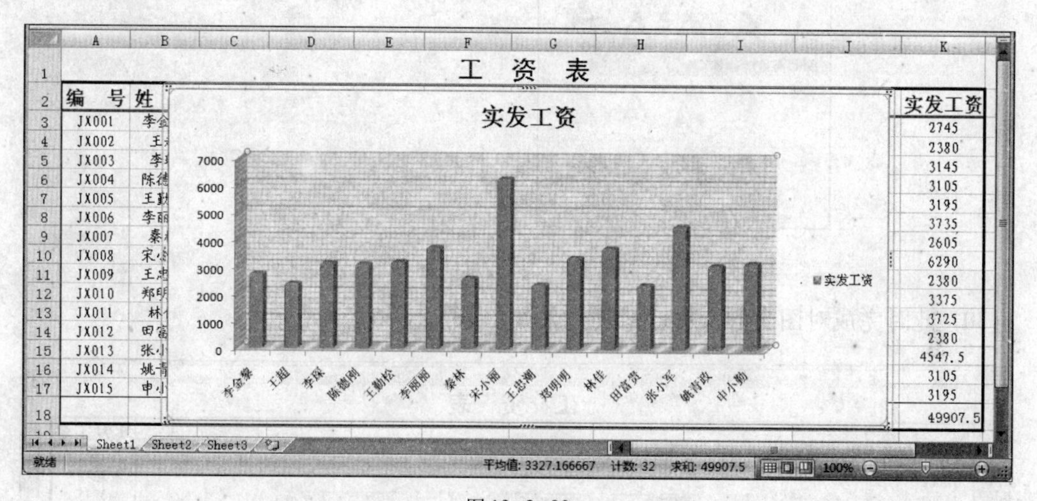

图13-2-23

（28）选择图表标题“实发工资”，单击“开始”选项卡，在“字体”组中设置标题的字体、字号及填充颜色等属性，用同样的方法设置图表中其他文字属性，完成后效果如图13-2-24所示。

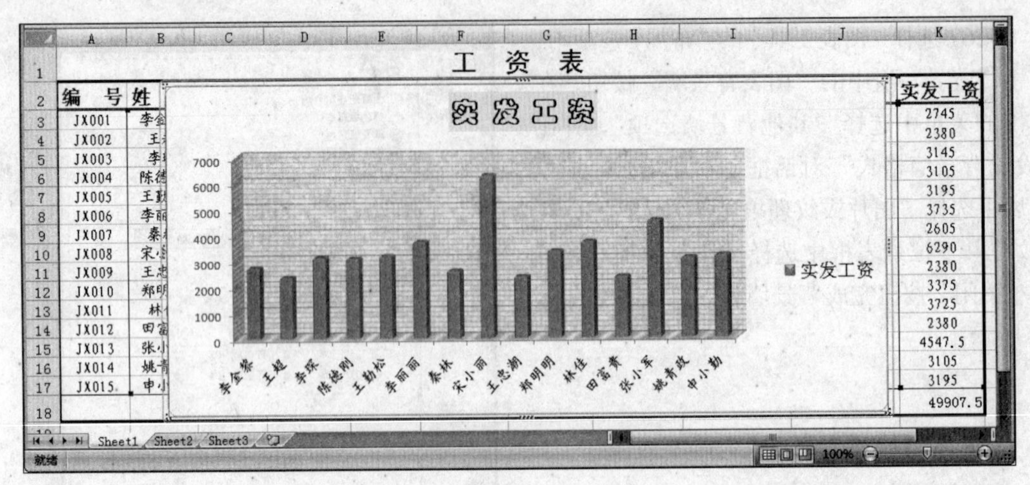

图 13-2-24

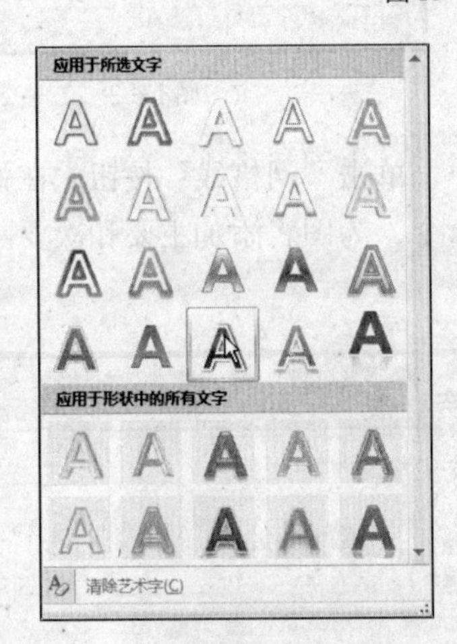

图 13-2-25

（29）选择图表标题“实发工资”，选择“图表工具”的“格式”选项卡，单击“艺术字样式”组中的下拉按钮，弹出“艺术字样式”菜单，选择“渐变填充－黑色，轮廓－白色，外部阴影”样式，如图 13-2-25 所示。

（30）此时完成对图表的操作，最终效果如图 13-2-26 所示。

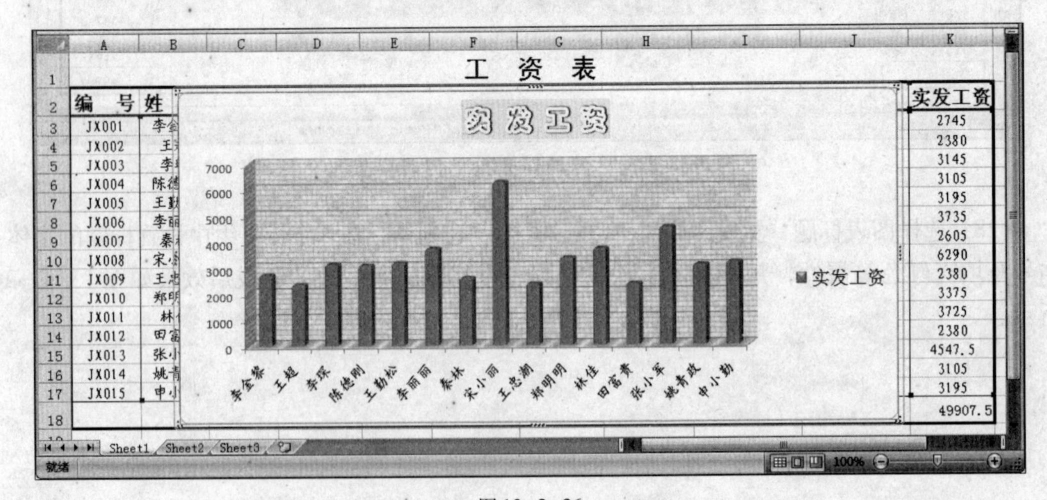

图 13-2-26

13.3 产品销售情况表

通过制作“产品销售情况表”工作簿，熟练掌握在Excel 2007中创建数据透视表与数据透视图以及在局域网中共享工作簿的方法。

制作产品销售情况表，操作步骤如下：

（1）在Excel 2007中创建一个名为“产品销售情况表”的工作簿，输入相关数据，并进行相关格式的设置，完成后效果如图13-3-1所示。

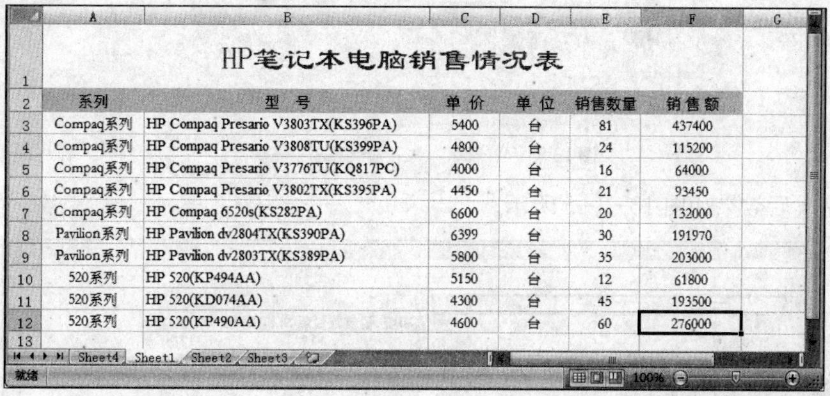

HP笔记本电脑销售情况表

系列	型号	单价	单位	销售数量	销售额
Compaq系列	HP Compaq Presario V3803TX(KS396PA)	5400	台	81	437400
Compaq系列	HP Compaq Presario V3808TU(KS399PA)	4800	台	24	115200
Compaq系列	HP Compaq Presario V3776TU(KQ817PC)	4000	台	16	64000
Compaq系列	HP Compaq Presario V3802TX(KS395PA)	4450	台	21	93450
Compaq系列	HP Compaq 6520s(KS282PA)	6600	台	20	132000
Pavilion系列	HP Pavilion dv2804TX(KS390PA)	6399	台	30	191970
Pavilion系列	HP Pavilion dv2803TX(KS389PA)	5800	台	35	203000
520系列	HP 520(KP494AA)	5150	台	12	61800
520系列	HP 520(KD074AA)	4300	台	45	193500
520系列	HP 520(KP490AA)	4600	台	60	276000

图13-3-1

（2）选择“插入”选项卡，在“表”组中单击“数据透视表”按钮，在弹出菜单中选择“数据透视表”命令，打开“创建数据透视表”对话框，在“请选择要分析的数据”选项区域中选择“选择一个表或区域”单选按钮，并选择相应的单元格区域，在“选择放置数据透视表的位置”选项区域中选择“新工作表”单选按钮，单击“确定”按钮，如图13-3-2所示。

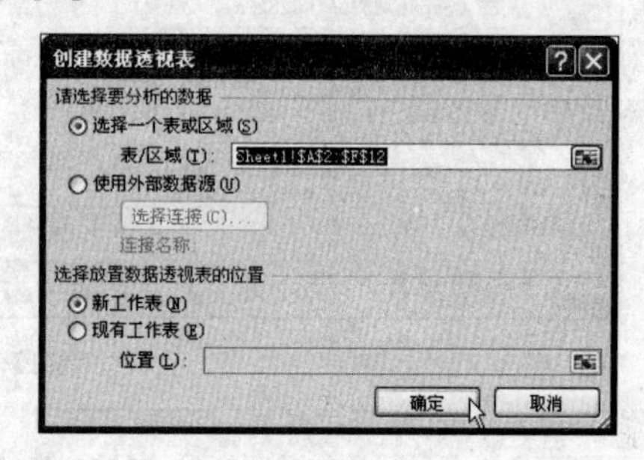

图13-3-2

（3）此时在工作簿中插入Sheet4工作表，并创建数据透视表，如图13-3-3所示。

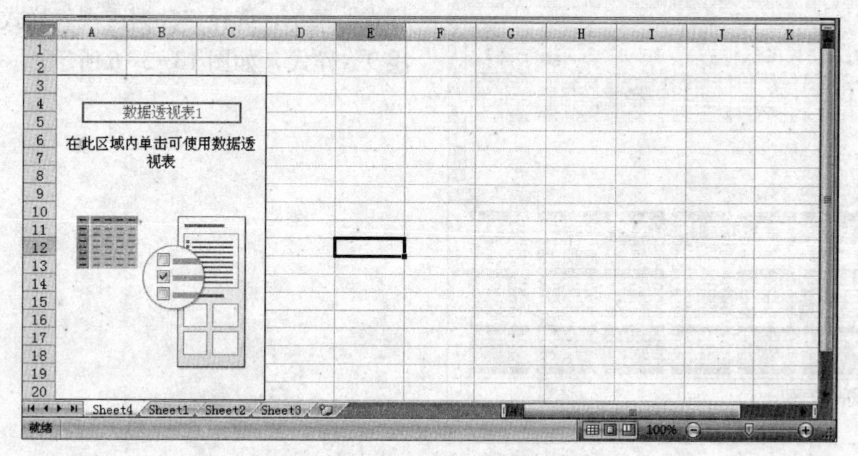

图13-3-3

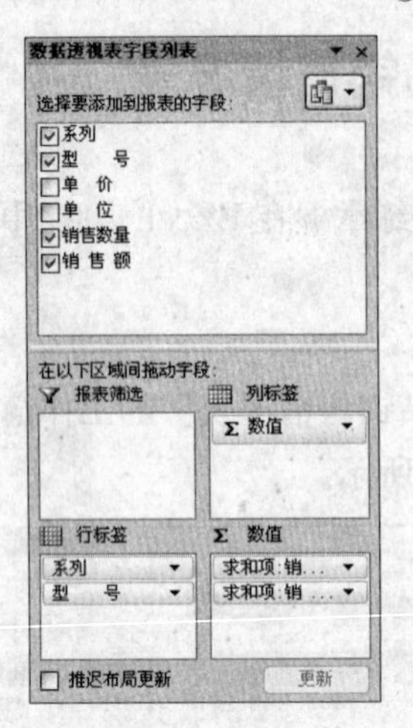

图 13-3-4

(4) 在“数据透视表字段列表”任务窗格中拖动字段设置数据透视表的布局，如图 13-3-4 所示。

(5) 完成后效果如图 13-3-5 所示。

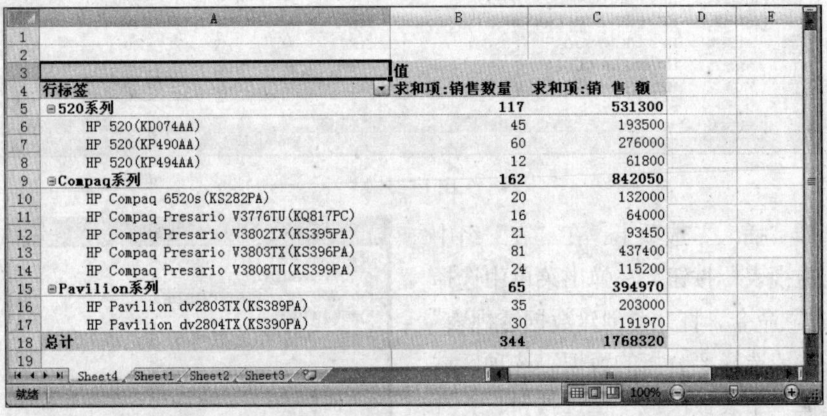

	A	B	C	D	E
1					
2					
3		值			
4	行标签	求和项:销售数量	求和项:销 售 额		
5	⊟520系列	117	531300		
6	HP 520(KD074AA)	45	193500		
7	HP 520(KP490AA)	60	276000		
8	HP 520(KP494AA)	12	61800		
9	⊟Compaq系列	162	842050		
10	HP Compaq 6520s(KS282PA)	20	132000		
11	HP Compaq Presario V3776TU(KQ817PC)	16	64000		
12	HP Compaq Presario V3802TX(KS395PA)	21	93450		
13	HP Compaq Presario V3803TX(KS396PA)	81	437400		
14	HP Compaq Presario V3808TU(KS399PA)	24	115200		
15	⊟Pavilion系列	65	394970		
16	HP Pavilion dv2803TX(KS389PA)	35	203000		
17	HP Pavilion dv2804TX(KS390PA)	30	191970		
18	总计	344	1768320		
19					

Sheet4 Sheet1 Sheet2 Sheet3

就绪 100%

图 13-3-5

(6) 选定数据透视表，选择“数据透视表工具”的“设计”选项卡，在“数据透视表样式”组中单击下拉按钮，弹出“数据透视表样式”菜单，选择“数据透视表样式 - 中等深浅 9”样式，如图 13-3-6 所示。

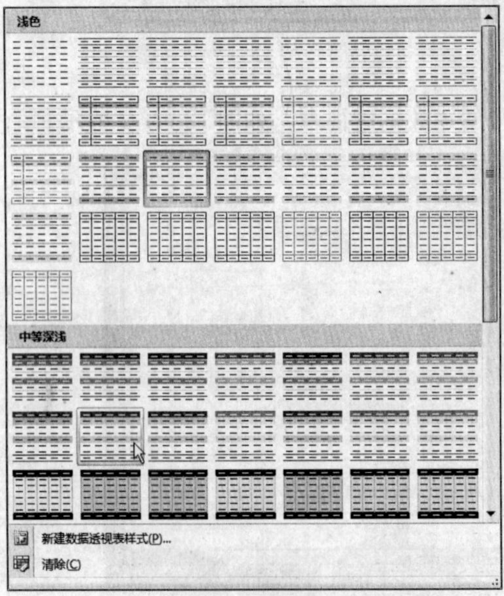

浅色

中等深浅

新建数据透视表样式(P)...

清除(C)

图 13-3-6

（7）套用数据透视表样式后的效果如图 13-3-7 所示。

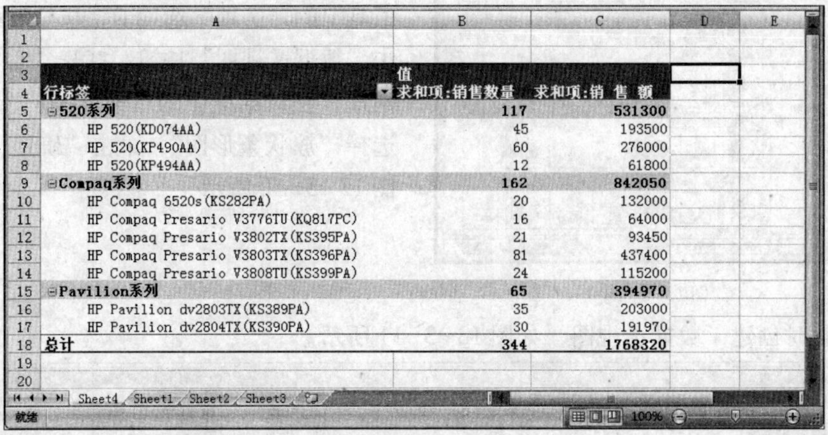

行标签	求和项:销售数量	求和项:销 售 额
⊟520系列	117	531300
HP 520(KD074AA)	45	193500
HP 520(KP490AA)	60	276000
HP 520(KP494AA)	12	61800
⊟Compaq系列	162	842050
HP Compaq 6520s(KS282PA)	20	132000
HP Compaq Presario V3776TU(KQ817PC)	16	64000
HP Compaq Presario V3802TX(KS395PA)	21	93450
HP Compaq Presario V3803TX(KS396PA)	81	437400
HP Compaq Presario V3808TU(KS399PA)	24	115200
⊟Pavilion系列	65	394970
HP Pavilion dv2803TX(KS389PA)	35	203000
HP Pavilion dv2804TX(KS390PA)	30	191970
总计	344	1768320

图 13-3-7

（8）单击行标签前的“加号”按钮⊞或“减号”按钮⊟可以显示或隐藏该系列的明细数据，图 13-3-8 所示为隐藏所有系列的明细数据。

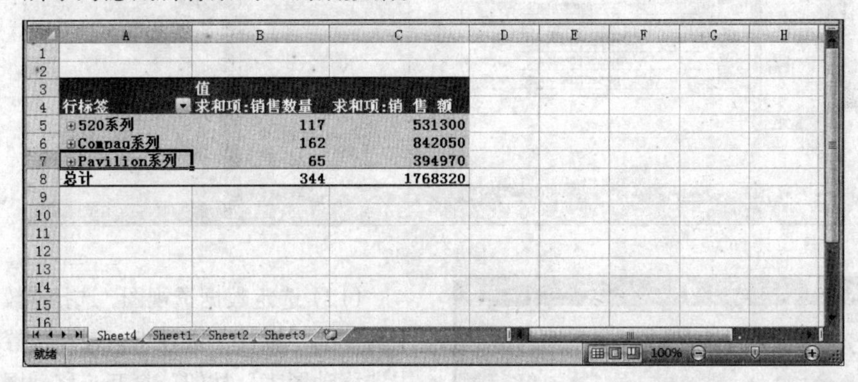

行标签	求和项:销售数量	求和项:销 售 额
⊞520系列	117	531300
⊞Compaq系列	162	842050
⊞Pavilion系列	65	394970
总计	344	1768320

图 13-3-8

（9）下面为产品销售额创建数据透视图。首先在“数据透视表字段列表”任务窗格中将“数值”区域中“销售数量”字段移除，使得数据透视表中仅对“销售额”字段求和，效果如图 13-3-9 所示。

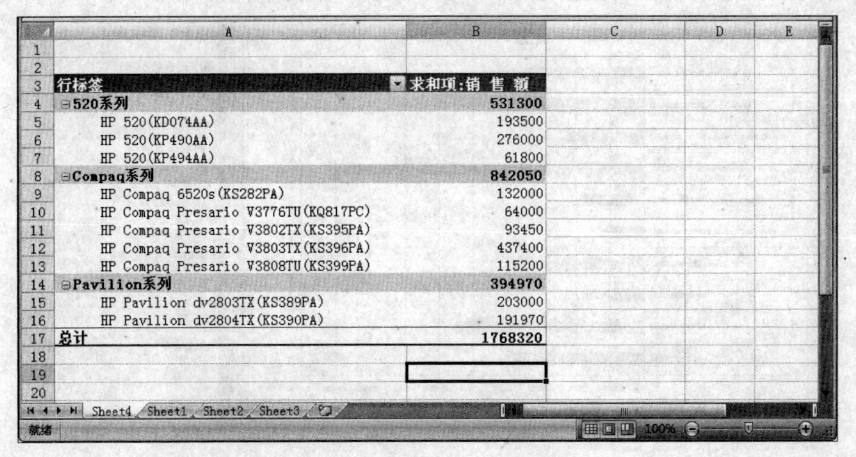

行标签	求和项:销 售 额
⊟520系列	531300
HP 520(KD074AA)	193500
HP 520(KP490AA)	276000
HP 520(KP494AA)	61800
⊟Compaq系列	842050
HP Compaq 6520s(KS282PA)	132000
HP Compaq Presario V3776TU(KQ817PC)	64000
HP Compaq Presario V3802TX(KS395PA)	93450
HP Compaq Presario V3803TX(KS396PA)	437400
HP Compaq Presario V3808TU(KS399PA)	115200
⊟Pavilion系列	394970
HP Pavilion dv2803TX(KS389PA)	203000
HP Pavilion dv2804TX(KS390PA)	191970
总计	1768320

图 13-3-9

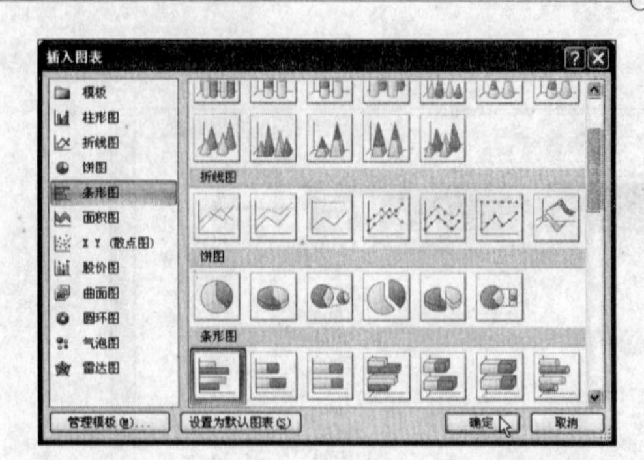

图 13-3-10

（10）选定数据透视表，选择“数据透视表工具”的“选项”选项卡，在“工具”组中单击“数据透视图”按钮，打开“插入图表”对话框，在对话框中的“条形图”选项区域中，选择“簇状条形图”，单击“确定”按钮，如图 13-3-10 所示。

（11）此时创建了数据透视图，如图 13-3-11 所示。

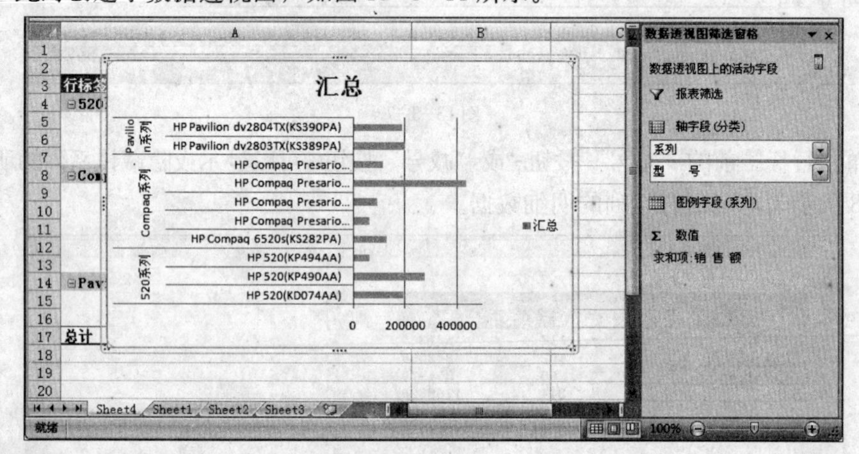

图 13-3-11

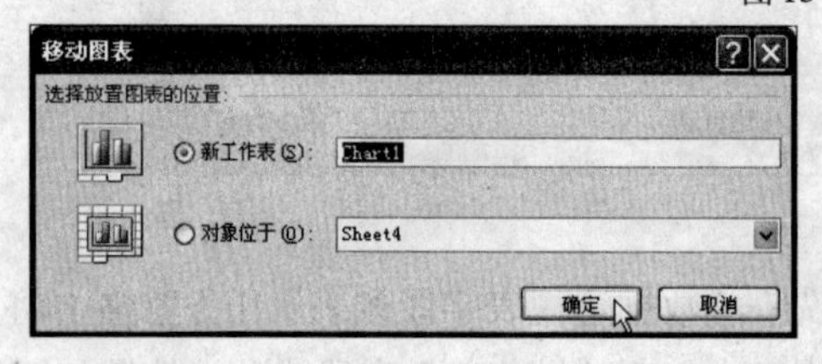

图 13-3-12

（12）选定数据透视图，选择“数据透视图工具”的“设计”选项卡，在“位置”组中单击“移动图表”按钮，打开“移动图表”对话框，选中“新工作表”单选按钮，单击“确定”按钮，如图 13-3-12 所示。

（13）此时数据透视图移动至新建的“Chart1”工作表中，如图 13-3-13 所示。

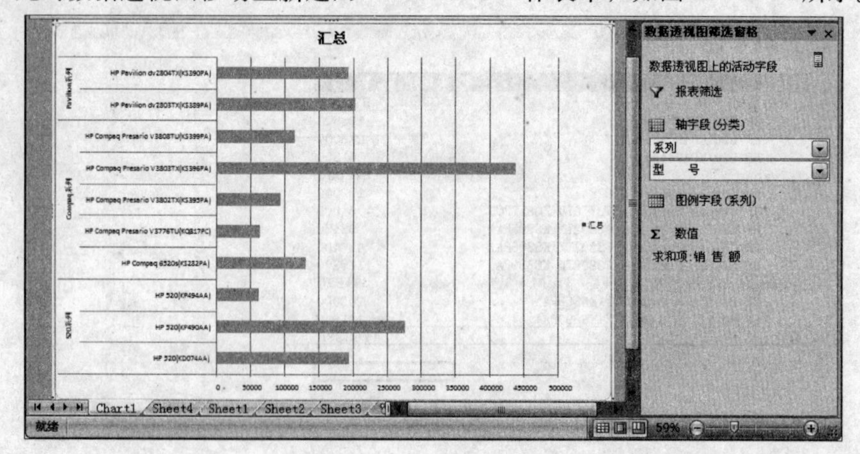

图 13-3-13

（14）选择图表标题，修改其内容为“销售额统计图”，选择“开始”选项卡，在字体组中进行相关设置，完成后效果如图 13-3-14 所示。

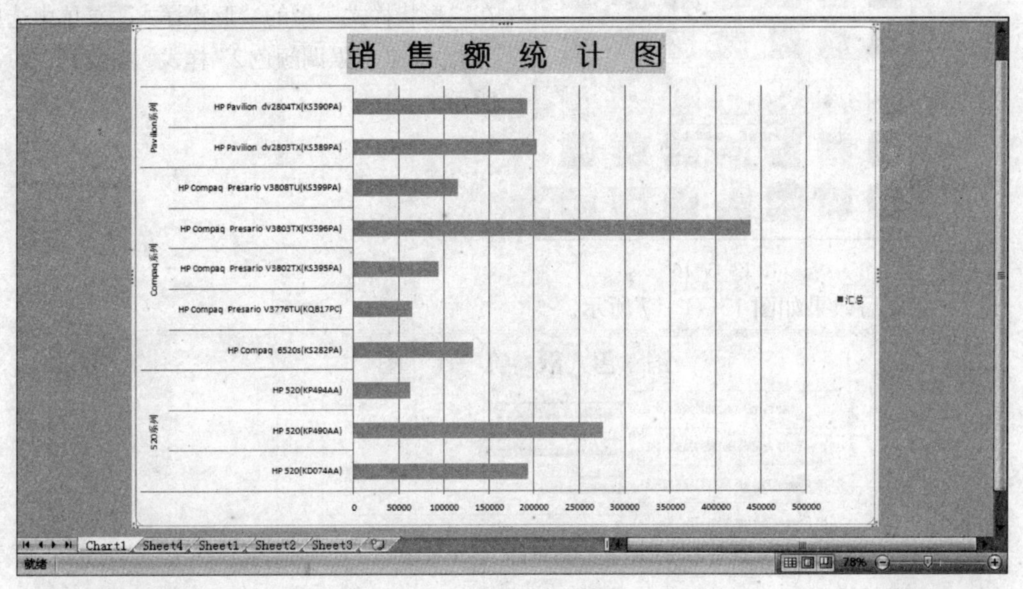

图 13-3-14

（15）用同样的方法对图表中其他文字进行设置，效果如图 13-3-15 所示。

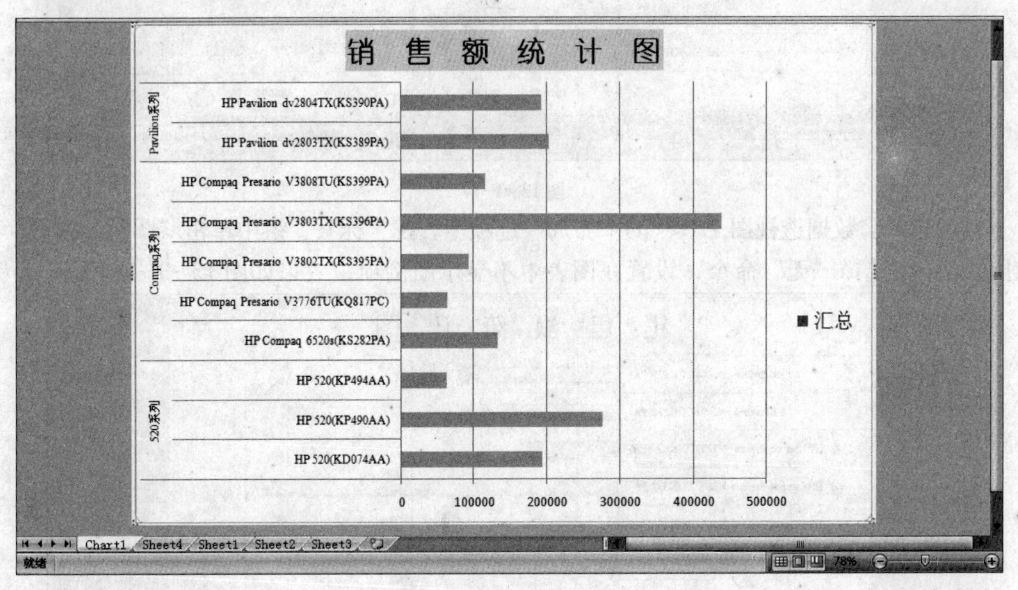

图 13-3-15

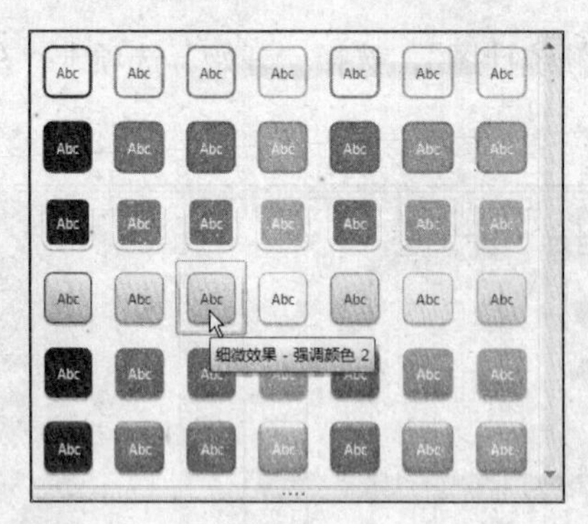

图 13-3-16

（16）在数据透视图中选定“汇总”系列，选择“数据透视图工具”的“格式”选项卡，在“形状样式”组的“形状样式”菜单中选择“细微效果 - 强调颜色 2”样式，如图 13-3-16 所示。

（17）完成后效果如图 13-3-17 所示。

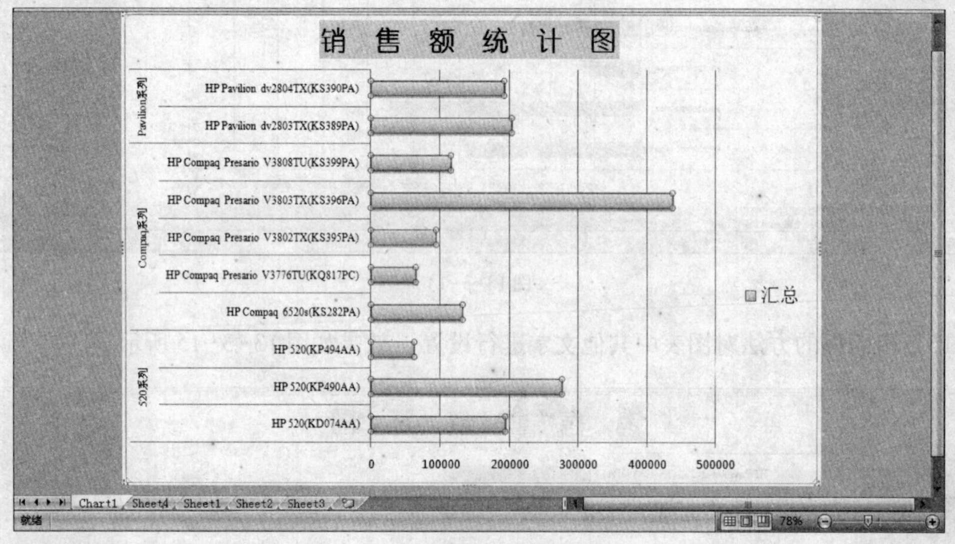

图 13-3-17

（18）选择“数据透视图工具”的“布局”选项卡，在“标签”组中单击“图例”按钮，在弹出的菜单中选择“无”命令，设置在图表中不显示图例项，效果如图 13-3-18 所示。

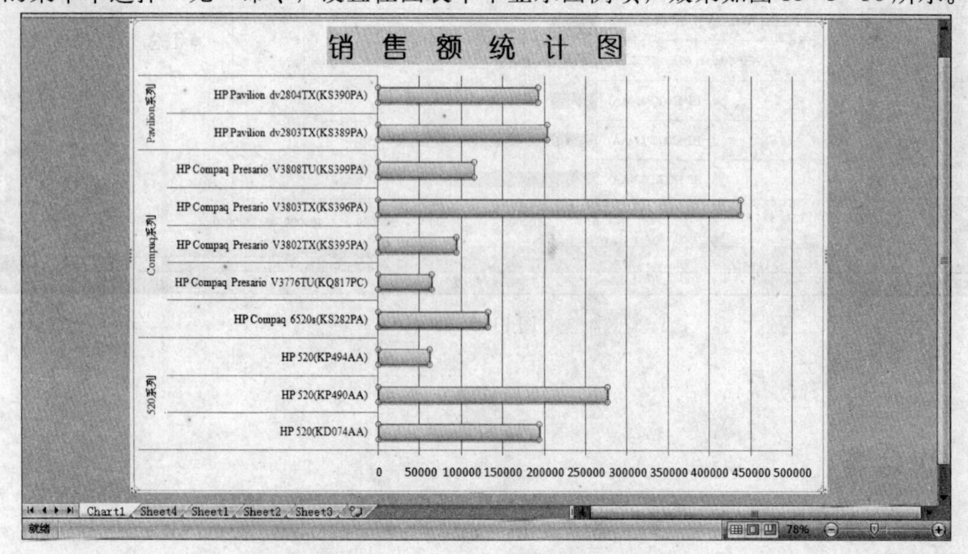

图 13-3-18

（19）在“布局”选项卡的“标签”组中单击“数据标签”按钮，在弹出的菜单中选择“数据标签外”命令，如图13-3-19所示。

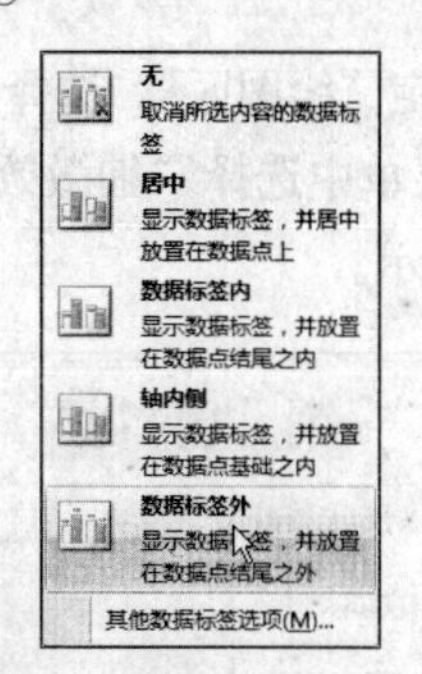

图13-3-19

（20）此时在图表中显示数据标签，如图13-3-20所示。

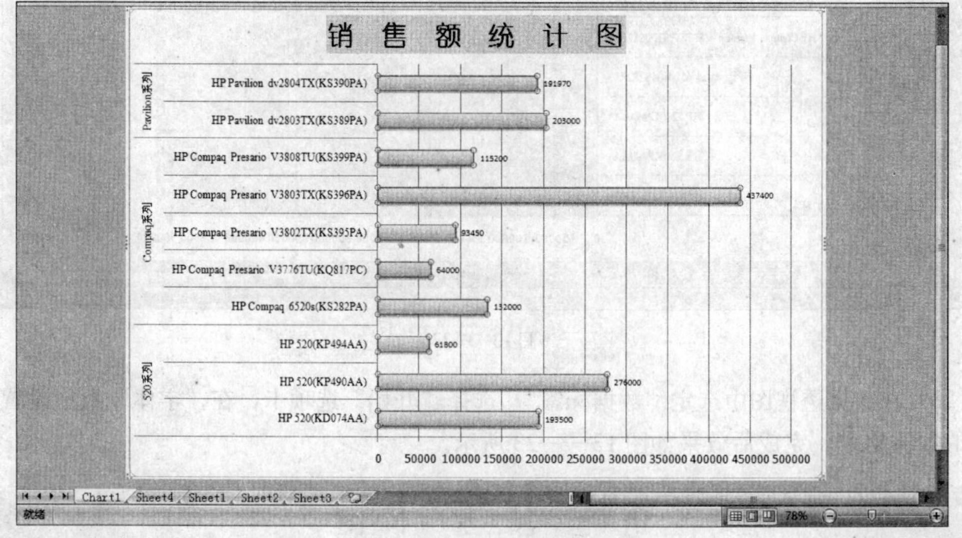

图13-3-20

（21）在“布局”选项卡的“坐标轴”组中单击“网格线”按钮，在弹出的菜单中选择“主要纵网格线／主要网格线和次要网格线”命令，完成后效果如图13-3-21所示。

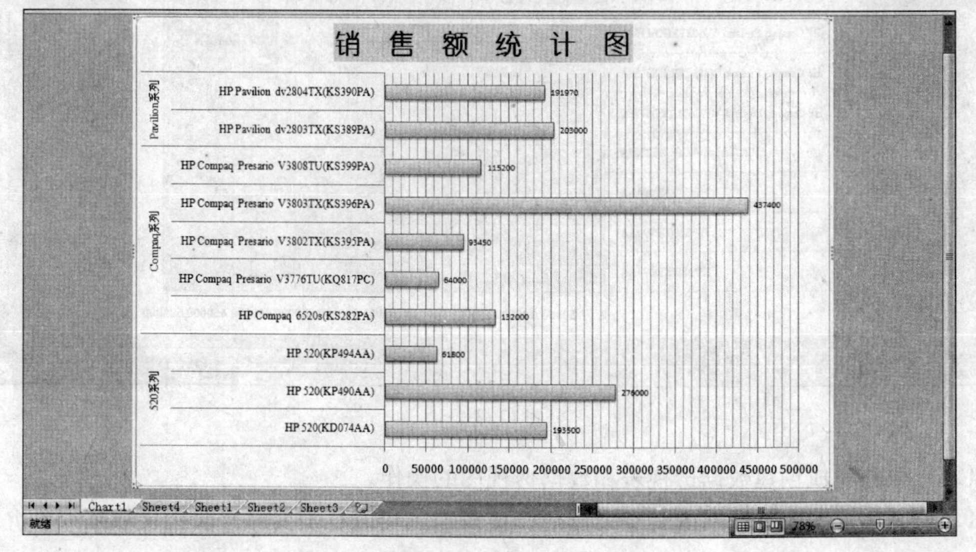

图13-3-21

（22）在数据透视图中选定“绘图区”，选择“数据透视图工具”的“格式”选项卡，在“形状样式”组的“形状样式”菜单中选择“细微效果－强调颜色 1”样式，设置绘图区背景颜色，完成后效果如图 13−3−22 所示。

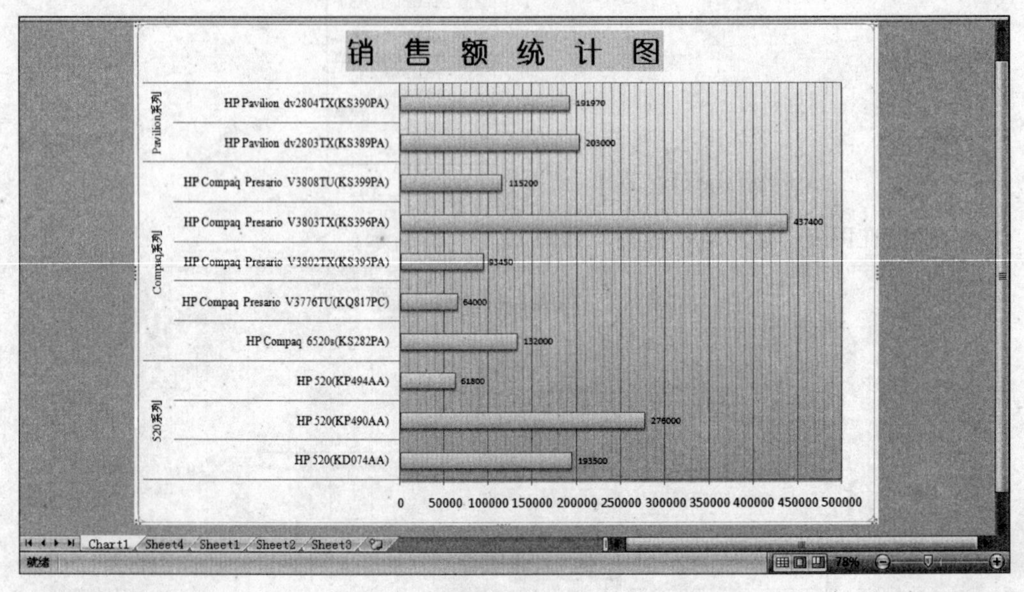

图 13−3−22

（23）在数据透视图中选定“数据标签”，选择“开始”选项卡，在“字体”组中设置数据标签的字体格式，完成后效果如图 13−3−23 所示。

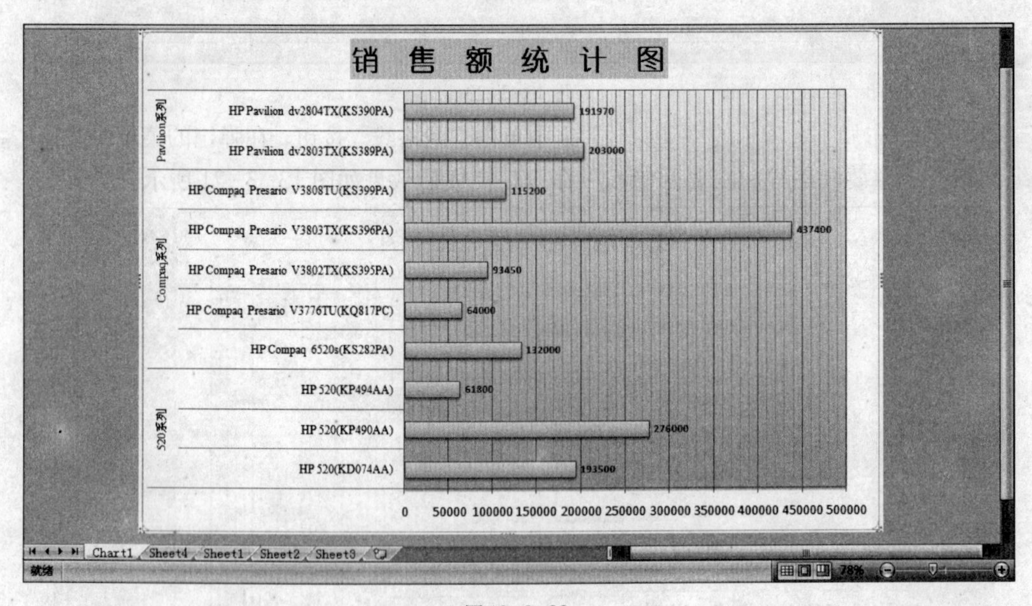

图 13−3−23

（24）至此完成创建数据透视表和数据透视图的操作。

（25）下面设置在局域网内共享工作簿，使得员工可以在需要时修改销售数量或单价。

(26) 在“产品销售情况表”工作簿中选择Sheet1工作表，选择“审阅”选项卡，单击“更改”组中的“共享工作簿”按钮，在打开的“共享工作簿”对话框中，勾选“编辑”选项卡中的“允许多用户同时编辑，同时允许工作簿合并”复选框，单击“确定”按钮，如图13–3–24所示。

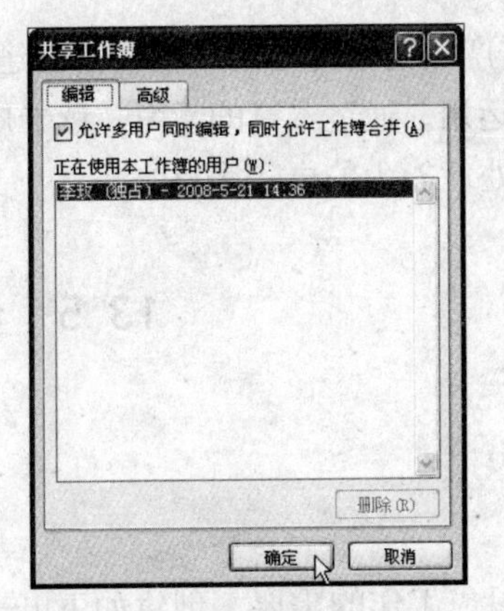

图13–3–24

(27) 在弹出的“Microsoft Office Excel”对话框中单击“确定”按钮，保存并共享工作簿，如图13–3–25所示。

图13–3–25

(28) 此时完成共享工作簿的操作，在工作簿标题栏会出现“[共享]”标记，如图13–3–26所示。

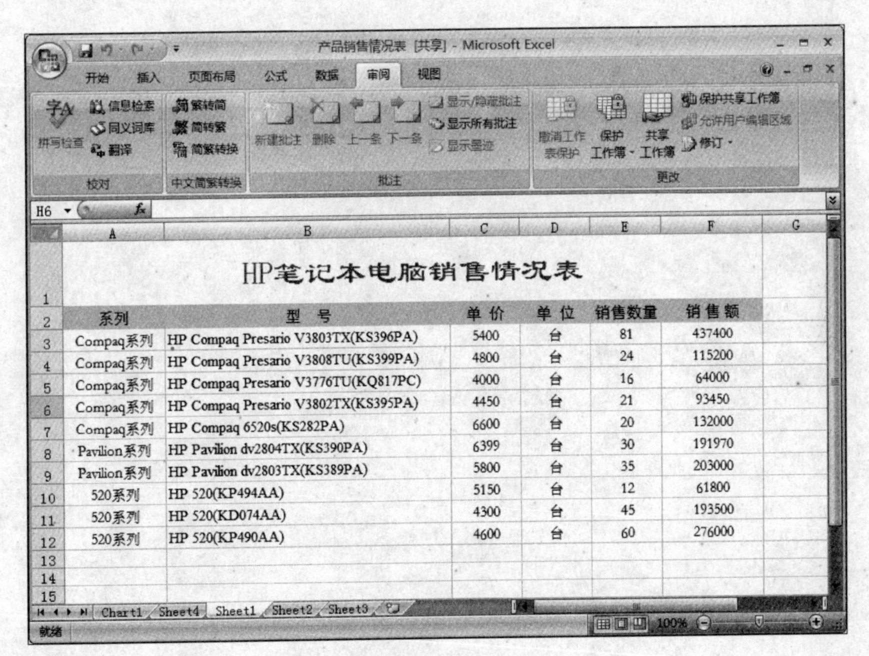

系列	型 号	单 价	单 位	销售数量	销 售 额
Compaq系列	HP Compaq Presario V3803TX(KS396PA)	5400	台	81	437400
Compaq系列	HP Compaq Presario V3808TU(KS399PA)	4800	台	24	115200
Compaq系列	HP Compaq Presario V3776TU(KQ817PC)	4000	台	16	64000
Compaq系列	HP Compaq Presario V3802TX(KS395PA)	4450	台	21	93450
Compaq系列	HP Compaq 6520s(KS282PA)	6600	台	20	132000
Pavilion系列	HP Pavilion dv2804TX(KS390PA)	6399	台	30	191970
Pavilion系列	HP Pavilion dv2803TX(KS389PA)	5800	台	35	203000
520系列	HP 520(KP494AA)	5150	台	12	61800
520系列	HP 520(KD074AA)	4300	台	45	193500
520系列	HP 520(KP490AA)	4600	台	60	276000

图13–3–26

13.4 小 结

本章主要列举了3个实例，其中“人事档案表”反映了创建工作簿的基本方法和完整过程；“工资表”利用Excel强大的的数据分析和管理功能对数据进行分析统计，还涉及到了函数运用方面的知识；“产品销售情况表”巩固了创建数据透视表和数据透视图的方法，同时还涉及到 Excel的高级运用。通过本章的学习，读者应全面掌握Excel的基本功能，根据需要创建具有强大数据分析处理能力的电子表格。

13.5 练 习

上机练习

根据自身学习或工作的需要，创建如下电子表格：

（1）学生成绩单。

（2）公司员工业绩表。

（3）个人简历。

（4）销售报表。

附录 Excel 2007快捷键

在工作簿中移动的快捷键

命令	快捷键
向上、下、左、右移动单元格	方向键
移动到行首	Home
向上移动一屏	PageUp
向下移动一屏	PageDown
移动到工作簿中前一个工作表	Ctrl+PageUp
移动到工作簿中后一个工作表	Ctrl+PageDown
向左移动一屏	Alt+PageUp
向右移动一屏	Alt+PageDown
移动到工作表的开始	Ctrl+Home
移动到工作表的最后一个单元格	Ctrl+End
移动到当前数据区域边缘	Ctrl+方向键
滚动并且显示活动单元格	Ctrl+Backspace
移动到工作表的最后一个非空单元格	End+Home
显示“定位”对话框	F5
移动到被拆分的工作簿中的下一个窗格	F6
移动到被拆分的工作簿中的上一个窗格	Shift+F6
移动到下一工作簿或窗口	Ctrl+Tab
移动到前一工作簿或窗口	Ctrl+Shift+Tab

在工作簿中选择单元格的快捷键

命令	快捷键
将选定区域扩展一个单元格宽度	Shift+方向键
在选定的区域中选定整行	Shift+空格键
在选定的区域中选定整列	Ctrl+空格键
选定整张工作表	Ctrl+Shift+空格键
将选定区域扩展到行首	Shift+Home
选择活动单元格周围的数据区域	Ctrl+*
使用方向键启动扩展选中区域的功能，再按一次F8键返回正常状态	F8
将其他区域中的单元格添加到选中区域中，再次按Shift+F8键结束添加选择	Shift+F8
提示选择一个区域或区域的名字	Ctrl+G
选定整张工作表	Ctrl+A
如果已选定了多个单元格，则只选定其中的活动单元格	Shift+Backspace

在选定区域内移动的快捷键

命令	快捷键
完成单元格输入并在选定区域中下移	Enter
完成单元格输入并在选定区域中上移	Shift+Enter
完成单元格输入并在选定区域中右移	Tab
完成单元格输入并在选定区域中左移	Shift+Tab
按顺时针方向移到选定区域的下一个角	Ctrl+.
如果已经选定了多个单元格，则只选定其中的活动单元格	Shift+Backspace

在公式编辑栏中使用的快捷键

命令	快捷键
编辑活动单元格	F2
将定义的名称粘贴到公式中	F3
将光标沿箭头的方向移动一个字符	方向键
移动到行首	Home
取消单元格或编辑栏中的输入项	Esc
移动光标到一行的末尾	End
向右移动一个字	Ctrl+右方向键
向左移动一个字	Ctrl+左方向键
删除插入点右边的字符	Delete
删除插入点到行末的文本	Ctrl+Del
删除插入点左边的字符	Backspace

格式化时使用的快捷键

命令	快捷键
显示“单元格格式”对话框	Ctrl+1
应用或者取消字体加粗格式	Ctrl+B
应用或者取消字体倾斜格式	Ctrl+I
应用或者取消下划线格式	Ctrl+U
应用或者取消删除线格式	Ctrl+5
应用“常规”数字格式	Ctrl+Shift+~
应用这样的数字格式：具有千位分隔符且负数用符号表示	Ctrl+Shift+!
应用年月日的“日期”格式	Ctrl+Shift+#
应用小时和分钟的“时间”格式，并标明上午或者下午	Ctrl+Shift+@
应用带两个小数位的“货币”格式	Ctrl+Shift+$
应用不带小数位的“百分比”格式	Ctrl+Shift+%
应用外边框	Ctrl+Shift+&
删除外边框	Ctrl+Shift+_
显示“样式”对话框	Alt+'

其他快捷键

命令	快捷键
插入“自动求和”公式	Alt+=
取消操作	Alt+Backspace
在单元格中执行	Alt+Enter
输入日期	Ctrl+;

续 表

命 令	快 捷 键
输入时间	Ctrl+：
隐藏列	Ctrl+0
在隐藏对象、显示对象与对象占位符之间切换	Ctrl+6
显示或隐藏“常用”工具栏	Ctrl+7
显示或隐藏“分级显示”符号	Ctrl+8
隐藏选定行	Ctrl+9
在公式中键入函数名之后，显示“函数参数”对话框	Ctrl+A
复制	Ctrl+C
向下填充	Ctrl+D
查找	Ctrl+F
替换	Ctrl+H
复制	Ctrl+Insert
插入超链接	Ctrl+K
新建	Ctrl+N
打开	Ctrl+O
打印	Ctrl+P
向右填充	Ctrl+R
保存	Ctrl+S
取消隐藏行	Ctrl+Shift+(
取消隐藏列	Ctrl+Shift+)
输入当前时间	Ctrl+Shift+：
在公式中键入函数名之后，为该函数插入变量名和括号	Ctrl+Shift+A
粘贴选定区域	Ctrl+V
剪切选定区域	Ctrl+X
撤销最后一次操作	Ctrl+Z
清除选定区域内容	Delete
粘贴选定区域	Shift+Insert

功能键

命 令	快 捷 键
显示帮助或者Office助手	F1
创建使用当前区域的图表	Alt+F1
插入新工作表	Alt+Shift+F1
编辑活动单元格	F2
编辑单元格批注	Shift+F2
显示“另存为”对话框	Alt+F2
保存活动工作簿	Alt+Shift+F2
将定义的名称粘贴到公式中	F3
将函数粘贴到公式中	Shift+F3
定义名称	Ctrl+F3
由行或者列标志创建名称	Ctrl+Shift+F3
重复最后一次操作	F4
重复上一次“查找”操作	Shift+F4
关闭活动工作簿窗口	Ctrl+F4
退出程序	Alt+F4
显示定位对话框	F5
显示查找对话框	Shift+F5
恢复窗口尺寸	Ctrl+F5
移动到被拆分的工作簿中的下一个窗口	F6
移动到被拆分的工作簿中的上一个窗口	Shift+F6
移动到下一个工作簿或窗口	Ctrl+F6
移动到上一个工作簿或窗口	Ctrl+Shift+F6
显示“拼写检查”对话框	F7

续 表

命 令	快捷键
使用方向键启动扩展选中区域的功能	F8
将其他区域中单元格添加到选中区域中	Shift+F8
改变窗口尺寸	Ctrl+F8
显示“宏”对话框	Alt+F8
计算所有打开工作簿中的所有工作表	F9
计算活动工作表	Shift+F9
计算活动工作簿中的所有工作表	Ctrl+Shift+F9
最小化工作簿窗口	Ctrl+F9
激活菜单栏	F10
显示快捷菜单	Shift+F10
最大化或者恢复工作簿窗口	Ctrl+F10
创建使用当前区域的图表	F11
插入新工作表	Shift+F11
插入Microsoft Excel 4.0宏工作表	Ctrl+F11
显示Visual Basic编辑器	Alt+F11
显示“另存为”对话框	F12
保存活动工作簿	Shift+F12
显示“打印内容”对话框	Ctrl+Shift+F12